前頁圖片／弘仁「黃海松石圖」（部份）。弘仁原姓江名韜，明亡後爲僧，名弘仁，字漸江。此圖怪石古木，風骨遒勁，氣韻清遠，得秀逸冷峭之意。

陳子壯於崇禎元年寫給袁崇煥的送行詩。

碧血劍
金庸

右圖／孫承宗作「高節書院圖」及題字。

下圖／張居正像。

圖一

圖一／萬曆年間所製五彩珐瑯花瓶：宮中所用。色彩華麗，製作精巧，明代工藝的巔峯之作。現屬葡京里斯本私人收藏。

圖二、三／明神宗御筆及筆筒：筆筒爲漆器，雙龍捧一「壽」字，現藏愛丁堡皇家蘇格蘭博物院。神宗貪婪天下，懶極千古，料想彩筆稀親御手，筆筒罕覩天顏。

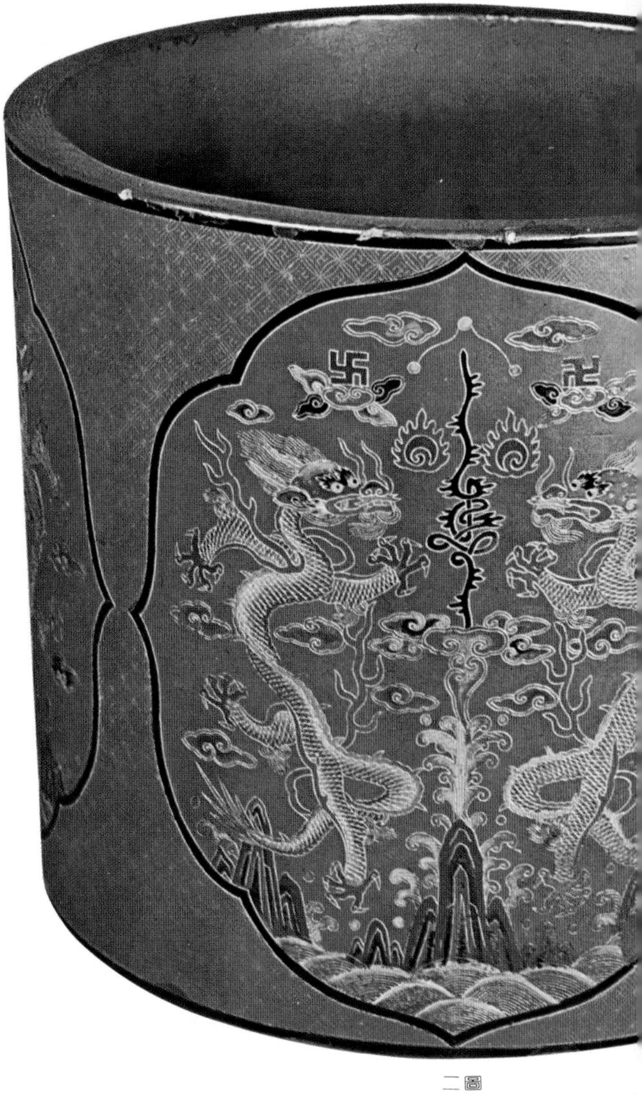

圖三

圖二

清「太祖率兵克遼陽」圖（局部）：錄自「滿州實錄」，該畫作於一七八一年。

明代皇宮中的漆箱：有五爪金龍及鳳凰圖案，現屬紐約私人收藏。長平公主寢宮中或者也有類似的箱子。

清太宗實錄：天聰九年即崇禎十年，揷漢兒即察哈爾。實錄是皇帝言行的記錄。

大清太宗應天興國弘德彰武寬溫仁聖睿孝文皇帝實錄卷之二十

天聰九年。乙亥。七月初三日。揷漢兒國。額勒克空戈落部下。阿乞兔台石奏曰。我國主。天命旣盡而歿。惟

上福大。故我國全歸。

上善之時台石又詰其本國衆大臣曰。汝等當汗在日位尊於我。及汗歿。遂棄汗之妻子先奔。何以謂之大臣。衆皆慙。

上見衆有慙色。乃勸止之。

右圖／明萬曆皇帝神宗：崇禎的祖父。
左圖／明天啓皇帝熹宗：崇禎的哥哥。

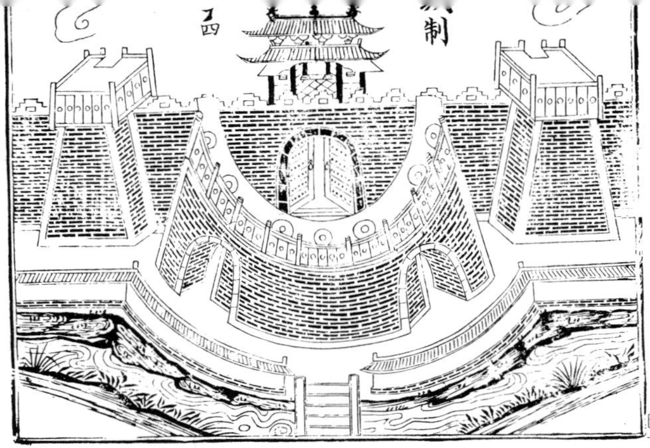

城制

圖一

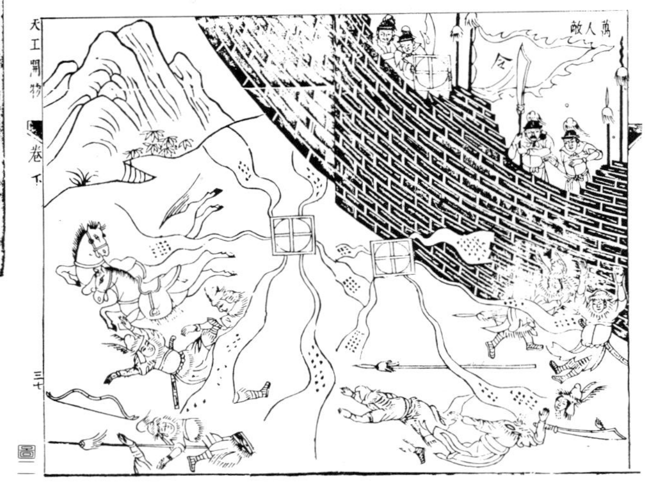

圖二

欽差巡撫遼東山海等處地方提督軍務加從二品服俸兵部右侍郎兼都察院右僉都御史臣袁崇煥題為仰仗天威退敵解圍恭紓聖慮事准總兵官趙率教飛報前事切照五月十一日錦州四面被圍大戰三次三捷小戰二十五次無日不戰且克初四日敵復益兵攻城內用西洋巨礮火砲火彈與矢石損傷城外士卒無算隨至是夜五鼓撤兵東行尚在小凌河扎營收留精兵後太府紀與職等發精兵防哨外是役也若非仗皇上天威司禮監廟謨令內鎮紀與職率同前鋒總兵左輔副總兵朱梅等扼守錦州要地方可以出奇制勝今

滄海叢書

圖三

圖一／「城制」——錄自明刊「武經總要」。該書是北宋仁宗下旨編纂的一部軍事科學著作，對後世兵有重大影響，明代弘治、正德年間有重刊本。本圖及「鈎撞車」圖據正德十年刻本複製。明代城制與圖中所繪無重大分別。

圖二／「萬人敵」：錄自「天工開物」。該書為明人宋應星作，崇禎十年刻，本圖據初刻本複製。書中「萬人敵」為守城利器，以中空泥團實以火藥，外圍木框，點燃藥線後擲於城下，泥團不住旋轉而噴，殺傷力極大，其時創製未及十年。即指於第一次寧遠大戰時創製。圖中所繪當為所想像的寧遠之戰景。

圖三／「袁督師遺集」之一頁。

崇禎的簽字花押、崇禎自殺處

上圖／崇禎的書法「九思」兩字。

下圖／崇禎手刃長平公主處：明朝爲昭仁殿，在乾清宮之東。至清朝，乾隆於此處藏珍本書籍，並題「天祿琳瑯」匾額。乾清宮丹陛之下有洞甚大，稱老虎洞，天啓皇帝於月明之夕常與內侍在洞內捉迷藏。

右圖／明泰昌皇帝光宗：崇禎皇帝的父親。

左圖／明孝純皇太后：崇禎皇帝的母親，姓劉，海州人。在宮時爲淑女，生崇禎後不久即爲光宗所不喜，被譴而死。崇禎即位後追尊爲皇太后。崇禎本人無畫像流傳，他的相貌只能從他祖父、父親、母親、哥哥（不是同一個母親）的畫像中想像得之。

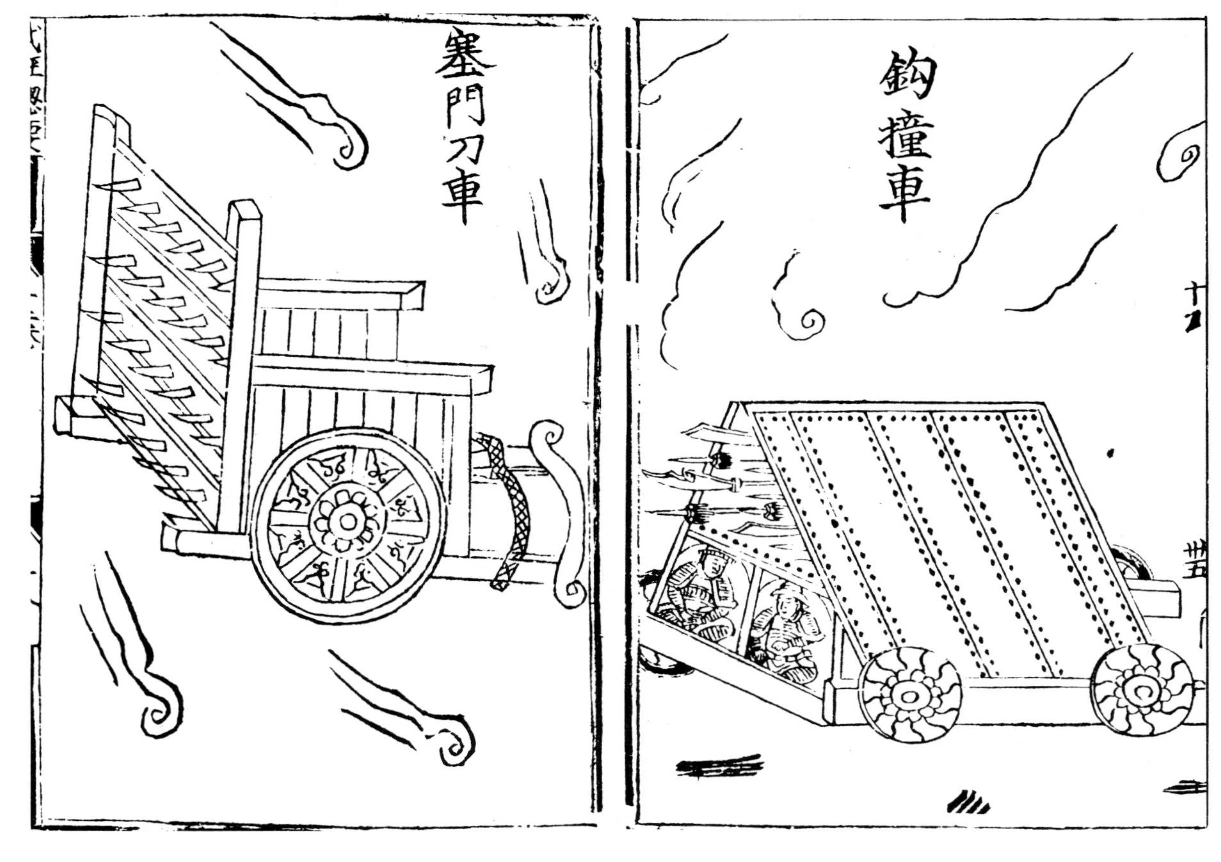

右圖／「鉤撞車」：攻城利器。清兵攻寧遠，以類似撞車在城牆上挖出大量洞穴。
左圖／「塞門刀車」：城牆被攻破洞穴時守軍推出塞住破洞，以阻敵軍。錄自明刊「武經總要」。

右圖／清太祖努爾哈赤像。
左圖／清太宗皇太極像。

碧血劍

金庸著

金庸作品集④

碧血劍㈡

The Sword Stained with Royal Blood, Vol. 2

作　者／金　庸

平裝版封面設計／霍榮齡　典藏版封面設計／霍榮齡
內頁插畫／姜雲行　內頁圖片構成／霍榮齡・潘清芬・陳銘

發 行 人／王 榮 文
出版・發行／遠流出版事業股份有限公司
臺北市汀州路3段184號7樓之5
電話／365-1212　傳眞／365-7979
郵撥／0189456-1
站址／http://www.YLib.com.tw/JINYONG
E-mail:YLib@yuanliou.ylib.com.tw

印　刷／優文印刷有限公司
□1987年2月1日　初版一刷
□1997年5月1日　三版二刷（套）

平裝版　每冊250元　（本作品全二冊，共500元）
〔典藏版「金庸作品集」全套36冊，不分售〕

行政院新聞局局版臺業字第1295號

ISBN　957-32-2909-9（套：平裝）
ISBN　957-32-2911-0（第二冊：平裝）
Printed in Taiwan

目錄

青青劍招變幻，突然之間，使的盡是虛招。西洋劍術中雖然也有佯攻僞擊之法，但決沒有如這般數十下盡是虛招的。那葡萄牙軍官心中暗笑：「果然是女孩兒家，只會玩玩花巧。」

第十二回　王母桃中藥　頭陀席上珍

袁承志和青青、啞巴、洪勝海三人押着鐵箱首途赴京。程青竹與沙天廣豪興勃發，要隨盟主到京師去逛逛。袁承志見多有兩個得力幫手隨行，自是欣然同意。又見洪勝海一路忠心耿耿，再無反叛之意，便給他治好了身上傷勢，洪勝海更是感激。

一行六人揚鞭馳馬，在一望無際的山東平原上北行。這一帶都是沙天廣的屬下，進入北直隸後是青竹幫的地界，自有沿途各地頭目隆重迎送。青青見意中人如此得人推崇，心中得意非凡，本來愛鬧鬧小脾氣的，這時也大為收斂了。

這天來到河間府，當地青竹幫的頭目大張筵席，爲盟主慶賀，作陪的都是河間府武林有名之士。酒過三巡，衆人縱談江湖軼聞，武林掌故。

忽有一人向程青竹道：「程幫主，再過四天，就是孟伯飛孟老爺子的六十大壽，你不去了吧？」程青竹道：「我要隨盟主上京，祝壽是不能去了。我是禮到人不到，已備了一份禮，叫人送去保定府。」沙天廣也道：「兄弟的禮也早已送去。孟老爺子知道我們不到，必是身有要事，決不能見怪。」袁承志心中一動：「這蓋孟嘗在北五省大大有名，既是他壽辰在卽，何不乘機結交一番？」說道：「孟老爺子兄弟是久仰了，原來日內就是他老人家六十大慶，兄弟想前去祝賀，各位以爲怎樣？」衆人鼓掌叫好，都說：「盟主給他這麼大的面子，孟老爺子一定樂極。」

次日衆人改道西行，這天來到高陽，離保定府已不過一日路程。衆人到大街上悅來客店投宿，安頓好鐵箱行李，到大堂裏飲酒用飯。

只見東面桌邊坐着個胖大頭陀，頭上一個銅箍，箍住了長髮，相貌甚是威猛，桌上已放了七八把空酒壺。店小二送酒到來，他揭開酒壺蓋，將酒倒在一隻大碗裏，骨都骨都一口氣喝乾，雙手左上右落，抓起盤中牛肉，片刻間吃得乾乾淨淨，一疊連聲大嚷：「添酒添肉，快快！」這時幾個店小二正忙着招呼袁承志等人，不及理會。那頭陀大怒，伸掌在桌上猛力一拍，酒壺、杯盤都跳了起來，連他鄰桌客人的酒杯都震翻了，酒水流了一桌。

那客人「啊喲」一聲，跳了起來，卻是個身材瘦小的漢子，上唇留了兩撇鼠鬚，眸子一翻，精光逼人，叫道：「大師父，你要喝酒，別人也要喝啊。」那頭陀正沒好氣，又是重重一掌拍在桌上，猛喝：「我自叫店小二，干你屁事？」那漢子道：「從來沒見過這般兇狠的出家人。」那頭陀喝道：「今日叫你見見。」

青青瞧得不服氣，對袁承志道：「等着瞧，別看那漢子矮小，只怕也不是個好惹的。」青青正想瞧兩人打架，不料那漢子好似怕了頭陀的威勢，說道：「好，好，算我錯，成不成？」頭陀見他認錯，正好店小二又送上酒來，也就不再理會，自行喝酒。

那漢子走了開去，過了一會，才又回來。袁承志等見沒熱鬧好瞧，自顧飲酒吃飯。突然一陣風過去，一股臭氣撲鼻而來，青青摸出手帕掩住鼻子。袁承志一轉頭，只見頭陀桌上端端正正的放着一把便壺，那頭陀竟未察覺，這一下忍不住要笑出聲來，向青青使個眼色，嘴角向頭陀一努。青青一見之下，笑得彎下腰來。

大堂中許多吃飯的人還未發覺，都說：「好臭，好臭！」那瘦小漢子卻高聲叫道：「香啊，香啊！」青青悄聲叫道：「這定是那漢子拿來的了。他手脚好快，不知他怎麼放的。」

這時頭陀也覺臭氣觸鼻，伸手去拿酒壺，提在手裏一看不對，赫然是把便壺，而且重甸甸的，顯然裝滿了尿，不由得怒不可遏，反手一掌，把身旁的店小二打得跌出丈餘，翻了一個觔斗。只聽那瘦小漢子還在大讚：「好酒，好酒！香啊，香啊。」才知是他作怪，劈臉將便壺向他擲去。那漢子早有提防，他身法滑溜異常，矮身便從桌底鑽了過去，已躲在頭陀身後。那便壺在桌上碰得粉碎，尿水四濺。衆人大呼小叫，紛紛起立閃避。

那頭陀怒氣更盛，伸出兩隻大掌回身就抓。那漢子又從桌底下鑽過。那頭陀一腿踢翻桌子。大堂中亂成一片。衆人早都退在兩旁。

只見那漢子東逃西竄，頭陀拳打足踢，始終碰不到他身子。過不多時，大堂中桌櫈都已被兩人推倒。碗筷酒壺掉了一地。那漢子拾起酒壺等物，不住向頭陀擲去。頭陀吼叫連天，接過回擲。兩人身法快捷，居然都是一身好武功。

打到後來，大堂中已淸出一塊空地。那漢子不再退避，拳來還拳，足來還足，施展小巧功夫和頭陀對打起來。頭陀身雄力壯，使的是滄州大洪拳，拳勢虎虎生風。那漢子的拳法卻自成一家，時時雙手兩邊划動，矮身蹣跚而走，模樣十分古怪，偏又身法靈動。

青青笑道：「這樣子眞難看，那又是甚麼武功了？」袁承志也沒見過，只覺他手脚矯捷，模樣雖醜，卻自成章法，儘能抵敵得住。程青竹見多識廣，說道：「這叫做鴨形拳，江湖上會的人不多。」青青聽了這名稱更覺好笑，見那漢子身形步法果然活脫像是隻鴨子。

那頭陀久鬥不下，焦躁起來，突然跌跌撞撞，使出一套魯智深醉打山門拳，東歪西倒，宛然是個醉漢，有時雙足一挫，在地上打一個滾，等敵人攻到，倏地躍起猛擊。他又滾又翻，身上沾了不少酒飯殘羹，連便壺中倒出的尿水，也有不少沾在衣上。

鬥到分際，頭陀忽地搶上一步，左拳一記虛招，右掌「排山倒海」，直劈敵人胸口。那瘦小漢子知道厲害，運起內力，雙掌橫胸，喝一聲：「好！」三張手掌已抵在一起。頭陀的手掌肥大，漢子的手掌又特別瘦小，雙掌抵在頭陀一掌之中，恰恰正好。

兩人各運全力，向前猛推。頭陀左手雖然空着，但全身之力已運在右掌，左臂就如廢了一般，全然無力出招。雙方勢均力敵，登時僵持不動，進旣不能，退亦不得，均知誰先收力退縮，不免立斃於對方掌下，但如此拚鬥下去，勢不免內力耗竭，兩敗俱傷。兩人均感懊悔，心想與對方本無怨仇，只不過一時忿爭，如此拚了性命，實在無謂。再過一陣，兩人額頭都冒出黃豆般的汗珠來。

沙天廣道：「程老兄，你拿叫化棒兒去拆解一下吧，再遲一會，兩個都要糟糕。」程青竹道：「我一人沒這本事，還是咱哥兒齊上。」沙天廣道：「好，不過這兩個胡鬧傢伙性命雖然可保，重傷終究難免。」正要上前拆解，袁承志笑道：「我來吧。」緩步走近，雙手分在兩人臂彎裏一格。頭陀與漢子的手掌倏地滑開，收勢不住，噗的一聲，三掌同時打在袁承志胸上。程沙兩人大叫：「不好！」同時搶上相救，卻見他神色自若，並未受傷。原來袁承志知道倘若用力拆解或是反推，這兩人正在全力施爲，一股內力逼回去反打自身，必受重傷，因此運氣於胸，接了這三掌，仗着內功神妙，輕輕易易的把掌力承受了。

頭陀和那漢子這時力已使盡，軟綿綿的癱瘓在地。程青竹和沙天廣扶起兩人，命店小二進來收拾。袁承志摸出十兩銀子，遞給掌櫃的道：「打壞了的東西都歸我賠。許多客人還沒吃完飯，你照原樣重新開過，都算在我帳上。」那掌櫃的接了銀子，不住稱謝，叫齊夥計，收拾了打爛的東西，再開酒席。

過得一會，頭陀和那漢子力氣漸復，一齊過來向袁承志拜謝救命之恩。

袁承志笑道：「不必客氣。請教兩位高姓大名。兩位如此武功，必是江湖上成名的英雄好漢了。」那頭陀道：「我法名義生，但旁人都叫我鐵羅漢。」那漢子道：「在下姓胡名桂南。請教高姓大名，這兩位是誰？」

袁承志尙未回答，沙天廣已接口道：「原來是聖手神偷胡大哥。」胡桂南見他知道自己姓名和外號，很是喜歡，忙道：「不敢，請教兄長尊姓大名。」

程青竹把沙天廣手中的扇子接過一抖。胡桂南見扇上畫着個骷髏頭，模樣可怖，便道：「原來是陰陽扇沙寨主，久慕寨主之名，當眞幸會。」跟着又見到倚在桌邊的一根青竹，他知道青竹幫中的人所持青竹以竹節多少分地位高上，這枝青竹竟有十三節，那是幫中最高的首領了，就向程青竹一揖，說道：「這位是程老幫主吧？」程青竹呵呵笑道：「聖手神偷眼光厲害，果然名不虛傳。兩位不打不相識。來來來，大家同乾一杯。」

衆人一齊就坐，胡桂南與鐵羅漢各敬了一杯酒，道聲：「莽撞！」鐵羅漢笑道：「也不知從那裏偷了這把臭便壺來，眞是古怪！」衆人一齊大笑起來。

胡桂南知道程、沙二人分別是北直隸和山東江湖豪傑首領，但見二人對袁承志神態恭敬，此人剛才出手相救，內功深湛，必是非同小可之人，只是未通姓名，也不敢貿然再問。他本來生性滑稽，愛開玩笑，這時卻規規矩矩的不敢放肆。

程青竹道：「兩位到此有何貴幹？胡老弟可是看中了甚麼大戶，要一顯身手麼？」胡桂南笑道：「兄弟在程老前輩的地方不敢胡來。我是去給孟伯飛孟老爺子拜壽去的。」鐵羅漢一拍桌子，叫道：「何不早說？我也是拜壽去的。早知道，就打不起來了。只不過你在孟大爺的酒筵之上，可別又端一把臭便壺出來。」衆人又是一陣大笑。程青竹笑道：「那好極啦，我們也是要去給孟老爺子祝壽，明日正好結伴同行。兩位跟孟老爺子是好朋友吧？」

鐵羅漢道：「好朋友是高攀不上，但說來也有二十多年交情了。只是近年來我多在湖廣一帶，少到北方。倒有八九年不見啦。」胡桂南笑道：「那麼羅漢大哥還得給我引見引見。」鐵羅漢奇道：「怎麼？你不識孟大爺麼？那又給他去拜甚麼壽？」胡桂南道：「兄弟對蓋孟嘗孟大爺一向仰慕得緊，只是沒緣拜見。這次無意中得到了一件寶物，便想借花獻佛，作爲壽禮，好得會一會這位江湖聞名的豪傑。」鐵羅漢道：「那就是了。別說你有壽禮，就是沒有，孟大爺還不是一樣接待。誰叫他外號蓋孟嘗呢？哈哈！」

程青竹卻留了心，問道：「胡老弟，你得了甚麼寶物啊？給我們開開眼界成不成？」沙天廣也道：「尋常物事那會在聖手神偷的眼裏？這麼誇讚，那定是價值連城了。」

胡桂南很是得意，從懷裏掏出一隻鑲珠嵌玉、手工精緻的黃金盒子，說道：「這裏耳目衆多，請各位到兄弟房裏觀看吧。」衆人見盒子已是價值不貲，料想內藏之物必更珍貴。

胡桂南待衆人進房後，掩上房門，打開盒子，露出兩隻死白蟾蜍來。這對蟾蜍通體雪白，眼珠卻血也般紅，模樣甚是可愛，卻也不見有何珍異之處。胡桂南向鐵羅漢笑道：「剛才我和老兄對掌，要是一齊嗚呼哀哉，那也是大難臨頭，無法可施了。但如只是身受重傷，我卻有解救之方。」指着白蟾蜍道：「這是產在西域雪山上的朱睛冰蟾，任他多厲害的內傷、刀傷，只要當場不死，一服冰蟾，藥到傷愈，眞是靈丹妙藥，無此神奇。要是中了劇毒，這冰蟾更有去毒之功。」

程青竹問道：「如此寶物，胡大哥卻那裏得來？」胡桂南道：「上個月我在河南客店裏遇到一個採藥老道，病得快死了，見他可憐，幫了他幾十兩銀子，還給他延醫服藥。但他年壽已到，藥石無靈，終於活不了。他臨死時把這對冰蟾給了我，說是報答我看顧他的情意。」鐵羅漢道：「這盒子倒也好看。」胡桂南道：「那老道本來放在一隻鐵盒裏，可是拿去送禮，豈能不裝得好看一點……」沙天廣笑道：「於是你妙手空空，到一家富戶去取了這隻金盒。」胡桂南笑道：「沙寨主料事如神，佩服，佩服！那本是開封府劉大財主的小姐裝首飾用的。」衆人一齊大笑。

胡桂南道：「剛才我兩人險些兒携手齊赴鬼門關，拚鬥之時我心中在想，我和鐵羅漢大哥若得僥倖不死，我就自服一隻冰蟾，再拿一隻救他性命。我兩人又無怨仇，何必爲了一把臭便壺，搞出人命大事？」鐵羅漢笑道：「那倒生受你了。」衆人又都大笑。

胡桂南道：「總而言之，這兩隻冰蟾，已不是我的了。」雙手舉起金盒，送到袁承志面前道：「不敢說是報答，只是稍表敬意。請相公賞臉收下了。」

袁承志愕然道：「那怎麼可以？這是胡兄要送給孟老爺子的。」胡桂南道：「若不是相公仗義相救，兄弟非死卽傷，這對冰蟾總之是到不了孟老爺子手中啦。至於壽禮嘛，不是兄弟誇口，手到拿來，隨處卽是，用不着操心。」袁承志只是推謝。胡桂南有些不高興了，說道：「這位相公旣不肯見告姓名，又不肯受這冰蟾，難道疑心是兄弟偷來的，嫌髒不要麼？」

袁承志道：「胡兄說那裏話來？適才匆忙，未及通名。小弟姓袁名承志。」

鐵羅漢和胡桂南同時「啊」的一聲驚呼。胡桂南道：「原來是七省盟主袁大爺，怪不得如此好身手。袁大爺率領羣雄，在錦陽關大破韃子兵，天下無不景仰。」鐵羅漢道：「我先幾日聽到這消息，不由得伸手大打我自己耳光。」衆人愕然不解。青青道：「爲甚麼打自己耳光？」鐵羅漢道：「我惱恨自己運氣不好，沒能趕上打這一場大仗，連一名韃子兵也沒殺到。」衆人又都被他逗得笑了起來。

袁承志道：「胡大哥旣然定要見賜，兄弟卻之不恭，只好受了，多謝多謝。」雙手接了過去，放在懷裏。胡桂南喜形於色。

袁承志回到自己房裏，過了一會，捧着一株朱紅的珊瑚樹過來。那珊瑚樹有兩尺來高，遍體晶瑩，難得的是無一處破損，無一粒沙石混雜在內，放在桌上，登覺滿室生輝，奇麗無比。胡桂南吃了一驚，說道：「兄弟豪富之家到過不少，卻從未見過如此長大完美的珊瑚樹。

只怕只有皇宮內院，才有這般珍物。這是袁相公家傳至寶吧？眞令人大開眼界了。」

袁承志笑道：「這也是無意中得來的。這件東西請胡兄收着，明兒到了保定府，作爲賀禮如何？」胡桂南驚道：「那太貴重了。」袁承志道：「這些賞玩之物，雖然貴重，卻無用處，不比冰蟾可以救人活命。胡兄快收了吧。」胡桂南只得謝了收起。他和鐵羅漢見袁承志出手豪闊，心下都暗暗稱奇。

次日傍晚到了保安府，衆人先在客店歇了，第二天一早到孟府送禮賀壽。

孟伯飛見了袁承志、程青竹、沙天廣三人的名帖，忙親自迎接出來。他早知袁承志年輕，還道必有過人之處，此刻相會，見他只是個黝黑少年，形貌平庸，不覺一楞，老大不悅，心想：「七省的英雄好漢怎地顚三倒四，推舉這麼個毛頭小夥子做盟主？」但衆人遠道前來拜壽，自然是給自己極大面子，於是和大兒子孟錚、二兒子孟鑄連聲道謝，迎了進去，互道仰慕。袁承志見孟伯飛身材魁梧，鬚髮如銀，雖以六旬之年，仍是聲若洪鐘，步履之間更是穩健異常，想是武功深厚。兩個兒子均在壯年，也都英氣勃勃。

說話之間，孟伯飛對泰山大會似乎頗不以爲然，程青竹談到泰山之會，他都故作不聞，並不接口。過了一會，又有賀客到來，孟伯飛說聲：「失陪！」出廳迎賓去了。青青心道：「這人號稱蓋孟嘗，怎麼對好朋友如此冷淡？原來是浪得虛名。早知他這麼老氣橫秋的，就不來給他拜甚麼壽了。老傢伙我還見得不夠多麼？」

家丁獻過點心後，孟鑄陪着袁承志等人到後堂去看壽禮。這時孟伯飛正和許多客人圍着一張桌子，讚嘆不絕。見袁承志等進來，孟伯飛忙搶上來謝道：「袁兄、夏兄送這樣厚禮，兄弟如何克當？」袁承志道：「老前輩華誕，一點兒敬意，太過微薄。」

衆人走近桌邊，只見桌上光采奪目，擺滿了禮品，其中袁承志送的白玉八駿馬，青青送的翡翠玉西瓜，尤其名貴。胡桂南送的珊瑚寶樹也很搶眼。

孟伯飛對袁承志被推爲七省盟主一事，本來頗爲不快，但見他說話謙和，口口聲聲老前輩，送的又是這般珍貴非凡的異寶，足見對自己十分尊重，覺得這人年紀雖輕，行事果然不同，不覺生了一份好感，說話之間也客氣得多了。

各路賀客拜過壽後，晚上壽翁大宴賓朋。蓋孟嘗富甲保定，素來愛好交友，這天六十大壽，各處來的賀客竟有三千多人。孟伯飛掀鬚大樂，向各路英豪不停口的招呼道謝。大廳中開了七八十席。位望不高、輩份較低的賓客則在後廳入席。

袁承志、程青竹、沙天廣三人都給讓在居中第一席上，孟伯飛在主位相陪。在第一席入座的還有老英雄鴛鴦膽張若谷、統兵駐防保定府的馮同知、永勝鏢局的總鏢頭董開山，此外也都是武林中的領袖人物。羣豪向壽翁敬過酒後，猜拳鬥酒，甚是熱鬧。

飯酒正酣，一名家丁匆匆進來，捧着一個拜盒，走到孟錚身邊，輕輕說了幾句。孟錚正陪客人飲酒，一聽家丁說話，忙站起來，走到孟伯飛身旁，說道：「爹，你老人家眞好大面子，神拳無敵歸二爺夫婦，帶了徒弟給您拜壽來啦。」孟伯飛一楞，道：「我跟歸老二素來沒交情啊！」揭開拜盒，見大紅帖子上寫着：「眷弟歸辛樹率門人敬賀」幾個大字，另有小字註着「菲儀黃金十兩」，帖子旁邊放着一隻十兩重的金元寶。孟伯飛心下甚喜，向席上衆賓說聲：「失陪。」帶了兩個兒子出去迎客。

不多時，只見他滿面春風，陪着歸辛樹夫婦、梅劍和、劉培生、孫仲君五人進來。歸二娘手中抱着那個皮包骨頭、奄奄一息的孩子歸鍾。

袁承志早站在一旁，作了一揖，道：「二師哥、二師嫂，您兩位好。」歸辛樹點點頭道：「嗯，你也在這裏。」歸二娘哼了一聲，卻不理睬。袁承志道：「師哥師嫂請上座，我與劍和他們一起坐好啦。」孟伯飛聽袁承志這般稱呼，笑道：「好哇，有這樣一位了不起的師哥撐腰，別說七省盟主，就是十四省盟主，也好當呀！」言下之意，似是說袁承志少年得意，當上七省盟主，全是仰仗師兄的大力。袁承志微微一笑，也不言語。

歸辛樹這些日子忙於爲愛子覓藥，尚不知泰山大會之事，愕然道：「甚麼盟主？」孟伯飛笑道：「我是隨便說笑，歸二哥不必介意。」當下請歸氏夫婦在鴛鴦膽張老英雄下首坐了。衆賀客均是豪傑之士，男女雜坐，並不分席。袁承志自與梅劍和等坐在一桌。程青竹和沙天廣卻去和啞巴、青青同席。

歸辛樹與孟伯飛等互相敬酒。各人喝了三杯後，永勝鏢局總鏢頭董開山站起身來，說道：「兄弟酒量不行，各位寬坐。兄弟到後面歇一下。」歸辛樹冷然道：「我們到處找董鏢頭不到，心想定在這裏，果然不錯。」董開山神色尷尬，說道：「兄弟跟歸二爺往日無怨，近日無仇，歸二爺何必苦苦找我？」衆人一聽此言，都停杯不飲，望着二人。

孟伯飛笑道：「兩位有甚麼過節，瞧兄弟這個小面子，讓兄弟來排解排解。」說到排難解紛，於他實是生平至樂。董開山道：「在下久仰歸二爺大名，一向是很敬重的，只是素不相識，不知何故一路追蹤兄弟。」

孟伯飛一聽，心中雪亮：「好啊，你們兩人都不是誠心給老夫拜壽來着。原來一個是避難，一個是追人。這姓董的既然瞧得我起，到了我屋裏，總不能讓他吃虧丟人。」於是對歸辛樹道：「歸二爺有甚麼事，咱們過了今天慢慢再談。大家是好朋友，總說得開。」

歸辛樹不善言辭，歸二娘一指手中孩子，說道：「這是我們二爺三房獨祧單傳的兒子，眼見病得快死啦。想求董鏢頭開恩，賜幾粒藥丸，救了這孩子一條小命。我們夫婦永感大德。」

孟伯飛道：「那是應該的。」轉頭對董開山道：「董爺，救人一命，勝造七級浮屠。何況是歸二爺這樣的大英雄求你。甚麼藥丸，快拿出來吧！你瞧這孩子確是病重。」董開山道：「這茯苓首烏丸倘若是兄弟自己的，只須歸二爺一句話，兄弟早就雙手奉上了。不過這是鳳陽總督馬大人進貢的貢品，着落永勝鏢局送到京師。若有失閃，兄弟不能再在江湖上混飯吃，那也罷了，可是不免連身家性命也都難保，只好請歸二爺高抬貴手。」

衆人聽了這話，都覺事在兩難。馮同知一聽是貢物，忙道：「貢物就是聖上的東西，那一個大膽敢動？」歸二娘道：「哼，就算是玉皇大帝的，這一次也只得動上一動了。」馮同知喝道：「好哇，你這女人想造反麼？」歸二娘大怒，伸筷在碗中挾起一個魚圓，乘馮同知嘴還沒閉，噗的一聲，擲入了他的口中。馮同知一驚，那知又是兩個魚圓接連而來，把他的嘴塞得滿滿的，吞也不是，吐也不是，登時狼狽不堪。

老英雄張若谷一見大怒，心想今天是孟兄弟的壽辰，這般搞法豈不是存心搗蛋，隨手拿起桌上一隻元寶形的筷架，用力一拍，筷架整整齊齊的嵌入了桌面之中。

歸辛樹手肘靠桌，潛運混元功內力向下一抵，全身並未動彈分毫，嵌在桌面裏的筷架突然跳出，撞向張若谷臉上。張若谷急忙閃避，雖未撞中，卻已顯得手忙脚亂。他滿臉通紅，霍地站起，反手一掌，將桌面打下一塊，轉身對孟伯飛道：「孟老弟，老哥哥在你府上丟了臉了。」說着大踏步向外就走。職司招待的兩名孟門弟子上前說道：「張老爺子不忙，請到後堂用杯茶吧。」張若谷鐵青着臉，雙臂一張，兩名弟子跟蹌跌開。

孟伯飛怫然不悅，心想好好一堂壽筵，卻給歸辛樹這惡客趕到鬧局，以致老朋友不歡而去，正要發話，馮同知十指齊施，已將兩個魚圓從口中挖了出來，另外一個卻終於嚥了下去，哇哇大叫：「反了，反了，這還有王法嗎？來人哪！」兩名親隨還不知老爺為何發怒，忙奔過來。馮同知叫道：「抬我大關刀來！」

原來這馮同知靠着祖蔭得官，武藝低微，卻偏偏愛出風頭，要鐵匠打了一柄刃長背厚、鍍金垂纓、薄鐵皮的空心大關刀，自己騎在馬上，叫兩名親兵抬了跟着走，務須口中杭育、杭育，叫聲不絕，裝作十分沉重、不勝負荷的模樣，他只要隨手一提，卻是輕鬆隨便。旁人看了，自然佩服同知老爺神力驚人。他把「抬我大關刀來」這句話說順了口，這時脾氣發作，又喊了出來。兩名親隨一楞，這次前來拜壽，並未抬這累贅之物，一名親隨當即解下腰間佩刀，遞了上去。

孟伯飛知他底細，見他裝模作樣，又是好氣，又是好笑，連叫：「使不得。」

馮同知草菅人命慣了的，也不知歸辛樹是多大的來頭，眼見他是個鄉農模樣，那放在心上？接過佩刀，揮刀摟頭向歸二娘砍去。歸二娘右手抱着孩子，左手一伸，彎着食中兩指鉗住了刀背，問道：「大老爺，你要怎樣？」

馮同知用力一拉，那知這把刀就如給人用鐵鉗鉗住了，一拉之下，竟是紋絲不動。他雙手握住刀柄，用力往後拉奪，霎時間一張臉脹得通紅，手中雖無大關刀，但臉如重棗，倒也宛若關公，所差者也不過關公的丹鳳眼變成了馮公的鬥鷄眼而已。歸二娘突然放手。馮同知仰天一交，跌得結結實實，刀背砸在額頭之上，登時腫起了圓圓一塊，有似適才他呑下肚去的魚圓鑽上了額頭。兩名親隨忙搶上扶起。馮同知不敢再多說一句，手按額頭，三脚兩步的走了。只聽他出了廳門，一路大聲喝罵親隨：「混帳王八蛋！就是怕重偷懶，不抬老爺用慣了的大關刀來。否則的話，還不是一刀便將這潑婦劈成兩半。」

董開山乘亂想溜。歸辛樹道：「董鏢頭，你留下丸藥，我決不難爲你。」董開山受逼不過，站到廳心，叫道：「姓董的明知不是你神拳無敵的對手。性命是在這裏，你要，就來拿去吧。」歸二娘道：「誰要你性命？把丸藥拿出來！」

孟伯飛的大兒子孟錚再也忍耐不住，叫道：「歸二爺，我們孟家可沒得罪了你，你們有過節，請到外面去鬧。」歸辛樹道：「好，董鏢頭，咱們出去吧。」董開山卻不肯走。

歸辛樹不耐煩了，伸手往他臂上抓去。董開山向後一退，歸辛樹手掌跟着伸前。董開山既做到鏢局子的總鏢頭，武功自然也非泛泛，眼見歸辛樹掌到，疾忙縮肩，出手相格，卻那碰得到對方手掌？但聽得嗤的一聲，肩頭衣服已被撕下了一塊。

孟錚搶上前去，擋在董開山身前，說道：「董鏢頭是來賀壽的客人，不容他在舍下受人欺侮。」歸二娘道：「那怎樣？我們當家的不是叫他出去嗎？」孟錚道：「你們有事找董鏢頭，不會到永勝鏢局去找？幹麼到這裏攪局？」言下越來越不客氣。歸二娘厲聲道：「就算攪了局，又怎麼樣？」這些日子來她心煩意亂，爲了兒子病重難愈，自己的命也不想要了，否則以孟伯飛在武林中的聲望地位，她決不能如此上門胡來。

孟伯飛氣得臉上變色，站了起來，道：「好哇，歸二爺瞧得起，老夫就來領教領教。」孟錚道：「爹爹，今兒是您老人家好日子。兒子來。」當下命家丁在廳中搬開桌椅，露出了一片空地，叫道：「你們要攪局，索性大攪一場。歸二爺，這就是顯顯你的神拳無敵。」

歸二娘冷笑道：「你要跟我們當家動手，再練二十年，還不知成不成？」

孟錚武功已盡得孟伯飛快活三十掌的眞傳，方當壯年，生平少逢敵手，雖然久聞神拳無敵的大名，但當着數千賓朋，這口氣那裏咽得下去？喝道：「歸老二，你強兇霸道，到這裏來撒野！孟少爺拳頭上只要輸給了你，任憑你找董鏢頭算帳，我們孟家自認沒能耐管這件事。要是勝了你，卻又怎樣？」歸辛樹不愛多言，低聲道：「你接得了我三招，歸老二跟你磕頭。」旁人沒聽見，紛紛互相詢問。孟錚怒極而笑，大聲說道：「各位瞧這人狂不狂？他說只要我接得他三招，他就向我磕頭。哈哈，是不是啊，歸二爺？」

歸辛樹道：「不錯，接招吧！」呼的一聲，右拳「泰山壓頂」，猛擊下來。

這時青青已站到袁承志身邊，說道：「你的師哥學了你的法子。」袁承志道：「怎麼？」青青道：「你跟他徒弟比拳，不也是限了招數來讓他接麼？」袁承志道：「這姓孟的不識好歹，他那知我師哥神拳的厲害。」

孟錚見對方拳到，硬接硬架，右臂用力一擋，左手隨卽打出一拳。兩人雙臂一交，歸辛樹心道：「此人狂妄，果然有點功夫。」乘他左拳打來，左掌拍的一聲，打在他左肘之上，發力往外一送。那知孟錚的功夫最講究馬步堅實，這一送竟只將他推得身子幌了幾幌。袁承志低聲道：「糟糕，這一招沒打倒了他，姓孟的要受重傷。」但見歸辛樹又是一掌打出，孟錚雙臂奮力抵出，猛覺一股勁風逼來，登時神智胡塗，仰天跌倒，昏了過去。

衆人大聲驚呼。孟伯飛和孟鑄搶上相扶，只見孟錚慢慢醒轉，口中連噴鮮血，一口氣漸漸接不上來。歸辛樹剛才一送沒推動他，只道他武功果高，第三掌便出了全力。孟錚拚命架得兩招，力氣已盡，這第三招就算是輕輕一指，也就倒了，這股掌力排山倒海而來，那裏禁受得住？歸辛樹萬想不到他已經全然無力抵禦，眼見他受傷必死，倒也頗爲後悔。

丁甲神丁遊和孟鑄兩人氣得眼中冒火，齊向歸辛樹撲擊。孟伯飛給兒子推宮過血，眼見他氣若遊絲，不禁老淚泉湧，突然轉身，向歸辛樹打來。

歸辛樹見正點子董開山乘機想溜，身子一挫，從丁遊與孟鑄拳下鑽了過去，伸指在董開山脅下一點。董開山登時呆住，一足在前，一足在後，一副向外急奔的神氣，卻是移動不得半步，嘴裏冗自在叫：「歸老二，老子……老子跟你拚了！」

這時孟伯飛已與歸二娘交上了手，兩人功力相當，歸二娘吃虧在抱了孩子，被他勢如瘋虎般的一輪急攻，迭遇險招。梅劍和、劉培生、孫仲君三人也已和孟門弟子打得十分激烈。

程青竹對袁承志道：「袁相公，咱們快勸，別弄出大事來。」袁承志道：「我師哥師嫂跟我很有嫌隙，我若出頭相勸，事情只有更糟，且看一陣再說。」

這時歸辛樹上前助戰，不數招已點中了孟伯飛的穴道。只見他在大廳中東一幌，西一閃，片刻之間，已將孟家數十名弟子親屬全都點中了穴道。這些人有的伸拳，有的踢足，有的彎腰，有的扭頭，姿勢各不相同，然而個個動彈不得，只是眼珠骨碌碌的轉動。賀客中雖有不少武林高手，但見神拳無敵如此厲害，那個還敢出頭？

歸二娘對梅劍和道：「搜那姓董的。」梅劍和解下董開山背上包裹，在他身上裏裏外外搜了一遍，卻那裏有茯苓首烏丸的蹤影？歸辛樹解開他穴道，問道：「丸藥放在那裏？」

董開山道：「哼，想得丸藥，跟我到這裏來幹甚麼？虧你是老江湖了，連這金蟬脫殼之計也不懂。」歸二娘怒道：「甚麼？」董開山道：「丸藥早到了北京啦。」歸二娘又驚又怒，喝道：「當眞？」董開山道：「我仰慕孟老爺子是好朋友，專誠前來拜壽。難道明知你們想搶丸藥，還會把這東西帶上門來連累他老人家？」

聖手神偷胡桂南走到袁承志身邊，低聲道：「袁相公，這鏢頭扯謊。」

袁承志道：「怎麼？」胡桂南道：「他的丸藥藏在這裏。」說着向「壽」字大錦軸下的一盤壽桃一指。袁承志很是奇怪，低聲問道：「你怎知道？」胡桂南笑道：「這些江湖上偷偷摸摸的勾當，別想逃過我的眼睛。」青青在一旁聽着，笑道：「旁人想在神偷老祖宗面前搞鬼，當眞是魯班門前弄大斧了。」胡桂南笑道：「姓胡的別的能爲是沒有，說到偷偷摸摸甚麼的勾當，卻輸不了給人。這姓董的好刁滑，他料到歸二爺定會追來，因此把丸藥放在壽桃之中，等對頭走了，再悄悄去取出來。」

袁承志點點頭，從人叢中出來，走到孟伯飛身邊，伸掌在他「璇璣」、「神庭」兩穴上按揑推拿幾下，內力到處，孟伯飛身子登時活動。

歸二娘厲聲道：「怎麼？你又要來多管閒事？」把孩子往孫仲君手裏一送，伸手往袁承志肩頭抓來。袁承志往左一偏，避開了她一抓，叫道：「師嫂，且聽我說話。」

孟伯飛筋骨活動之後，左掌「瓜棚拂扇」，右掌「古道揚鞭」，連續兩掌，向歸二娘拍來。他這快活三十掌馳譽武林，自有獨得之秘，遇到歸辛樹時棋差一着，縛手縛脚，但與歸二娘卻不相上下。兩人拳來掌往，迅卽交了十多招。歸辛樹道：「你讓開。」歸二娘往左閃開。孟伯飛右掌飛上。歸辛樹側拳而出，不數招又已點中了他的穴道。袁承志若再過去解他穴道，勢必跟師哥動手，當下只有皺眉不動。

歸二娘脾氣本來暴躁，這時愛子心切，行事更增了幾分乖張，叫道：「姓董的，你不拿藥出來，我把你兩條臂膀折了。」左手拿住董開山手腕，將他手臂扭轉，右拳起在空中，只要往下一落，一拳打在肘關節上，手臂立時折斷。董開山咬緊牙關，低聲道：「藥不在我這裏，折磨我也沒用。」賀客中有些人瞧不過眼，挺身出來叫陣。

袁承志眼見局面大亂，叫道：「大家住手！」叫了幾聲，無人理睬，心想：再過得片刻，若是殺傷了人命，那就難以挽救，非快刀斬亂麻不可，突然縱起，落在孫仲君身旁，左手一招「雙龍搶珠」，食中二指往她眼中挖去。孫仲君大驚，疾忙伸右臂擋架。豈知他這一招只是聲東擊西，乘她忙亂中迴護眼珠，右掌在她肩頭輕輕一推，孫仲君退開三步，孩子已被他搶了過去。孫仲君大驚，高叫：「師父，師娘！快，快，他……」

歸辛樹夫婦回過頭來，袁承志已抱着孩子，跳上一張桌子，叫道：「青弟，劍！」青青擲過劍去，袁承志伸左手接住了，叫道：「大家別動手，聽我說話。」

歸二娘紅了眼睛，嘶聲叫道：「小雜種，你敢傷我孩子，我……我跟你拚了！」說着要撲上去拚命。歸辛樹一把拉住，低聲道：「孩子在他手裏，別忙。」袁承志道：「二師哥，請你把孟老爺子的穴道解開了。」歸辛樹哼了一聲，依言將孟伯飛穴道拍開。

袁承志叫道：「各位前輩，衆家朋友。我師哥孩子有病，要借貪官馬士英的丸藥救命，可是這位董鏢頭甘心給贓官賣命，我師哥才跟他過不去。孟老爺子是好朋友，今日是他老人家千秋大喜之日，我們決不會有意前來打擾。」衆人一聽，都覺奇怪，明明見他們師兄弟互鬥，怎麼他卻幫師兄說起話來了。歸氏夫婦更加驚異。歸二娘又叫：「快還我孩子！」

袁承志高聲道：「孟老爺子，請你把這盤壽桃擘開來瞧瞧，中間可有點兒古怪。」董開山一聽，登時變色。孟伯飛不知他葫蘆裏賣甚麼藥，依言擘開一個壽桃，只見棗泥餡子之內露出一顆白色蠟丸，不禁一呆，一時不明白這是甚麼東西。

袁承志高聲說道：「這董鏢頭要是眞有能耐給贓官賣命，那也罷了，可是他心腸狠毒，前來挑撥離間，要咱們壞了武林同道的義氣。孟老爺子，這幾盤壽桃是董鏢頭送的，是不是？」孟伯飛點點頭。袁承志又道：「他把丸藥藏在壽桃之內，明知壽桃一時不會吃，等壽筵過了，我師哥跟孟老爺子傷了和氣，他再偷偷取出，送到京裏，豈不是奇功一件？」

他一面說，一面走近桌邊。青青也過來相助。兩人把壽桃都擘了開來，將餡裏所藏的四十顆丸藥盡數取出。袁承志揑破一顆蠟丸，一陣芳香撲鼻，露出龍眼大一枚朱紅丸藥來。他叫青青取來一杯清水，將丸藥調了，餵入孩子口中。那孩子早已氣若遊絲，也不哭鬧，一口口的都嚥入了肚裏。歸二娘雙目含淚，又是感激，又是慚愧，心想今天若不是小師弟識破機關，不但救不了兒子的命，還得罪了不少英雄豪傑，累了丈夫一世英名。

袁承志等孩子服過藥後，雙手抱着交過。歸二娘接了過去，低聲道：「師弟，我們夫婦眞是感激不盡。」歸辛樹只道：「師弟，你很好，很好。」青青把丸藥都遞給了歸二娘，笑道：「孩子再生幾場重病，也夠吃的了。」歸二娘心中正自歡喜不盡，也不理會她話中含刺，謝着接過。

歸辛樹忙着給點中穴道的人解穴，解一個，說一句：「對不住！」孟伯飛默然，心想：「你兒子是救活了，我兒子卻給你打死了。定當邀約能人，報此大仇。」

袁承志見孟門弟子抬了垂死的孟錚正要走入內堂，叫道：「請等一下。」孟鑄怒道：「我哥哥已死定啦，還要怎樣？」袁承志道：「我師哥素來仰慕孟老爺子的威名，親近還來不及，那會眞的傷害孟大哥性命？這一掌雖然使力大了一點，但孟大哥性命無碍，儘可不必擔心。」衆人一聽，都想：「眼見他受傷這般沉重，你這話騙誰？」

袁承志道：「我師哥並未存心傷他，只要給孟大哥服一劑藥，調養一段時候，就沒事了。」說着從懷中取出金盒，揭開盒蓋，拿了一隻朱睛冰蟾出來，用手揑碎，在碗中沖酒調合，給孟錚喝了下去。不一刻，孟錚果然臉上見紅，呻吟呼痛。孟伯飛喜出望外，忍不住淚水從臉頰上直流下來，顫聲道：「袁相公，袁盟主，你眞是我兒子的救命恩人。」袁承志連聲遜謝。當下孟鑄指揮家人，將兄長抬到內房休息。廳上重整杯盤，開懷暢飲。

歸二娘向孟伯飛道：「孟老爺子，我們實在鹵莽，千萬請你原諒。」一拉丈夫，與三個徒弟一齊拜了下去。孟伯飛呵呵笑道：「兒子要死，誰都心慌，老夫也是一般，這也怪不得賢孟梁。」歸氏夫婦又去向適才動過手的人分別道歉。羣雄暢飲了一會。孟伯飛終是不放心，進去看兒子傷勢如何，只見他沉沉睡熟，呼吸勻淨，料已無事。

孟伯飛心無掛碍，出來與敬酒的賀客們酒到杯乾，直飲到八九分。他更叫拿大碗來，滿滿斟了兩碗，端到袁承志面前，朗聲說道：「袁盟主，泰山大會上衆英雄推你爲尊，老實不客氣說，在下本來是心裏不服的。但今日你的所作所爲，在下不但感激，且是佩服得五體投地。來，敬你一碗。」端起大碗，骨都骨都一口氣將酒喝了。袁承志酒量本不甚高，但見他一番美意，也只得把碗中酒乾了。羣雄轟然叫好。孟伯飛大拇指一翹，說道：「袁盟主此後但有甚麼差遣，在下力量雖小，要錢，十萬八萬銀子還對付得了。要人，在下父子師徒，自然赴湯蹈火，在所不辭。要再邀三四百位英雄好漢，在下也還有這點小面子。」

袁承志見他說得豪爽，又想一場大風波終於順利化解，師兄弟間原來的嫌隙也烟消雲散，心裏很是暢快。這一晚衆人盡醉而散，那董鏢頭早已不知躲到那裏去了。崇禎皇帝既得不到靈藥，難以延年益壽，他董總鏢頭自己如何延年益壽，這大事自須儘早安排。

袁承志等人在孟家莊盤桓數日，幾次要行，孟伯飛總是苦留不放。孟錚受的是外傷，這幾日中好得甚快。歸辛樹的兒子歸鍾服了茯苓首烏丸後，果然也是一日好於一日。歸辛樹夫婦心中的歡喜，那也不用說了。

到第七日上，蓋孟嘗雖然好客，也知不能再留，只得大張筵席，替歸辛樹與袁承志等送行。席間程青竹說道：「孟老哥，永勝鏢局那姓董的不是好東西，他失卻貢品交代不了，又找不上歸二爺，只怕要推在老哥身上，須得提防一二。」孟伯飛道：「這小子要是眞來惹我，可不再給他客氣。」歸二娘道：「孟老哥，這全是我們惹的事，要是有甚麼麻煩，可千萬得給我們送信。」孟伯飛道：「好！這小子我不怕他。」沙天廣道：「就是防他勾結官府。」又孟伯飛哈哈笑道：「要是混不了，我就學你老弟，佔山爲主。」

羣雄在笑聲中各自上馬而別。歸辛樹夫婦抱了孩子，帶着三個徒弟欣然南歸。袁承志、青青、程青竹、沙天廣、啞巴、鐵羅漢、胡桂南、洪勝海等八人押着鐵箱，連騎北上。

這日來到高碑店，天色將暮，因行李笨重，也就不貪趕路程，當下在鎮西的「燕趙居」客棧歇宿。衆人行了一天路，都已倦了，正要安睡，忽然門外車聲隆隆，人語喧嘩，吵得雞飛狗走。除了啞巴充耳不聞之外，各人都覺得十分奇怪。只聽得聲音嘈雜，客店中湧進一批人來，聽他們嘰哩咕嚕，說的話半句也不懂。

衆人出房一看，只見廳上或坐或站，竟是數十名外國兵，手中拿着奇形怪狀的兵器，亂鬨鬨在說話。袁承志等從沒見過這等綠眼珠、高鼻子的外國人，都感驚奇，注目打量。

忽聽得一個中國人向掌櫃大聲呼喝，要他立即騰出十幾間上房來。掌櫃道：「大人，實在對不住啦，小店幾間上房都已住了客人。」那人不問情由，順手就是一記耳光。那掌櫃左手按住面頰，又氣又急，說道：「你……你……」那人喝道：「不讓出上房來，放火把你的店子燒了。」掌櫃無法，只得來向洪勝海哀求，打躬作揖，請他們挪兩間房出來。

沙天廣道：「好哇，也有個先來後到。這人是甚麼東西？」掌櫃忙道：「達官爺，別跟這吃洋飯的一般見識。」沙天廣奇道：「他吃甚麼洋飯？吃了洋飯就威風些麼？」掌櫃的悄聲道：「這些外國兵，是運送紅夷大炮到京裏去的。這人會說洋話，是外國大人的通譯。」袁承志等這才明白，原來這人狐假虎威，仗着外國兵的勢作威作福。

沙天廣鐵扇一展，道：「我去教訓教訓這小子。」袁承志一把拉住，說道：「慢來！」把衆人邀入房裏，說道：「先父當年鎭守關遼，寧遠兩仗大捷，得力於西洋國的紅夷大炮甚多。滿清虜首努爾哈赤就是給紅夷大炮轟死的。現下滿清兵勢猖獗，這些外國兵既是運炮去助戰的，咱們就讓一讓吧。」沙天廣道：「難道就由得這小子發威？」袁承志道：「這種賤男子，何必跟他一般見識。」衆人聽他如此說，就騰了兩間上房出來。

那通譯姓錢名通四，見有了兩間上房，雖然仍是呶呶責罵，也不再叫掌櫃多讓房間了。他出去了一會，領了兩名外國軍官進店。

這兩個外國軍官一個四十餘歲，另一個三十來歲。兩人嘰哩咕嚕說了一會話，那年長軍官出去陪着一個西洋女子進來。這女子年紀甚輕，青青等也估不定她有多大年紀，料想是二十歲左右，一頭黑髮，襯着雪白的肌膚，眼珠卻是碧綠，全身珠光寶氣，在燈下燦然閃耀。

袁承志從來沒見過外國女人，不免多看了幾眼。青青卻不高興了，低聲問：「你說這女子好看麼？」袁承志道：「外國女人原來這麼愛打扮！」青青哼了一聲，就不言語了。

次日清晨起來，大夥在大廳上吃麵點。兩個外國軍官和那女人坐在一桌。通譯錢通四不住過去諂媚，卑躬屈膝，滿臉陪笑，等回過頭來，卻向店伴大聲呼喝，要這要那，稍不如意，就是一記巴掌。

程青竹實在看不過眼了，對沙天廣道：「沙兄，瞧我變個小小戲法！」當下也不回身，順手向後一揚，手中的一雙竹筷飛了出去，噗的一聲，正揷入了錢通四口裏，把他上下門牙撞得險些兒掉將下來。要知程青竹所用暗器就是一枝枝細竹，這門青竹鏢絕技，二十步內打人穴道，百發百中，勁力不輸鋼鏢。也是他聽了袁承志的話這才手下留情，否則這雙筷子稍高數寸，錢通四的一雙眼珠就別想保住了。

錢通四痛得哇哇大叫，可還不知竹筷是那裏飛來的。兩個外國軍官叫他過去查問。錢通四說了，那女子笑得花枝招展，耳環搖幌。

年長的軍官向袁承志這一桌人望了幾眼，心想多半是這批人作怪，拿起桌上兩隻酒杯，忽往空中擲去，雙手已各握了一枝短槍，一槍一響，把兩隻酒杯打得粉碎。袁承志等聽得巨響，都嚇了一跳，心想這火器果然厲害，而他放槍的準頭也自不凡。

年長軍官面有得色，從火藥筒中取出火藥鉛丸，裝入短槍，對年輕軍官道：「彼得，你也試試麼？」彼得道：「我的槍法怎及得上咱們葡萄牙國第一神槍手？」那西洋女人微笑道：「雷蒙是第一神槍手麼？」彼得道：「若不是世界第一，至少也是歐洲第一。」雷蒙笑道：「歐洲第一，難道不是世界第一麼？」彼得道：「東方人很古怪，他們有許多本領，比歐洲人厲害得多，所以我不敢說。若克琳，你說是麼？」若克琳笑道：「我想你說得對。」

袁承志等聽三人嘰哩咕嚕的說話，自是半句不懂。

雷蒙見若克琳對彼得神態親熱，頗有妒意，說道：「東方人古怪麼？」又是兩槍連發，這一次卻是瞄準了青青的頭巾。火光一閃，青青的頭巾打落在桌，露出了一頭女子的長髮。袁承志等齊吃一驚。雷蒙與另桌上的許多外國兵都大笑起來。

青青大怒站起，颼的一聲，長劍出鞘。袁承志心想：「如一動手，對方火器厲害，雙方必有死傷。這些外國兵是去教官兵放炮打滿清韃子的，殺了他們於國家有損，還是忍一下吧。」對青青道：「青弟，算了吧。」青青向三個外國人怒目橫視，又坐了下來。

若克琳笑道：「原來是個姑娘，怪不得這樣美貌。」雷蒙笑道：「好呀，你早在留心人家小夥子美不美啦。」彼得道：「她還會使劍呢，好像想來跟我們打一架。」雷蒙道：「她來時誰去抵敵？彼得，咱倆的劍法誰好些？」彼得道：「我希望永遠沒人知道。」雷蒙臉有怒色，問道：「爲甚麼？」若克琳道：「喂，你們別爲這個吵嘴。」抿嘴笑道：「東方人很神秘，只怕你們誰也打不贏這個漂亮大姑娘呢。」

雷蒙叫道：「通四錢，你過來！」錢通四連忙過去，道：「上校有甚麼吩咐？」雷蒙道：「你去問那個大姑娘，是不是要跟我比劍？快去問。」錢通四道：「是，是！」雷蒙從袋裏抓出十多塊金洋，拋在桌上，笑道：「她要比，就過來。只要贏了我，這些金洋都是她的。她輸了，我可要親一個嘴！你快去說，快去說。」

錢通四大模大樣的走了過去，照實對青青說了，說到最後一句「親一個嘴」時，青青反手一掌，拍的一聲，正中他右頰。這一掌勁力好大，錢通四「哇」的一聲，吐出了滿口鮮血，四枚大牙，半邊臉頰登時腫了起來，從此嘴裏四通八達，當眞不枉了通四之名。

雷蒙哈哈大笑，說道：「這女孩子果然有點力氣！」拔出劍來，在空中呼呼呼的虛劈了幾下，走到大廳中間，叫道：「來，來，來！」

青青不知他說些甚麼，但瞧他神氣，顯然便是要和自己比劍，當卽拔劍出座。

袁承志道：「青弟，你過來。」青青以為他要攔阻，身子一扭，道：「我不來！」袁承志道：「我教你怎樣勝他。」青青適才眼見那外國人火器厲害無比，只怕劍法也是如此威力驚人，又或是劍上會放出些甚麼霹靂聲響的物事來，本有些害怕，一聽大喜，忙走過來。袁承志道：「瞧他剛才砍劈這幾下，出手敏捷，勁道也足。他這劍柔中帶靭，要防他直刺，不怕他砍削。」青青道：「那麼我可設法震去他劍！」袁承志喜道：「不錯，正是這樣，可是別傷了他。」

雷蒙見兩人談論不休，心中焦躁，叫道：「快來，快來！」

青青反身躍出，回手突然一劍，向他肩頭削去。雷蒙萬想不到她出手如此快捷，總算他是葡萄牙的劍術高手，又受過法國與意大利名師的指點，危急中滾倒在地，舉劍一擋，錚的一聲，火花四濺，站起身來，已嚇出了一身冷汗。若克琳在一旁拍手叫好。

兩人展開劍術，攻守刺拒，鬥了起來。

袁承志細看雷蒙的劍法，見他迴擋進刺，甚是快速。鬥到酣處，青青劍法忽變，全是虛招，劍尖卽將點到，立卽收回，這是石樑派的「雷震劍法」，六六三十六招，竟無一招實招，那是雷震之前的閃電，把敵人弄得頭暈眼花之後，跟着而上的便是雷轟霹靂的猛攻。

雷蒙劍法雖然高明，但這樣的劍術卻從來沒有見過，只見對方劍尖亂閃，似乎劍劍要刺向自己要害，待得舉劍抵擋，對方卻又不攻過來。西方劍術之中原也有佯攻僞擊的花招，但最多一二招而已，決無數十招都是佯攻的，心想這種花巧只圖好看，有何用處？正要笑罵，青青突然揮劍猛劈。雷蒙舉劍擋架，虎口大震，竟自把握不住，長劍脫手飛出。

青青乘勢直上，劍尖指住他的胸膛。雷蒙只得舉起雙手，作投降服輸之狀。青青嘻嘻一笑，收劍回座。雷蒙滿臉羞慚，想不到自己在歐陸縱橫無敵，竟會到中國來敗在一個少女手裏。

若克琳笑吟吟的拿起桌上那叠金幣，走過來交給青青。青青搖手不要。若克琳一面笑，一面咭咭咯咯的大說葡語，定要給她。程青竹伸手接過，將十多塊金洋叠成一叠，雙掌用力在兩端抵住，運起內力，過了一陣，將金幣還給若克琳。若克琳接了過來，想再交給青青，一拿上手，不覺大吃一驚，原來十多枚金幣已互相黏住，結成一條圓柱，竟然拉不開來，不禁睜大了圓圓的眼睛，喃喃說道：「東方人眞是神秘，眞是神秘！」回去把金柱給兩個軍官看。雷蒙道：「這些人有魔術！」彼得道：「別惹他們啦！走吧！」兩人傳下號令，不一會只聽得門外車聲隆隆，拖動大炮而去。雷蒙和彼得也站起身來，走出店去。若克琳走過青青身邊時，向她嫣然一笑，帶着一陣濃郁的香風，環珮叮噹，出店去了。

鐵羅漢道：「紅夷大炮到底是怎麼樣子？我從來沒見過。」胡桂南道：「咱們去瞧瞧。」沙天廣笑道：「胡兄，要是你能妙手空空，偷一尊大炮來，那我就佩服你了。」胡桂南笑道：「大炮這笨傢伙倒眞沒偷過。咱們要不要打個賭？」沙天廣笑道：「大炮是拿去打滿淸韃子的，可偷不得，否則我眞要跟你賭上一賭。」衆人在笑語聲中出店。不一刻，已追過押運大炮的軍隊。見大炮共有十尊，果是龐然大物，單觀其形，已是威風凜凜，每尊炮用八匹馬拖拉，後面又有伕役推送，炮車過去，路上壓出了兩條深溝。

羣雄馳出二十餘里，忽聽前面鸞鈴響處，十多騎迎面奔來。待到臨近，見馬上乘者負弓持箭，馬上掛滿獐兔之類的野味，卻是出來打獵的。這些人衣飾華貴，都是緞袍皮靴，氣派甚大，環擁着一個韶齡少女。

那少女見了袁承志等人，拍馬迎上，叫道：「師父，師父！」程青竹笑道：「好哇，你也來啦！」原來那少女便是他的女徒阿九。衆人在刦鐵箱時曾和她會過。她上次穿一件青布衣衫，似個鄉下姑娘，這時卻打扮得明艷無倫，左耳上戴着一粒拇指大的珍珠，衣襟上一顆大紅寶石，閃閃生光。阿九向沙天廣道：「沙寨主，咱們不打不成相識！」阿九見了袁承志，嫣然一笑，道：「你跟我師父在一起？」袁承志笑着點點頭。

程青竹叫她見過了胡桂南、鐵羅漢等人，問道：「你到那裏去？」阿九道：「出來打獵，瞧我走得遠不遠？」程青竹道：「我們正要上京，你跟我們一起去吧！」阿九很是歡喜，說道：「好！」傍在師父身邊，並馬而行。袁承志和青青見她雖然幼小，但自有一股頤指氣使的勢派，舉止之間，氣度高華，心中不禁納悶，當日山東道上初遇，本以爲她是程青竹的孫女，後來才知是徒弟。這時看來，竟是一位豪門巨室的嬌女，出來打獵，竟帶了這許多從人，也不知如何會拜程青竹爲師，又混在青竹幫中，倒眞奇了。

當晚在飲馬集投店。袁承志和青青見阿九的從人說話都帶官腔，除了對阿九十分恭謹之外，對旁人誰也不理，神態倨傲，單獨看來，一個個竟是官宦，那裏像是從僕，心下更奇。青青問阿九道：「九妹妹，那日咱們大殺官兵，打得好痛快，後來忽然不見了你。我老是牽記，你到那裏去了啊？」阿九臉一紅，唔了一聲，道：「青姊，你要是打扮起來，那才美呢！」

竟是顧左右而言他。青青待要追問，程青竹忽在對面連使眼色。青青微微一笑，道：「在道上走，滿頭滿臉的灰土，打扮給誰看啊？」各人閒談了一會，分別安寢。

袁承志正要上床，程青竹走進房來，說道：「袁相公，有一件事想跟你說。」袁承志道：「好，請坐！」程青竹低聲道：「還於是到外面空曠之地說的好。」袁承志知是機密之事，於是重行穿上長衣，出了客店，來到鎮外一個小山崗上。

程青竹見四下無人，說道：「袁相公，我這女徒弟阿九來歷很是奇特。她於我曾有大恩，拜師之時，我曾答應過，決不洩露她的身分。」袁承志道：「我也瞧她並不尋常。你既答應過她，就不用對我說了。」程青竹道：「她手下所帶的都是官府中人，因此咱們的圖謀，決不可在他們面前漏了口風。」袁承志點頭道：「原來果然是官府中人。」程青竹道：「料想這女徒是決不致賣我的，但她年紀小，世事終究難料。」袁承志道：「咱們在她跟前特別留神就是了。」兩人三言兩語就說完了，下崗回店。

來到客店門口，只見一個漢子從東邊大街上過來，手裏提着一盞燈籠，閃身進店。微光之下，袁承志見那漢子有些眼熟，可是一時想不起在那裏見過。睡在床上，一路往回推溯，細想在孟家莊壽筵、在泰山大會、在南京、在衢州石樑、在闖王軍中，都沒見過這人，然而以前一定會過，此人到底是誰？

正自思索，忽然門上有輕輕剝啄之聲，便披衣下床，問道：「誰呀？」門外青青笑道：「要不要吃東西？」袁承志點燈開門，見她托着一隻盤子，裝着兩隻碗，每碗各有三個鷄蛋，想是剛才下廚做的。袁承志笑道：「多謝了，這麼晚了，怎麼還不睡？」

青青低聲道：「我想着那阿九很古怪，睡不着。知道你也在想她，也一定睡不着。」說着淺淺一笑。袁承志笑道：「我想她幹麼？」青青笑道：「想她很美啊，你說她美不美？」

袁承志知她很小性兒，如說阿九美，定要不高興，說阿九不美吧，又是明明撒謊，她也不信，拿匙羹抄了個鷄蛋，咬了一口，突然把匙羹一擲，叫道：「對了，原來是他。」

青青嚇了一跳，問道：「甚麼是他？」袁承志道：「回頭再說，快跟我出去。」青青見他不吃鷄蛋，便有些着惱，道：「到那裏去？」袁承志從洪勝海身旁拿了一柄劍，交給她道：「拿着。」青青接住，才知是要去會敵。

原來袁承志一吃到鷄蛋，忽然想起當年在安大娘家裏，錦衣衞胡老三來搶小慧，他拚命抵抗，幸得安大娘及時趕回，用鷄蛋擊打胡老三，才將他趕跑。剛才見到的就是那個胡老三了，不知他鬼鬼祟祟的來幹甚麼，可須得探個明白。

兩人矮着身子，到每間店房下側耳傾聽，來到一間大房後面，果然聽到有人在談論。只聽一人道：「這裏怎麼走得開？要是出了點兒亂子，哥兒們還有命麼？」另一人道：「安大人這件事也很要緊啊。眼前擺着一件奇功，白白放過了，豈不可惜？」衆人沉吟了一會。一個聲音粗沉的人道：「這樣吧，咱們一半人留在這裏，分一半人去聽安大人調派。要是立了功勞，卻是大家有份。」第一個人手掌在大腿上一拍，大聲道：「好，咱們有福共享，有禍同當。要是出了事，也是大夥兒一齊頂。」又一人道：「大家來拈鬮，誰去誰留，自己拈的沒話說。」衆人齊聲附和。

袁承志心想：「他們在這裏有甚麼大事走不開？又有甚麼安大人和奇功，這倒怪了。」

過了一陣，聽到刀劍輕輕碰撞之聲，想是拈鬮已畢，便要出來。袁承志在青青耳邊低語：「你叫沙天廣他們防備，我跟着去瞧瞧。」青青點點頭，低聲道：「小心了。」

房門呀的一聲打開，房中燭光從門口照射出來。袁承志和青青躲在暗處，見第一個出來的正是胡老三，後面跟着八名手持兵刃之人，燭光下看得明白，卻都是阿九的從人。九人一一越牆而出。青青低聲道：「啊，是他們！我早知這女娃子不是好人。」袁承志也感奇怪，心想且慢定論，跟着去看個明白再說，當下越牆出店，悄悄跟在九人之後。

那九人全不知有人跟蹤，出市鎮行得里許，便走向一座大屋。胡老三一叫門，大門隨即打開，把九人放了進去。

袁承志繞到後門，越牆入內，走向窗中透出燈光的一間廂房，躍上屋頂，輕輕揭開瓦片，望將下去，只見房中坐着一個年近五十的漢子，身材高大。胡老三與阿九的八名從人魚貫入房，向那人行禮參見。只聽胡老三道：「小的在鎮上撞見王副指揮，知道他們湊巧在這裏，因此上邀了這幾位來做幫手。」那人道：「好極了，好極了！王副指揮怎麼說？」一人道：「王副指揮說，既然安大人有事，當得効勞！」那安大人道：「這次要是得手，大夥兒這件功勞可不小啊，哈哈！」一人道：「全憑大人栽培。」安大人道：「咱們哥兒可別分誰是內廷侍衞，誰是錦衣衞的，大夥兒都是爲皇上出力！」衆人道：「安大人說得是，全憑您老吩咐。」安大人道：「好啊！走吧。」

袁承志更是驚奇，心想：「胡老三和安大人一夥是錦衣衞，阿九那些隨從竟是內廷侍衞。阿九這小姑娘到底幹甚麼的，怎地帶了一批內廷侍衞到處亂走？」

過不多時，安大人率領衆人走出。袁承志伏在屋頂點數，見共有一十六人，知道安大人自己帶着六人，等衆人走遠，又悄悄跟在後面。這批人越走越荒僻，走了七八里路，有人輕輕低語了幾聲，大夥兒忽然散開，圍住了一所孤零零的房子，各人矮了身子，悄沒聲的逼近。袁承志學他們的樣，也這般俯身走將過去。有人黑暗中見到他人影，只道是同夥，也不在意。安大人見包圍之勢已成，揮手命衆人伏低，伸手敲門。

過了一會，屋中一個女人聲音問道：「誰啊？」安大人一呆，問道：「你是誰？」女人聲音驚道：「啊，是……是……是你，深更半夜來幹麼？」安大人叫道：「眞叫做不是寃家不聚頭了。原來你在這裏，快開門吧！」聲音中顯得又驚又喜。那女人道：「我說過不再見你，又來幹甚麼了？」安大人笑道：「你不要見我，我卻想念我的娘子呢！」那女人怒道：「誰是你的娘子？咱們早已一刀兩斷！你要是放不過我，放火把這屋燒了吧，我寧死也不願見你這喪心病狂、沒良心的人。」

袁承志越聽越覺聲音好熟，終於驚覺：「是安大娘！原來這安大人是她丈夫、是小慧的父親。」

從屋頂上望下來，只見崇政殿正中坐着一人，方面大耳，唇留微髭，三名官員走上前去，跪倒在地，三跪九叩，行的竟是朝拜皇帝的大禮。

第十三回　揮椎師博浪　毀炮挫哥舒

只聽得安大人賊忒嘻嘻的笑道：「我找得你好苦，捨得燒你嗎？咱們來敍敍舊情吧！」說着發足踢門，只兩脚，門閂喀喇一聲斷了。袁承志聽踢門之聲，知他武功頗為了得。

黑暗中刀光閃動，安大娘一刀直劈出來。安大人笑道：「好啊，謀殺親夫！」怕屋內另有別人，不敢竄進，站在門外空手和安大娘廝鬥。袁承志慢慢爬近，睜大眼睛觀戰。

那安大人武功果然不凡，在黑暗中聽着刀風閃躲進招，口中卻是不斷風言風語的調笑。安大娘卻十分憤怒，邊打邊罵。鬥了一陣，安大人突然伸手在她身上摸了一把。安大娘更怒，揮刀當頭疾砍，安大人正是要誘她這一招，偏身搶進一步，扭住了她手腕，用力一擰，安大娘單刀落地。安大人將她雙手揑住，右腿架在她雙腿膝上，安大娘登時動彈不得。

袁承志心想：「聽這姓安的口氣，一時不致傷害於她，我且多探聽一會，再出手相救。」乘那安大人哈哈狂笑、安大娘破口大罵之際，身子一縮，從門角邊鑽了進去，輕輕摸到牆壁，施展「壁虎遊牆功」直上，攀在樑上。

只聽安大人叫道：「胡老三，進去點火！」胡老三在門外亮了火摺子，拔刀護身，先把火摺往門裏一探，又俯身撿了塊石子投進屋裏，過了一會見無動靜，才入內在桌上找到燭台，點亮蠟燭。安大人將安大娘抱進屋去，使個眼色，胡老三從身邊拿出繩索，將安大娘手脚都縛住了。安大人笑道：「你說再也不要見我，這可不見了麼？瞧瞧我，白頭髮多了幾根吧？」安大娘閉目不答。

袁承志從樑上望下來，安大人的面貌看得更清楚了，見他雖然已過中年，但面目仍很英俊，想來年輕時必是個美貌少年，與安大娘倒是一對璧人。

安大人伸手摸摸安大娘的臉，笑道：「好啊，十多年不見，臉蛋兒倒還是雪白粉嫩。」側頭對胡三道：「出去！」胡老三笑着答應，出去時帶上了門。

兩人相對默然。過了一會，安大人嘆氣道：「小慧呢？我這些年來天天想念她。」安大娘仍是不理。安大人道：「你我少年夫妻，大家火氣大，一時反目，分別了這許多年，現今總該和好如初了。」過了一會，又道：「你瞧我十多年來，並沒另娶，何曾有一時一刻忘記你？難道你連一點夫妻之情也沒有麼？」安大娘厲聲道：「我爹爹和哥哥是怎麼死的，你忘記了嗎？」安大人嘆道：「我岳父和大舅子是錦衣衛害死的，那不錯。可是也不能一竹篙打盡一船人，錦衣衛中有好人也有壞人。我為皇上出力，這也是光宗耀祖的體面事……」話沒說完，安大娘已「呸，呸，呸」的不住往地下唾吐。

隔了一會，安大人換了話題：「我思念小慧，叫人來接她。幹麼你東躲西逃，始終不讓她跟我見面？」安大娘道：「我跟她說，她的好爸爸早就死啦！她爸爸多有本事，多有志氣，就可惜壽命短些！」語氣中充滿了怨憤。安大人道：「你何苦騙她？又何苦咒我？」安大娘道：「她爸爸從前倒眞是個有志氣的好人，我家裏的人不許我嫁他，我偷偷跟着他走了，那知道……」說到這裏，聲音哽咽起來，跟着又恨恨的道：「你害死了我的好丈夫，我恨不得殺了你。」安大人道：「咦，這倒奇了，我就是你的丈夫，怎說我害死了你丈夫？」安大娘道：「我丈夫本來是個有血性的好男子，不知怎的利祿薰心，妻子不要了，女兒也不要了。他只想做大官，發大財……我從前的好丈夫早死了，我再也見不到他啦！」袁承志聽到這裏，不禁心下惻然。

安大娘道：「我丈夫名叫安劍清，本是個江湖好漢，不是給你這錦衣衞長官安大人害死了麼？我丈夫有位恩師楚大刀楚老拳師，是安大人貪圖利祿而害死他的。楚老拳師的夫人、女兒、都給這安大人逼死了……」安劍清怒喝：「不許再說！」安大娘道：「你這狼心狗肺的人，自己想想吧。」安劍清道：「官府要楚大刀去問話，又不一定難爲他。他幹麼動刀殺我？他妻子女兒是自殺的，又怪得了誰？」安大娘道：「是啊，楚大刀瞎了眼哪，誰教他收了這樣一位好徒弟？這徒弟又凍又餓快死啦，楚大刀教他武藝，養大他，又給他娶媳婦……」她越說越是怨毒。安劍清猛力在桌上一拍，喝道：「今天你我夫妻相見，是何等的歡喜之事，儘提那死人幹麼？」安大娘叫道：「你要殺便殺，我偏偏要提！」

袁承志從兩人話中琢磨出來當時情形，安劍清是楚大刀一手扶養長大的，後來他貪圖富貴，害死師父一家。安劍清在錦衣衞當差，而安大娘的父親兄長卻均爲錦衣衞害死。安大娘氣忿不過，終於跟丈夫決裂分手。從前胡老三來搶小慧，安大娘東奔西避，都是爲了這心腸狠毒的丈夫安劍淸安大人了。袁承志心想：「想來當日害死他恩師一家之時，情形一定很慘。這人死有餘辜。但不知安大娘對他是否尙有夫妻之情，倒不可魯莽了。」想再多聽一些說話，以便決定是否該出手殺他，那知兩人都住了口，默不出聲。

過了一會，遠處忽然隱隱有馬蹄之聲。安劍淸拔出佩刀，低聲喝道：「等人來時，你如叫喊示警，我可顧不得夫妻之情！」安大娘哼了一聲，道：「又想害人了。」

安劍淸知道妻子脾氣，揮刀割下一塊布帳，塞在她口裏。這時馬蹄聲愈近，安劍淸將安大娘放在床上，垂下帳子，仗刀躲在門後。

袁承志知他是想偷施毒手，雖不知來者是誰，但總是安大娘一面的好人，在樑上抹了些灰塵，加點唾沫，揑成一個小小泥團子，對準燭火擲去，嗤的一聲，燭火登時熄了。安劍淸喃喃咒罵。袁承志乘他去摸火摺，輕輕溜下地來，繞到屋外，見屋角邊一名錦衣衞執刀伏地，全神貫注的望着屋中動靜，便俟近他身邊，低聲道：「人來啦！」那錦衣衞也低聲道：「嗯，快伏下。」袁承志伸手點了他穴道，脫下他外衣，罩在自己身上，再在他裏衣上扯下一塊布，蒙在面上，撕開了兩個眼孔，然後抱了那人，爬向門邊。

黑暗中蹄聲更響，五騎馬奔到屋前。乘者跳下馬來，輕拍三掌。安劍淸在屋裏也回拍了三掌，點亮燈火，縮在門後，只聽門聲一響，一個人探進頭來。

他舉刀猛力砍下，一個人頭骨碌碌的滾在一邊，頸口鮮血直噴。在燭光下向人頭瞥了一眼，不覺大驚，砍死的竟是自己一名夥伴。正要張口狂叫，門外竄進一個蒙臉怪客，伸指點了他穴道，反手一掌，打在他頸後「大椎穴」上，那是人身手足三陽、督脈之會，那裏還能動彈？袁承志順手接過他手中佩刀，輕輕放在地下，以防門外餘人聽見，縱到床前扶起安大娘，扯斷綁在她手脚上的繩索，低聲叫道：「安嬸嬸，我救你來啦！」

安大娘見他穿着錦衣衞服色，臉上又蒙了布，不覺疑慮不定，剛問得一聲：「尊駕是誰？」外面奔進五個人來，當先一人與安大娘招呼了一聲，見到屋中情狀，愕然怔住。

門外錦衣衞見進來人多，怕安劍清一人有失，早有兩人搶進門來，舉刀欲砍，袁承志出掌砍劈，兩名錦衣衞頸骨齊斷。門外敵人陸續進來，袁承志劈打抓拿，提起來一個個都擲了出去，有的剛奔進來就被一腿踢出，片刻之間，打得十二名錦衣衞和內廷侍衞昏天黑地，飛也似的逃走了。袁承志撕下布條，塞入安劍清耳中，又從死人身上扯下兩件衣服，在他頭上包了幾層，教他聽不見半點聲息，瞧不見一點光亮，然後扯去蒙在自己臉上蒙着的破布，向五人當中一人笑道：「大哥，你好。闖王好麼？」

那人一呆，隨卽哈哈大笑，拉着他手連連搖幌。原來這人正是李闖王手下大將、袁承志跟他結為兄弟的李岩。

袁承志無意中連救兩位故人，十分喜歡，轉頭對安大娘道：「安嬸嬸，你還記得我麼？」這時是崇順十六年六月，離袁承志在安大娘家避難時已有十年，他從一個小小孩童長大成人，安大娘那裏還認得出？

袁承志從內衣袋裏摸出當日安大娘所贈的金絲小鐲，說道：「我天天帶在身邊。」安大娘猛然想起，拉他湊近燭光一看，果見他左眉上淡淡的有個刀疤，又驚又喜，道：「啊，孩子，你長得這麼高啦，又學了這一身俊功夫。」袁承志道：「我在浙江見到小慧妹妹，她也長高啦！」安大娘道：「不知不覺，孩子們都大了，過得眞快。」向躺在地下的丈夫瞧了一眼，嘆了口氣，喟然道：「想不到還是你這孩子來救我。」

李岩不知他們曾有一段故舊之情，聽安大娘滿口叫他「孩子，孩子」的，只道兩人是親戚，笑道：「今日之事好險。我奉闖王之命，到河北來約幾個人相見。錦衣衞的消息也眞靈，不知怎樣竟會得到風聲，在這裏埋伏。」袁承志道：「大哥，你的朋友快來了嗎？」

李岩尙未回答，遠處已聞蹄聲，笑道：「這不是麼？」從人開門出去，不久迎了三個人進來。這三人一個是劉芳亮，一個是田見秀，都是當年在聖峯嶂會上見過的。他二人已不識袁承志，袁承志卻還記得他們相貌。另一個姓侯，卻曾在泰山大會中見過。三人與李岩招呼後，那姓侯的向袁承志恭敬行禮，說道：「盟主，你好！」

李岩與安大娘都道：「你們本來相識？」姓侯的道：「袁盟主是七省總盟主，衆兄弟齊奉號令。」李岩喜道：「啊，我忙着在河南辦事，東路的訊息竟都隔絕了。原來出了這樣一件大事，可喜可賀。」袁承志道：「這還是上個月的事，承好朋友們瞧得起，給了這樣一個稱呼，其實兄弟那裏擔當得起？」姓侯的道：「盟主武功好，見識高，那是不必說了，單是這份仁義，武林中哪一個不佩服？」

李岩喜道：「那好極了。」當下傳達了闖王的號令。原來李自成在河南汝州大破兵部尙書孫傳庭所統官兵十餘萬，進迫潼關，命李岩秘密前來河北，聯絡羣豪響應。

姓侯的道：「盟主你說怎麼辦？」袁承志道：「闖王義舉，天下豪傑自然聞風齊起。小弟立卽發出訊去。咱們七省好漢，轟轟烈烈的大幹一場！」六人談得慷慨激昂，眉飛色舞。

李岩道：「官軍腐敗已極，義兵一到，那是摧枯拉朽，勢如破竹，只是眼前卻有一個難題。」袁承志道：「甚麼？」李岩道：「剛才接到急報，說有十尊西洋的紅夷大炮，要運到潼關去給孫傳庭。孫老兒大敗之餘，士無鬥志，已然不足爲患。只不過紅夷大炮威力非同小可，一炮轟將出來，立時殺傷數百人，倒是一件隱憂。」

袁承志道：「這十尊大炮小弟在道上見過，確是神態可畏，想來威力非常，難道不是運去山海關打滿淸的麼？」李岩道：「這些大炮萬里迢迢的運來，聽說本是要去山海關防備淸兵的。但闖王節節得勝，朝廷便改變了主意，十尊大炮已折而南下，首途赴潼關去了。」

袁承志皺眉道：「皇帝防範百姓，重於抵禦外敵。大哥，你說怎麼辦？」李岩道：「大炮一到潼關，咱們攻關之時，勢必以血肉之軀抵擋火炮利器，雖然不一定落敗，但損折必多……」袁承志道：「因此咱們要先在半路上截他下來。」

李岩拊掌大喜，說道：「這可要偏勞兄弟，立此大功。」袁承志沉吟道：「洋兵火器很是厲害，兄弟已見識了一些，要奪大炮，須得另出計謀，能否成事，實在難說。不過這件事有關天下氣運，小弟必當盡力而爲，若能仰仗闖王神威，一舉成功，那是萬民之福。」

衆人又談了一會軍旅之事，袁承志問起李岩的夫人。李岩道：「她在河南，平時也常常說起你。」安大娘插口道：「李將軍的夫人眞是女中英豪。喂，孩子，你有了意中人嗎？」袁承志想起青青，臉上一紅，微笑不答。安大娘嘆道：「似你這般的人才，不知誰家姑娘有福氣，唉！」忽然想起了小慧：「小慧跟他小時是患難舊侶。他如能做我女壻，小慧眞是終身有託。但她偏偏和那傻裏傻氣的崔希敏好，那也叫做各有各的緣法了。」

劉、田、侯三人聽他們談到私事，插不進口去，就站起來告辭。姓侯的侯飛文道：「盟主，明兒一早，我帶領手下兄弟前來聽令。」袁承志道：「好！」三人辭了出去。

李岩與袁承志剪燭長談天下大勢，越說越是情投意合。袁承志於國事興衰，世局變幻，所知甚是膚淺，聽着李岩的談論，每一句話都令他有茅塞頓開之感。直到東方大白，金鷄三唱，兩人興猶未已。回顧安大娘，只見她以手支頭，兀自瞧着躺在地下的丈夫默默出神。

李岩低聲叫道：「安大娘！」安大娘抬起了頭。李岩道：「這人怎麼處置？」安大娘心亂如痲，搖頭不答。李岩知她難以決斷，也就不再理會，對袁承志道：「兄弟，你我就此別過。」袁承志道：「我送大哥一程。」

兩人和安大娘別過，携手出屋，並肩而行。李岩的從人遠遠跟隨在後。兩人一路說話，走出了七八里路。李岩道：「送君千里，終須一別，兄弟，你回去吧。」袁承志和他意氣相投，戀戀不捨。李岩道：「兄弟，闖王大事告成之後，我和你隱居山林，飲酒爲樂，今後的日子長着呢。」袁承志喜道：「若能如此，實慰生平之願。」當下二人洒淚而別。

袁承志眼望義兄上馬絕塵而去，這才回歸客店。只見侯飛文已帶了數十名精壯漢子在店中等候，把大廳和幾個院子都擠得滿滿的。青青、啞巴、洪勝海等人卻已不見。阿九和一衆從人見了這許多粗豪大漢，竟然不動聲色，躭在房中，並不出來。袁承志對侯飛文道：「侯大哥，你帶領幾位弟兄向南查探，看那隊西洋兵帶的大炮是向北來呢，還是折向南方。查明之後，請趕速回報。」侯飛文聽了，挑了三名同伴，上馬出店而去。

侯飛文剛走，沙天廣和程青竹兩人奔進店來，見了袁承志，喜道：「啊，袁相公回來了。」

袁承志未及答話，又見青青、啞巴、洪勝海闖進廳來。青青一頭秀髮被風吹得散亂，臉頰暈紅，見了袁承志，不由得喜上眉梢，道：「怎麼這時候才回來？」袁承志才知大家不放心，分頭出去接應自己，當下說了昨晚之事。

青青低下了頭，一語不發。袁承志見她神色不對，把她拉在一旁，輕聲道：「是我教你擔心了。」青青一扭身子，別開了頭。袁承志知她生氣，搭訕道：「可惜你沒有見到我那位李大哥。青弟，他也算是你哥哥啊。」青青雖是女子，但袁承志叫順了口，一直仍叫她青弟。青青道：「哥哥沒良心，要哥哥來做甚麼？」袁承志道：「眞是對不起，下次一定不再讓你擔心啦。」青青道：「下次自有別人來給你擔心，要我擔心幹麼？」袁承志奇道：「咦，誰啊？」青青一頓足，回到自己房裏去了。

等到中午，不見她出來吃飯，袁承志叫店夥把飯菜送到她房裏去，心想不知爲甚麼生這麼大的氣，等吃過飯後，再去陪罪就是，適才見她慌亂憂急之狀，此時回想，心下着實感動。那知店夥把飯菜捧了回來，說道：「姑娘不在屋裏！」袁承志一驚，忙撇下筷子，奔到青青房裏，只見人固不在，連兵刃衣囊也都帶走了。他心中着急，尋思：「這一負氣而去，卻到那裏去了？她常常惹事闖禍，好教人放心不下。只是現下大事在身，不能親自去尋。」於是派洪勝海出去探訪，吩咐若是見到了，好歹要勸姑娘回來。

等到傍晚，侯飛文騎着快馬回來了，一進門就道：「洋兵隊伍果然折而向南，咱們快追。」袁承志當卽站起，命啞巴在店中留守鐵箱，自己率領程、沙、胡、鐵四人以及侯飛文等河北羣豪，連夜從來路趕去，估量巨炮移動緩慢，必可追上。

到第三日清晨，袁承志等穿過一個小鎮，只見十尊大炮排在一家酒樓之外，每尊炮旁有六名洋兵執槍守衛。衆人大喜，相視而笑。鐵羅漢叫道：「肚子餓啦，肚子餓啦！」袁承志道：「好，我們再去會會那兩個洋官。」

衆人直上酒樓，鐵羅漢走在頭裏，一上樓就驚叫一聲。只見幾名洋兵手持洋槍，對準了青青，手指扳住槍機。一旁坐着那兩個西洋軍官彼得、雷蒙和那西洋女子若克琳。

雷蒙見衆人上來，嘰咦咕嚕的叫了幾聲，又有幾名洋兵舉起了槍對着他們，大聲呼喝。

袁承志急中生智，提起一張桌子，猛向衆洋兵擲去，跟着飛身而前，在青青肩頭一按，兩人蹲低身子，一陣烟霧過去，衆槍齊發，鉛子都打在桌面上。

袁承志怕火器厲害，叫道：「大家下樓。」拉着青青，與衆人都從窗口跳下樓去。

雷蒙大怒，掏出短槍向下轟擊。鐵羅漢「啦喲」一聲，屁股上給槍彈打中，摔倒在地。沙天廣連忙扶起。各人上馬向南奔馳。那時西洋火器使用不便，放了一槍，須得再上火藥鉛子，衆洋兵一槍不中，再上火藥追擊時，衆人早去得遠了。

袁承志和青青同乘一騎，一面奔馳，一面問道：「幹麼跟洋兵吵了起來？」青青道：「誰知道啊？」袁承志見她神色忸怩，料知別有隱情，微微一笑，也就不問了。這三日來日夜記掛，此刻重逢，心中歡喜無限。

馳出二十餘里，到了一處市鎮，衆人下馬打尖。胡桂南用小刀把鐵羅漢肉裏的鉛子剜了出來。鐵羅漢痛得亂叫亂罵。

青青把袁承志拉到西首一張桌旁坐了，低聲道：「誰叫她打扮得妖裏妖氣的，手臂也露了出來，眞不怕醜！」袁承志摸不着頭腦，問道：「誰啊？」青青道：「那個西洋國女人。」袁承志道：「這又碍你事了？」青青笑道：「我看不慣，用兩枚銅錢把她的耳環打爛了。」袁承志不覺好笑，道：「唉，你眞是胡鬧，後來怎樣？」青青笑道：「那個比劍輸了給我的洋官就叫洋兵用槍對着我。我不懂他話，料想又要和我比劍呢，心想比就比吧，難道還怕了你？正在這時候，你們就來啦！」袁承志道：「你又爲甚麼獨自走了？」

青青本來言笑晏晏，一聽這話，俏臉一沉，說道：「哼，你還要問我呢，自己做的事不知道？」袁承志道：「眞的不知道啊，到底甚麼事得罪你了？」青青別開頭不理。

袁承志知她脾氣，倘若繼續追問，她總不肯答，不如裝作毫不在乎，她忍不住了，反會自己說出來，於是換了話題，說道：「洋兵火器厲害，你看用甚麼法子，才能搶刦他們的大炮到手？」青青嗔道：「誰跟你說這個。」袁承志道：「好，我跟沙天廣他們商量去。」站起身要走，青青一把抓住他的衣角，道：「不許你走，話沒說完呢。」

袁承志笑笑，又坐了下來。隔了良久，青青道：「你那小慧妹妹呢？」袁承志道：「那天分手後還沒見過，不知道她在那裏？」青青道：「你跟她媽說了一夜話，捨不得分開，定是不住口的講她了。」袁承志恍然大悟，原來她生氣爲的是這個，於是誠誠懇懇的道：「青弟，我對你的心，難道你還不明白嗎？」青青雙頰暈紅，轉過了頭。

袁承志又道：「我以後永遠不會離開你的，你放心好啦！」青青低聲道：「怎麼你……跟你那小慧妹妹……又這樣好？」袁承志道：「我幼小之時，她媽媽待我很好，就當我是她兒子一般，我自然感激。再說，你不見她跟我那個師侄很要好麼？」青青嘴一扁，道：「你說那個姓崔的小子？他又傻又沒本事，生得又難看，她爲甚麼喜歡？」袁承志笑道：「青菜蘿蔔，各人所愛。我這姓袁的小子又傻又沒本事，生得又難看，你怎麼卻喜歡我呢？」青青嗤的一聲笑，啐道：「呸，不害臊，誰喜歡你呀？」

經過這一場小小風波，兩人言歸於好，情意卻又深了一層。

袁承志道：「吃飯去吧！」青青道：「我還問你一句話，你說阿九那小姑娘美不美？」袁承志道：「她美不美，跟我有甚麼相干？這人行蹤詭秘，咱們倒要小心着。」青青點點頭。兩人重又到衆人的桌邊入座，和沙天廣、程青竹等商議如何刦奪大炮。

胡桂南道：「今晚讓小弟去探探，乘機偷幾枝槍來。今天拿幾枝，明天拿幾枝，慢慢的把洋槍偷完，就不怕他們了。」袁承志道：「此計大妙，我跟你同去瞧瞧。」沙天廣道：「盟主何必親自出馬？待小弟去好了。」

袁承志道：「我想瞧明白火器的用法，火槍偷到手，就可用洋槍來打洋兵。」衆人點頭稱是。青青笑道：「他還想偷瞧一下那個西洋美人兒。」衆人哈哈大笑。

當日下午，袁承志與胡桂南乘馬折回，遠遠跟着洋兵大隊，眼見他們在客店中投宿，候到三更時分，越牆進了客店。一下屋，就聽得兵刃撞擊之聲，鏘鏘不絕，從一間房中傳出來。兩人伏在窗外，從窗縫中向內張望，只見那兩個西洋軍官各挺長劍，正在激鬥。

袁承志萬想不到這兩人竟會同室操戈，甚覺奇怪，當下靜伏觀戰。看了數十招，見雷蒙攻勢凌厲，劍法鋒銳，彼得卻冷靜異常，雖然一味招架退守，但只要一出手還擊，那便招招狠辣。袁承志知道時間一久，那年長軍官定將落敗。

果然鬥到分際，彼得回劍向左擊刺，乘對方劍身幌動，突然反劍直刺。雷蒙忙收劍回擋，劍身歪了。彼得自下向上猛力一撩，雷蒙長劍登時脫手。彼得搶上踏住敵劍，手中劍尖指着對方胸膛，嘰嘰咕咕的說了幾句話。雷蒙氣得身子發顫，喃喃咒罵。彼得把地下長劍拾起，放在桌上，轉身開門出去。雷蒙提劍在室中橫砍直劈，不住的罵人，忽然停手，臉有喜色，開門出去拿了一柄鐵鏟，在地下挖掘起來。

袁承志和胡桂南本想離開，這時倒想看個究竟，看他要埋藏甚麼東西，只見他掘了好一陣，挖了個徑長兩尺的洞穴，挖出來的泥土都擲到了床下，挖了兩尺來深時，就住手不挖了，撕下一塊被單，罩在洞上，先在四周用泥土按實，然後在被單上鋪了薄薄一層泥土。他冷笑幾聲，開門出室。袁承志和胡桂南心中老大納悶，不知他在使甚麼西洋妖法。

過了一會，雷蒙又進室來，彼得跟在後面。只見雷蒙聲色俱厲的說話，彼得卻只是搖頭。突然間拍的一聲，雷蒙伸手打了他一記耳光。彼得大怒，拔劍出鞘，兩人又鬥了起來。雷蒙不住移動脚步，慢慢把彼得引向坑邊。

袁承志這才恍然，原來此人明打不贏，便暗設陷阱，他既如此處心積慮，那是非殺對方不可了。袁承志對這兩人本無好惡，但見雷蒙使奸，不覺激動了俠義之心。只見雷蒙數劍直刺，都被彼得架住。彼得反攻一劍，雷蒙退了兩步。彼得右脚搶進，已踏在陷阱之上，「啊」的一聲大叫，向前摔跌。雷蒙迴劍直刺他背心，眼見這一劍要從後背直通到前心，袁承志早已有備，急推窗格，飛身躍進，金蛇劍遞出，劍頭蛇舌鈎住雷蒙的劍身向後一拉。彼得得脫大難，立卽躍起，右脚卻已扭脫了臼。雷蒙功敗垂成，又驚又怒，挺劍向袁承志刺來。袁承志一聲冷笑，金蛇寶劍左右幌動，只聽錚錚錚之聲不絕，雷蒙的劍身被金蛇劍半寸半寸的削下，片刻之間，已削剩短短一截。雷蒙正自發呆，袁承志搶上去拿住他手腕，一把提起，頭下脚上，擲入了他自己所掘的陷坑之中，哈哈大笑，躍出窗去。

胡桂南從後跟來，笑道：「袁相公，你瞧。」雙手提起，拿着三把短槍。袁承志奇道：「那裏來的？」胡桂南向窗裏指指。原來袁承志出手救人之時，胡桂南跟着進來，忙亂之中，乘時將兩個西洋軍官的三把短槍都偷了來。袁承志笑道：「眞不愧聖手神偷之名。」

兩人趕回和衆人相會。青青拿着一把短槍玩弄，無意中在槍扣上一扳，只聽得轟的一聲，烟霧瀰漫。沙天廣坐在她的對面，幸而身手敏捷，急忙縮頭，一頂頭巾打了下來，炙得滿臉都是火藥灰。青青大驚失色，連連道歉。沙天廣伸了伸舌頭，說道：「好厲害！」

衆人把另外兩把短槍拿來細看，見槍膛中裝着火藥鉛丸。程青竹道：「火藥本是中國物事。咱們用來打獵做鞭炮，西洋人學到之後卻拿來殺人。這隊洋兵有一百多人，一百多枝槍放將起來，可不是玩的。」各人均覺火器厲害，不能以武功與之對敵，一時默然無語，沉思對策。

胡桂南道：「袁相公，我有個上不得台盤的鬼計，不知行不行？」鐵羅漢笑道：「諒你也不會有甚麼正經主意。」袁承志道：「胡大哥且說來聽聽。」胡桂南笑着說了。青青首先拍手讚好。沙天廣等也都說妙計。袁承志仔細一想，頗覺此計可行，於是下令分頭布置。

那西洋女子若克琳的父親本是澳門葡萄牙國軍官，已於年前逝世。她這次要搭乘運送大炮的海船回歸本國，因此隨同送炮軍隊北上，再赴天津上船。彼得是她父親的部屬，與若克琳相愛已久。雷蒙來自葡國本土，一見之下，便想橫刀奪愛。他雖官階較高，自負風流，卻無從插手，老羞成怒之餘，便向情敵挑戰，比劍時操之過急，反致失手，而行使詭計，又被袁承志突來闖破。彼得見他是上司，不敢怎樣，只有加緊提防。

這日來到一處大村莊萬公村，在村中「萬氏宗祠」歇宿。睡到半夜，忽聽得人聲喧嘩，放哨的洋兵奔進來說村中失火。雷蒙與彼得急忙起來，見火頭已燒得甚近，忙命衆兵將火藥桶搬出祠堂，放於空地。忙亂中見衆鄉民提了水桶救火，數十名大漢闖進祠堂，到處潑水。雷蒙喝問原因。衆鄉民對傳譯錢通四道：「這是我們祖先的祠堂，先潑上水，免得火頭延燒過來。」雷蒙覺得有理，也就不加干涉。那知衆鄉民信手亂潑，一桶桶水儘往火藥上倒去。洋兵拿起槍桿趕打，趕開一個又來一個，不到一頓飯功夫，祠堂內外一片汪洋，火藥桶和大炮、槍枝，無一不是淋得濕透，火勢卻漸漸熄了。

亂到黎明，雷蒙和彼得見鄉民舉動有異，火藥又都淋濕，心想這地方有點邪門，還是及早離去爲妙，正要下令開拔，一名小軍官來報，拖炮拉車的牲口昨晚在混亂中竟然盡數逃光了。雷蒙舉起馬鞭亂打，罵他不小心，命錢通四帶領洋兵到村中徵集。不料村子雖大，卻是一頭牲口也沒有，想是早已得到風聲，把牲口都藏了起來。

這一來就無法起行，雷蒙命彼得帶了錢通四，到前面市鎮去調集牲口。

雷蒙督率士兵，打開火藥桶，把火藥倒出來晒。晒到傍晚，火藥已乾，衆兵正要收入桶中，突然民房中抛出數十根火把，投入火藥堆中，登時烈燄沖天。衆洋兵嚇得魂飛天外，紛紛奔逃，亂成一團。雷蒙連聲下令，約束士兵，往民房放射排槍。烟霧瀰漫中只見數十名大漢竄入林中不見了。雷蒙檢點火藥，已燒去了十之八九，十分懊喪。等到第三日下午，彼得才徵了數十匹騾馬來拖拉大炮。

在路上行了四五日，這天來到一條山峽險道，眼見是極陡的下山路，雷蒙與彼得指揮士兵，每一尊大炮由十名士兵用巨索在後拖住，以防山路過陡，大炮墮跌。山路越走越險，衆人正自提心吊膽，全力拖住大炮，突然山凹裏颼颼之聲大作，數十枝箭射了出來。

十多名洋兵立時中箭，另有十多枝箭射在騾馬身上。牲口受痛，向下急奔，衆洋兵那裏拉扯得住？十尊大炮每一尊都是數千斤之重，這一股下墮之勢眞是非同小可。加之路上又突然出現陷坑，許多騾馬都跌入了坑裏。只聽見轟隆之聲大作，最後兩尊大炮忽然倒轉，一路觔斗翻了下去。數名洋兵被壓成了肉漿。前面的八尊大炮立時均被帶動。

衆兵顧不得抵擋來襲敵人，忙向兩旁亂竄。有的無路可走，見大炮滾下來的聲勢險惡，湧身一跳，跌入了深谷。十尊大炮翻翻滾滾，向下直衝，越來越快。騾馬在前疾馳，不久就被大炮趕上，壓得血肉橫飛。過了一陣，巨響震耳欲聾，十尊大炮都跌入深谷去了。

雷蒙和彼得驚魂甫定，回顧若克琳時，見她已嚇得暈了過去。兩人救起了她，指揮士兵伏下抵敵。敵人早在坡上挖了深坑，用山泥築成擋壁，火槍射去，傷不到一根毫毛，羽箭卻不住颼颼射來。戰了兩個多時辰，洋兵始終不能突圍。

雷蒙道：「咱們火藥不夠用了，只得硬衝。」彼得道：「叫錢通四去問問，這些土匪到底要甚麼。」雷蒙怒道：「跟土匪有甚麼說的？你不敢去，我來衝。」彼得道：「土匪弓箭厲害，何必逞無謂的勇敢？」雷蒙望了若克琳一眼，惡狠狠的吐了口唾沫，罵道：「懦夫，懦夫！」彼得氣得面色蒼白，低聲道：「等打退了土匪，叫你知道無禮的代價。」

雷蒙一躍而起，叫道：「是好漢跟我來！」彼得叫道：「雷蒙上校，你想尋死麼？」衆洋兵知道出去就是送死，誰肯跟他亂衝？雷蒙仗劍大呼，奔不數步，一箭射來，穿胸而死。

彼得與衆洋兵縮在山溝裏，仗着火器銳利，敵人不敢逼近，僵持了一日一夜，只盼官兵來救，但其時官場腐敗異常，若是調兵遣將，公文來往，又要請示，又要商議，不過十天半月，官兵那裏能來？

守到第二日傍晚，衆兵餓得頭昏眼花，只得豎起了白旗。錢通四高聲大叫：「我們投降了，洋大人說投降了！」山坡上一人叫道：「把火槍都抛出來。」彼得道：「不能繳槍。」敵人並不理會，也不再攻，過了一會，忽然一陣肉香酒香，隨風飄了過來。衆洋兵已一日兩夜沒吃東西，這時那裏還抵受得住？紛紛把火槍向上抛去，奔出溝來。彼得見大勢已去，只得下令棄械投降。衆兵把火槍堆在一起，大叫大嚷要吃東西。

只聽得兩邊山坡上號角聲響，土坑中站起數百名大漢，彎弓搭箭，對住了衆洋兵。幾個人緩步過來，走到臨近，彼得看得清楚，當先一人便是那晚救了自己性命的少年。他身旁那人正是曾被雷蒙擊落頭巾的少女。若克琳叫道：「啊，就是這批有魔法的人！」彼得拔出佩劍，走上幾步，雙手橫捧，交給袁承志，意示投降，心想輸在這人手下也還值得。

袁承志先是一楞，隨即領悟這是服輸投降之意，於是搖了搖手，對錢通四道：「你對他說，他們洋兵帶大炮來，如是幫助中國守衛國土，抵抗外敵，那麼我們很是感謝，當他們是好朋友。」錢通四照他的話譯了。彼得連連點頭，伸出手來和袁承志拉了拉。

袁承志又道：「但你們到潼關去，是幫皇帝殺我們百姓，這個我們就不許了。」彼得道：「是去打中國百姓麼？我完全不知道。」袁承志見他臉色誠懇，相信不是假話，又道：「全中國的百姓很苦，沒有飯吃，只盼望有人領他們打掉皇帝，脫離苦海。皇帝怕了，叫你們用大炮去轟死百姓。」彼得道：「我也是窮人出身，知道窮人的苦處。我這就回本國去了。」袁承志道：「那很好，你把兵都帶走吧。」

彼得下令集隊。袁承志命部下拿出酒肉，讓洋兵飽餐了一頓。彼得向袁承志舉手致敬，領隊上坡。袁承志叫道：「幹麼不把火槍帶走？」錢通四譯了。彼得奇道：「那是你的戰利品。你放我們走，不要我們用錢來贖身，我們已很感謝你的寬洪大量了。」

袁承志笑道：「你已失了大炮，再不把槍帶走，祇怕回去長官責罰更重。拿去吧。」彼得道：「你不怕我們開槍打你們麼？」袁承志哈哈笑道：「大丈夫一言既出，駟馬難追。我們中國人講究肝膽相照，既當你是好漢子，那有疑心？」彼得連聲道謝，命士兵取了火槍，列隊而去。他一路上坡，越想越是感佩，命衆兵坐下休息，和錢通四兩人又馳回來，從懷裏取出一個布包，對袁承志道：「閣下如此豪傑，我有一件東西相贈。」

袁承志打開布包一看，見是一張摺疊着的厚紙，攤了開來，原來是一幅地圖，圖中所繪的似是大海中的一座島嶼，圖上註了許多彎彎曲曲的文字。

彼得道：「這是南方海上的一座大島，離開海岸有一千多里。島上氣候溫暖，物產豐富，眞如天堂一樣。我航海時到過那裏。」袁承志問道：「你給我這圖是甚麼意思？」彼得道：

「你們在這裏很是辛苦，不如帶了中國沒飯吃的受苦百姓，都到那島上去。」

袁承志暗暗好笑，心道：「你這外國人心地倒好，只不過我們中國有多大，億萬之衆，憑你再大的島也居住不下。」問道：「這島上沒人住麼？」彼得道：「有時有西班牙的海盜，有時沒有。你們這樣的英雄好漢，也不會怕那些該死的西班牙海盜。」袁承志見他一片誠意，就道了謝，收起地圖。彼得作別而去。

錢通四轉過身子，正要隨同上山，青青忽地伸手，扯住他的耳朵，喝道：「下次再見你作威作福，欺侮同胞，小心你的狗命！」錢通四耳上劇痛，連說：「小人不敢！」他口中少了許多牙齒，說話漏風，倒似說：「小人頗敢！」

袁承志指揮衆人，爬到深谷底下去察看大炮，見十尊巨炮互相碰撞，都已毀得不成模樣，無法再用，於是掘土蓋上。袁承志見大功告成，與侯飛文等羣豪歡聚半日，痛飲一場，這才分手。次日會齊了啞巴、洪勝海等人，向北京進發。

這一役胡桂南厥功最偉，弄濕火藥、掘坑陷炮等巧計都是他想出來的。衆人一路上對他稱揚備至。再也不敢輕視他是小偷出身。

此去一路之上，但見焦土殘垣，野犬食屍，盡是淸兵燒殺刦掠的遺迹，羣雄無不看得心頭火起。沙天廣道：「可惜那日沒殺了韃子兵的元帥阿巴泰。盟主，咱們趕上去刺殺他如何？」青青首先便鼓掌叫好。袁承志沉吟不答。青青道：「去殺了韃子兵元帥有甚麼不好？也免得孫仲壽叔叔老是埋怨。」袁承志道：「要刺殺韃子的頭子，殺得越大越好，咱們索性便去刺殺滿清的皇帝皇太極。」衆人一怔，隨卽齊聲歡呼。

袁承志詳細詢問洪勝海，滿清的京城如何防衞，如何方能混入皇宮。洪勝海道：「滿清的京城在瀋陽，現今叫作盛京，那盛京規模簡陋，可萬萬及不上北京了。小人先前在睿親王多爾袞手下當差，有塊腰牌，可以直進睿親王府，皇宮卻沒進去過。」袁承志道：「咱們這就去盛京，到了之後相機行事。」

一行人先到北京，將鐵箱安頓好了，派青竹幫的幾名得力頭目留守，當卽出京，向北進發，不一日到了盛京。

衆人在一家小客店中歇了，商議混進宮中之策。洪勝海道：「相公，依小人之見，請你委曲一下，扮作小人的夥伴，先去見多爾袞。他是韃子皇帝的親弟弟，在各位王爺中最得寵信，權力最大。咱們或能憑着他帶進宮去。」袁承志道：「多爾袞派你送信給司禮太監曹化淳，你又怎地回報？」洪勝海道：「小人只說曹化淳還沒能見到，但在北京打探到了機密軍情，因此先行回報。」袁承志道：「甚麼機密軍情？」洪勝海道：「小人胡說八道一番，說是明朝皇帝已向西洋國借兵，借來幾百門大炮，數千洋槍隊，日內就來攻打滿清。」袁承志喜道：「此計大妙，多爾袞一聽，定要去稟報韃子皇帝。」於是向青青要了那枝洋槍，對洪勝海道：「你說我是西洋兵的通譯錢通四，因此得悉內情。」

青青大笑，說道：「承志哥哥，你甚麼人不扮，卻去扮那個狗通譯錢通四，我打掉你滿嘴牙齒再說！」說着舉起右手，假意向袁承志嘴上打去。袁承志張口便咬，青青忙縮手不迭。袁承志嘰哩咕嚕的說了幾句冒充西洋話，衆人盡皆大笑。

當日午後，袁承志隨同洪勝海，去睿親王府求見王爺。多爾袞隨即傳見。袁承志見那多爾袞三十一二歲年紀，身形高瘦，一臉精悍之氣。洪勝海跟他說了一陣滿州話，多爾袞果然神色大變，隨即以漢語詢問袁承志。袁承志取出洋槍，放在桌上，將先前與洪勝海商量好的言語說了。多爾袞沉吟良久，說道：「你們報訊有功，我有重賞。這就下去吧。明日再來伺候，聽取吩咐。」兩人無奈，只得磕頭退出。

袁承志無緣無故的向韃子王爺磕了幾個頭，卻見不到皇太極，回到客店，心下老大發悶。尋思一會，要洪勝海帶到皇宮外去察看了一番，決意晚間逕行入宮行刺。

他想此舉不論成敗，次日城中必定大索，捉拿刺客，於是要各人先行出城，約定明日午間在城南二十里處一座破廟中相會。各人自知武功與他相差太遠，多一人非但幫不了忙，反而成爲累贅，單是他一人，脫身便容易得多，俱各遵命，叮嚀他務須小心。

青青出門時向袁承志凝望片刻，低聲道：「承志哥哥，韃子皇帝刺得到果然好，刺不到也就罷了，你自己可千萬要保重。你知道，在我心中，一百個韃子皇帝也及不上你一根頭髮，我若是從此再也見不到你……」說到這裏，眼圈兒登時紅了。

袁承志要讓她寬懷，伸手拔下頭上一根頭髮，笑道：「我送一百個韃子皇帝給你。」說時將頭髮遞將過去。青青噗哧一笑，眼淚卻掉了下來。

袁承志等到初更時分，攜了金蛇劍與金蛇錐，來到宮牆之外。眼見宮外守衛嚴密，悄步繞到一株大樹後躲起，待衛士巡過，輕輕躍入宮牆。眼見殿閣處處，卻不知皇太極居於何處，一時大費躊躇，心想只有抓到一名衞士或是太監來逼問。

他放輕脚步，走了小半個時辰，不見絲毫端倪，心道：「這件事艱難萬分，怎比得當日大功坊中夜探？務須沉住了氣，今晚不成，明晚再來，縱然須花一兩個月時光，那也不妨。」這麼一想，走得更加慢了，繞過一條迴廊，忽見花叢中燈光閃動，忙縮身在假山之後，過不多時，只見四名太監提了宮燈，引着三名官員過來。他眼見人多，若是搶出擒人，勢必驚動，只要一聲張，皇帝有備，便行刺不成了，當下躡足在後跟隨，不見那七人走向一座大殿，進殿去了。見殿外匾額寫着「崇政殿」三字，旁邊有行彎彎曲曲的滿文。

袁承志繞到殿後，伏身在地，只見殿周四五十名衞士執刀守禦，心中一喜：「此處守衞森嚴，莫非韃子皇帝便在殿中？」在地下慢慢爬近，拾起一塊石子，投入花叢。四名衞士聞聲過去查看。袁承志展開輕功，已搶到牆邊，使出「壁虎遊牆功」沿牆而上，頃刻間到了殿頂，伏在屋脊之上，傾聽四下無聲，自己蹤迹未被發見，於是輕輕推開殿頂的幾塊琉璃瓦，從縫隙中凝目往下瞧去。只見滿殿燈燭輝煌，那三名官員正跪在地下，行的是三跪九叩大禮，袁承志大喜：「果然是在參見皇帝。」

只聽得最前的一名花白鬍子的老官說道：「臣范文程見駕。」其次一名身材魁梧的官員道：「臣寧完我見駕。」最後一名官員臉容尖削，說道：「臣鮑承先見駕。」袁承志心道：「這三個官兒都是漢人，卻投降了韃子，都是漢奸，待會順手一個一劍。」又想：「他們跟韃子皇帝怎地又都說漢話？」

緩緩移身向南，從縫隙中向北瞧去，只見龍座上一人方面大耳，雙目炯炯有神，約莫五十來歲年紀，那便是父親當年的大敵皇太極了。尋思：「從此發射金蛇錐，當可取他性命，只得隔得遠了，並無十足把握，倘若侍衛之中有高手在內，別要給擋格開去，還是跳下去一劍割了他首級的爲是。」

只聽皇太極道：「南朝軍情這幾天怎樣？今日接到阿巴泰的急報，說在山東青州、泰安之間中伏，打了個大敗仗，難道明軍居然還這麼能打？你們可知青州、泰安這一帶的統兵官是誰？」袁承志心想：「原來他們正在說我們打的這場勝仗，倒要聽聽他們說些甚麼？」

寧完我道：「啓稟皇上，臣已詳細查過。明軍帶兵的總兵姓水，名叫水鑒，武藝甚是了得。」皇太極「哦」了一聲，道：「你們去仔細查明，能不能設法要他降我大清，瞧他是貪財呢，還是愛美色。倘若他倔強不服，便叫曹化淳在明朝皇帝跟前說他的壞話，罷他的官，殺他的頭。但首先要設法令這人爲我大清所用。此人能打敗阿巴泰，那是人才，咱們決不能輕易放過了。」三名官員齊聲道：「皇上聖明英斷，那水鑒若肯降順，是他的福氣。」

皇太極嘆了口氣，說道：「咱們當年使反間計殺了袁崇煥，朕事後想來，常覺可惜……」袁承志聽他提到自己父親的名字，耳中登時嗡的一聲，全身發熱，心道：「他們使反間計，使反間計！我爹爹果然是他害的。」只聽皇太極續道：「倘若袁崇煥能爲朕用，南朝的江山這時候多半早已是大淸的了。」袁承志暗暗呸的一聲，心中罵道：「狗韃子打的好如意算盤！我爹爹忠肝義膽，豈能降你？」

皇太極又道：「只是袁崇煥爲人愚忠，不識大勢，諒來也是不肯降的。」又嘆了口氣，問道：「洪承疇近來怎樣？」袁承志知道洪承疇本是明朝的薊遼總督，崇禎皇帝委以兵馬大權，兵敗被擒，降了滿清。洪承疇失陷之初，崇禎還道他已殉國，曾親自隆重祭祀。後來得知降清，天下都笑崇禎無知人之明。

范文程道：「啓奏皇上，洪承疇已將南朝的實情甚麼都說了。他說崇禎剛愎自用，舉措失當，信用奸佞，殺害忠良，四方流寇大起。我大清大軍正可乘機進關，解民倒懸。」皇太極搖頭道：「崇禎的性子，他說得一點兒也不錯。但我兵進關卻還不是時候。總須讓明兵再跟流寇打下去，雙方精疲力盡，兩敗俱傷，大清便可收那漁翁之利，一舉而得天下。你們漢人叫做卞莊刺虎之計，是不是？」三臣齊道：「是，是，皇上聖明。」

袁承志暗暗心驚：「這韃子皇帝當眞厲害，崇禎和他相比可是天差地遠了。我非殺他不可，此人不除，我大漢江山不穩。就算闖王得了天下，只怕……只怕……」隱隱覺得闖王的才具與此人相較，似乎也頗有不及，只不知心中何以會生出這樣的念頭來。又想：「這皇帝的漢語可也說得流利得很。他還讀過中國書，居然知道卞莊刺虎的典故。」

只聽皇太極道：「那洪承疇還說些甚麼？」范文程道：「洪承疇向臣露了幾次口風，盼望皇上恩典，賞他個差使，他得以爲皇上効犬馬之勞，仰報天恩。」皇太極哈哈大笑，道：「這差使嗎？慢慢再說。」鮑承先道：「皇上，臣愚魯之極，心中有一事不明白，盼望皇上指明。」皇太極點點頭。鮑承先道：「洪承疇先前不肯歸順，皇上大賜恩寵，親自解下身上的貂裘，披在他身上，又連日大張筵席請他，連我大清的開國功臣也從來沒這般殊榮。衆臣工都不明白。皇上開導說：咱們這些年來辛辛苦苦、連年征戰，爲的是甚麼？衆臣工啓奏道：爲的是打南朝江山。皇上諭道：是啊，可是咱們不明南朝內情，好比都是瞎子，洪承疇一歸順，咱們都睜開了眼啦，那還不喜歡麼？衆臣工都拜服皇上聖明。這些日子來，那洪承疇於南朝各地的城守職官、民情風俗，果然說得詳詳細細，盡在皇上算中。但皇上卻不賞他官職封爵，衆臣工可都又不明白了。」

皇太極微微一笑，說道：「老鮑性子直爽，想問甚麼，倒也直言無忌。你們三個，雖然都是漢人，但早就跟先皇和朕辦事，忠心耿耿，洪承疇怎能跟你們相比？」范文程等三人忙爬下磕頭，咚咚有聲，顯是心中感激之極。袁承志暗罵：「無恥，無恥。」

只聽皇太極道：「洪承疇這人，本事是有的，可是骨氣就說不上了。先前我已待他太好，若再賜他高官厚祿，這人還肯出力辦事嗎？哼，崇禎封他的官難道還不夠大，那時他做的是甚麼官？」鮑承先道：「啓奏皇上：那時他在南朝官封太子太保、兵部尚書，總督薊遼軍務，麾下統率八名總兵官，實是官大權大。」皇太極道：「照啊。我封他的官再大，也大不過崇禎封他的。要他盡心竭力辦事，便不能給他官做。」三臣齊聲道：「皇上聖明。」

袁承志越想越有道理，覺得他這駕馭人才的法門實是高明之極，此刻聽到這番話，宛似當年在華山絕頂初見「金蛇秘笈」，其中所述法門無不匪夷所思，雖然絕非正道，卻令人不由得不服。

他呆了一陣，卻聽得皇太極在和范文程等商議，日後取得明朝天下之後如何治理，此時如何先爲之備，倒似大明的江山已是他掌中之物一般。袁承志心下憤怒，輕輕又揭開了兩張琉璃瓦，看準了殿中落脚之處，卻聽得皇太極道：「南朝所以流寇四起，說來說去，也只一個道理，就是老百姓沒飯吃。咱們得了南朝江山，第一件大事，就是要讓天下百姓人人有飯吃……」袁承志心下一凜：「這話對極！」

范文程等頌揚了幾句。皇太極道：「要老百姓有飯吃，你們說有甚麼法子？范先生，你先說說看。」他似對范文程頗爲客氣，稱他「先生」，不像對鮑承先那樣呼之爲「老鮑」。

范文程道：「皇上未得江山，先就念念不忘於百姓，這番心意，必得上天眷顧。以臣愚見，要天下百姓都有飯吃，第一須得輕徭薄賦，決不可如崇禎那樣，不斷的加餉搜刮。」皇太極連連點頭，說道：「咱們進關之後，須得定下規矩，世世代代，不得加賦，只要庫中有餘，就得下旨免百姓錢糧。」范文程道：「皇上如此存心，實是萬民之福，臣得以投効明主，爲皇上粉身碎骨，也所……也所甘願。」說到後來，語音竟然嗚咽了。

袁承志心想：「這個大漢奸，倒似確有愛民之心，不知是做戲呢，還是眞心。」皇太極道：「很好，很好。你們漢人罵你們是漢奸，日後你們好好爲朕辦事，也就是爲天下百姓辦事，總得狠狠的掙一口氣，讓千千萬萬百姓瞧瞧，到底是你們這些人爲漢人做了好事呢，還是崇禎手下那些只知升官發財、搜刮百姓的眞漢奸做了好事。老寧，你有甚麼條陳？」

寧完我道：「啓奏皇上：我大清的滿洲人少，漢人衆多。皇上得了天下之後，以臣愚見，須得視天下滿人漢人俱是皇上子民，不可像元朝蒙古人那樣，強分天下百姓爲四等。只消我大清對衆百姓一視同仁，漢人之中縱有倔強之徒，也成不了大事。」皇太極點頭道：「此言有理。元人弓馬，天下無敵，可是他們在中國的江山卻坐不穩，就是爲了虐待漢人。這是前車甚麼的？」鮑承先道：「前車覆轍。」皇太極微笑道：「對了，老鮑，我讀漢人的書，始終不易有甚麼長進。」鮑承先道：「皇上日理萬機，這些漢人書中的典故，也不必太放在心上。」皇太極嘆道：「漢人的學問，不少是很好的。只不過作主子的，讀書當學書裏頭的本事策略，不必學漢人的秀才進士那樣，學甚麼吟詩作對……」

袁承志聽了這些話，只覺句句入耳動心，渾忘了此來是要刺死此人，內心隱隱似盼多聽一會，但聽他四人商議如何整飭軍紀、清兵入關之後，決計不可殘殺百姓，務須嚴禁刦掠。只見兩名侍衞走上前來，換去御座前桌上的巨燭，燭光一明一暗之際，袁承志心想：「再不動手，更待何時？」左掌提起，猛力擊落，喀喇喇一聲響，殿頂已斷了兩根椽子，他隨着瓦片泥塵，躍下殿來，右足踏上龍案，金蛇劍疾向皇太極胸口刺去。

皇太極兩側搶上四名衞士，不及拔刀，已同時擋在皇太極身前。嗤嗤兩響，兩名衞士已身中金蛇劍而死。皇太極身手甚是敏捷，從龍椅中急躍而起，退開兩步。這時又有五六名衞士搶上攔截，寧完我與鮑承先撲向袁承志身後，各伸雙手去抱。袁承志左脚反踢，砰砰兩聲，將寧鮑兩人踢得直摜出去。便這麼緩得一緩，皇太極又退開了兩步。

袁承志大急，心想今日莫要給這韃子皇帝逃了出去，再要行刺，可就更加不易了，連發兩枚金蛇錐，卻都給衞士衝上擋去，作了替死鬼。袁承志金蛇劍連刺，更不理會衆衞士來攻，疾向皇太極衝去。眼見距他已不過丈許，驀地裏帷幕後搶出八名武士，都是空手，同時撲到。袁承志右足一彈，砰的一響，踢飛了一名，左足鴛鴦連環，跟着飛出，一名武士正在此時自左側撲到。袁承志左脚踢中了他胸口，他雙手卻已牢牢抓住了袁承志小腿。這武士口中鮮血狂噴，雙手卻死命抓住不放。這八名武士在滿洲語中稱爲「布庫」，擅於摔跤擒拿，平時宮中或貝勒王公盛宴，例有角鬥娛賓。皇太極接見臣下之後，臨睡之前常要先看一場角鬥。這八名布庫武士此刻正在殿旁伺候，聽得有刺客，紛紛搶上來護駕。

袁承志左足力甩，卻甩不脫這武士，金蛇劍揮出，削去了他半邊腦袋，但那武士雙手兀自緊緊抓住袁承志小腿。忽聽得身後有人喝道：「好大膽，竟敢行刺皇上？」說的是漢語。袁承志全不理會，左脚帶着那名死武士，跨步上前去追皇太極，只跨一步，頭頂風聲颯然，一件兵刃襲到，勁風掠頸，有如利刃。袁承志吃了一驚，知道敵人武功高強之極，危急中滾倒在地，一個觔斗翻出，舞劍護頂，左手扯脫脚上的死武士，這才站起。

燭光照映下，只見眼前站着一個中年道人，眉清目秀，臉如冠玉，右手執着一柄拂塵，冷笑道：「大膽刺客，還不拋下兵器受縛？」

袁承志眼光只向他一瞥，又轉去瞧皇太極，只見已有十餘名衞士擋在他身前。袁承志斗然躍起，急向皇太極撲去，身在半空，驀見那道士也躍起身子，拂塵迎面拂來。

袁承志金蛇劍連刺兩下，快速無倫。那道士側頭避了一劍，拂塵擋開一劍，跟着千百根拂塵絲急速揮來。袁承志伸左手去抓拂塵，右手劍刺他咽喉。刷的一聲響，塵尾打中了他左手，手背上登時鮮血淋漓，原來他拂塵之絲係以金絲銀絲所製，雖然柔軟，運上了內勁，卻是一件致命的厲害兵刃。就在這時，金蛇劍劍尖上的蛇舌也已鈎中那道人肩頭。

兩人在空中交手三招，各受輕傷，落下地來時已交叉易位，心下均是驚疑不定：「這人是誰？武功恁地了得，實是我生平所僅見。」

玉眞子的衣服被胡桂南盜了去，全身赤裸，下身摟了一張棉被，左手牢牢拉住，惟恐掉將下來，只以右手抵擋袁承志凌厲的攻擊，頃刻間狼狽萬分，卻始終不肯拋下棉被而雙手應戰。

第十四回　劍光崇政殿　燭影昭陽宮

袁承志回身又待去刺皇太極時，那道人的拂塵已向他腦後拂來，拂絲爲內勁所激，筆直戳至，猶似桿棒。袁承志無奈，只得回劍擋開。

兩人這一搭上手，登時以快打快，瞬息間拆了二十餘招。袁承志竭盡平生之力，竟是絲毫佔不到上風，越鬥越是心驚，突然間風聲過去，右頰又被拂塵掃了一下，料想臉頰上已是多了數十條血痕，驀地裏青青的話在腦海中一閃：「承志哥哥，韃子皇帝刺得到果然好，刺不到也就罷了，你自己可千萬要保重。」眼見敵人如此厲害，只得先謀脫身，他一邊鬥，一邊移動脚步，漸漸移向殿口。那道人冷笑道：「在我玉眞子手下也想逃命？痴心妄想！」說着拂塵連進三招，盡是從意料不到的方位襲來。袁承志一時不知如何招架才是，脚下自然而然的使出木桑所授「神行百變」步法，東竄西斜，避了開去。

不料這玉眞子如影隨形，竟於他的「神行百變」步法了然於胸，袁承志閃到東，他跟到東，竄到西，他追到西。袁承志雖讓開了那三招，卻擺脫不了他源源而來的攻擊。

這一來，兩人都是大奇。玉眞子叫道：「你叫甚麼名字？是木桑道人的弟子嗎？」袁承志道：「不是。」玉眞子問道：「你怎地會鐵劍門的步法？」袁承志反問道：「你是漢人，怎地反幫韃子？」玉眞子怒道：「倔強小子，死到臨頭，還在胡說。」刷刷兩招。

袁承志眼見對方了得，稍有疏神，不免性命難保，當即凝神致志，使開本門華山派劍法接招。玉眞子看了數招，叫道：「啊，你是華山派穆老猴兒門下的小猴兒，是不是？」袁承志不肯隱瞞師門，喝道：「是便怎樣？」一招「蒼松迎客」，長劍斜出，內力從劍身上嗤嗤發出，姿式端凝，招迅勁足。玉眞子讚道：「好劍法，小猴兒不壞！」

袁承志罵道：「你倚老賣老甚麼？」玉眞子笑道：「老猴兒也不是我對手，你小猴兒更加不用想。」袁承志不再說話，全神貫注的出劍拆招。玉眞子微一疏神，左臂竟被金蛇劍劃了淺淺一道口子。這一來，他再也不敢托大，舞動拂塵疾攻。

兩人翻翻滾滾的鬥了二百餘招，兀自難分高下，都是暗暗駭異。袁承志不敢亂使金蛇劍法和木桑所授的功夫，前者究未十分純熟，後者對方似所深知，招招使的盡是華山派本門劍法。金蛇劍本來鋒銳絕倫，無堅不摧，但玉眞子的拂塵塵絲柔軟，毫不受力，竟是削它不斷。金蛇劍與拂塵招術變幻，勁風鼓盪，崇政殿四周巨燭忽明忽暗。

又拆數十招，驀聽得皇太極以滿洲語呼喝幾句，六名布庫武士分從三面撲上。袁承志料想今日已刺不到韃子皇帝，急揮長劍疾攻兩招，轉身向殿門奔出。玉眞子拂塵揮出，塵絲已捲住了金蛇劍的尖鈎。兩人同時拉扯，片刻間相持不下。便在這時，兩名武士已同時抓住了袁承志雙臂。

袁承志大喝一聲，鬆手撤劍，雙掌在兩名武士背上一拍，運起混元功內勁，兩名武士身不由主的向玉眞子撞去，玉眞子無奈，只得也撤手鬆開拂塵之柄，出掌推開兩名武士，嗆啷啷一響，拂塵與金蛇劍同時掉落在地。便在這時，兩名武士已抱住了袁承志雙腿。

玉眞子右掌向袁承志胸口拍到。袁承志雙足凝立，還掌拍出。兩名武士拚命拉扯，要將他扳倒，卻那裏扳得動？玉眞子掌來如風，瞬息之間連出一十二掌。袁承志一一解開，突然頸中一緊，一名武士撲在他背上，伸臂扼住了他咽喉。袁承志左肘向後撞出，正中他胸腹之間。那武士狂噴鮮血，都噴在袁承志後頸，熱血汩汩從他衣領中流向背心，扼住他咽喉的手臂漸鬆。袁承志正待運勁擺脫，一名武士撲上來扭住了他右臂。玉眞子乘機出指疾點，袁承志伸左手擋格。他雖只剩下一隻左臂可用，仍是擋住了玉眞子點來的七指連點。

玉眞子右指再點，左掌拍向袁承志面門。袁承志急忙側頭相避，左臂卻又被一名武士抱住了。玉眞子噗噗噗連點三下，點了他胸口三處大穴，笑道：「放開吧，他動不了啦。」四名抱住袁承志雙手雙腿的武士卻說甚麼也不放手。

皇太極的侍衛隊長拿過鐵鍊，在袁承志身上和手足上繞了數轉，衆武士這才放手，將伸臂扼在袁承志頸中的武士扶下來時，只見他凸睛伸舌，早已氣絕而死。

皇太極道：「玉眞總教頭和衆武士、衆侍衛護駕有功，重重有賞。老鮑、老寧，你們受傷了嗎？」鮑承先和寧完我已由衆侍衛扶起，哼哼唧唧的都說不出話來。

皇太極回入龍椅坐下，笑吟吟的道：「喂，你這年輕人武功強得很哪，你叫甚麼名字？」袁承志昂然道：「我行刺不成，快把我殺了，多問些甚麼？」皇太極道：「是誰指使你來刺我？」

袁承志心想：「我便照實而言，也好讓韃子知道袁督師有子。」大聲道：「我是前薊遼督師袁公的兒子，名叫袁承志。你韃子侵犯我大明江山，我千萬漢人，恨不得食你之肉。我今日來行刺，是爲我爹爹報仇，爲我成千成萬死在你手下的漢人報仇。」

皇太極一凜，道：「你是袁崇煥的兒子？」袁承志道：「正是。我名叫袁承志，便是要繼承我爹爹遺志，抗禦你韃子入侵。」

衆侍衛連聲呼喝：「跪下！」袁承志全不理睬。皇太極揮手命衆侍衛不必再喝，溫言道：「袁崇煥原來有後，那好得很啊。你還有兄弟沒有？」袁承志一怔，心想：「他問這個幹麼？」說道：「沒有！」皇太極問道：「你受了傷沒有？」袁承志叫道：「快將我殺了，不用你假惺惺。」

皇太極嘆道：「你爹爹袁公，我是很佩服的。可惜崇禎皇帝不明是非，殺害了忠良。當年你爹爹跟我曾有和議，明清兩國罷兵休民，永爲世好。只可惜和議不成，崇禎反而說這是你爹爹的大罪，我聽到後很是痛心。崇禎殺你爹爹，你可知是那兩條罪名？」

袁承志默然。他早知崇禎殺他爹爹，有兩條罪名，一是與清酋議和，勾結外敵，二是擅殺皮島總兵毛文龍。孫仲壽、應松等說得明白，當日袁督師和皇太極議和，只是一時權宜之計，清兵勢大，明兵力所不敵，只有練成了精兵之後，方有破敵的把握，議和是爲了練兵與完繕城守。至於毛文龍貪贓跋扈，刦掠百姓，不殺他無以整肅軍紀。

皇太極道：「你爹爹是崇禎害死的，我卻是你爹爹的朋友。你怎地不分好歹，不去殺崇禎，卻來向我行刺？」袁承志道：「我爹爹是你敵人，怎會是你朋友？你使下反間計，騙信崇禎，害死我爹爹。崇禎要殺，你也要殺。」皇太極搖搖頭，道：「你年輕不懂事，甚麼也不明白。」轉頭向范文程道：「范先生，你開導開導他。」袁承志大聲道：「你想要我學洪承疇麼？哼，袁督師的兒子，會投降滿清嗎？」

這時崇政殿外已聚集了不少文武官員，都是聽說有刺客犯駕，夤夜趕來護駕的。皇太極道：「祖大壽在這裏嗎？」階下一名武將道：「臣在！」走到殿上，跪下磕頭。

袁承志心中一凜，祖大壽是父親當年麾下的第一大將，父親被崇禎下旨擒拿時，他心中不服，帶兵反出北京，後來父親在獄中修書相勸，他才重受崇禎令旨。他與淸兵血戰前後數十場，但崇禎對他疑忌，每次都不予增援，致在大凌河爲皇太極重重圍困，不得已而投降；此後降了又反，在錦州數場血戰，後援不繼，被擒又降。心想：「他對我爹爹雖然不錯，但投降韃子總是大大不該。」忍不住高聲斥道：「祖大壽，你這無恥漢奸！」

祖大壽站起身來，轉頭瞧着他。袁承志見他剃了額前頭髮，拖根辮子，頭髮已然花白，容色憔悴，全無統兵大將的半分英氣，喝道：「祖大壽，你還有臉見我嗎？你死了之後，有臉去見我爹爹嗎？」

祖大壽在階下時已聽到皇太極和袁承志對答的後半截話，突然眼淚從雙頰上流了下來，顫聲道：「袁公子，你……你長得這麼大了，你……你三歲的時候，我……我抱過你的。」袁承志怒道：「呸，給你這漢奸抱過，算我倒霉。」祖大壽全身一顫，張開雙臂，踏上兩步，似乎又想去抱他，但終於停步，張嘴要待說話，聲音卻啞了，只「啊，啊，啊」幾聲。

皇太極道：「祖大壽，這姓袁的交由你帶去，好好勸他歸順。當眞不降，咱們把他千刀萬剮。哼，這小子膽子倒大，居然來向朕行刺，嘿嘿，嘿嘿。」祖大壽跪下連連磕頭，說道：「皇上天恩浩蕩，臣自當盡力相勸。」皇太極點頭道：「好，你帶他去吧！」

祖大壽走到袁承志身邊，伸手欲扶。袁承志退後兩步，手脚上鐵鍊噹啷啷直響，喝道：「別來碰我！」祖大壽縮開了手，躬身退出殿去。兩名侍衞携着袁承志，跟在他身後。袁承志回過頭來，向皇太極瞧去，只見他眼光也正向他瞧來，神色間卻顯得甚是和藹。

袁承志茫然不解，心道：「不知這韃子皇帝肚子裏在打甚麼鬼主意。」

到得宮外，祖大壽命親隨將袁承志扶上自己的坐騎，自己另行騎了匹馬，同到自己府中。祖大壽命親隨將袁承志扶入書房，說道：「你們出去！」四名親隨躬身出房。

祖大壽掩上了房門，一言不發，便去解袁承志身上的鐵鍊。袁承志自在宮內之時，便已緩緩運氣，胸口所封穴道已解了大半，見他竟來解自己身上鐵鍊，心想：「你只道我穴道被點，兀自動彈不得，哼哼，這可太也托大了！」

祖大壽緩緩將鐵鍊一圈圈的從袁承志身上繞脫，始終一言不發。袁承志暗暗運氣，覺膻中穴處氣息仍頗窒滯，心想：「那道人的手勁當眞了得。我穿着木桑道長所賜的金絲背心，受了他這三指，兀自如此。若無這背心護體，那還了得？」又想：「祖大壽要勸我投降韃子，我且假裝聽他的，拖延時刻。一待胸間氣息順暢，便發掌擊死了這漢奸，穿窗逃走。」卻聽祖大壽低沉着嗓子道：「袁公子，你這就去吧。」

袁承志大吃一驚，幾乎不信自己的耳朵，問道：「你……你說甚麼？」祖大壽道：「要刺殺大清皇帝，實在難得很。你還是去吧。」袁承志道：「你放我走？」祖大壽道：「是，你有沒受傷？」袁承志道：「沒有。」祖大壽道：「你騎我的馬，天一亮立即出城。」

袁承志道：「你爲甚麼放我走？」祖大壽黯然道：「你是袁督師的親骨血，祖大壽身受督師厚恩，無以爲報。」袁承志道：「你放了我，明天韃子皇帝查問起來，你定有死罪。」祖大壽道：「那走着瞧吧。大清皇帝說過，不會殺我的。」袁承志道：「你私放刺客，罪名太大，皇帝說不定還會疑心你是行刺的主使。我不能自己貪生，卻害了你一命。」

祖大壽苦笑道：「我的性命，還值得甚麼？在大凌河城破之日，我早該死了。錦州城破之日，更該當死了。袁公子，你不用管我，自己去吧。」袁承志道：「那麼你跟我一起逃走。」祖大壽搖搖頭道：「我老母妻兒、兄弟子侄，一家八十餘口全在盛京，我是不能逃的。」袁承志心神激盪，突然胸口內息逆了，忍不住連連咳嗽起來。

心下尋思：「他投降韃子，就是漢奸，我原該一掌打死了他，想不到他竟會放我走。我一走，韃子皇帝非殺了他不可。是我殺他，還是韃子殺他，本來毫無分別。但是我難道眼睜睜的讓他代我而死？我若不走，自然是給韃子殺了，我以有爲之身，尙有多少大事未了，怎能輕易送命？我當然不想死，爲了一個漢奸而死，更加不値之至。可是……可是……」越是委決不下，越是咳得厲害，面紅耳赤，險些氣也喘不過來。

祖大壽輕輕拍他背脊，說道：「袁公子，你剛才激鬥脫力，躺下來歇一會兒。」袁承志點點頭，盤膝而坐，心中再不思量，只是凝神運氣。那玉眞子的點穴功夫當眞厲害，初時還以爲給封閉了的穴道已然解開，但一運氣間，便覺胸口終究不甚順暢，心知坐着不動，那也罷了，若是與人動手，或是施展輕功跳躍奔跑，勢必會閉氣暈厥。於是按照師父所授的調理內息法門，緩緩將一股眞氣在各處經脈中運行。

也不知過了多少時候，才覺眞氣暢行無阻，更無窒滯，慢慢睜開眼來，卻見陽光從窗中射進，竟已天明。他微吃一驚，只見祖大壽坐在一旁，雙手擱膝，似在呆呆出神。袁承志站起身來，說道：「你陪了我半夜？」祖大壽臉上微現喜色，道：「公子好些了？」

袁承志道：「全好了！那玉眞子道人是甚麼來歷？武功這麼厲害。」祖大壽道：「他是新近從西藏來的，上個月宮中布庫大校技，這道人打敗二十三名一等布庫武士，後來四五名武士聯手跟他較量，也都被他打敗了。皇帝十分喜歡，封了他一個甚麼『護國眞人』的頭銜，要他作布庫總教頭。公子，你喝了這碗雞湯，吃幾張餅，咱們這就走吧。」說着走到桌邊，雙手捧過一碗湯來。

袁承志心想：「我專心行功，有人送吃的東西進來也不知道。他本來就可殺我，也不用下毒。」接過湯碗，喝了幾口，微有苦澀之味。祖大壽道：「這是遼東老山人參燉的，最能補氣提神。」袁承志吃了兩張餅，說道：「你帶我去見韃子皇帝，我投降了。」

祖大壽大吃一驚，雙目瞪視着他，隨即明白，他是不願自己爲他送命，先行假意投降，然後再謀脫身，沉吟片刻，道：「好！」帶着他出了府門，兩人上了馬。祖大壽也不帶隨從，當先縱馬而行，袁承志跟隨其後。

行了幾條街，袁承志見他催馬走向城門，見城門上寫着三個大字「德盛門」，旁邊有一行彎彎曲曲的滿州文，知道這是盛京南門，昨天便是從這城門中進來的，心覺詫異，問道：「咱們怎地出城？」祖大壽道：「皇帝在城南哈爾撒山圍獵。」袁承志不再言語了。

兩人出城行了約莫十里。祖大壽勒馬停步，說道：「公子，咱們這就別過了。」袁承志驚道：「怎麼？咱們不是去見韃子皇帝麼？」祖大壽搖頭苦笑，道：「袁督師忠義包天，他的公子怎能如我這般無恥，投降韃子？」解下腰間佩劍，連鞘向他擲去，袁承志只得接住。祖大壽突然圈轉馬頭，猛抽兩鞭，坐騎循着回城的來路疾馳而去。

袁承志叫道：「祖叔叔，祖叔叔。」一時拿不定主意，該追他回來，還是和他一起回城，就這麼微一遲疑，祖大壽催馬去得遠了，只聽他遠遠叫道：「多謝你叫我兩聲叔叔！」

袁承志坐在馬上，茫然若失，過了良久，才縱馬南行。

又行了約莫十里，遠遠望見青青、洪勝海、沙天廣等人已等在約定的破廟之外。青青大聲歡呼，快步奔來，撲入他的懷裏，叫道：「你回來啦！你回來啦！」袁承志見她臉上大有倦容，料想她焦慮掛懷，多半一夜未睡。

青青見他殊無興奮之色，猜到行刺沒有成功，說道：「找不到韃子皇帝？」袁承志搖搖頭：「人是找到了，刺不到。」於是簡畧說了經過。衆人聽得都張大了口，合不攏來。

青青拍拍胸口，吁了口長氣，說道：「謝天謝地！」

袁承志想到祖大壽要爲自已送命，心下總是不安，說道：「今晚我還要入城，倘若祖叔叔給韃子皇帝抓了起來，我要救他。」青青道：「大夥兒一起去！我可再也不讓你獨個兒去冒險了。」

申牌時分，一行人又到了盛京城內，生怕昨天已露了行迹，另投一家客店借宿。

洪勝海去祖大壽府前察看，回報說，沒聽到祖大壽給韃子皇帝鎖拿的訊息，府門外全沒動靜。袁承志心想：「韃子皇帝多半還不知他已放走了我，只道他正在勸我投降。」吩咐洪勝海再去打探。鐵羅漢道：「我也去。」青青道：「你不要去，別又跟人打架，誤了大事。」鐵羅漢撅起了嘴，道：「我也不一定非打架不可。」胡桂南道：「我跟羅漢大哥同去，他要鬧事，我拉住他便了。」袁承志道：「既是如此，一切小心在意。」

傍晚時分，三人回到客店。鐵羅漢極是氣惱，說道：「若不是夏姑娘先說了我，否則我眞得扭下那幾個小子的腦袋。」衆人問起原因，洪勝海說了。

原來他們仍沒聽到有拿捕祖大壽的訊息，昨晚宮裏鬧刺客，卻也沒聽到街頭巷尾有人談論。三人於是去酒樓喝酒，見到有八名布庫武士在大吃大喝，說得都是滿州話。洪勝海悄悄跟兩人說了。鐵羅漢和胡桂南才知他們在吹噓總教頭如何英勇無敵，昨晚又得了一柄怪劍，劍頭有鈎，劍身彎曲，鋒銳無比，當眞吹毛斷髮，削鐵如泥。這不是袁承志的金蛇劍是甚麼？鐵羅漢站起身來，便要過去教訓教訓他們，胡桂南急忙拉住。待八名武士食畢下樓，三人悄悄跟去，查明了他們住宿的所在。

袁承志失手被擒，兵刃給人奪去，實是生平從所未有的奇恥，但那玉眞子的武功絕不在自己之下，這把劍非奪回不可，卻又如何從這絕頂高手之中奪回來？一時沉吟不語。

胡桂南笑道：「盟主，我今晚去『妙手』它回來。那玉眞子總要睡覺，憑他武功再高，睡着了總打我不過吧？」眾人都笑起來。袁承志道：「好，這就偏勞胡大哥了，可千萬輕忽不得。胡大哥只須盜劍，不必殺他。將他在睡夢中不明不白的殺了，非英雄好漢所爲。」胡桂南道：「是，日後盟主跟他一對一的較量，那時才教他死得心服。」袁承志微微一笑，說道：「就算單打獨鬥，我也未必能勝。」他要胡桂南不可行刺，卻是爲了此事太過凶險，玉眞子縱在睡夢之中，若是白刃加身，也必能立時驚覺反擊，就算受了致命重傷，他在臨死之前的一擊，也非要了胡桂南的性命不可。

用過晚飯後，胡桂南換上黑衣，興沖沖的出去。袁承志終是放心不下，道：「胡大哥，我去給你把風。」兩人相偕出店。青青知道此行並不如行刺韃子皇帝那麼要干冒奇險，又素知胡桂南妙手空空，天下無雙，倒不擔心。

胡桂南在前領路，行了三里多路，來到布庫武士的宿地。只見居中是一座極大的牛皮大帳，四周都是一座座小屋。胡桂南低聲道：「那八名武士都住在北首的小屋中，只不知那牛鼻子是不是也住在這裏。」袁承志道：「咱們抓一名武士來問。只可惜咱們都不會說滿州話。」胡桂南道：「待我打手勢要他帶路便是……」

話未說完，只見兩名武士哼着小曲，施施然而來。袁承志待兩人走到臨近，突然躍出，伸指在兩人背心穴道上各點一指，勁透要穴，兩人登時動彈不得。他出手時分了輕重，一名武士立即昏暈，另一名卻神智不失。他將暈倒的武士拖入矮樹叢中，胡桂南左手將尖刀抵在另一名武士喉頭，右手大打手勢，在自己頭頂作個道髻模樣，問他這道人住在何處。

那武士道：「你作甚麼？我不明白。」不料他竟會說漢語。原來盛京本名瀋陽，向是大明所屬，為滿清所佔後，於天啓五年建為京都，至此時還不足二十年。城中居民十九都是漢人。這些布庫武士除了練武摔跤，每日裏便在酒樓賭館廝混，泰半會說漢語。

胡桂南大喜，問道：「你們的總教頭，那個道士，住在那裏？」那武士給尖刀抵住咽喉，正自驚懼，一聽之下，心想：「你要去找我們總教頭送死，那眞是妙極了。」嘴巴向着東邊遠處一座房子一努，說道：「我們總教頭護國眞人，便住在那座屋子裏。」那屋子離其餘小屋有四五十丈，構築也高大得多。袁承志料知不假，在他脅下再補上一指，教他暈厥後非過三四個時辰不醒。胡桂南將他拖入了樹叢。

兩人悄悄走近那座大屋，只見到處黑沉沉地，窗戶中並無燈燭之光。胡桂南低聲道：「牛鼻子睡了，倒不用咱們等。」兩人繞到後門，胡桂南貼身牆上，悄沒聲息的爬上。跟着又沿牆爬下。袁承志見他爬牆的姿式甚是不雅，四肢伸開，縮頭聳肩，行動又慢，倒似是一隻烏龜一般，但半點聲息也無。卻非自己所及，心想：「聖手神偷，果然了得。」他怕進屋時若是稍有聲息，定讓玉眞子發覺，當下守在牆邊，凝神傾聽。

過了一會，聽得屋內樹上有隻夜梟叫了幾聲，跟着便又一片靜寂。突然之間，隱隱聽得有女子的嘻笑之聲。接着有個男子哈哈大笑，說了幾句話，相隔遠了，卻聽不清楚，依稀便是玉眞子。袁承志心道：「他還沒睡，胡大哥可下不了手。」生怕胡桂南遇險，於是躍牆而入，只聽得男女嘻笑之聲不絕，循聲走去，忽聽得玉眞子笑道：「你身上那一處地方最滑？」那女子笑道：「我不知道。」玉眞子笑道：「我來摸摸看。」

袁承志登時面紅耳赤，站定了脚步，心想：「這賊道在幹那勾當，幸虧青弟沒同來。」

聽着那女子放肆的笑聲，心中也是禁不住一蕩，當即又悄悄出牆，坐在草叢之中。

又過了一會，一陣風吹來，微感寒意。這日是八月初旬，北國天時已和江南隆冬一般。突然之間，只聽得玉眞子厲聲大喝：「甚麼人？」袁承志一驚站起，暗叫：「糟糕，給他發覺了！」躍上牆頭，只見一個黑影飛步奔來，正是胡桂南，奔到臨近，卻見他手中累累贅贅的抱着不少物事，心念一閃：「胡大哥偷兒的脾氣難除，不知又偷了他甚麼東西，這麼一大堆的。」當下不及細想，躍下去將他一把抓起，飛身上牆，躍下地來，便聽得玉眞子喝道：「鼠輩，你活得不耐煩了。」身子已在牆頭。

胡桂南叫道：「得手了！快走！」袁承志大喜，回頭一望，不由得大奇，星光熹微下只見玉眞子全身赤裸，下體卻臃臃腫腫的圍着一張厚棉被，雙手抓着被子。袁承志忍不住失笑。胡桂南笑道：「牛鼻子正在幹那調調兒，我將他的衣服都偷來了。」說着雙手一舉，原來抱的是一堆衣服，轉身道：「盟主，你的寶劍！」那把金蛇劍正插在他的後腰。

袁承志拔過劍來，順手插入腰帶，又奔出幾步。玉眞子已連人帶被，撲將下來，喝道：「小賊！」伸右掌向胡桂南劈去。袁承志出掌斜擊他肩頭，喝道：「你我再鬥一場。」

玉眞子只感這掌來勢凌厲之極，急忙迴掌擋格。雙掌相交，兩人都倒退了三步。玉眞子大吃一驚，看清楚了對手，心下更驚，叫道：「啊！你這小子逃出來了。」他初時只道小偷盜劍，便赤身露體的追了出來，那料得竟有袁承志這大高手躲在牆外。

袁承志一退之後，又即上前。玉眞子左手拉住棉被，惟恐滑脫，只得以右掌迎敵。但這條大棉被何等累贅，只拆得兩招，脚下一絆，一個踉蹌，袁承志順勢一拳，重重擊在他肩頭。

玉眞子又急又怒，他正在濃情暢懷之際，給胡桂南乘機偷去了寶劍衣服，本已大吃一驚，這時再遇勁敵，肩頭中了袁承志破玉拳中的一招，整條右臂都酸麻了。他自八歲之後，從未在人前赤裸過身子，這時狼狽萬狀，全想不到若是抛去棉被，赤身露體的跟袁承志動手又有何妨？時當夜晚，又無多人在旁，就算給人瞧見了，他本是個風流好色的男子，也沒甚麼大不了。但穿衣的習俗在心中已然根深蒂固，手忙脚亂的只顧抵擋來招，左手卻始終緊緊抓着棉被不放。再拆兩招，背心上又被袁承志一掌擊中。這一掌蓄着混元功內勁，玉眞子再也抵受不住，哇的一聲，吐出了一口鮮血。

袁承志住手不再追擊，笑道：「此時殺你，諒你死了也不心服，下次待你穿上了衣服再打過。」胡桂南急道：「盟主，饒他不得，只怕於祖大壽性命有碍。」袁承志心中一凜：「不錯，他去稟告韃子皇帝，又加重了祖叔叔的罪名，非殺他滅口不可。」縱身上前，雙拳往他太陽穴擊去。玉眞子見來招狠辣，自然而然的舉起雙手擋格，雖將對方來拳擋開，但棉被已溜到脚下，「啊」的一聲驚呼，胸口已結結實實的被袁承志飛脚踢中。玉眞子大駭，再也顧不得身上一絲不掛，拔足便奔。袁承志和胡桂南隨後追去。

這道人武功也當眞了得，身上連中三招，受傷極重，居然還是奔行如飛，輕功之佳，實是當世罕有。袁承志急步追趕，眼見他竄入了那座牛皮大帳，當卽追進。

剛奔到帳口，只見帳內燭火照耀如同白晝，帳內站滿了人，當卽止步，閃向一旁，只聽得帳內衆人齊聲驚呼。

這時胡桂南也已趕到，一扯袁承志手臂，繞到帳後。兩人伏低身子，掀開帳脚，向內瞧去。只見玉真子仰面朝天，摔在地下，全身一絲不掛，瞧不出他一個大男人，全身肌膚居然雪白粉嫩，胸口卻滿是鮮血，這模樣既可怪之極，又可笑無比。

帳中一聲驚呼之後，便即寂然無聲。只聽得一個威嚴的聲音大聲說起滿州話來。袁承志吃了一驚，說話之人竟然便是滿清皇帝皇太極。

見帳內站滿的都是布庫武士，不下一二百人，心道：「啊，是了，這韃子皇帝愛看人比武，今晚又來瞧來啦。算他眼福不淺，見到了武士總教頭這等怪模樣。」他昨晚領署過這些布庫武士的功夫，武功雖然平平，但纏上了死命不放，着實難鬥，帳中武士人數如此衆多，要行刺皇帝是萬萬不能，當下靜觀其變。

只見一名武士首領模樣之人上前躬身稟報，皇太極又說了幾句話，便站起身來，似是掃興已極，不再瞧比武了。他走向帳口，數十名侍衛前後擁衛，出帳上馬。

袁承志心想：「這當眞是天賜良機，我在路上出其不意的下手，比去宮中行刺可方便得多了。」低聲對胡桂南道：「這是韃子皇帝，你先回去，我乘機在半路上動手。」胡桂南又驚又喜，道：「盟主小心！」

袁承志跟在皇太極一行人之後，只見衆侍衛高舉火把，向西而行，心想：「待他走得遠些再幹，免得動起手來，這些布庫武士又趕來糾纏。」

跟不到一里，便見衆侍衛擁着皇太極走向一所大屋，竟進了屋子。袁承志好生奇怪：「他不回宮，到這屋裏又幹甚麼了？」當下繞到屋後，躍進牆去，見是好大一座花園，南首一間屋子窗中透出燈光，他伏身走近，從窗縫中向內張去，但見房中錦繡燦爛，大紅緞帳上金綫繡着一對大鳳凰。迎面一張殷紅的帷子掀開，皇太極正走進房來。袁承志大喜，暗叫：「天助我也！」

只見一名滿州女子起身相迎。這女子衣飾華貴，帽子後面也鑲了珍珠寶石。皇太極進房後，那女子回過身來，袁承志見她約莫二十八九歲年紀，容貌甚是端麗，全身珠光寶氣，心想：「這女子不是皇后，便是貴妃了。啊，是了，皇太極去瞧武士比武，這娘娘不愛看比武，便在這裏等着，這是皇帝的行宮。」

皇太極伸手摸摸她的臉蛋，說了幾句話。那女子一笑，答了幾句。皇太極坐到床上，正要躺下休息，突然坐起，臉上滿是懷疑之色，在房中東張西望，驀地見到床邊一對放得歪歪斜斜的男人鞋子，厲聲喝問。那女子花容慘白，掩面哭了起來。皇太極一把抓住她胸口，舉手欲打，那女子雙膝一曲，跪倒在地。皇太極放開了她，俯身到床底下去看。

袁承志大奇，心想：「瞧這模樣，定是皇后娘娘乘皇帝去瞧比武之時，和情人在此幽會，想不到護國眞人突然演出這麼一齣好戲，皇帝提前回來，以致瞧出了破綻。難道皇后娘娘也偷人，未免太不成話了吧？她情人若是尙在房中，這回可逃不走了。」

便在此時，皇太極身後的橱門突然打開，橱中躍出一人，刀光閃耀，一柄短刀向皇太極後心揷去。那女子「啊」的一聲驚呼，燭光幌動了幾下，便卽熄滅。過了好一會，燭火重又點燃，只見皇太極俯身倒在地下，更不動彈，背心上鮮血染紅了黃袍。

袁承志這一驚當眞非同小可，看那人時，正是昨天見過的睿親王多爾袞。那女子撲入他懷裏。多爾袞摟住了，低聲安慰。

袁承志眼見到這驚心動魄的情景，心中怦怦亂跳，尋思：「想不到這多爾袞膽大包天，竟敢弑了哥哥。事情馬上便要鬧大，快些脫身爲妙。」當即躍出牆外，回到客店。

青青見他神色驚疑不定，安慰他道：「想是韃子皇帝福命大，刺他不到，也就算了。」

袁承志搖頭道：「韃子皇帝死了，不是我殺的。」

衆人料想韃子皇帝被刺，京城必定大亂，次日一早，便即離盛京南下。

不一日，進山海關到了北京，才聽說滿清皇帝皇太極在八月庚午夜裏「無疾而終」，滿清立了皇太極的小兒子福臨做皇帝。小皇帝年方六歲，由睿親王多爾袞輔政。

袁承志道：「這多爾袞也當眞厲害，他親手殺了皇帝，居然一點沒事，不知是怎生隱瞞的。」洪勝海道：「睿親王向來極得皇太極的寵信，手掌兵權，滿清的王公親貴個個都怕他。他說皇太極無疾而終，誰也不敢多口。」袁承志道：「怎麼他自己又不做皇帝？」洪勝海道：「這個就不知道了。或許他怕人不服，殺害皇太極的事反而暴露了出來。福臨那小孩子是莊妃生的，相公那晚所見的貴妃，定然就是莊妃了。」

袁承志此番遠赴遼東，爲的是行刺滿清巨酋皇太極，以報父仇，結果親眼見到皇太極斃命，雖非自己所殺，此人終究是死了，可是內心卻殊無歡愉之意，不再思忖：「他爲甚麼將我交給祖叔叔？以他知人之明，自然料得到祖叔叔定會私自將我釋放。他是不是要收服祖叔叔之心，好爲他死心塌地的打仗辦事？」又想：「祖叔叔投降韃子，自然是漢奸了。只因他救了我性命，我便衝口而出的叫他叔叔，那豈不是只念小惠，不顧大義？到底該是不該？」

想到皇太極臨死的情狀，當時似乎忍不住便想衝進房去救他性命，要是多爾袞下手稍緩，自己是否會出手相救，此時回思，兀自難說。

再想到玉眞子武功之強，滿州武士之勇，多爾袞手段的狠辣，范文程等人的深謀遠慮，只覺世事多艱，來日大難，心中一片片空盪盪地，竟無着落處。

袁承志取出銀兩，命洪勝海在禁城附近的正條子胡同買了一所大宅第，此次來京要結交王公巨卿、文武官員，以作闖軍內應，須得排場豪闊。

這日，青青在宅中指揮僮僕，粉刷佈置。袁承志獨自在城內大街閒逛。走到一處，見有數十名戶部庫丁手執兵刃，戒備森嚴。聽途人說，是南方解來漕銀入庫。他想這是崇禎皇帝的根本，得仔細看看，當下站得遠遠的，察看附近的形勢，突見兩條黑影從庫房屋頂上躍起，身法甚是迅速，一轉眼間，已在東方隱沒。

袁承志大奇，心想光天化日之下，難道竟有大盜刦庫，倒要見識一下是何等的英雄好漢，腳下加勁，奔到東北角上，人影已然不見，但這邊只有一條道路，於是提氣向前疾追，這一提氣，眞是疾逾奔馬，追不多時，果見兩人在向前急奔。

他放輕腳步，防那兩人發覺，但勢頭絲毫不緩，片刻間相距已近。但見那兩人身穿紅衣，頭上伸出兩條小辮子，看背後模樣，竟是十五六歲的童子。兩人肩頭各負一個包裹，從身形腳步瞧來，包裹份量着實不輕，想來便是庫銀了，小小年紀，負了重物居然還能如此奔躍迅捷，實是難得。奔不多時，兩個紅衣童子已到城邊。袁承志心想：「不知他們如何出城？」

那知二童竟不停步，直衝而出。守在城門口的軍士眼前一花，兩團火樣的東西已從身旁擦過，正自驚詫，突然一個灰影又是一幌出城，比那兩團紅雲更加迅速，等到望見是兩個穿紅、一個穿灰之人的背影時，三人早已去得遠了。

袁承志尾隨雙童，兩名童子始終沒有發覺。出城後奔行七八里路，眼前盡是田野。兩童來到一座大宅之前，從身邊取出帶鉤繩索，拋將上去，抓住牆頭，攀援而上，跳了進去。

袁承志走近，見那宅第周圍一匝黑色圍牆，牆高兩丈，居然沒一道門戶。圍牆塗得黑漆漆的，甚是陰森可怖，這已十分奇怪，而屋子竟沒門戶，更是天下少有的怪事。他好奇心起，縱身躍入，裏面地基離牆卻有兩丈三尺高，如不是身負絕頂武功，多半會出於不意，摔跌一交。裏面又有一道圍牆，全是白色，仍是無門。

他這時一不做二不休，躍上牆頭。這堵牆比外面圍牆已高了三尺，但因地基低陷三尺，在外面卻看不出來。他躍進白牆，發覺地基又低三尺，前面一重圍牆全作藍色，牆垣更比白牆高了三尺。躍進一重又是一重，第四重是黃牆，第五重是紅牆，那時牆高已達三丈三尺，他輕功再高，也已不能躍上牆頭，當下施展「壁虎游牆功」，手足並用，提氣直上。尋思：「難道出入此屋，都是要用繩索攀援？必定另有密門。」左手攀上牆頭，一提勁，翻身而起，坐上牆頭，只見裏面是五開間三進瓦屋，靜悄悄的似乎闃無一人。

他高聲叫道：「晚輩冒昧，擅進寶莊。賢主人可能賜見麼？」說話一停，只聽五道高牆上撞回來的回聲先後交織，組成一片煩雜之聲，屋中始終沒有回答。

他等了片刻，又叫一遍，突然第三進中撲出十餘條巨犬，張牙舞爪，高聲狂吠，模樣甚是兇惡。他本見兩個童子武藝高強，心想屋主人必是英俠一流，頗想結識，這時見屋裏放出猛犬，知道主人厭惡外客，不便自討沒趣，於是躍出牆外，回到居所。

進屋時，只見青青正在僱匠購物，整花木，修門窗，換地板，刷牆壁，忙得不可開交。袁承志暗喜，心想青弟助我甚多，當日衢江江上那股殺人不眨眼的兇狠氣質，不到一年，竟然逐漸改變。

晚飯後，他把剛才所遇說了。大家嘖嘖稱奇，都猜不透怪屋中所居是何等樣人。

次日清晨，衆人聚在花廳裏吃早飯。庭中積雪盈寸，原來昨晚竟下了半夜大雪。院子裏兩樹梅花含苞吐艷，清香浮動，在雪中開得越加精神。

一名家丁匆匆進來，對青青道：「小姐，外面有人送禮來。」另一名家丁捧進禮物，原來是一個宋瓷花瓶，一座沈石田繪的小屏風。袁承志道：「這兩件禮物倒也雅緻，誰送的呀？」禮物中卻無名帖。青青封了一兩銀子，命家丁拿出去打賞，問清楚是誰家送的禮，過了一會，家丁回來稟道：「送禮的人已走了，追他不着。」

衆人都笑那送禮人冒失，白受了他的禮，卻不見他情。洪勝海道：「袁相公名滿天下，這次來京，江湖上多有傳聞，總是慕名的朋友向你表示敬意的。」衆人都道必是如此。

中午時分，有人挑了整席精雅的酒肴來，乃是北京著名的全聚興菜館做的名菜。一問厨師，說是有人付了銀子讓送來的。衆人起了疑心，把酒肴讓貓狗試吃，並無異狀。

下午又陸續有人送東西來，或是桌椅，或是花木，都是宅第中合用之物。青青只說得一句：「這裏須得掛一盞大燈才是。」過不了一個時辰，就有人送來一盞精緻華貴的大宮燈。再過片刻，又有人送來綢緞絲絨、鞋帽衣巾，連青青用的胭脂花粉，也都是特選上等的送來。鐵羅漢一把抓住那送衣服的人，喝道：「你怎知這裏有個頭陀？連我穿的袈裟也送來了？」那衣店夥計給他一抓，嚇了一跳，說道：「不知道啊！今兒一早，有人到小店裏來，多出銀子吩咐趕做的。」

這時人人奇怪不已，紛紛猜測。青青故意道：「這送禮的人要是真知我心思，給我弄一串珍珠來就好啦。」隔了片刻，只見一個僕人走出廳去。青青向洪勝海道：「快瞧他到那裏去？」不多時那僕人又回來侍候。洪勝海卻隔了一個時辰才回。他剛跨進門，珠寶店裏已送了兩串珠子來。

青青接了珠子，直向內室，袁承志和洪勝海都跟了進去。洪勝海道：「那僕人走到門外，對一個乞丐說了幾句話，就回進來。我就跟着那乞丐。見他走過了一條街，就有衙門的一個公差迎上來。兩人說了幾句話，那乞丐又回到我們門前。」青青道：「那你就釘着那鷹爪？」洪勝海道：「正是。那鷹爪卻不上衙門，走到一條胡同的一座大院子裏。我見四下無人，上屋去偷偷一張。原來裏面聚了十多名公差，中間一個老頭兒，瞎了一隻眼睛，大家叫他單老師，似是他們的頭子。我怕他們發覺，就溜回來了。」

青青道：「好啊！官府耳目倒也眞靈，咱們一到北京，鷹爪就得了消息。哼，要動咱們的手，只怕也沒這麼容易呢！」袁承志道：「可是奇在幹麼要送東西來，不是明着讓咱們知道麼？京裏吃公事飯，必定精明強幹，決不會做傻事。不知是甚麼意思？」命洪勝海把程青竹、沙天廣、胡桂南等人請來，談了一會，都是猜想不透。

青青道：「公差的髒東西，咱們不要！」當晚她與啞巴、鐵羅漢、胡桂南、洪勝海等搬了送來各物，都放在公差聚會的那個大院子裏。

次日青青把傳遞消息的僕人打發走了，卻也沒難爲他。那僕人恭恭敬敬的接了工錢，一再稱謝，磕了幾個頭去了，絲毫沒露出不愉的神色。袁承志等嚴密戒備，靜以待變，那天果然沒再有人送東西來。

這天晚上又是下了一晚大雪。次日一早，洪勝海滿臉驚詫之色，進來稟報：「屋子前面的積雪，不知是誰給打掃得乾乾淨淨，這眞奇了。」袁承志道：「這批鷹爪似乎暗中在拚命討好咱們。」青青笑道：「啊，我知道了。」衆人忙問：「怎麼？」青青道：「他們怕咱們在京裏做出大案來，對付不了，因此先來打個招呼，交個朋友。」沙天廣笑道：「說來倒有點像。可是我做了這麼多年強盜，從來沒聽見過這種事。」

程青竹忽道：「我想起啦，那獨眼捕快名叫獨眼神龍單鐵生。不過他退隱已久，這才一時想他不起。」

又過數日，衆人見再無異事，也漸漸不把這事放在心上。這天正是冬至，衆人在大廳上飲酒閒談，家丁送上個大紅名帖，寫着「晚生單鐵生請安」的字樣，並有八色禮盤。袁承志道：「快請。」家丁道：「這位單爺也眞怪，他說給袁相公請安，轉頭走了，讓他坐，卻不肯進來。」洪勝海奉了袁承志之命，拿了袁承志、程青竹、沙天廣三人的名帖回拜，並把禮物都退了回去。

接連三天，單鐵生總是一早就來投送名帖請安。程青竹道：「獨眼神龍在北方武林中也不是無名之輩，怎麼鬼鬼祟祟的儘搞這一套，明兒待我找上門去問問。」胡桂南道：「這些招數可透着全無惡意，眞是邪門。」

鐵羅漢忽然大聲道：「我知道他幹甚麼。」衆人見他平時傻楞楞的，這時居然有獨得之見，都感詫異，齊問：「幹甚麼啊？」鐵羅漢道：「他見袁相公武功既高，名氣又大，因此想招他做女壻。」此言一出，衆人無不大笑。沙天廣正喝了一口茶，一下子忍不住，全噴在胡桂南身上。胡桂南一面揩身，一面笑道：「獨眼龍的女兒也是獨眼龍，袁相公怎麼會要？」鐵羅漢瞪眼道：「你怎知道？」胡桂南笑道：「那你怎知道他有女兒？」

衆人開了一陣玩笑。青青口裏不說甚麼，心中卻老大的不樂意，暗想那獨眼龍可惡，別眞的要招大哥做女壻。這天晚上，取來七張白紙，都畫了個獨眼龍老公差的圖形，寫上「獨眼神龍單鐵生盜」的字樣，夜裏飛身躍入七家豪門大戶，每家盜了些首飾銀兩，再給放上一張獨眼龍肖像。

次日清晨，洪勝海在她房門上敲了幾聲，說道：「小姐，獨眼龍來啦。袁相公陪他在廳上說話。」青青換上男裝，走到廳上，果見袁承志、程青竹、沙天廣陪着一個瘦削矮小的老頭在喝茶。袁承志給她引見了。青青見這單鐵生已有六十上下年紀，鬚眉皆白，一隻左眼炯炯發光，顯得十分精明幹練。只聽他道：「小老兒做這等事，當眞十分冒昧。不過實是有件大事，想懇請袁相公跟各位鼎力相助，小老兒和各位又不相識，只得出此下策。不想招惱了各位，小老兒謹此謝過。」說着爬下來磕頭。

袁承志連忙扶起，正要問他何事相求，青青忽道：「令愛好吧？怎不跟你同來？」單鐵生一楞，道：「小老兒光身一人，連老伴也沒有，別說子女啦！」青青又問：「那你有孫女兒沒有？有乾女兒沒有？」單鐵生道：「都沒有。」青青嫣然一笑，返身入房，捧了盜來的首飾銀兩，都還了給他，笑道：「在下跟你開個玩笑，請別見怪。不過若非如此，也請不到你大駕光臨。」單鐵生謝了，心想：「這玩笑險些害了我的老命。」又想：「這個女扮男裝的姑娘怎地老是問我有沒女兒？總不是想拜我為乾爹吧？」

衆人都覺奇怪，正要相詢，忽然外面匆匆進來一名捕快，向衆人行了禮，對單鐵生道：「單老師，又失了二千兩庫銀。」單鐵生倏然變色，站起身來作了個揖，道：「小老兒有件急事要查勘，待會再來跟各位請安。」收了青青交還的物事，隨着那捕快急急去了。

到得下午，鵝毛般的大雪漫天而下。青青約了袁承志，到城外西郊飲酒賞雪。兩人沒單獨共遊已久，這時偷得半日清閒，甚是暢快。這一帶四下裏都是蘆葦。青青帶着食盒，盛了酒菜。兩人喝酒閒談，賞玩風景。當地平時就已荒涼，這時天寒大雪，更是不見有人。

袁承志問起交還了甚麼東西給單鐵生，青青笑着把昨晚的事說了。袁承志道：「唉，我剛讚你變得乖了，那知仍是這般頑皮。」青青道：「你幾時讚過我呀？」袁承志道：「我心裏讚你，你自然不知道。」青青很是高興，笑道：「誰教他不肯露面，暗中搗鬼？」

袁承志道：「不知他想求咱們甚麼事？」青青道：「這種人哪，哼，不管他求甚麼，都別答應。」兩人喝了一會酒，說到在衢州石樑中夜喝酒賞花之事。青青想起故鄉和亡母，不覺淒然欲泣。袁承志忙說笑話岔開。

坐了半日，眼見天色將晚，兩人收拾了食盒回家。經過一座涼亭，只見一個乞丐臥在一張草席上，只穿了一條犢鼻褲，上身赤裸。青青道：「可憐，可憐！」拿出一錠銀子，放在席上，柔聲道：「快去買衣服，別凍壞了。」剛走出亭子，只聽那乞丐咕噥道：「給我銀子幹甚麼？再冷些也凍不死老子。有酒卻不請人喝，眞不夠朋友。」

青青大怒，回頭要罵。袁承志見這乞丐赤裸了身子。在嚴寒中毫無戰瑟畏凍之態，本已奇怪，聽了這幾句話，一拉青青的手，轉頭說道：「酒倒還有，只是殘菜冷酒，頗爲不恭，不敢相邀。」那乞丐坐起身子，伸手道：「做叫化的，吃殘菜、喝冷酒，那正合適。」

袁承志從食盒中拿出一壺吃賸的酒菜，遞了過去。那乞丐接了，仰脖子骨都都的猛喝。這乞丐四十歲左右年紀，滿臉鬍鬚，兩條臂膀上點點斑斑，全是傷疤。他把一壺酒喝乾，讚道：「好酒！這是二十年的女兒紅陳紹。」青青笑道：「你倒識貨，上口便知。」那乞丐道：「可惜酒少了，喝得不過癮。」袁承志道：「明日我們再携酒來，請閣下一醉如何？」乞丐道：「好呀，你這位相公倒很慷慨，讀書人有這樣的胸襟，也算難得。」袁承志聽他談吐不俗，更知他不是尋常乞丐，兩人一笑轉身。走出亭去。

走了數步，青青好奇回頭再望，只見那乞丐彎了身子，全神貫注的凝視着左方甚麼東西。青青拉拉袁承志的手道：「他在瞧甚麼？」袁承志看了一眼道：「似乎是甚麼蟲豸。」但見那乞丐神情緊迫，雙手箕張，似乎作勢便欲撲上。兩人走近去看，那乞丐連連揮手，臉色極是嚴重。

兩人不再上前，隨着他眼光向雪地裏一看，原來是條小蛇，長僅半尺，但通體金色，在白雪中燦然生光。

註：清太宗皇太極死因不明。「清史稿．太宗本紀」：「崇德八年八月庚午，上御崇政殿，是夕亥時無疾崩，年五十有二。」當天他還在處理政事，一無異狀，突然在半夜裏「無疾崩」，後人頗有疑爲多爾袞所謀殺，但絕無佐證。順治六年，「皇父攝政王」多爾袞據説和皇太極的妃子莊妃、即順治皇帝的母親孝莊太后正式結婚。張煌言詩有云：「春官昨進新儀注，大禮恭逢太后婚。」此事普遍流傳，但無明文記載。近人孟森認爲不確，胡適則對孟森之考證以爲不夠令人信服。北方游牧漁獵民族之習俗和中原漢人大異，兄終弟及，原屬常事。清太后下嫁多爾袞事，近世治清史者大都不否定有此可能。

回目中「燭影」用宋太宗弒兄宋太祖「燭影搖紅」故事。「昭陽」用趙合德居昭陽殿故事。趙合德爲皇后趙飛燕之妹，封昭儀，與人私通，後致漢成帝於死。清莊妃爲太宗孝端皇后之侄女，民間傳説稱之爲「大玉兒」、「小玉兒」者也。漢、宋、清三朝宮闈秘事，未盡可信，牽扯爲一，或近於誣。小説家言，史家不必深究也。

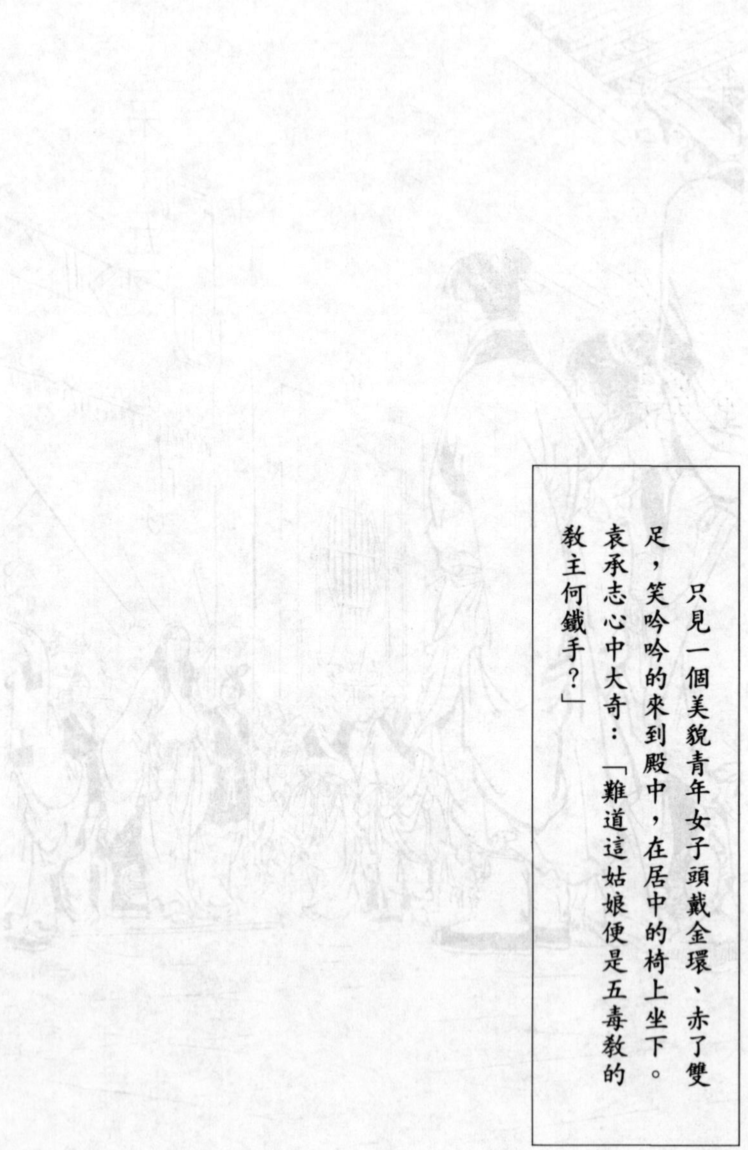

只見一個美貌青年女子頭戴金環、赤了雙足，笑吟吟的來到殿中，在居中的椅上坐下。袁承志心中大奇：「難道這姑娘便是五毒教的教主何鐵手？」

第十五回　纖纖出鐵手　矯矯舞金蛇

只見那金色小蛇慢慢在雪地中遊走，那乞丐屏息凝氣，緊緊跟隨。小蛇遊出十餘丈，來到一個徑長丈許的圓圈。四圍都是白雪，圈中卻片雪全無。眼見雪花飄入圈子便卽消融，變成水氣，似乎泥土底下藏着個火爐一般。小蛇遊到圈邊，並不進去，圍着圈子繞了幾周。那乞丐向袁承志和青青搖手示意，叫他們不可走近。兩人心想化子捉蛇，有甚麼大不了，見他煞有介事，就靜靜站在一旁觀看。只見那小蛇向着圈子中間一個大孔不住嘘氣，過了一盞茶時分，只聽嗤的一聲響，小蛇猝然退倒，洞裏竄出一條大蛇來。青青嚇了一跳，失聲驚呼。那乞丐怒目橫視，如不是他心情緊張，只怕早已大聲斥罵了。

大蛇身長丈餘，粗如人臂，全身斑爛五色，一顆頭作三角形，比人的拳頭還大。袁承志曾聽木桑道人說起，凡蛇頭作三角形的必具奇毒，尋常大蛇無毒，此蛇如此巨大，卻是毒蛇，實在罕見。蛇蟲之物冬天必定蟄伏土中，極少出外，這大蛇似是被小蛇激引出來，血紅的舌頭總有半尺來長，一伸一縮，形狀可怖。這時小蛇繞圈遊走，迅速已極。大蛇身軀比小蛇粗大何逾五六十倍，但不知怎樣，見了小蛇竟似頗為忌憚，身子緊緊盤成一團，昂起蛇頭，雙目緊緊盯住小蛇，不敢絲毫怠忽。小蛇越遊越急，大蛇轉頭也隨着加快。

青青這時不再害怕，只覺很是有趣，一回頭，卻見那乞丐手舞足蹈，正在大忙特忙，不住從一隻破布袋裏摸出一塊塊黃色之物，塞入口中亂嚼，嚼了一陣，拿出來揑成細條，圍在圈外，慢慢的佈成了一個黃圈。藥物氣息辛辣，雖然相隔不近，卻仍是刺鼻難聞。

那小蛇突然躍起，向大蛇頭頂撲去，大蛇口中噴出一陣紅霧。小蛇在空中翻了幾個觔斗，又落在地下遊走，看來紅霧極毒，小蛇不敢接近。

袁承志突然想起，「金蛇秘笈」中記載有一套拳法，路子有些像「八卦遊身掌」，但變化遠為繁複。此時見到大小兩蛇相拒互攻，忽想這拳法和蛇鬥頗為相似，金蛇郎君當年創下這路拳法，莫非是由觀蛇鬥而觸機麼？又想：這條小蛇也是金色，倒也巧合。

那乞丐仍是不住嚼爛藥物，在第一道黃綫圈外又敷了兩道圈子，每道圈子相距尺許。他布置已畢，這才臉露笑容，俯身靜觀兩蛇爭鬥。那小蛇連撲數次，都被大蛇噴紅霧擊退。

袁承志心想：「小蛇數次進攻，身法各不相同，大蛇的紅霧卻越噴越稀。再鬥下去，大蛇必敗。」卻見大蛇突然反擊，張開大口，露出獠牙疾向小蛇咬去。小蛇東閃西避，常常間不容髮，有時甚至在大蛇口中橫穿而過，大蛇卻始終傷牠不到。這般穿了數次，大蛇似乎明白了敵人的招數，伸口向左虛咬一口，待小蛇躍起，忽然間身子暴長，如箭離弦，一口向小蛇尾上咬去。那小蛇在空中竟會打轉，彎腰一撞，登時一頭把大蛇的左眼撞瞎。

袁承志看得心搖神馳，眞覺是生平未見之奇，情不自禁，大叫一聲：「好呀！」

大蛇受創，嗤的一聲，鑽入了洞中。牠出來得快，回得更快，霎時之間，丈餘的身子沒得無影無蹤。小蛇對着洞口又不住噓氣。

青青突然感到一陣頭暈，「啊喲」一聲，拉住袁承志手臂。袁承志吃了一驚，知她貪看蛇鬥，站得太近，大蛇噴出來的紅霧是劇毒之物，瀰散開來，以致中了蛇毒。想起胡桂南所贈的朱睛冰蟾是解毒靈物，幸好帶在身邊，忙摸出來放在她口邊。青青對着冰蟾吸了幾口氣，覺得一陣清涼，沁入心脾，頭暈頓止。那乞丐望見了朱睛冰蟾，不眨眼的凝視，滿臉艷羨之色。袁承志接過冰蟾，放入囊中，拉青青退開了數步，心想：「你這捉蛇化子倒有眼力，知道這是珍物，你天天與毒物爲伍，這朱睛冰蟾倒是件防身至寶呢。」

只見蛇洞中漸漸冒出紅霧，想是那大蛇抵受不住小蛇噓氣，又要出鬥，果然紅霧漸濃，大蛇又嗤的一聲鑽了出來。這時大蛇少了一隻眼睛，靈活大減，不多時右眼又被撞瞎。大蛇對準洞口猛竄，那知小蛇正守在洞口。兩蛇相對，大蛇一口把小蛇吞進了肚裏。

這一下袁承志和青青都大出意料之外，眼見小蛇已經大勝，怎麼忽然反被敵人吞去？只見大蛇翻翻滾滾，顯得十分痛楚，突然一個翻身，小蛇咬破大蛇肚子，鑽了出來。青青嘆道：「唉，這小傢伙眞是又兇又狡猾。」大蛇仍是翻騰不已，良久方死。那小蛇昂起身子，筆直豎起，只有尾巴短短的一截着地，似乎耀武揚威，自鳴得意，繞着大蛇屍身遊行一周後，蜿蜒向外，那乞丐神色登時嚴重。小蛇遊到黃圈之旁，突然翻了個觔斗，退進圈心。青青問道：「這些黃色的東西是甚麼？」袁承志道：「想是雄黃、硫磺之類尅制蛇蟲的藥物。」青青道：「這條小蛇很有趣，我幫蛇兒，盼望這化子捉牠不到。」她也早想到了父親的外號，先前那乞丐神態無禮，她倒盼望他給小蛇撞瞎一隻眼睛。

只見小蛇疾兜圈子，忽然身子一昂，尾部使力，躍了起來，從空中穿過了黃綫，落在第二道圈內。乞丐神色更見緊張，小蛇又是急速遊走，一彈之下，又躍過了一層圈子。

乞丐口中喃喃自語，取出一把藥物，嚼爛了塗在手上臂上。小蛇在圈中遊走，乞丐跟着繞圈疾行。青青噗嗤一聲，笑了出來，但不久見乞丐全身淌汗，汗水一滴一滴落在雪地之中，不覺收了笑容，呆呆怔住，心想這小小一條蛇兒，何苦跟牠費那麼大的勁？

袁承志低聲道：「這乞丐武功很好，看來跟沙天廣、程青竹他們不相上下。」青青道：「我看他身法手勁，也不見有甚麼特別。」袁承志道：「你瞧他胸腹不動，屏住呼吸，竟支持了這麼久。」青青道：「爲甚麼不呼吸？啊，我知道啦。他怕蛇的毒氣，不敢喘氣。」

這時一人一蛇都越走越快，小蛇突然躍起向圈外竄出，乞丐剛巧趕上，迎頭一口氣吹了過去。小蛇拍的一聲，落在地上，繼續遊走。如此竄了三次，都被乞丐吹回。那小蛇忽然不住改變方向，有時向左，有時向右，這麼一來，乞丐便跟牠不上了。那小蛇東邊一竄，西邊一闖，終於找出空隙，躍出圈子。袁承志和青青不禁失聲驚呼。青青跟着拍手叫好。

乞丐見小蛇躍出黃圈，立即凝立不動，說也奇怪，那小蛇並不逃走，反而昂首對着乞丐，蓄勢進攻。這一來攻守易勢，乞丐神態慌張，想逃不能，想攻不得。袁承志手中扣住三粒銅錢，只待乞丐遇險，立即殺蛇救人。小蛇竄了數次，那乞丐都避開了，但已顯得十分狼狽。袁承志見他危急，正想施放暗器，乞丐忽然急中生智，等小蛇再竄上來時，伸出左手大拇指一幌，小蛇快似閃電，一口已咬住拇指。乞丐右手食中兩指突然伸出，也已鉗住小蛇的頭頸，兩指用力，小蛇只得鬆口。他忙從破布囊裏取出一個鐵管，把小蛇放入，用木塞塞牢，隨手把鐵管在地上一丟，轉頭對袁承志厲聲道：「快拿冰蟾來救命。」

青青見小蛇終於被擒，已是老大不快，聽他說話如此無禮，更是有氣，說道：「偏不給！」袁承志見他一身武功，心中愛惜，又見他左掌已成黑色，腫得大了幾乎一倍，而黑色還是向上蔓延，這小蛇竟具如此劇毒，不禁心驚，於是取出朱睛冰蟾，遞給了他。

乞丐大喜，忙把冰蟾之口對準左手拇指，不到片刻，傷口中的黑血汩汩流下，都滴在雪上，有如潑墨一般。掌上黑氣漸退，腫脹已消，再過一陣，黑血變成紅血。乞丐哈哈大笑，在褲上撕塊破布紮住傷口，把冰蟾放入了自己布囊。

青青伸出手道：「冰蟾還來。」乞丐雙眉豎起，滿臉兇相，喝道：「甚麼冰蟾？」青青向他身後一指，驚叫起來：「啊，那邊又有一條小金蛇！」乞丐吃了一驚，回頭去看。青青俯身拾起地下鐵管，對準乞丐的背心，喝道：「我拔塞子啦。」

乞丐知道中計，這塞子一拔開，小蛇必定猛竄而出，咬他背心，自己上身赤裸，如被咬中要害，縱使身有冰蟾，也未必救治得了，只得哈哈大笑，摸出冰蟾來還給袁承志，笑道：「我是跟你們開玩笑的，這小姑娘眞聰明。」

青青待袁承志接過冰蟾，把小鐵管還擲地下。袁承志本來頗想和那乞丐結交，然見他非但不謝救命之恩，反而覬覦自己至寶，人品十分卑下，拱手說了聲：「後會有期。」就和青青携手走了。那乞丐目露兇光，喝道：「喂，你們兩個慢走！」青青怒道：「幹甚麼？」乞丐道：「把冰蟾留下，就放你們走路。你們兩個小傢伙想不想活命？」青青見他如此蠻不講理，正要反唇相稽，袁承志搶着道：「閣下是誰？」那乞丐目光炯炯，雙手一伸一縮，作勢便要撲來傷人。袁承志心想：「這惡丐自討苦吃。」

那乞丐正要出擊，突聽遠處兵刃叮噹相交，幾個人呼斥奔逐，踏雪而來。前面奔逃的是兩個紅衣童子，肩頭都負着一個大包袱，邊逃邊打，後面追趕的是四五名公差，爲首一人，袁承志和青青認得正是獨眼神龍單鐵生。他手持一桿鐵尺，敲打截戳，居然都是上乘的點穴功夫。這件公門中差役所用的尋常武器，在高手手裏竟也極具威力。

那兩個童子招架不住，直向乞丐奔來，叫道：「齊師叔，齊師叔！」一面把肩頭的包袱抛了過來。那乞丐雙手各接一包，放在地下。他見二童抛去重物後身手登時便捷，返身雙戰單鐵生，打得難解難分，其餘幾名公差武功都是平平，心中記着冰蟾至寶，轉身撲向袁承志，伸手便去抓他肩頭。袁承志不願顯示武功，回頭就跑，躲到了單鐵生身後。

單鐵生初見袁承志、青青和那乞丐站在一起，早就暗自心驚，忽見乞丐與袁承志爲敵，登時精神大振，左掌夾着鐵尺，連連進襲，只聽「啊」的一聲，一名童子「肩貞穴」被鐵尺點中。另一名童子一驚，單鐵生乘勢一脚，將他踢了出去。

那乞丐斗然站住，粗聲粗氣的道：「我道是誰，原來是單老師！」單鐵生道：「閣下尊姓大名？在下求你賞我們一口飯吃。」那乞丐道：「我一個臭叫化子，有甚麼名字？」俯身解開紅衣童子被點的穴道。這時兩名公差已把地下的包裹撿起，那乞丐忽然唿哨一聲，兩名童子搶將上去，一掌一個，打倒兩名公差，搶了包袱便走。

單鐵生提起鐵尺，發足追去，喝道：「大膽小賊，還不給我放下。」兩名童子毫不理會，只是狂奔。單鐵生幾個起落，舉鐵尺向後面那童子背心點去，突然風聲響處，那乞丐斜刺裏躍到，夾手就來奪他鐵尺。單鐵生雖只獨眼，武功卻着實了得，鐵尺倒豎，尾端向敵人腕上砸去，那乞丐手腕一沉，左掌反擊對方背心。單鐵生左臂橫格，想試試敵人的功力。那乞丐猝然收招，反身一個觔斗，躍出丈餘，隨着兩名紅衣童子去了。

單鐵生見他身手如此敏捷，不覺吃驚，心想己方雖然人衆，但除自己外都是庸手，孤身追去，勢所不敵，只得住足不追，向袁承志長揖到地，連稱：「小人該死，小人該死！」袁承志愕然不解，說道：「單頭兒不必客氣，那乞丐是甚麼門道？」單鐵生道：「請兩位到亭中寬坐，小人慢慢稟告。」三人在亭中坐定，單鐵生把這事的前因後果說了出來。

原來上個月戶部大庫接連三次失盜，被刦去數千兩庫銀。天子脚底下幹出這等大事來，立時九城震動。皇帝過不兩天就知道了，把戶部傅尙書和五城兵馬周指揮使狠狠訓斥了一頓，諭示：一個月內若不破案，戶部和兵馬指揮司衙門大小官員一律革職嚴辦。

北京的衆公差給上司追比得叫苦連天，連公差的家屬也都收了監。不料衙門中越是追查得緊，庫銀卻接連一次又一次的失盜。衆公差無法可施，只得上門磕頭，苦苦哀求，把久已退休的老公差獨眼神龍單鐵生請了出來。單鐵生在大庫前後內外仔細查勘，知道盜銀子的必非尋常盜賊，而是武林好手，一打聽，知道新近來京的好手只有袁承志等一批人。

青青聽到這裏，哼了一聲，道：「原來你是疑心我們作賊！」

單鐵生道：「小人該死，小人當時確是這麼想，後來再詳加打聽，才知袁相公在南京義救鐵背金鰲焦公禮，在山東結交沙寨主、程幫主，江湖羣雄推爲七省盟主，眞是大大的英雄豪傑。」青青聽他這樣的讚捧袁承志，不由得心下甚喜，臉色頓和。

單鐵生又道：「小人當時心想，以袁相公如此英雄，如此身分，怎能來盜取庫銀？就算是他手下人幹的，他老人家得知後也必嚴令禁止。後來再加以琢磨，是了，是袁相公要我們好看來着。這麼一位大英雄來到京城，我們竟沒來迎接，實在是難怪袁相公生氣。咳，誰教小人瞎了眼珠呢。」青青向他那隻白多黑少的獨眼望了一望，不由得噗哧一笑。單鐵生續道：「因此我們連忙補過，天天到府上來請安謝罪。」青青笑道：「你不說，誰知道你的心眼兒啊！」單鐵生道：「可是這件事又怎麼能說？我們只盼袁相公息怒，賞還庫銀，救救京城裏數百名公差的全家老小，那知袁相公退回我們送去的東西，還查知了小人的名字和匪號，大撒名帖，把小人懲戒了一番。」青青只當沒聽見，絲毫不動聲色。

單鐵生又道：「這一來，大家就犯了愁。小人今日埋伏在庫裏，只等袁相公再派人來，就跟他拚命，那知來的卻是這兩個紅衣童子。我們追這兩個小鬼來到這裏，又遇見這怪叫化。袁相公，總得請你指點一條明路。」說着跪了下去，連連磕頭。

袁承志忙卽扶起，尋思：「那乞丐和紅衣童子雖然似乎不是善類，但他們旣與官府為難，我又何必相助這等腌臢公差？何況搶了朝廷庫銀，那也是幫闖王的忙。」當下把如何見到怪叫化、如何看他捉蛇、那乞丐如何想搶他冰蟾的事說了。

單鐵生求他幫同拿訪。袁承志笑道：「拿賊是公差老哥們幹的事。兄弟雖然不成器，還不致做這種事。」單鐵生聽他語氣，不敢再說，只得相揖而別，和衆公差怏怏的走了。

歸途之中，青青大罵那惡丐無禮，說下次若再撞見，定要叫他吃點苦頭。正走之間，只見迎面走來一批錦衣衞衙門的兵丁，押着一大羣犯人。羣犯有的是滿頭白髮的老人，有的卻是還在懷抱的嬰兒，都是老弱婦孺。衆兵丁如狼似虎，吆喝斥罵。一名少婦求道：「總爺你行行好，大家都是吃公門飯的。我們又沒犯甚麼事，只不過京城出了飛賊，累得大家這樣慘。」一個兵士在她臉蛋上摸了一把，笑道：「不是這飛賊，咱們會有緣份見面麼？」袁承志和青青瞧得甚是惱怒，知道犯人都是京城捕快的家屬。公差捕快殘害良民，作孽多端，受些追比，也寃不了他們，但無辜婦孺橫遭累害，心中卻感不忍。

又走一陣，忽見一羣捕快用鐵鍊拖了十多人在街上經過，口裏大叫：「捉到飛賊啦，捉到飛賊啦！」許多百姓在街旁瞧着，個個搖頭嘆息。袁承志和青青擠近去一看，所謂飛賊，原來都是些蓬頭垢面的窮人，想是捕快爲了塞責，胡亂捉來頂替，不由得大怒。

回到寓所，洪勝海正在屋外探頭探腦，見了兩人，大喜道：「好啦，回來啦！」袁承志忙問：「怎麼？」洪勝海道：「程老夫子給人打傷了，專等相公回來施救。」

袁承志吃了一驚，心想程青竹武功了得，怎會給人打傷？忙隨洪勝海走到程青竹房中，只見他躺在床上，臉上灰撲撲的一層黑氣。沙天廣、胡桂南、鐵羅漢等都坐在床邊，個個憂形於色。衆人見到袁承志，滿臉愁容之中，登時透出了喜色。

袁承志見程青竹雙目緊閉，呼吸細微，心下也自惶急，忙問：「程老夫子傷在那裏？」沙天廣把程青竹輕輕扶起，解開上衣。

袁承志大吃一驚，只見他右邊整個肩膀已全成黑色，便似用濃墨塗過一般，黑氣向上蔓延，蓋滿了整張臉孔，直到髮心，向下延到腰間。肩頭黑色最濃處有五個爪痕深入肉裏。

袁承志問道：「甚麼毒物傷的？」沙廣天道：「程老夫子勉強支持着回來，已說不出話了。也不知是中了甚麼毒。」袁承志道：「幸好有朱睛冰蟾在此。」取出冰蟾，將蟾嘴對準傷口。伸手按於蟾背，潛運內力，吸收毒氣，只見通體雪白的冰蟾漸漸由白而灰、由灰而黑。胡桂南道：「把冰蟾浸在燒酒裏，毒汁就可浸出。」青青忙去倒了一大碗燒酒，將冰蟾放入酒中，果然縷縷黑水從蟾口中吐出，待得一碗燒酒變得墨汁相似，冰蟾卻又純淨雪白。這般吸毒浸毒，直浸了四碗燒酒，程青竹身上黑氣方始退盡。

程青竹睡了一晚，袁承志次日去看望時，他已能坐起身來道謝。袁承志搖手命他不要說話，請了一位北京城裏的名醫來，開幾帖解毒清血的藥吃了。調養到第三日上，程青竹已有力氣說話，才詳述中毒的經過。

他道：「那天傍晚，我從禁宮門前經過，忽聽人聲喧嘩，似乎有人吵罵打架。走近去看，見地下潑了一大攤豆花，一個大漢抓住了個小個子，不住發拳毆打。一問旁人，才知那個小個子是賣豆花的，不小心撞了那大漢，弄髒了他衣服。我見那小個子可憐，上前相勸。那大漢不可理喻，定要小個子賠錢。一問也不過一兩銀子，我就伸手到袋裏拿錢，心想代他出了這兩銀子算啦。唉，那知一時好事，竟中了奸人的圈套。我右手剛伸入袋，那兩人突然一人一邊，拉住了我的手臂……」

青青聽到這裏，不禁「啊」的一聲。程青竹道：「我立知不妙，雙膀一沉，想甩脫二人再問情由，那知右肩斗然間奇痛入骨。這一下來得好不突兀，我事先毫沒防到，當下奮力反手扣住那大漢脈門，舉起他身子，往小個子的頭頂碰去，同時猛力往前直竄，回過身來，才看清在背後偷襲我的是個黑衣老乞婆。這乞婆的形相醜惡可怕之極，滿臉都是凹凹凸凸的傷疤，雙眼上翻，嚇嚇冷笑，舉起十隻尖利的爪子，又向我猛撲過來。」

程青竹說到這裏，心有餘悸，臉上不禁露出驚恐的神色。青青呀的一聲驚叫，連沙天廣、胡桂南等也都「噫」了一聲。

程青竹道：「那時我又驚又怒，退後一步，待要發掌反擊，不料右臂竟已動彈不得，全然不聽使喚。這老乞婆磔磔怪笑，直逼過來。我急中生智，左手提起一桶豆花，向她臉上潑了過去。她雙手在臉上亂抹，我乘機發了兩枝青竹鏢，打中了她胸口，總也教她受個好的。這時我再也支持不住，回頭往家裏狂奔，後來的事便不知道了。」

沙天廣道：「這老乞婆跟你有樑子麼？」程青竹道：「我從來沒見過她。我們青竹幫跟江南江北的丐幫，素來河水不犯井水。」青青道：「難道她看錯了人？」程青竹道：「照說不會。她第一次傷我之後，我回過頭來，她已看清楚了我面貌，仍要再下毒手。」胡桂南道：「她手爪上不知道餵了甚麼毒藥，毒性這般厲害？」沙天廣道：「她手爪上定是戴了鋼套子，否則這般厲害的毒藥，自己又怎受得了？」

衆人議論紛紛，猜不透那乞婆的來路。程青竹更是氣憤，不住口的咒罵。

沙天廣道：「程兄你安心休養，我們去給你探訪，有了消息之後，包你出這口惡氣。」當下沙天廣、胡桂南、鐵羅漢、洪勝海等人在北京城裏四下訪查。一連三天，猶如石沉大海，那裏查得到半點端倪？

這天早晨，獨眼神龍單鐵生又來拜訪，由沙天廣接見。單鐵生憂容滿臉，說起戶部庫銀又失了三千兩。沙天廣唯唯否否，後來隨口說起那老乞婆的事，單鐵生卻留上了心。

次日一早，單鐵生興沖沖的跑來，對沙天廣道：「沙爺，那老乞婆的行蹤，兄弟已訪到了一點消息，最好請袁相公一起出來，大家商酌。」沙天廣進去說了。青青道：「哼，他是賣好，還是要脅？」袁承志道：「兩者都是，這就去見見他。」

衆人一齊出來。單鐵生道：「兄弟聽說那乞婆中了程爺的青竹鏢，心想她定要用大批地骨皮、川烏顏、蛇藏子、鯪魚甲這幾味藥解傷，於是派人在各家大藥材店守着，有人來買這些藥，就悄悄跟去。只見這老乞婆受傷多日，倘若藥材已經買足，這條計策就不靈了。總算運氣不錯，做公的盤問各處藥材店，得到了綫索。這件事實在古怪！」程青竹道：「甚麼古怪？」單鐵生道：「她藏身的所在，你道是在那裏？原來是誠王爺的別府！誠王爺是當今皇上的叔父，宗室貴冑，怎會跟這些江湖人物打交道？因此兄弟也不敢確定。」衆人一聽，都大爲驚詫。袁承志道：「你帶我們到這別府去瞧瞧再說。」單鐵生答應了。

程青竹未曾痊愈，右臂提不起來，聽從袁承志勸告，在屋裏候訊。袁承志怕敵人乘機前來尋仇，命洪勝海留守保護。

出城七八里，遠遠望見一列黑色圍牆。單鐵生道：「那就是了。」袁承志疑心大起，暗想：「這明明是紅衣童子進去的所在。莫非單鐵生查到了大盜落脚的地方，故意引我們來，好做他幫手？要眞是王公的別府，那有起造得如此古怪的？」尋思這幾日來盡遇到詭秘怪異之事，倒要小心在意。

這時沙天廣也想起了袁承志日前所說的無門大宅，問單鐵生道：「這座宅子沒門，不知人怎樣進去？」單鐵生道：「總是另有秘門吧。王爺的別府，旁人也不敢多問。」

袁承志決心靜以待變，不出主意，且看單鐵生怎樣，仰頭觀賞天上變幻不定的白雲。忽聽得鷄聲閣閣，兩隻大公鷄振翅從牆內飛了出來。跟着躍出兩名藍衫童子，身手甚是便捷，數撲之下，便捉住了公鷄，向袁承志等望了幾眼，又躍入圍牆。

青青道：「這樣大的公鷄倒也少見，每隻怕有八九斤吧？」胡桂南道：「公鷄再大，也飛不到那麼高，有人從牆裏擲出來的。那兩個童兒假裝捉鷄，其實是在察看咱們的動靜。」沙天廣道：「嗯，那兩個童兒武功也已很有根柢，這地方眞有點兒邪門……」

話未說完，突然軋軋聲響，圍牆上露出洞門，一個人走了出來。這人穿一件天藍色錦緞皮袍，十分光鮮，袍上卻用雜色綢緞打了許多補釘，就如戲台上化子所穿的全新百衲衣一般。待得走近，袁承志、青青、和單鐵生都是一驚，原來就是那日在雪地捉蛇的乞丐。

這人怪眼一翻，向袁承志道：「日前相公賜我美酒，尚未回報。今日難得大駕光臨，請到裏面，讓我作個東道如何？」袁承志道：「好極，好極，只是騷擾不當！」那人也不答話，左手一伸，肅客入內。

袁承志當先進去，見那圍牆用厚厚的青石砌成，鐵門厚達數寸，外面漆得與圍牆同色，鐵門與圍牆交界處造得細緻嚴密，是以便如沒門一般。衆人每走進一層圍牆，鐵門就在身後悄無聲息的關上。走入紅牆後，那人請衆人到花廳坐下，家丁端出菜肴，篩上酒來。

眾人見菜肴豐盛，然而每一盤中皆是大紅大綠之物，色彩鮮明，形狀特異，似乎都是些蛇蟲之類，那裏敢下箸去？那人哈哈大笑，說道：「請，請！」伸筷從碗中夾起一條東西，只見紅頭黑身，赫然是條蜈蚣。眾人盡皆大驚。那人仰頭張口，把一條大蜈蚣津津有味的吃了下去。青青一陣噁心，險些嘔了出來，忙掉頭不看。

那人見把對方嚇倒，得意之極，對單鐵生道：「你是衙門的鷹爪孫，想是要庫銀來着。哼，你可知我是誰？」單鐵生道：「恕小人眼拙，請教閣下尊姓大名。」

那人哈哈大笑，喝一口酒，又吃了一條不知甚麼蟲，笑道：「在下姓齊名雲璈，無名小卒，老兄也不會知道。」單鐵生吃了一驚，站起身來，說道：「啊，原來閣下是錦衣毒丐。在下久聞大名。」

袁承志從沒聽過錦衣毒丐的名字，見單鐵生如此震動，想必是個大有來頭的人物，然而日前見他鬥蛇，也不見得有甚麼了不起。又聽單鐵生恭恭敬敬的說道：「貴教向在兩廣雲貴行道，一直無緣拜見。」齊雲璈道：「是啊，我們到京師來，也不過幾個月。」單鐵生道：「在下久已不吃公門飯，這次齊英雄們來到京城，弟兄們消息不靈，禮貌不週，在下這裏謝過。」說着連連作揖。齊雲璈自顧飲酒吃菜，並不回禮。袁承志心想：「公門捕快欺壓百姓之時，如狼似虎，見了硬手，卻如此低聲下氣。且看這事如何了結。」

單鐵生道：「弟兄們胡塗得緊，得罪了齊英雄還一直不知道。只要齊英雄吩咐下來，我們做得到的，無有不遵。」齊雲璈道：「到今天為止，我們一共取了庫銀四萬五千兩，這數目實在太小，實在太小！預計取足十萬兩，也可以罷手啦！」單鐵生道：「戶部傅尚書跟五城兵馬周指揮使知道之後，定會來向誠王爺陪罪。我們做下人的只好請老哥賞口飯吃！」

齊雲璈怪眼一翻，森然道：「你既知銀子是在誠王爺別府，難道還想活着走出去嗎？」

此言一出，人人爲之色變。忽然間聽外傳來一陣尖銳的哨子聲，聲音慘厲難聽之極，各人都不覺打個寒噤，寒毛直豎。青青握住袁承志的手，驚道：「那是甚麼？」

齊雲璈立即站起，叫道：「教主升座。大家去聽憑發落，瞧各人的造化吧！」單鐵生驚道：「貴教教主也到了北京？」齊雲璈冷笑一聲，也不答話，逕自入內。

單鐵生道：「情勢緊逼，咱們快走！要是五毒教教主眞的到了，大家死了連骨頭也剩不下一根。」袁承志還想看個究竟，但覺青青的手微微發抖，周圍情勢又確是陰森森的十分可怖，說道：「好，大夥兒先退出去再說。」衆人剛要轉身，突然砰的一聲，背後一塊不知是鐵板還是大石落了下來，花廳中登時漆黑一團，伸手不見五指。

衆人大吃一驚，又聽得一陣慘厲的怪響，似是惡鳥齊鳴，又如毒蟲合啼，衆人聽了，當眞是不寒而慄。突然間眼前一亮，對面射來一道耀眼光芒。白光中兩名黑衣童子走進廳來，微微躬身，說道：「教主宣召！」

袁承志心想，不知有甚麼古怪，前去看個明白再說，當下挽了青青的手，跟着黑衣童子首先走了出去，衆人跟隨在後。轉彎抹角的走了好一陣，經過一條極長的甬道，來到一座殿堂。殿上居中設了一張大椅，椅上罩了朱紅色的錦披，兩旁各站着四個童子。黑衣童子上殿分站兩旁，每一邊都是分穿紅、黃、藍、白、黑五色錦衣的五名童子，那兩名身穿紅衣的就是日前盜庫銀的童子，這時那兩童垂首低眉，見到衆人毫不理會。

只聽殿後鐘聲噹噹，走出一羣人來，高高矮矮，有男有女，分站椅子兩旁，每邊八人，共是一十六人。錦衣毒丐站在左首第二。右手第二人鈎鼻深目，滿臉傷疤，赫然是個相貌兇惡的老乞婆。

袁承志心想：「這必是傷害程老夫子的乞婆了。」低聲問單鐵生：「他們在搗甚麼鬼？」單鐵生臉色蒼白，聲音發顫，低聲道：「那是雲南五毒教啊，這一回咱們死定了。」袁承志道：「五毒教是甚麼東西？」單鐵生急道：「啊喲，袁相公，五毒教是殺人不眨眼的邪教，教主何鐵手，你沒聽見過嗎？」袁承志搖搖頭。

單鐵生道：「乘他們教主還沒出來，咱們快逃吧。」袁承志道：「瞧一下再說！」

單鐵生心中怕極，決定單獨逃走，突然叫道：「在下失陪了！」話未說完，已拔起身子，向牆頭竄去。站在左手第三的高個子身形一幌，追了過去，躍起身來，伸手抓住單鐵生左踝。單鐵生身子一弓，右掌往他頭上直劈下去。那高個子舉手一擋，拍的一聲，兩人都震下地來。高個子冷笑一聲，回班站立。

單鐵生只覺左脚和右掌均爲兵刃所傷，劇痛刺心，舉手一看，掌上五個小孔中不住流出黑血，不由得大驚失色，再提左脚看時，也有五個小孔，心裏一嚇，倒在地下。原來那高個子十根手指都戴了裝有尖刺的指環，刺上餵着極厲害的毒藥。沙天廣上前把單鐵生拉起。

只見十名童子各從袋裏取出哨子吹了幾下，二十多人一齊躬身。殿後緩步走出兩個少女，往椅旁一站，嬌聲叫道：「教主升座！」

只聽得一陣金鐵相撞的錚錚之聲，其音清越，如奏樂器，跟着風送異香，殿後走出一個身穿粉紅色紗衣的女郎。只見她鳳眼含春，長眉入鬢，嘴角含着笑意，約莫二十二三歲年紀，甚是美貌。她赤着雙足，每個足踝與手臂上各套着兩枚黃金圓環，行動時金環互擊，錚錚有聲。膚色白膩異常，遠遠望去，脂光如玉，頭上長髮垂肩，也以金環束住。她走到椅中坐下，後面又有兩個少女跟着出來，分持羽扇拂塵。

那女子一笑，說道：「啊喲，這麼多客人，快拿椅子來，請坐！」衆童子忙入內堂，搬出幾張椅子，給袁承志等坐下。

袁承志等心中疑雲重重：「五毒教教衆都如此奇形怪狀，橫蠻狠毒，教主本人當更是兇惡無倫，難道把單鐵生嚇得魂不附體的五毒教教主何鐵手，便是這個年輕姑娘麼？」

那女子嬌滴滴的說道：「請教尊客貴姓？」袁承志道：「在下姓袁。這幾位都是在下的朋友，請問姑娘高姓？」那女子道：「我姓何。」袁承志心中一震，暗想：「那麼她眞的是五毒教教主了。」

那女子問道：「閣下是來要庫銀的麼？」袁承志道：「不是。這位單朋友是吃公門飯的。我們卻是平民老百姓，跟這位單朋友也是初交。官家的事嘛，我們不敢過問。」那女子道：「好啊，那麼你們到這裏幹甚麼來着？」袁承志道：「我有一個姓程的朋友，不知甚麼地方開罪了貴教的朋友，受了重傷，因此過來請問一下。我那姓程的朋友說，他跟貴教的朋友素不相識，只怕是誤會。」那女子笑笑道：「啊，原來是程幫主的朋友，那又不同啦，我還道袁相公是鷹爪一夥呢，來啊，獻茶！」衆童子搬出茶几，獻上茶來。衆人見茶水綠幽幽地，也不見茶葉，雖然淸香撲鼻，卻不敢喝。

那女子道：「聽齊師兄說，袁相公慷慨好客，身懷冰蟾至寶，原想不會是鷹爪一流。」袁承志心想她若是教主，怎會又稱座下弟子為師兄，眞是弄他們不懂，當下含糊答應。那女子道：「袁相公冰蟾的妙用，可能讓我一開眼界麼？」

袁承志心想如將冰蟾交到她手裏，只怕她撒賴不還，當下取出冰蟾，在單鐵生的傷口上吸毒。五毒教人衆見傷口中黑血片刻間便卽去盡，都是臉現欣羨之色。

那女子好勝心起，說道：「當眞是劇毒之物，只怕這冰蟾也治不了。」袁承志心想：「他們是五毒教，我這冰蟾尅制毒物，正是他們大忌，還是謙抑些爲是。」說道：「那當然啦，天下厲害毒物甚多，這小小冰蟾，有甚麼用？何況又是死物。」青青卻不服氣了，揷口道：「那也不見得。」

那女子聽了袁承志的話本很高興，聽青青揷口，哼了一聲，道：「取五聖來！」五名童子入內，捧了五隻鐵盒出來。另外五名童子捧了一隻圓桌面大小的沙盤，放在殿中。

十名童子圍着沙盤站定，紅衣童子捧紅盒，黃衣童子捧黃盒，五名錦衣童子各捧與衣同色的鐵盒。袁承志心想：「這些人行動頗有妖氣。但瞧他們如此排列，按着金木水火土五行，倒也不是胡亂唬人的。」又見左首第三個夷族打扮的壯漢走到沙盤之旁，從懷裏取出一面小青旗，輕輕一揮。五名童子打開盒子。青青不禁失聲驚呼，只見每隻盒中，各跳出一樣毒物。那五樣？青蛇、蜈蚣、蝎子、蜘蛛、蟾蜍。

那夷人又是一揮青旗，十名童子一齊退開。衆弟子中走出四人，分據沙盤四周，喃喃唸咒，從衣袋中取出藥物，咬嚼一陣，噴入沙盤。

袁承志尋思：「這些驅使毒物的怪法，我可一竅不通，莫要着了他們道兒。」再看盤中，青蛇長近尺許，未見有何特異，其餘四種毒物，卻均比平常所見的要長大得多。五種毒物在盤中遊走一陣之後，各自屈身蓄勢，張牙舞爪，便欲互鬥。

毒蜘蛛不住吐絲，在沙盤一角結起網來。蝎子沉不住氣，向網上一衝，弄斷了許多蛛絲，隨卽退開。蜘蛛瞪眼向蝎子望了幾眼，又吐絲結網，網未佈妥，蝎子又是一衝。這般結網衝網，幾次之後，蝎子身上已黏滿蛛絲，行動大為遲緩，兩隻脚被蛛絲黏纏在一起，無法掙脫。蜘蛛乘機反攻，大吐柔絲，在蝎子身旁厚厚的結了幾層網，悄悄走到蝎子身前，伸足撩撥。蝎子突然翻過毒尾，拍的一聲擊打。蜘蛛快如閃電，早已退開。這般挑逗數次，蝎子怒火大熾，一擊不中，向前猛追過去，不提防正墮入蜘蛛佈置的陷阱之中。蝎子在網上拚命掙扎，眼見在蜘蛛網中弄破一個大洞。蜘蛛忙又吐絲糾纏，蝎子漸漸無力掙扎。蜘蛛撲上，張口一咬，蝎子痛得吱吱亂叫。

蜘蛛正在享受美味，突然一陣蟾沙噴到，毒蟾蜍破陣直入，長舌一翻，把蝎子從蜘蛛網中捲了出來，一口呑入了肚裏。蜘蛛大怒，向蟾蜍衝去。蟾蜍長舌翻出，要捲蜘蛛。蜘蛛張口向蟾蜍舌頭上咬去。蟾蜍長舌倏的縮回。蜘蛛慢慢爬到蟾蜍左邊，吐出一條粗絲，黏在盤上，忽地躍起，牽着那根絲，從空中飛了過去，掠過蟾蜍時在牠背上狠狠咬了一口。青青嘆道：「這小東西竟然也會用智。」蟾蜍急忙轉身，蜘蛛早已飛過。片刻之間，蟾蜍身上蛛毒發作，仰面朝天，露出了一個大白肚子，死在盤中。

毒蜘蛛撲上身去，張口咬嚼。這邊那青蛇正被蜈蚣趕得繞盤急逃，遊過蟾蜍身邊時，忽地昂首，張口把毒蜘蛛吞入肚內，跟着咬住了蟾蜍。蜈蚣從側搶上，口中一對毒鉗牢牢鉗住蟾蜍，雙方再力拉扯。拉了一陣，青蛇力漸不敵，被蜈蚣一路扯了過去。青蛇想要撇下蟾蜍逃生，那知牠口內生的都是倒牙，鉤子向內，既咬住了食物，只能向內吞進，說甚麼也吐不出來，想逃不得，登時狼狽萬分。

沙盤周圍的五弟子見勝負已分，各歸原位。不一刻，蜈蚣將青蛇咬死，在青蛇和蟾蜍身上吸毒，然後遊行一周，昂然自得。

何鐵手道：「這蜈蚣吸了四毒的毒質，已成大聖，尋常毒物再多，也不是牠敵手了。」見袁承志有不信之色，對藍衣童子道：「取些青兒來。」

那童子入內，捉了七條青蛇出來，放在盤內。那蜈蚣吱吱的輕叫數聲，撲上去要咬。七條青蛇聯成一圈，七個頭向外抵禦外敵，身子卻疊在一起，蜈蚣一時倒也攻不進去。這般來回攻守幾個回合，一條青蛇被蜈蚣鉗住頭頸，扯了出來，羣蛇一齊悲鳴。蜈蚣咬死青蛇，又向羣蛇攻擊。

錦衣毒丐齊雲璈忽從班中出來，在何鐵手面前屈下一膝跪倒，說道：「教主，金兒動個不休，不放出來只怕不妥。」何鐵手秀眉一皺道：「牠就愛多事，好吧！」齊雲璈從懷裏取出鐵管，拔開塞子，把日前在雪地裏捉來的金蛇放入沙盤。

金蛇一出鐵管，忽地躍起，擋在羣蛇面前。蜈蚣立即後退。羣蛇見來了救星，縮成一團。金蛇身軀雖小，卻是靈活異常。袁承志和青青見過金蛇的本領，知道蜈蚣遠非其敵，果然鬥不多時，蜈蚣便被一口咬死。羣蛇圍住了金蛇，身子不住挨擦，似乎感謝救命之恩。

袁承志笑道：「想不到蟲豸之中也有俠士！」青青在袁承志耳低聲道：「我要這條金蛇！」袁承志道：「孩子話，人家怎肯給你？」青青低聲道：「我爹爹外號叫甚麼？」袁承志心中一凜，道：「金蛇郎君！難道他當眞與這金蛇有甚麼牽連？」

「金蛇郎君」四字說得大聲了些，那老乞婆本來一直目不轉睛的望着青青，一聽到這四字，突從班中跳了出來，伸出雙手，抓向她肩頭，喝道：「金蛇郎君是你甚麼人？」她相貌奇醜，聲音卻是清脆動聽。青青吃了一驚，跳開一步，喝道：「你幹甚麼？」

斗然間衣襟帶風，教主何鐵手身旁兩人一躍而前，站在老乞婆兩側，同聲叫道：「那姓夏的小子在那裏？」袁承志見這兩人的身形微晃，便倏然上前半丈，武功甚高，見這兩人一個又高又瘦，另一個中等身材，面容黝黑，似是個尋常鄉下人。兩人都是五十歲左右年紀。

青青以前因身世不明，常引以爲恥，但自聽母親說了當年的經過之後，對父親佩服得了不得，當下昂然道：「金蛇郎君是我爹爹，你們問他幹麼？」

老乞婆仰頭長笑，聲音淒厲，令人不寒而慄，叫道：「他居然沒死，還留下了你這孽種！」那瘦長子喝道：「他在那裏？」青青下巴一揚道：「爲甚麼要對你們說？」

老乞婆雙眉豎起，兩手猛向青青臉上抓來。這一下發難事起倉卒，青青不及躲避，眼見老乞婆套着明晃晃鋼套的尖尖十指，便要觸到青青雪白粉嫩的臉頰，袁承志右手衣袖向下一揮，撲的一聲，擊中老乞婆雙臂中間，乘勢一捲一送。老乞婆身不由主，向後翻了個觔斗，騰的一聲，坐在地下。

這一來五毒教眾人相顧駭然，老乞婆何紅藥是教中的高手，比教主何鐵手還高着一輩，怎麼這個貌不驚人的少年一出手，就如此輕易的將她摔了個觔斗？

瘦長子潘秀達和那個鄉下人般的岑其斯是五毒教的左右護法，兩人相顧，點一點頭。潘秀達道：「我來領教。」雙掌一擺，緩步上前。

沙天廣道：「袁相公，我接他的。」袁承志道：「沙兄，用扇子。他手指上有尖環，這也算是兵器！」沙天廣展開陰陽扇，便與潘秀達鬥在一起。這邊啞巴與岑其斯默不作聲的拳打足踢，早已鬥得火熾。五毒教眾人一擁而上。胡桂南、鐵羅漢、青青各出兵刃接戰。

老乞婆何紅藥勢如瘋虎，直往青青身邊奔來。袁承志知道此人下手毒辣，不可讓她接近青青，等她奔近，忽然躍出，伸手抓住她後心，提起來摜了出去。

何鐵手粉臉一沉，伸出右手食指，放在手中嘘溜溜的一吹。五毒教教眾立即同時退開。眾人撲上時勢道極猛，退下去也眞迅捷，突然之間，人人又都在教主身旁整整齊齊的排成兩列。何鐵手臉露微笑，對袁承志道：「袁相公模樣斯文，卻原來身負絕技，讓我領教幾招。」袁承志道：「貴教各位朋友我們素不相識，不知甚麼地方開罪各位，還請明言。」

何鐵手臉上一紅，柔聲道：「我們的事本來只跟官府有關，袁相公不明中間的道理，也就罷了。這時忽然有金蛇郎君牽涉在內，請問金蛇郎君眼下是在那裏？」

青青一拉袁承志的手，低聲道：「別對她說。」袁承志道：「教主跟金蛇郎君相識麼？」何鐵手道：「他跟敝教很有淵源，家父就是因他而歸天的。敝教教眾萬餘人，沒一個不想找他。」袁承志和青青一驚，均想金蛇郎君行事不可以常理測度，到處樹敵，五毒教恨他入骨，也非奇事。袁承志道：「金蛇郎君離此萬里，只怕各位永遠找他不着。」

何鐵手道：「那麼把他公子留下來，先祭了先父再說。」她說話時輕顰淺笑，神態靦覥，便是個羞人答答的少女一般，可是說出話來卻是狠毒之極。

袁承志道：「常言道一人做事一人當。各位既跟金蛇郎君有樑子，還是去找他本人為是。」何鐵手道：「先父過世之時，小妹還只三歲。二十年來，那裏找得着這位前輩？若是把他公子扣在這裏，他老人家自然會尋找前來。咱們過去的事，就可從頭算一算了。」

青青叫道：「哼，你也想？我爹爹若是到來，管教把你們一個個都殺了。」

何鐵手轉頭問何紅藥道：「像他爹爹嗎？」何紅藥道：「相貌很像，驕傲的神氣也差不多。」何鐵手細聲細氣的道：「袁相公，各位請便吧。我們只留下這位夏公子。」

袁承志心中尋思：「他們只跟青弟一人過不去。此處情勢險惡，我先把她送出去再說，別人縱使暫時不能脫險，也無大碍。」於是作了一揖，說道：「再見了。」語聲方畢，左手已攔腰抱住青青，奔到牆邊。牆垣甚高，他抱了青青後，更加不能一躍而上，托住她身子向上拋去，叫道：「青弟，留神！」

五毒教衆人齊聲怒喊，暗器紛射。袁承志衣袖飛舞，叮叮噹噹一陣亂響，暗器都被打落。青青雙手已抓住牆頭，正要湧身外躍，何鐵手倏地離座，左掌猛地向袁承志面門擊到。

袁承志見她身形甫動，一股疾風便已撲至鼻端，快速之極，以如此嬌弱女兒而有這般身手，不禁驚佩，喝道：「好！」上身向後斗縮半尺，卻見擊到面前的竟是黑沉沉的一隻鐵鈎，更是吃驚。何鐵手右手微揮，一隻金環離腕飛上牆頭，喝道：「下來！」青青頓覺左腿劇痛，手一鬆，跌下牆來。何紅藥怪聲長笑，五枚鋼套忽離指尖，向她身上射去。

這頃刻之間，袁承志已和何鐵手拆了五招。兩人攻守都是迅疾之至。他百忙中見青青勢危，一把銅錢擲出，錚錚錚響聲過去，何紅藥的五枚鋼套都被打落在地。

何鐵手嬌喝一聲：「好俊功夫！」左手連進兩鈎。袁承志看清楚她右手白膩如脂，五枚尖尖的指甲上還搽着粉紅的鳳仙花汁，一掌劈來，掌風中帶着一陣濃香，但左手手掌卻已割去，腕上裝了一隻鐵鈎。這鐵鈎鑄作纖纖女手之形，五爪尖利，使動時鎖、打、拉、戳，虎虎生風，靈活絕不在肉掌之下。袁承志叫道：「沙兄，你們快奪路出去。」此時五毒教教衆早已纏住沙天廣等人拚鬥，重圍之下，卻那裏搶得出去？

袁承志乍遇勁敵，精神陡長，伏虎掌法施展開來，威不可當。

何鐵手武功別具一格，雖然也是拳打足踢，掌劈鈎刺，但拳打多虛而掌按俱實，有時卻又一掌輕輕的捺來，全無勁道。袁承志只道她掌下留情，不使殺着，於是發掌之時也稍留餘地，酣鬥中時時迴顧青青，見她坐在地下，始終站不起來，當下搶攻數招，把何鐵手逼退數步，縱過去扶她站起。

猛聽得拍的一聲巨響，鐵羅漢和岑其斯四掌相對，各自震開。鐵羅漢大叫一聲，上前再攻，拆不數招，手掌漸腫。他又氣又急，大聲嚷道：「這些傢伙掌上有毒，別着了道兒。」

袁承志這才省悟，原來五毒教衆練就了毒掌，只要手掌沾體，便卽中毒，何鐵手掌法輕柔，其實是在誘自己上當，用心陰毒，決非有意容讓，眼見情勢越來越緊，心想如不立時衝出，自己雖可脫身，餘人只怕都要葬身在這毒窟之中。

何鐵手見他扶起青青，不容他再去救鐵羅漢，身法快捷，如一陣風般欺近身來。袁承志叫道：「何教主，在下跟你往日無怨，近日無仇，何以如此苦苦相逼？你不放我們走，莫怪無禮。」何鐵手一笑，臉上露出兩個酒渦，說道：「我們只留夏公子，尊駕就請便吧。」

袁承志左足橫掃，右掌呼的一聲迎面劈去，何鐵手伸右手擋架，猛見袁承志這一掌來勢奇勁，若是雙掌相交，即使對方中毒，自己的手掌也非折斷不可。瞬息間手掌變指，微微向上一抬，逕點袁承志右臂「曲池穴」。這一指變得快，點得準，的是高招。

袁承志叫道：「好指法！」左掌斜削敵頸。他知何鐵手雖然掌上有毒，卻害怕自己掌力，當下拳法一變，使出師門絕藝「破玉拳」來。這路拳法招招力大勢勁，劉培生號稱「五丁手」，尚且擋不住他五招。何鐵手武功雖高，究是女流，見他一拳拳打來，猶如鐵鎚擊岩、巨斧開山一般，那敢硬接？她本來臉露笑容，待見對方拳勢如此威猛，不禁凜然生懼，展開騰挪小巧之技，一味遊鬥。

袁承志乘她退開半步之際，左掌向上一抬，右拳猛的「石破天驚」，向身旁錦衣毒丐齊雲璈身上打去。齊雲璈叫道：「來得好！」張手向他拳上拿去，只要手指稍沾他拳頭，劇毒便傳了過去。袁承志那容他手指碰到，身子一蹲，左手反拿住他的衣袖，右足往他脚上一鈎，左足一腿已踹在他右足膝蓋下三寸處，喀喇一聲，齊雲璈膝蓋登時脫臼，委頓在地。

胡桂南本在與齊雲璈激鬥，登時援出手來，奔去救援被三敵圍在垓心的沙天廣。袁承志叫道：「退到牆邊，我來救人！」胡桂南依言反身，將青青、鐵羅漢、單鐵生三個傷者扶到牆邊。袁承志遊目四顧，見沙天廣與啞巴均是以一敵三，沙天廣尤其危急，當下雙腿左一脚右一脚，踢飛了兩名五毒教弟子，縱入人叢，喀喀喀三聲，圍着沙天廣的三人均已關節受損，或肩頭脫筍，或頭頸扭曲，或手腕拗折。他不欲多傷人衆，又不敢與對方毒掌接觸，是以每次均是迅如閃電般搶近身去，隔衣拿住對方關節，一扭之下，敵人不是痛暈倒地，便是動彈不得。他救了沙天廣後，再搶到啞巴身旁。

啞巴拳法頗得華山派的精要，力敵三名高手，雖然脫身不得，一時也還不致落敗。何鐵手一聲唿哨，五毒教人衆齊向兩人圍來。袁承志東一竄，西一幌，纏住啞巴的兩人一個下顎脫落，一個臂上脫臼，另一個一呆，被啞巴劈面一拳打在鼻樑之上，鮮血直流。啞巴打發了性，還要追打，袁承志拉住他手臂，拖到牆邊，叫道：「大家快走，我來應付。」胡桂南當即遊上高牆，將一行人衆接應上去。袁承志在牆下來回遊走，又打倒了十多個敵人，向何鐵手拱手道：「教主姑娘，再見了！」哈哈長笑，背脊貼在牆上，倏忽間遊到牆頂。

老乞婆何紅藥大叫一聲，五枚鋼套向他上中下三路打去，心想他身在牆上，必然難於閃避。袁承志左袖一揮，五枚鋼套倒轉，反向五毒教教衆打來。何紅藥見了這一手反揮暗器的功夫，大叫：「你是金蛇郎君的弟子麼？」語音中竟似要哭出來一般。

袁承志一怔，心想：「她跟金蛇郎君必有極深淵源。」念頭轉得快，身法更快，未及張口回答，早已翻出牆外。這時啞巴等人已奔到第四層黃牆之下，只聽得紅牆上軋軋聲響，露出數尺空隙，袁承志身子如箭離弦，直撲到門口，雙拳揮出，將首先衝出的兩名教徒鎚進門內。兩人幾個觔斗，直跌進去。餘人一時不敢再行攻出。

潘秀達一聲號令，四名教衆舉起噴筒，四股毒汁猛向袁承志臉上噴來。袁承志只感腥臭撲鼻，暗叫不妙，一提氣，倒退丈餘，毒汁發射不遠，濺在地下，猶如墨潑烟薰一般。

那黃牆比紅牆已低了三尺，袁承志縱身高躍，手攀牆頭，在空中打了一個圈子，翻過牆頭去了，姿勢美妙之極。何鐵手望見，不禁喝了一聲采。外面三道牆一重低過一重，已可一縱而過。片刻間衆人到了最後一重黑牆之外。袁承志見靜悄悄的無人追出，卻也不敢停留，把青青負在背上，和衆人疾奔進城。

將到住宅時，袁承志忽覺頭頸中癢癢的一陣吹着熱氣，回頭一望，青青噗哧一笑。袁承志知她並無大碍，心下寬慰，進宅後忙取出冰蟾，給鐵羅漢治傷。餘人雖未中毒，但激鬥之下，都吸入了毒氣，均感頭暈胸塞，也分別以冰蟾驅毒。青青足上被何鐵手打了一環，雪白的皮膚全成瘀黑，高高腫起。

折騰了半日，袁承志才向單鐵生問起五毒教的來歷。單鐵生道：「五毒教教徒足迹不出雲貴兩廣，從來不到北方，不過惡名遠播，武林中人提到五毒教時，無不談虎色變，從來不敢招惹。他們怎麼會住在誠王爺的別府裏，當眞令人猜想不透。」

程青竹一旁在靜聽他們剛才惡鬥的經過，皺眉不語，這時忽然揷口道：「袁相公，仙都派的黃木道人，聽說就是死在五毒教的手裏的？」袁承志道：「有人見到麼？」程青竹道：「要是有人見到，只怕這人也已難逃五毒教的毒手。江湖上許多人都說，黃木道人死得很慘。仙都派後來大舉到雲南去尋仇，卻又一無結果，也眞是古怪得緊。」

沙天廣道：「程兄，那老乞婆果然狠毒，只可惜我們雖然見到了，却不能爲你報仇雪恨。」程青竹道：「我跟五毒教從無瓜葛，不知他何以找上了我，眞是莫名其妙。」各人紛紛猜測。

忽然一名家丁進來稟報：「有一位姓焦的姑娘要見袁相公。」

青青秀眉一蹙，說道：「她來幹甚麼？」袁承志道：「請她進來吧！」家丁答應着出去，過不多時，領着焦宛兒進來。

她一走進廳，跪在袁承志面前拜倒，伏地大哭。袁承志見她一身縞素，心知不妙，忙跪下還禮，道：「焦姑娘快請起，令尊他老人家好麼？」焦宛兒哭道：「爹爹……給……給閔子華那奸賊害死啦。」袁承志吃了一驚，站起身來，問道：「他……他老人家怎會遭難？」

焦宛兒從身上拿出一個布包，放在桌上，打了開來，露出一柄精光耀眼的匕首，刃身上還殘留着烏黑的血迹。袁承志連着布包捧起匕首，見刀柄上用金絲鑲着「仙都門下子字輩弟子閔子華收執」幾個字，顯是仙都派師尊賜給弟子的利器。

焦宛兒哭道：「那天在泰山聚會之後，我跟着爹爹一起回家，在徐州府客店裏住宿。第二日爹睡到辰時過了，還不起來，我去叫他，那知……那知……他胸口插了這把刀……袁相公，請你作主！」說罷嚎啕大哭。

青青本來對她頗有疑忌之意，這時見她哭得猶如梨花帶雨，嬌楚可憐，心中難過，把她拉在身邊，摸出手帕給她拭淚，對袁承志道：「大哥，那姓閔的已答應揭過這個樑子，怎麼又卑鄙行刺？咱們可不能善罷干休！」

袁承志胸中酸楚難言，想起焦公禮的慷慨重義，不禁流下淚來，隔了一陣，問道：「焦姑娘，後來你見過那姓閔的麼？」焦宛兒哽咽道：「我……我……見過他兩次，我們一路追趕，昨天晚上追到了北京。」青青叫道：「好啊，他在北京，咱們這就去找他。妹妹你放心，大夥兒一定給你報仇。」程青竹、沙天廣等早已得知袁承志在南京為焦閔兩家解仇的經過，這時聽得閔子華如此不守江湖道義，都是憤慨異常。沙天廣道：「閔子華是甚麼東西，沙某倒要鬥他一鬥。」

焦宛兒向衆人盈盈拜了下去，淒然道：「要請衆位伯伯叔叔主持公道。」

程青竹一拍桌子，喝道：「閔子華在那裏？仙都派雖然人多勢衆，老程可不怕他。」

焦宛兒道：「爹爹逝世後，我跟幾位師哥給他老人家收殮，靈柩寄存在徐州廣武鏢局。一面搜尋閔子華的下落。總是爹爹英靈佑護，沒幾天河南的朋友就傳來訊息，說有人見到那姓閔的奸賊從河南北上。金龍幫內外香堂衆香主、各路水陸碼頭的舵主，一路路分批兜截，曾交過兩次手，都給他滑溜逃脫了。侄女兒不中用，還給那奸賊刺了一劍。」

袁承志見她左肩微高，知道衣裏包着繃帶，想來她為父報仇，必定奮不顧身，可是說到武功，自是不及仙都好手閔子華了。

焦宛兒又道：「昨天我們追到北京，已查明了那奸賊的落脚所在。」青青急道：「在那裏？咱們快去，莫給他溜了。」焦宛兒道：「他住在西城傅家胡同，我們幫裏已有一百多人守在附近。」袁承志微微點頭，心想：「她年紀雖小，卻是精明幹練。這次金龍幫傾巢而出，那是非殺閔子華不可的了。」焦宛兒又道：「剛才我在大街上，遇着一位泰山大會中見過面的朋友，才知袁相公跟各位住在這裏。」

沙天廣大拇指一翹，說道：「焦姑娘，你做事周到，閔子華已在你們掌握之中，你還是來請盟主主持公道，好讓江湖上朋友們都說一句『閔子華該殺』，好！」

袁承志問道：「預備幾時動手？」焦宛兒道：「今晚二更。」她把匕首包回布包。青青道：「妹子，待會你還是用這匕首刺死他？」焦宛兒點了點頭。

袁承志想起焦公禮一生仗義，到頭來卻死於非命，自己雖已盡力，終究還是不能救得他性命，爲德不卒，心下頗爲歉咎，又想仙都派與金龍幫此後勢必怨怨相報，糾纏不清，不知如何了結？閔子華暗中傷人，理應遭報，但這事要做得讓仙都派口服心服，方無後患。

各人用過晚飯，休息一陣，袁承志帶同程青竹、沙天廣、啞巴、胡桂南、洪勝海五人，隨着焦宛兒往傅家胡同而去。青青、鐵羅漢兩人受傷，不能同行，單鐵生自行回家養傷。青青連連嘆氣，咒罵何鐵手這妖女害得她動彈不得。

註：袁崇煥有一個朋友鄺湛若，廣東名士，曾遊傜山，爲傜女掌兵權者雲氏作記室，作有「赤雅」一書，其中「僮婦畜蠱」一節云：「五月五日，聚蟲豸之毒者，並寘器內，自相吞食，最後獨存者曰蠱。有蛇蠱、蜥蜴蠱、蜣螂蠱。」

這時曙光初現，何鐵手雙鈎使將開來，一道黑氣，一片黃光，在袁承志身旁縱橫盤旋。這鐵鈎裝在手上，運用之際的是靈動非凡，宛如活手一般。

第十六回　石岡凝冷月　鐵手拂曉風

眾人來到胡同外十餘丈處，焦公禮的幾名弟子已迎了上來，說閔子華和他師弟洞玄道人在屋裏說話。眾人見袁承志出手相助，欣慰已極，精神大振。

焦宛兒問袁承志道：「袁相公，可以動手了麼？」袁承志道：「叫大夥守在外面，咱們幾個人先去一探。」焦宛兒道：「好！」低聲對眾幫友吩咐幾句，和袁承志等躍進牆去。焦宛兒輕功較差，落地時脚下微微一響，屋中燈火忽地熄滅。焦宛兒知道仇人已經發覺，不能再探到甚麼，輕輕一聲唿哨，突然四周屋頂到處都探出頭來。焦宛兒叫道：「姓閔的，出來瞧瞧，是誰來啦！」屋中人默不作聲。焦宛兒道：「點了火把進去！」

金龍幫四名幫友取出火摺，點着帶來的火把，昂首而入，旁邊四名幫友執刀衛護。突然拍拍拍數聲，四根火把打滅了三根，兩條黑影從眾人頭頂飛了出來。金龍幫幫眾一湧而上，乒乒乓乓的打了起來。各人四下圍住，火把越點越多，將一個大院子照耀得如同白晝。

閔子華和洞玄道人知道已落重圍，兩人背靠背的拚力死戰，轉瞬間把金龍幫幫眾刺傷了六七人。傷者一退下，立即有人補上。

再鬥一陣，閔子華和洞玄又傷了三四人，但洞玄左臂也已受傷。他劍交右手，猛撲力戰。兩儀劍法本是他使左手劍，閔子華使右手劍，兩人左右呼應，迴環攻守。現下兩柄都是右手劍，威力立減。

袁承志在旁觀戰，心想：「一命還一命，殺閔子華一人已經夠了，不必讓洞玄也陪在這裏。」眼見兩人便要喪命當地，湧身跳入圈子，登時金光閃動，嗆啷啷一陣亂響，不但洞玄與閔子華手中長劍被金蛇劍削斷，金龍幫諸人的兵刃也有七八柄斷頭折身。

衆人出其不意，都是大吃一驚，向後躍開。

袁承志自得金蛇劍以來，除了以之削斷西洋軍官雷蒙的長劍之外，從未仗劍與人正式交手，不意此劍竟有如斯威力，連自己也是一呆，心想這都是各人趁手的兵器，自己不過要雙方罷手停鬥，不料竟削壞了多件兵刃，心下好生不安。

這時閔子華和洞玄全身血迹斑斑，見袁承志到來，更知無倖。洞玄把斷劍往地下一擲，慘笑道：「我師兄弟不知何事得罪了閣下，如此苦苦相逼？」翻手從腰間摸出一柄匕首，猛往自己胸膛上插去。袁承志左掌如風，在他胸前輕輕一推，右手已拿住他手腕，夾手奪過匕首，火光下一看，見匕首和閔子華刺死焦公禮那一柄全然相同，柄上刻着「仙都門下子字輩弟子洞玄收執」一行字。

洞玄鐵青了臉，喝道：「好漢子可殺不可辱。我學藝不精，不是你對手，死給你看便了。快把匕首還我！」袁承志怕他又要自殺，將匕首往腰裏一插，正色道：「待得一切料理清楚，自然還你。」洞玄大怒，叫道：「你要殺就殺，不能如此欺人！」說着劈面一拳。袁承志退後一步避開，愕然道：「在下何敢相欺？」洞玄凜然道：「這把匕首是本派師尊所賜，寧教性命不在，也不能落入旁人手中。」袁承志一楞，疑雲大起，心想這匕首既然如此要緊，閔子華怎能於刺殺焦公禮後仍留在他身上，卻不取回？當下將匕首雙手奉還，說道：「在下有一事不明，要請教道長。」洞玄接過匕首，聽他說得客氣，便道：「請說。」

袁承志轉過身來，對焦宛兒道：「焦姑娘，那布包給我。」焦宛兒遞過布包，手握雙刀，緊緊監視閔子華。袁承志打開布包，露出匕首。閔子華和洞玄齊聲驚呼。金龍幫幫衆眼見兇器，想起老幫主慘死，目眥欲裂，各人逼近數步。

閔子華顫聲道：「這……這……這是我的匕首呀？你從那裏得來？」伸手來取。袁承志手一縮。焦宛兒單刀揮出，往閔子華手臂砍落。閔子華疾忙縮手，這刀便沒砍中。焦宛兒待要追擊，袁承志伸手攔住，說道：「先問清楚了。」焦宛兒停刀不砍，流下兩行淚來。

閔子華怒道：「當日我們在南京言明，雙方解仇釋怨。金龍幫為甚麼不顧信義，接連幾次前來傷我？你叫焦公禮出來。咱們三對六面，說個明白。姓閔的到底那一點上道理虧了……」他說未說完，金龍幫幫衆早已紛紛怒喝：「我們幫主給你害死了，你這奸賊還來假撇清！」閔子華和洞玄都大吃一驚，齊聲道：「甚麼？焦公禮死了？」

袁承志見二人驚訝神色，不似作偽，心想：「或許內中另有別情。」問道：「你眞的不知？」閔子華道：「我把房子輸了給你，沒面目再在江湖上混，便上開封府去，要跟掌門大師兄水雲道長商量，那知師兄沒會到，途中卻不明不白的跟金龍幫打了兩場。焦公禮好端端的，又怎麼會死？」焦宛兒聽他這麼說，也瞧出情形有點不對，哽咽道：「我爹爹……是給……給人用這把匕首害死的……就算不是你，也總是你的朋友。」閔子華恍然大悟，道：「嗯，嗯，這就是了。」焦宛兒喝道：「甚麼這就是了？」閔子華要待分辯，一時拙於言辭，卻又說不明白。金龍幫衆人只道他心虛，聲勢洶洶的又要操刀上前。

洞玄道人接過閔子華手中半截斷劍，擲在地下，凜然道：「各位既然要讓焦幫主的大仇永遠不能得報，讓眞兇奸人在一旁暗中冷笑，我師兄弟饒上這兩條性命，又算甚麼？」挺起胸膛，束手就戮。衆人見他如此，面面相覷，一時倒拿不定主意。

袁承志道：「這樣說來，焦幫主不是閔兄殺的？」閔子華道：「姓閔的出於仙都門下，也還知道江湖上信義爲先。我旣已輸給你，又知有奸人從中挑撥，怎會再到南京尋仇？」袁承志道：「焦幫主不是在南京被害的。」閔子華奇道：「在那裏？」袁承志道：「徐州。」洞玄道：「我師兄弟有十多年沒到徐州啦。除非我們會放飛劍，千里外取人首級。」袁承志道：「此話當眞？」洞玄伸手一拍自己項頸，說道：「殺頭也不怕，何必說假話？」

焦宛兒道：「那麼這柄匕首從何而來？」洞玄道：「我這時說出眞相，只怕各位還不相信。現下我帶你去一個地方，一看就知。」閔子華急道：「師弟，那不能去。」洞玄道：「口說無憑，須有實據。焦幫主爲奸人殺害，此事非同小可，務須查個水落石出。袁相公和焦姑娘兩位是何等樣人，決不能壞咱們的事。」閔子華才不言語了。

焦宛兒道：「去那裏？」洞玄道：「我只能帶領袁相公和你兩位同去。人多了不行。」金龍幫中有人叫了起來：「他要使奸，莫給他們走了。」焦宛兒問袁承志道：「袁相公，你說怎樣？」袁承志心想：「看來這兩人確是別有隱情，還是一同前往查明眞相爲妥。要是他們想使詭計，諒來也逃不脫我手掌。」說道：「那麼咱們就同去瞧瞧。」

焦宛兒對金龍幫衆人道：「有袁相公在，料想他們也不敢怎樣。」自焦公禮逝世，焦宛兒已隱然爲一幫之主。她率領幫衆大擧尋仇，衆人對她無不言聽計從，大家又知袁承志爲人仁義，武功高強，有這麼一位高手從中護持，眞是求之不得，當下也就沒有異言。

袁承志和焦宛兒隨着閔子華師兄弟一路向北。來到城牆邊，洞玄取出鈎索，用上去鈎住城牆，讓焦宛兒先爬了上去，第二袁承志上，然後他師兄弟先後爬上城頭。四人縱出城牆，續向北行。這時方當子夜，月色如水，道路越走越是崎嶇。再行四五里，上了個亂石山崗，袁承志和焦宛兒都感訝異，不知這兩人來此荒僻之處，有何用意。焦宛兒尋思：「莫非這兩人在此伏下大批幫手？但有袁相公在此，對方縱有千軍萬馬，他也必能帶我脫險。」

上崗又走了二三里，才到崗頂，只見怪石嵯峨，峻險突兀，月光下似魔似怪，陰森森的寒意逼人。洞玄和閔子華走向一塊大巖石之後，袁承志和焦宛兒跟着過去，只見巖邊赫然停着一具棺木。焦宛兒於黑夜荒山乍見此物，心中一股涼氣直冒上來。

洞玄撿起一塊石子，在棺材頭上輕擊三下，稍停一會，又擊兩下，然後再擊三下，雙手托住棺蓋往上一掀，克勒一聲響，棺材中坐起一具僵屍。焦宛兒「啊」的一聲大叫，雙手抓住了袁承志左手，不由自主的靠在他身上。

只聽那僵屍道：「怎麼？帶了外人來？」洞玄道：「兩位是朋友。這位袁相公，是金蛇郎君夏大俠的弟子。這位焦姑娘，是金龍幫焦幫主的千金。」那僵屍向袁焦二人道：「兩位莫怪。貧道身上有傷，不能起身。」洞玄道：「這是敝派掌門師兄水雲道人。在這裏避仇養傷。」袁承志和焦宛兒才知原來不是僵屍，當即施禮。水雲道人拱手答禮。

看那水雲道人時，只見他臉如白紙，沒半絲血色，額角正中從腦門直到鼻樑卻是一條殷紅色的粗大傷疤，疤痕猶新，想是受創不久，被那慘白的臉色一加映托，更是可怖。

水雲道人說道：「我師父跟尊師夏老師交好。夏老師來仙都山時，貧道曾侍奉過他。他老人家可好？」袁承志心想這時不必再瞞，答道：「他老人家已去世多年了。」

水雲道人長嘆一聲，慘然不語，過了良久，才低聲道：「剛才聽洞玄師弟說道，閣下是金蛇弟子，我心中十分喜歡，心想只要金蛇前輩出手，我師父的大仇或能得報。唉！那知他老人家竟也已歸道山，老成凋謝，只怕要讓奸人橫行一世了。」

焦宛兒心道：「我是爲報父仇而來此地，那知又引出一椿師仇來。」袁承志卻想：「不知他的對頭是甚麼厲害脚色，天下除了金蛇郎君，便無人對付得了？」

洞玄低聲把金龍幫尋仇的事說了一遍，求大師兄向焦宛兒解釋。水雲道人「咦」了一聲，越聽越怒，突然手掌一翻，在身旁棺上猛擊一掌，噗的一聲，棺木登時塌了一塊。

袁承志心想：「這道人的武功比他兩個師弟可高明得多。他身懷絕技，怎麼會怕得這樣厲害，竟要偷偷躲在這裏裝死人？」

水雲道人說道：「焦姑娘，我們仙都弟子，每人滿師藝成、下山行道之時，師父必定賜他一柄匕首。貧道忝在本派掌門，雖然本領不濟，忍辱在這裏養傷，但還不敢對朋友打一句誑語。焦姑娘，你道這柄匕首是做甚麼用的？」焦宛兒恨恨的道：「不知道！」

水雲道人抬頭望着月亮，喟然道：「敝派第十四代掌門祖師菊潭道長當年劍術天下無雙，只可惜性子剛傲，殺了不少人，結仇太多，終於各派劍客大會恆山，以車輪戰法鬥他一人。菊潭道長雖然劍下傷了對頭十八人，但最後筋疲力盡，身受重傷，於是拔出匕首自殺而死。本派因此元氣大傷，又得罪了天下英雄，此後定下一條規矩，每名學藝完畢的弟子都授一柄匕首。洞玄師弟，你到那邊去。」洞玄不明他用意，但還是朝他手指所指，向西行去。水雲等他走出數百步，高馬叫道：「行了。」洞玄停步。

水雲低聲問閔子華道：「閔師弟，這把匕首，叫作甚麼？」閔子華道：「這是仙都戒殺刀。」水雲又問：「師父授你戒殺刀時，有四句甚麼訓示？你低聲說來。」閔子華肅然道：「嚴戒擅殺，善視珍藏，義所不敵，舉以自戕。」

水雲點點頭，向東邊一指，道：「你到那邊去。」待閔子華走遠，把洞玄叫回來，問道：「洞玄師弟，這把匕首，叫作甚麼？」洞玄道：「仙都戒殺刀。」水雲又問：「師父授你此刀之時，有何訓示？」洞玄肅然道：「嚴戒擅殺，善視珍藏，義所不敵，舉以自戕。」

水雲把閔子華叫回，對袁承志和焦宛兒道：「現今兩位可以相信，敝派確是有此訓示。敝派子弟犯戒殺人，也是有的，可是憑他如何不肖，無論如何不敢用這戒殺刀殺人。」

袁承志問道：「這匕首爲甚麼叫『戒殺刀』？」水雲道：「敝派鑒於菊潭祖師的覆轍，從第十五代祖師起便定下一條門規，嚴禁妄殺無辜，否則到每兩年一次在仙都山大會，便得在師長兄弟之前，以這戒殺刀自行了斷。閔師弟要殺焦幫主，雖然當年閔子葉師兄行爲不端，有取死之道，但爲兄報仇，本來也不算是妄殺，可是後來既知受奸人挑撥，再去加害，那是犯了重大門規，諒他也是不敢。」他嘆了一口氣，說道：「這戒殺刀是自殺用的，要是仙都弟子遇敵之時，武功不如，而對方又苦苦相逼，脫身不得，那麼便須以此匕首自殺，免損仙都威名。閔師弟就算敢犯師門嚴規，天下武器正多，怎會用戒殺刀去殺人？而且刺殺之後，怎麼又不把刀帶走？」袁承志和焦宛兒聽到這裏，都不住點頭。

水雲又道：「焦姑娘，我給你瞧一封信。」說着從棺材角裏取出一個布包，打了開來，裏面是一堆文件雜物。他從中檢出一信，遞給焦宛兒。

焦宛兒眼望袁承志。袁承志點點頭。焦宛兒接過信來，月光下見封皮上寫着「急送水雲大師兄親啓，閔緘」幾個字，知是閔子華寫給水雲的信，抽出信箋，見紙箋上端印着「蚌埠通商大客棧用箋」的紅字，信上的字歪歪扭扭，文理也不甚通，寫道：

「水雲大師兄：你好。焦公禮之事，小弟已明白受人欺騙，報仇甚麼的就此拉倒不幹了。但昨晚夜裏，小弟的戒殺刀忽然給萬惡狗賊偷去，眞是慚愧之至。如果尋不回來，我再沒面目見大師兄了，千萬千萬。小弟閔子華拜上。」

焦宛兒讀完此信，更無懷疑，身子顫抖，盈盈向閔子華拜了下去，說道：「閔叔叔，姪女兒錯怪好人，冒犯你老人家啦。」一拜罷又向洞玄陪禮。兩人連忙還禮。

閔子華道：「不知是那個狗賊偷了這把刀去，害死了焦幫主。他留刀屍上，就是要你疑心我呀。」焦宛兒道：「姪女眞是鹵莽，沒想到這一着，只道閔叔叔害了爹爹後，還要逞英雄好漢，留刀示威。」閔子華道：「我失了戒殺刀，和洞玄師兄到處找尋，沒一點眉目，後來接到大師兄飛帖，召我們到京師來，這才動身。路上你們沒頭沒腦的殺來，我也只好沒頭沒腦的跟你們亂打一陣。幸虧袁相公趕到，才弄明白這回事。」

水雲道：「等我們的事了結之後，要是貧道僥倖留得性命，定要幫焦姑娘找到這偷刀殺人的奸賊。這件事仙都派終究也脫不了牽連。」焦宛兒又斂衽拜謝，將匕首還給閔子華。

袁承志心想，他們師兄弟只怕另有秘事商酌，外人不便參與，便拱手道：「兄弟就此別過。」兩人和水雲等作別，走出數十步，正要下崗，洞玄忽然大叫：「兩位請留步。」

袁承志和焦宛兒一齊停步。洞玄道人奔將過來，說道：「袁相公，焦姑娘，貧道有一件事想說，請兩位別怪。」袁承志道：「道長但說不妨。」洞玄道：「這裏的事，要請兩位千萬不可洩漏。本來不須貧道多嘴，實因與敝師兄性命攸關，不得不冒昧相求。」按照江湖道上規矩，別幫別派任何詭秘怪異之事，旁人瞧在眼裏，決不能傳言談論，否則兇殺災禍立至，此事人所共知，但洞玄竟如此不放心，不惜冒犯叮囑，自是大非尋常。

袁承志心中一動，雖然事不干己，但剛才見水雲道人無意中顯露了一手武功，不禁生了惺惺相惜之意，對洞玄道：「不知令師兄遇到了甚麼危難之事，兄弟或可相助一臂。」

洞玄和袁承志交過手，知他武功卓絕，不但高出自己十倍，也遠在仙都第一高手水雲師兄之上，聽他這麼說，心頭一喜，忙道：「袁相公仗義相助，眞是求之不得，待貧道稟過大師兄。」匆匆回去，低聲和水雲、閔子華商量。三人談了良久，似乎難以決定。

袁承志想道：「既然他們大有爲難，不願外人揷手，那麼也不必多事了。」高聲叫道：「兩位道長、閔兄，兄弟先走一步，後會有期！」一拱手就要下崗。

水雲道人叫道：「袁相公，請過來說幾句話。」袁承志轉身走近。水雲道：「袁相公肯拔刀相助，我們師兄弟實是感激不盡。不過這是本門的私事，情勢凶險萬分，實在不敢要袁相公無故犯險。還請別怪貧道不識好歹。」說着拱手行禮。

袁承志知他是一片好意，心想這人倒也頗具英雄氣慨，說道：「道長說那裏話來？既是如此，就此告辭。道長如有需用之處，兄弟自當盡力，隨時送個信到正條子胡同就是。」

水雲低頭不語，忽然長嘆一聲，說道：「袁相公如此義氣，我們的事雖然說來羞人，如再相瞞，可就不夠朋友了。兩位請坐。洞玄師弟，你對兩位說罷。」

洞玄等兩人在石上坐好，自己也坐下說道：「我們恩師黃木道人生性好動，素喜到處雲遊，除了兩年一次的仙都大會之外，平日少在山上。五年前的中秋，又是大會之期，恩師竟然並不回山主持，也不帶信回來，這是從來沒有的事，衆弟子又是奇怪，又是擔憂。恩師這次是到南方雲遊採藥，大夥兒忙分批到雲貴兩廣查訪，各路都沒消息。我和閔師哥卻在客店之中，得到點蒼派追風劍萬里風的傳訊，說有急事邀我們前往。我們兩人趕到雲南大理萬大哥家中，見他身受重傷，躺在床上。一問之下，原來是爲了我們恩師才受的傷。」

袁承志想起程青竹曾說黃木道人是死於五毒教之手，暗暗點頭，聽洞玄又道：「追風劍萬大哥說道，那天他到大理城外訪友，見到我們恩師受人圍攻。點蒼派跟仙都派素有淵源，他當即仗劍相助。豈知對方個個都是高手，兩人寡不敵衆，萬大哥先遭毒手，昏倒在地，後來由人救回，恩師卻是生死不明。萬大哥肩頭和脅下都爲鋼爪所傷，爪上餵了劇毒。看這情形，必是五毒教所爲。他後來千辛萬苦的求到名醫，這才死裏逃生。於是我們仙都三十二弟子同下雲南尋師，要找五毒教報仇。可是四年來音訊全無，恩師自是凶多吉少。五毒教又隱秘異常，踏遍了雲南全省，始終沒半點綫索，大家束手無策，才離雲南。後來北方傳來消息，說五毒教教主何鐵手到了北京……」

袁承志「啊」了一聲。洞玄道：「袁相公識得她麼？」袁承志道：「我有幾位朋友昨天剛給她毒手所傷。」洞玄道：「令友不碍事麼？」袁承志道：「眼下已然無妨。」

洞玄道：「嗯，那眞是天幸。我們一得訊，大師兄便傳下急令，仙都弟子齊集京師。我們在來京途中遇到焦姑娘，那不必說了。大師兄比我們先到，他與何鐵手狹路相逢。那賤婢竟然出言譏刺，十分無禮。大師兄跟她動起手來，這賤婢手脚滑溜，大師兄一不留神，額上爲她左手鐵鈎所中，下盤又中了她五枚暗器。她只道這暗器餵有劇毒，大師兄一定活不了，冷笑幾聲便走了。好在大師兄內功精湛，又知對頭周身帶毒，在比武之前已先服了不少解藥，身邊又帶了諸般外用解毒膏丹，這才沒有遭難。」

水雲嘆道：「貧道怕她知我不死，再來趕盡殺絕，是以不敢在寓所養傷，只得找了這樣古怪的一個地方靜養，再過三個月，毒氣可以慢慢拔盡。師父多半已喪在賤婢手下，這仇非報不可。只是對頭手段太辣，毒物厲害，是以貧道不敢拖累朋友。」

閔子華問道：「袁相公怎麼也跟五毒教結了仇？」袁承志於是將如何遇到錦衣毒丐齊雲璈、程青竹如何被老丐婆抓傷的事簡畧說了。水雲道：「袁相公既跟他們並無深仇，吃了一點小虧，也就算了。你千金之體，犯不着跟這種毒如蛇蝎之人相拚。」

袁承志心想自己有父仇在身，又要輔佐闖王和義兄李岩圖謀大事，這種江湖上的小怨，原不能過於當眞，否則糾纏起來，永無了局，於是點頭說道：「道長說得是。我有一隻朱睛冰蟾，可給道長吸毒。」當下用冰蟾替他吸了一次毒，亂石崗上無酒浸出蟾中毒液，於是把冰蟾借給洞玄，教了用法，要他替水雲吸盡毒氣送回。水雲、閔子華、洞玄不住道謝。

袁承志和焦宛兒緩緩下崗，走到一半，焦宛兒忽往石上一坐，輕輕啜泣。袁承志問道：「怎麼？焦姑娘，你不舒服麼？」焦宛兒搖搖頭，拭乾淚痕，若無其事的站了起來。袁承志心想：「這一來，她金龍幫和仙都派雖然化敵爲友，但她報殺父大仇之事，卻更是渺茫了。也難爲這樣一個年輕姑娘，居然這般硬朗。」

兩人回進城裏，天將微明，袁承志把焦宛兒送回金龍幫寓所，自回正條子胡同。他在長街一排民房屋頂上展開輕身功夫，倏然之間，已過了幾條街，一時奔得興發，使出「神行百變」絕技，眞如飛燕掠波、流星橫空一般，耳旁風動，足底無聲，正奔得高興，忽聽身旁低喝一聲：「好功夫！」

袁承志斗然住足，白影微幌，一人從身旁掠過，笑道：「追得上我嗎？」語聲方畢，已竄在七八丈外。袁承志見這人身法奇快，心中一驚：「此人是誰？輕身功夫是如此了得？」他少年人既好奇，又好勝，提氣疾追。那人毫不回顧，如飛奔跑。時候一長，袁承志的輕身功夫終於高出一籌，脚下加勁，片刻間追過了頭，趕在那人面前數丈，回轉身來。

那人格格嬌笑，說道：「袁相公，今日我才當眞服你啦！」只見她長袖掩口，身如花枝顫裊，正是五毒教教主何鐵手。她全身白衣如雪，給足底黑瓦一襯，更是黑的愈黑，白的愈白。武林中人所穿夜行衣非黑即灰，好得夜中不易爲人發覺，敵人發射暗器不能取得準頭，她竟然穿一身白衣，若非自恃武藝高強，決不能如此肆無忌憚。袁承志拱手說道：「何教主有何見教？」何鐵手笑道：「袁相公前日枉駕，有許多碍手碍脚之人在場，大家分了心，不能好好見個高下。小妹今日專誠前來，討教幾招。」邊說邊笑，聲音嬌媚。

袁承志道：「教主這般身手，就在男子中也是難得一見。兄弟是十分佩服的。」

何鐵手笑道：「袁相公前日試拳，掌風凌厲之極。小妹力氣不夠，不敢接招。今日比比兵刃如何？」也不等袁承志回答，呼的一聲，已將腰間一條軟鞭抖了出來，微光中但見鞭上全是細刺倒鈎，只要給它掃中一下，皮肉定會給扯下一大塊來。何鐵手嬌滴滴的道：「袁相公，這叫做蝎尾鞭，刺上是有毒的，你要加意小心，好麼？」袁承志聽她說話，不覺打了個寒戰。她語氣溫柔，關切體貼，含意卻十分狠毒，兩者渾不相稱。

袁承志雅不欲跟她毫沒來由的比武，抱拳說道：「失陪了！」何鐵手不等他退開，手腕一抖，蝎尾鞭勢挾勁風，逕撲前胸。袁承志微微一笑，上身向後一仰，避開了這招，不等蝎尾鞭第二招再到，已竄出數丈。何鐵手知道追他不上，朗聲叫道：「金蛇郎君的弟子如此膿包，敗壞了師尊一世威名，嘻嘻！」袁承志一楞停步，心想：「我幾次相讓，他們五毒教驕縱慣了，還道我當眞怕她。」心念微動之際，白影閃處，蝎尾鞭又帶着一股腥風撲到。

袁承志眉頭一皺，暗想：「這等餵毒兵器縱然厲害，終究爲正人君子所不取。她好好一個女子，卻身在邪教，以致行事不端。」料想蝎尾鞭全鞭有毒，不能白手搶奪，索性雙手攏入袖中，身隨意轉，的溜溜的東閃西避。何鐵手鞭法雖快，那裏帶得到他的一片衣角？

轉瞬間折了二十餘招，何鐵手嬌喝：「你一味閃避，算甚麼好漢？」袁承志笑道：「你想激我奪你鞭子？又有何難。」身子一彎，雙手已在屋頂分別撿起一片瓦爿，凝視鞭影，看得親切，叫道：「撒鞭！」兩塊瓦片一上一下，已將蝎尾鞭夾在中間，順手往裏一奪，右足幌動，瞬息間連踢三脚。何鐵手剛想運勁奪鞭，對方足尖已將及身，只得撒鞭倒退，不想踏了一個空，跌下屋去。袁承志搶住鞭柄，笑道：「金蛇郎君的弟子怎麼樣？」

忽聽何鐵手柔媚的聲音叫道：「很好！」她身法好快，剛一着地，立即又竄了上來，饒是袁承志身有絕頂輕功，也不禁佩服。

何鐵手右手叉在腰間，身子微幌，腰支欵擺，似乎軟綿綿地站立不定，笑道：「還要領教袁相公的暗器功夫，我們五毒教有一種毒蟾砂……」袁承志聽她嬌聲軟語的說着話，也不見她身轉手揚，突然間眼前金光閃動，大吃一驚，知道不妙，百忙中一飛沖天，躍起尋丈，只聽得一陣細微的錚錚之聲，數十枚暗器都打在屋瓦之上。

原來這毒蟾砂是無數極細的鋼針，機括裝在胸前，發射時不必先取準頭，只須身子對正敵人，伸手在腰旁一按，一陣鋼針就由強力彈簧激射而出。眞是神不知，鬼不覺，何況鋼針既細，爲數又多，一枚沾身，便中劇毒。武林中任何暗器，不論是金鏢、袖箭、彈丸、鐵蓮子，發射時總得動臂揚手，對方如是高手，一見早有防備。但這毒蟾砂之來，事先絕無朕兆，實是天下第一陰毒暗器，教外人知者極少，等到見着，十之八九非死即傷，而傷者不久也必送命。他們本教之人稱之爲「含沙射影」功夫，端的武林獨步，世上無雙。

袁承志身子未落，三枚銅錢已向她要穴打去，怒喝：「我跟你無怨無仇，爲甚麼下此毒手？」何鐵手側身避開兩枚銅錢，右手翻轉，接住了第三枚，輕叫一聲：「啊喲，好大的勁兒，人家手也給你碰痛啦。」看準袁承志落下的方位，還擲過來。

聽聲辨形，這枚銅錢擲來的力道也不弱，袁承志剛想伸手去接，突然心裏一動：「這人手上有毒，別上她當。」長袖一拂，又把銅錢拂了回去。這一下勁力就沒手擲的大，何鐵手伸出兩指，輕輕拈住，放入衣囊，笑道：「多謝！可是只給我一文錢，不太小氣了些嗎？」手掌伸出來時迎風一抖，十多條非金非絲的繩索向他頭上罩來。

袁承志惱她適才偷放毒蟾砂手段陰毒之極，當下再不客氣，揚起蝎尾鞭，往她繩上纏去。何鐵手斗然收索，笑道：「蝎尾鞭是我的呀。你使我兵器，害不害臊呀？」說的是一口雲南土音，又糯又脆，手下卻毫不停留。

袁承志把蝎尾鞭遠遠向後擲出，叫道：「我再奪下你這幾根繩索兒，你們五毒教從此不能再來糾纏，行不行？」何鐵手道：「這不叫繩索兒，這是軟虹蛛索。你愛奪，倒試試看。」說着蛛索橫掃，攔腰捲來。這蛛索細長多絲，一招既出，四面八方同時打到。

袁承志側身閃避，想搶攻對手空隙，那知她十多根蛛索有的攻敵，有的防身，攻出去的剛收回守禦，原來縮回的又反擊而出，攻守連環，毫無破綻。

拆了十餘招後，袁承志已看出蛛索的奧妙，心想：「這蛛索功夫是從蜘蛛網中變化出來的。」乘她一招使老，進攻的索子尚未收回、而守禦的索子已蓄勢發出之際，身形一斜，斗然欺近她背心，伸手向她脅下點去。這招快極險極，何鐵手萬難避開，忽然間身子一側。袁承志見這一下如點實了，手指非碰到她胸部不可，臉上發熱，凝指不發。

何鐵手乘勢左手一鈎。袁承志疾忙縮手，嗤的一聲，袖口已被鈎子劃了一條縫。何鐵手道：「啊喲，糟糕，把袁相公袖子割破啦。您把長衫除下來吧，我拿回去給你補好。」

袁承志見她狡計百出，心中愈怒，乘勢一拉，扯下了右臂破袖，使得呼呼風響，不數招，袖子已與蛛索纏住，用力一揮，破袖與蛛索雙雙脫手，都掉到地下去了。

袁承志道：「怎麼樣？」何鐵手格格笑道：「不怎麼樣。你的兵刃不也脫手了麼？還不是打了個平手？」反手在背上一抽，右手中多了一柄金光閃閃的鈎子。

袁承志見她周身法寶、武器層出不窮，也不禁大爲頭痛，說道：「我說過奪下你蛛索之後，你們可不能再來糾纏。」何鐵手笑道：「你說你的，我幾時答允過啊？」袁承志一想，果然不錯，她確是沒答允過，但這般一件一件的比下去，到何時方了？當下哼了一聲，說道：「瞧你還有多少兵器？」心想把她每一件兵器都奪下來，她總要知難而退了。

何鐵手道：「這叫做金蜈鈎。」左手一伸，露出手上鐵鈎，說道：「這是鐵蜈鈎，爲了練這勞什子，爹爹割斷了我一隻手。他說兵器拿在手裏，總不如乾脆裝在手上靈便。我練了十三年啦，還不大成。袁相公，這鈎上可有毒藥，你別用手來奪呀！」

只見她連笑帶說，慢慢走近，袁承志外表雖然淡然自若，內心實深戒懼，只怕她又使甚麼奸謀，正自嚴加提防，忽聽遠處隱隱有唿哨之聲，猛然間想起一事，暗叫：「不好！莫非此人絆住了我，卻命她黨羽去加害青青他們？」也不等她話說完，回身就走。

何鐵手哈哈大笑，叫道：「這時再去，已經遲了！」金鈎一點，鐵鈎疾伸，猛向他後心遞到。袁承志側過身子，橫掃一腿。何鐵手縱身避過，雙鈎反擊。這時曙光初現，只見一道黑氣，一片黃光，在他身邊縱橫盤旋。這女子兵刃上功夫之凌厲，僅比在盛京所遇的玉真子稍遜而已。他掛念青青等人，不欲戀戰，數次欺近要奪她金鈎，總是被她迴鈎反擊，或以鐵鈎護住。這鐵鈎裝在手上，運用之際的是靈動非凡，宛如活手一般。

袁承志拆到三十餘招，兀是打她不退，心中焦躁，探手腰間，金光一閃，拔出了金蛇寶劍。何鐵手一見，笑容立斂，喝道：「好！這金蛇劍竟落在你手！」袁承志道：「是便怎樣？」刷刷刷數劍。何鐵手武功雖高，那裏抵擋得住？噹的一聲，金鈎已被金蛇劍削去半截。袁承志喝道：「再來糾纏，把你的鐵手也削斷了。」她一聽之下，臉上微現懼色，果然不敢逼近身來。

袁承志收劍入鞘，疾奔回家，剛到胡同口，便見洪勝海躺在地下，頸中流血，忙上前扶起，幸喜尚有氣息。洪勝海咽喉受傷，不能說話，伸手向着宅子連指。袁承志抱他入內，只見宅子中到處桌翻椅折，門破窗爛，顯是經過一番劇戰。

袁承志越看越是心驚，撕下衣袖替洪勝海紮住了咽喉傷口，直奔內堂，裏面也是處處破損，胡桂南與程青竹躺在地下呻吟。袁承志忙問：「怎麼？」胡桂南道：「青姑娘，青姑娘……給……五毒教擄去啦。」袁承志大驚，問道：「沙天廣他們呢？」胡桂南伸手指向屋頂。袁承志不及多問，急躍上屋，只見沙天廣和啞巴躺在瓦面，沙天廣滿臉烏雲，中毒甚深，啞巴也受創傷。雖然幸喜無人死亡，但滿屋夥伴，個個重傷，眞是一敗塗地，青青更不知去向。袁承志咬牙切齒，憤怒自責：「我怎地如此胡塗，竟讓這女子纏住了也沒發覺。」

宅中僮僕在惡鬥時盡皆逃散，這時天色大明，敵人已去，才慢慢回來。

袁承志把啞巴和沙天廣抱下地來，寫了一張字條，命僕人急速送去金龍幫寓所，請焦宛兒取回朱睛冰蟾，前來救人。他替沙天廣、胡桂南等包紮傷口，一面詢問敵人來襲情形。

鐵羅漢上次受傷臥床未起，幸得未遭毒手，說道：「三更時分，胡桂南首先發覺了敵蹤，把啞巴老兒扯上屋去。兩人一上屋，立被十多名敵人圍住了。我在窗口中看得清清楚楚，就是全身無力，動彈不得，只有乾着急的份兒。眼見啞巴老兒、沙老兒和程老夫子都傷了好幾名敵人，但對方實在人多。大家邊打邊退，在每一間屋裏都拚了好一陣，最後個個受傷，青姑娘也給他們擄了去。袁相公……我們實在對你不起……」

袁承志道：「敵人好不狠毒，怎怪得你們？眼下救人要緊。」

他到馬廐牽了匹馬，向城外馳去，將到怪屋時下了馬，將馬縛在樹上，走到屋前，飛身越牆直入，大叫：「何教主，請出來，我有話說。」一陣回音過去，黃牆上鐵門開處，一陣狺狺狂吠，撲出十多頭兇猛巨犬，後面跟着數十人。他想：「這次可不能再對他們客氣了！」他左手連揮，十多枚金蛇錐激射而出，金光閃閃，每隻巨獒腦門中了一枚，隻隻倒斃在地。他繞着衆犬轉了一個圈子，雙手將金蛇錐一一收入囊中。

五毒教人衆本待乘他與巨獒纏鬥，乘隙噴射毒汁，那知他殺斃衆犬竟如此神速，不由得都驚呆了，待他收回暗器，先頭一人發一聲喊，轉身便走。餘人一擁進內，待要關門，那裏還來得及？袁承志已從各人頭頂一躍而過，搶在頭裏。

他深入敵人腹地之後，反而神定氣閒，叫道：「何教主再不出來，莫怪我無禮了。」

只聽噓溜溜的一陣口哨，五毒教衆人排成兩列，中間屋裏出來十多人。當先一人是何紅藥，後面跟着左右護法潘秀達、岑其斯，以及錦衣毒丐齊雲璈等一批教中高手。

袁承志道：「在下跟各位素不相識，既無宿怨，也無新仇，各位卻來到舍下，將我朋友個個打得重傷，還將我兄弟擄來，那是甚麼緣由，要向何教主請教。」

何紅藥道：「你家裏旁人跟我們沒有寃仇，那也不錯，因此手下留情，沒當場要了他們性命。你既有朱睛冰蟾，小小傷勢也很易治好。至於那姓夏的小子呢，哼，我們要慢慢的痛加折磨。」袁承志道：「她年紀輕輕，甚麼事情對你們不住了？」何紅藥冷笑道：「誰教他是金蛇郎君的兒子？哼，這也罷了，誰教他是那個賤貨生的？」袁承志一怔，心想她跟青青的母親又有甚麼仇嫌了？何紅藥見他沉吟不語，陰森森的道：「你來胡鬧些甚麼？」袁承志道：「你們如跟金蛇郎君有樑子，幹甚麼不自去找他報仇？」何紅藥道：「老子要殺，兒子也要殺！你既跟他有瓜葛，連你也要殺！」

袁承志不願再與她囉嗦不清，高聲叫道：「何教主，你到底出不出來？放不放人？」屋中寂然無聲，過了一陣，陣陣回聲從五堵高牆上撞了回來。袁承志掛念青青，身形一斜，從何紅藥身旁穿過，直向廳門衝去。兩名教徒來擋，袁承志雙掌起處，將兩人直慣出去。他衝入廳內，見空空蕩蕩的沒有人影，轉身直奔東廂房，踢開房門，只見兩名教衆臥在床上，卻是日前被他扭傷了關節之人，見他入來，嚇得跳了起來。

袁承志東奔西竄，四下找尋，五毒教衆亂成一團，處處兜截。過不多時，袁承志已把每一間房子都找遍了，不但沒有見到青青，連何鐵手也不在屋裏。他焦躁異常，把缸甕箱籠亂翻亂踢，裏面飼養着的蛇蟲毒物都爬了出來。五毒教衆大驚，忙分人捕捉毒物。

潘秀達叫道：「是好漢到外面來決個勝負。」袁承志知他在教中頗有地位，決意擒住他逼問青青的下落，叫道：「好，我領教閣下的毒掌功夫！」施展神行百變輕身功夫，雙足一躪，已躍到他面前。潘秀達見他說到便到，大吃一驚，呼呼兩掌劈到。袁承志道：「別人怕你毒掌，我偏不怕！」潘秀達叫道：「好，你就試試。」袁承志右掌一起，往他掌上抵去。

潘秀達大喜，心想：「你竟來和我毒掌相碰，這可是自尋死路，怨我不得。」當下雙掌運力，猛向前推，眼見要和袁承志手掌相碰，相距不到一寸，突見對方手掌急縮，腦後風聲微動，知道不妙，待要縮身回掌，只覺頸中一緊，身子已被提起。五毒教衆齊聲吶喊，奔來相救。袁承志抓起潘秀達揮了個圈子。衆人怕傷了護法，不敢逼近。

袁承志喝道：「你們擄來的人在那裏？快說。」潘秀達閉目不理。袁承志潛運混元功，伸手在他脊骨旁穴道一指戳去。潘秀達登時背心劇痛，有如一根鋼條在身體內絞來攪去。袁承志鬆手把他摔在地下。潘秀達痛得死去活來，在地下滾來滾去，卻不說一個字。

袁承志道：「好，你不說，旁人呢？」靈機一動：「我的點穴除了本門中人，天下無人能救。且都給他們點上了，諒來何鐵手便不敢加害青弟。」當下身形幌動，在衆人身旁穿來揷去。教徒中武功高強之人還抵擋得了三招兩式，其餘都是還沒看清敵人身法，穴道已被閉住。片刻之間，院子中躺下了二三十人。本來穴道被閉，儘管點穴手法別具一功，旁人難以解開，但過得幾個時辰，氣血流轉，穴道終於會慢慢自行通解。但袁承志這次點穴時使上了混元功，眞力直透經脈，穴道數日不解，此後縱然解開，也要酸痛難當，十天半月不愈。那日他在衢州石樑點倒溫氏四老，使的便是這門手法。

何紅藥見勢頭不對，呼嘯一聲，奪門而出。餘衆跟着擁出，不一刻，一座大屋中空蕩蕩的走得乾乾淨淨，只剩下地上動彈不得的幾十人，有的呻吟低呼，有的怒目而視。

袁承志大叫：「青弟，青弟，你在那裏？」除了陣陣回聲之外，毫無聲息。他仍不死心，又到每個房間查看一遍，終於廢然退出，提起幾名教衆逼問，各人均是閉目不答。

袁承志無法可施，只得回到正條子胡同。見焦宛兒已取得冰蟾，率領了金龍幫的幾名大弟子來到，將沙天廣等身上毒氣吸淨、傷口包好。袁承志見各人性命無碍，但青青落入敵手，不禁愁腸百結。焦宛兒軟語寬慰，派出幫友四處打聽消息。

過了大半個時辰，忽然蓬的一聲，屋頂上擲下一個大包裹來。衆人吃了一驚。袁承志焦急異常，雙手一扯，拉斷包上繩索，還未打開，已聞到一陣血腥氣，心中怦怦亂跳，雙手出汗，一揭開包袱，赫然是一堆被切成八塊的屍首，首級面色已成烏黑，但白鬚白髮宛然可辨。袁承志一定神，才看清楚這屍首原來是獨眼神龍單鐵生。

他躍上屋頂，四下張望，只見西南角上遠處有一條黑影向前疾奔，知道必是送屍首來之人，當下提氣急追，趕出里許，只見他奔入一座林子中去了。

袁承志直跟了進去。只見那人走到樹林深處，數十名五毒教教衆圍着一堆火，正在高談闊論。一人偶然回頭，突見袁承志掩來，驚叫道：「尅星來啦！」四散奔逃。

袁承志先追逃得最遠最快的，舉手踢足，把各人穴道一一點了，回過身來，近者手點肘撞，遠者銅錢擲打，只聽得林中呼嘯奔逐，驚叫斥罵之聲大作。過了一盞茶時分，林中聲息俱寂，袁承志垂手走出，拍了拍身上的灰塵。

這一役把岑其斯、齊雲璈等五毒教中高手一鼓作氣的盡數點倒，只是何鐵手和何紅藥兩人不在其內。袁承志心中稍定，尋思：「只要青弟此時還不遭毒手，他們便有再大仇恨，也不敢加害於她。」

回到住宅，焦心等候，傍晚時分，出去打探的人都回報說沒有綫索。天交二更，袁承志吩咐吳平與羅立如，將單鐵生的屍首送往順天府尹衙門去，公門中人見到他的模樣，自知是五毒教下的毒手。焦宛兒領着幾名幫友，留在宅裏看護傷者，防備敵人。

袁承志焦慮掛懷，那裏睡得着？盤膝坐在床上，籌思明日繼續找尋青青之策。約莫坐了一個更次，四下無聲，只聽得遠處深巷中有一兩聲犬吠，打更的竹柝由遠而近，又由近而遠。他思潮起伏，自恨這一次失算中計，遭到下山以來的首次大敗，靜寂中忽聽得圍牆頂上輕輕一響，心想：「如是吳羅二人回來，輕身功夫無此高明，必是來了敵人。」當下安坐床上，靜以待變。只聽窗外如一葉落地，接着一人格格嬌笑，柔聲道：「袁相公，客人來啦。」袁承志道：「有勞何教主枉駕，請進來吧！」取出火摺點亮蠟燭，開門迎客。

何鐵手飄然而入，見袁承志室中陳設簡陋，除了一床一桌之外，四壁蕭然，笑道：「袁相公好清高呀。」袁承志哼了一聲。

何鐵手道：「我這番來意，袁相公定是知道的了。」袁承志道：「要請何教主示下。」何鐵手道：「你有求於我，我也有求於你，咱們這個回合仍是沒有輸贏。」袁承志道：「我想不必再較量了。何教主有智有勇，兄弟十分佩服。」何鐵手笑道：「這是第一個回合，除非你把我們五毒教一下子滅了，否則還有得讓你頭疼的呢。」

袁承志一凜，心想他們糾纏不休，確是不易抵擋，說道：「何教主既與我那兄弟的父親有仇，還是逕去找他本人爲是，何必跟年輕人爲難？常言道：寃家宜解不宜結……」

何鐵手嫣然一笑，說道：「這個將來再說。客人到來，你酒也不請人喝一杯麼？」

袁承志心想此人眞怪，於是命僮僕端整酒菜。焦宛兒不放心，換上了書僮的裝束，親端酒菜，送進房來。何鐵手笑道：「眞是強將手下無弱兵，袁相公的書僮，生得也這般俊。」

袁承志斟了兩杯酒。何鐵手舉杯飲乾，接着又連飲兩杯，笑道：「袁相公不肯賞臉喝我們的酒，小妹卻生來鹵莽大膽。」焦宛兒接口道：「我們的酒沒毒。」何鐵手笑道：「好，好，眞是一位伶牙利齒的小管家。乾杯！」

袁承志和她對飲了一杯，燭光下見她星眼流波，桃腮欲暈，暗忖：「所識女子之中，論相貌之美，自以阿九爲第一。小慧誠懇眞摯。宛兒豪邁精細。青弟雖愛使小性兒，但對我一片眞情。那知還有何鐵手這般艷若桃李、毒如蛇蝎的人物，眞是天下之大，奇人異士，所在都有。」何鐵手見他出神，也不言語，只淡淡而笑，過了一會，低聲道：「袁相公的武功，小妹心折之極。似乎尊師金蛇郎君也不會這點穴手段，這門功夫，袁相公是另有師承的了。」袁承志道：「不錯，我是華山派門下弟子。」何鐵手道：「袁相公武功集諸家所長，難怪神乎其技。小妹今晚是求師來啦。」

袁承志奇道：「這話我可不明白了。」何鐵手笑道：「袁相公若是不嫌小妹資質愚魯，就請收歸門下。」袁承志道：「何教主一教之長，武功出神入化，卻來開這玩笑。」何鐵手道：「你如不傳我解穴之法，難道我們教中幾十個人，就眼睜睜讓他們送命不成？」袁承志道：「只要你把我朋友送回，再答應以後永遠不來糾纏，我當然會給他們解救。」何鐵手道：「這麼說來，袁相公是不肯收我這個徒弟了？」

袁承志道：「兄弟學藝未精，求師還來不及，那敢教人？咱們好言善罷，既往不咎，你道怎樣？」何鐵手笑道：「我把你朋友送還，你把我的部屬治好。以後的事，走着瞧吧。」

袁承志見她始終不肯答應罷手言和，怒氣漸生，暗想：「五毒教雖然橫行天南，但我們七省英雄豪傑，也不見得就怕了你們。」當下默不作聲。

何鐵手盈盈站起，笑道：「啊喲，咱們的袁大盟主生氣啦。」檢衽萬福，笑道：「好啦，好啦，我給你陪不是。」袁承志還了一揖，心下怫然不悅。何鐵手道：「明兒我把你朋友送回來。便請你大駕光臨，救治我的朋友。」袁承志道：「一言為定。」何鐵手微微躬身，轉身走出。她並不上屋，逕往大門走去。袁承志只得跟着送出，僮僕點燭開門。

焦宛兒跟在袁承志身後，暗想：「這女子行動詭秘，別在大門外伏有徒黨，誘袁相公出去襲擊，我先去瞧瞧。」於是慢慢落後，身上藏好蛾眉鋼刺，越牆而出，躲在牆角邊向外望去，只見大門口停了一乘暖轎，四名轎夫站在轎前，此外卻無別人。焦宛兒矮了身子，悄悄走到轎後，雙手把轎子輕輕一托，知道轎內無人，這才放心，正要走回，大門開處，僮僕手執燈籠，袁承志把何鐵手送了出來。

焦宛兒靈機一動：「她既不肯罷手，此後麻煩正多。我要找到她的落腳所在，他們再來糾纏，好讓袁相公上門攻她個出其不意。」她存了報恩之心，也不怕前途艱險，縮身鑽入轎底，手脚攀住了轎底木架。那暖轎四周用厚呢圍住，又在黑夜，竟無一人發覺。只聽得何鐵手一陣輕笑，踏入轎中。四名轎夫抬起轎子，快步而去。

只覺四名轎夫健步如飛，原來抬轎的人也都身有武功，她不禁害怕起來。這時正當隆冬，寒風徹骨，暖轎底下都結了冰，被她口中熱氣一呵，化成了冷水一滴滴的落下。焦宛兒只得任由冷水落在臉上，不敢拂拭，只怕身子一動，立給何鐵手發覺。

走了約莫半個時辰，忽聽一聲呼叱，轎子停住。一個男人聲音喝道：「姓何的賤婢，快出來領死。」焦宛兒心中奇怪：「這聲音好熟，那是誰啊？」又聽另一個聲音叫道：「五毒教橫行一世，想不到也有今天。」焦宛兒一驚：「那是閔子華！嗯，第一個說話的是他師弟洞玄道人。」

只聽得四周脚步聲響，許多人圍了上來。轎夫放下轎子，抽出兵刃。焦宛兒拉開轎障一角向外張望，見東邊站着四五人，都是身穿道袍、手執長劍的道士，心想：「西、北、南三邊必都有人，仙都派大舉報仇來了。」只覺轎身微微一幌，何鐵手已躍出轎外，嬌聲喝道：「水雲賊道死了沒有？你們膽子也眞大，想幹甚麼？」一名長鬚道人喝道：「我們師父黃木道長到底在那裏，快說出來，免你多受折磨。」

何鐵手格格嬌笑，柔聲道：「你們師父又不是三歲娃娃，迷了路走失了，卻來問我要人。你們把師父交給我照管了，是不是呢？好吧，大家武林一脈，我幫你們找找吧，免得他可憐見兒的，流落在外，沒人照顧。也不知是給人拐去了呢，還是給人賣到了番邦。」焦宛兒心道：「原來這女人說話，總是這麼嬌聲媚氣的，我先前還道她故意向袁相公發嗲。」

那長鬚道人怒道：「五毒教逞兇橫行，今日教你知道惡有惡報！」何鐵手笑道：「仙都派在江湖上本來也算是有點兒小名氣的，可是平時不敢正大光明的來找我，現今知道我們教裏多人受傷，就鬼鬼祟祟的躲在這裏。哈哈，呵呵，嘻嘻，嘿嘿！」片刻之間，換了幾種笑聲，她笑聲未畢，只聽西北角上一人「啊」的一聲慘叫，想是中了她毒手，一時只聽得呼叱怒罵、兵刃碰撞之聲大作。

這次仙都派傾巢而出，來的都是高手，饒是何鐵手武功高強，卻始終闖不出去。鬥不到一盞茶時分，四名轎夫先後中劍，或死或傷。

焦宛兒在轎下不敢動彈，眼見仙都門人劍法迅捷狠辣，果有獨得之秘，心想當日袁相公一舉而破兩儀劍法，那是他們遇上了特強高手，才受剋制，尋常劍客卻決非仙都門人對手。她怕黑夜之中貿然露面，給仙都門徒誤會是五毒教衆，不免枉死於劍下，只得屏息不動。這時二十多柄長劍把何鐵手圍在垓心，青光霍霍，冷氣森森，只看得她驚心動魄。

何鐵手在數十名好手圍攻下沉着應戰。一個少年道人躁進猛攻，被她鐵鈎橫劃，帶着肩頭，登時痛暈在地，當下由同伴救了下去。再拆數十招，何鐵手力漸不支。閔子華長劍削來，疾攻項頸，她側頭避過，旁邊又有雙劍攻到。

只聽錚的一聲，一件細物滾到轎下。焦宛兒拾起一看，原來是半枚女人戴的耳環。她心中又喜又急，喜的是何鐵手這一役難逃性命，可給袁相公除了個大對頭；急的是她若喪命，青青不知落在何處，她手下教衆肯不肯交還，實在難說。

又鬥數十招，何鐵手頭髮散亂，已無還手之力。長鬚道人一聲號令，數十柄長劍忽地回收，組成一張爛銀也似的劍網，圍在她四周。長鬚道人喝道：「我師父他老人家在那裏？他是生是死，快說。」何鐵手把金鉤夾在脅下，慢慢伸手理好散髮，忽然一陣輕笑，鐵鉤迅如閃電，傷了一名道人。衆人大怒，長劍齊施，這一次下手再不容情，眼見何鐵手形勢危急萬分，突然遠處傳來噓溜溜一聲唿哨。何鐵手百忙中笑道：「我幫手來啊，你們還是快走的好，否則要吃虧的呀。」焦宛兒心想：「如不知他們是在拚死惡鬥，聽了她這幾句又溫柔又關切的叮囑，還以爲她是在跟情郎談情說愛哩！」

那長鬚道人叫道：「料理了這賤婢再說！」各人攻得更緊。轉眼間何鐵手腿上連受兩處劍傷，但她還是滿臉笑容。一名年輕道人心中煩躁，不忍見這麼一個千嬌百媚、笑靨迎人的姑娘給亂劍分屍，喝道：「你別笑啦，成不成？」何鐵手笑道：「你這位道長說甚麼？」那道人一呆，正待回答，眼前忽然金光一閃。閔子華急呼：「留神！」但那裏還來得及，波的一聲，金鉤已刺中他背心。

酣鬥中遠處哨聲更急，仙都派分出八人迎上去阻攔。只聽金鐵交鳴，不久八人敗了下來，仙都門人又分人上去增援。這邊何鐵手立時一鬆，但仙都派餘人仍是力攻，她想衝過去與來援之人會合，卻也不能。

雙方勢均力敵，高呼鏖戰。打了一盞茶時分，閔子華高叫：「好，好！太白三英，你們三個賣國賊也來啦。」一人粗聲粗氣的道：「怎麼樣！你知道爺爺厲害，快給我滾。」

焦宛兒心下驚疑：「太白三英挑撥離間，想害我爹爹，明明已給袁相公他們擒住。爹爹後來將三人送上南京衙門，怎麼又出來了？是越獄？還是貪官賣放？」

這時何鐵手的幫手來者愈多，仙都派眼見抵擋不住，長鬚道人發出號令，眾人登時收劍後退。仙都門人對羣戰習練有素，誰當先，誰斷後，陣勢井然。何鐵手身上受傷，又見敵人雖敗不亂，倒也不敢追趕，嬌聲笑道：「暇着再來玩兒，小妹不送啦。」

仙都派眾人來得突然，去得也快，霎時之間，刀劍無聲，只賸下朔風虎虎，吹捲殘雪。

焦宛兒從轎障孔中悄悄張望，見場上東一堆西一堆的站了幾十個人。一個老乞婆打扮的女人道：「他們消息也眞靈通，知道咱們今兒受傷的人多，就來掩襲。教主，你的傷不碍事吧？」何鐵手道：「還好。幸虧姑姑援兵來得快，否則要打跑這羣雜毛，倒還不大容易呢。」一個白鬚老人道：「仙都派跟華山派有勾結嗎？」一個嗓音嘶啞的人道：「金龍幫跟那個姓袁的小子攪在一起。咱兄弟已使了借刀殺人的離間之計，料想姓袁的必會去跟仙都派爲難。」那白鬚老人道：「好吧，讓他們自相殘殺最好。」

焦宛兒在轎下聽到「借刀殺人的離間之計」這幾個字，耳中嗡的一響，一身冷汗，心道：「是了，是了，害死我爹爹的，原來是這三個奸賊。」她想再聽下去，卻聽何鐵手道：「大夥兒進宮去吧，轎子可不能坐啦。」眾人一擁而去。

焦宛兒等他們走出數十步遠，悄悄從轎底鑽了出來。不覺吃了一驚，原來當地竟是在禁城之前，眼見一夥人進宮去了。仙都派圍攻何鐵手，拚鬥時刻不短，居然並無宮門侍衛前來查問干預。她不敢多躭，忙回到正條子胡同，將適才所見細細對袁承志說了。袁承志大拇指一豎，說道：「焦姑娘，好膽畧，好見識！」

焦宛兒臉上微微一紅，隨即拜了下去。袁承志側身避過，慨然道：「令尊的血海深仇，自當着落在我身上。焦姑娘再行大禮，那可是瞧不起我了。」沉吟片刻，說道：「事不宜遲，我這就進宮去找他們。」焦宛兒道：「這些奸賊不知怎樣，竟混入了皇宮。看來必有內應。宮裏禁衞森嚴，袁相公貿然進去，只怕不便。」

袁承志道：「不妨，我有一件好東西。本來早就要用，那知一到京師之後，怪事層出不窮，竟沒空去。」說着取出一封書信，便是滿清睿親王多爾袞寫給宮裏司禮太監曹化淳的密函，本是要洪勝海送去的。袁承志知道這信必有後用，一直留在身邊。

焦宛兒喜道：「那好極了，我隨袁相公去，扮作你的書僮。」袁承志知她要手刃仇人，那是一片孝心，勸阻不得，點頭允了。

焦宛兒在轎下躲了半夜，弄得滿身泥污，忙入內洗臉換衣，裝扮已畢，又是個俊俏的小書僮。袁承志笑道：「可不能再叫你焦姑娘啦！」焦宛兒道：「你就叫我宛兒吧，別人還當是甚麼杯兒碗兒呢。」

正要出門，吳平與羅立如匆匆進來，說順天府尹衙門戒備很嚴，等了兩個多時辰，直到捕快換班，才把單鐵生的屍首丟了下去。袁承志點頭道：「好！」焦宛兒說起要隨袁承志入宮尋奸，爲父報仇。羅立如忽道：「袁相公，師妹，我跟你們一起去，好麼？」

焦宛兒眼望袁承志，聽他示下。袁承志心想：「這次深入禁宮，本已危機四伏，加之尙有不少高手在內。要保護焦姑娘周全已甚不易，多一人更碍手脚。」正要出口推辭，忽見吳平伸手暗扯羅立如衣角，連使眼色，說道：「羅師弟，你傷臂之後身子還沒完全復原，還是讓袁相公帶師妹去吧。」袁承志心中一動：「他似乎有意要我跟焦姑娘單獨相處。昨晚我和她去見水雲道人，青年男女深夜出外，只怕已引起旁人疑心。雖然大丈夫光明磊落，但還是避一下嫌疑的好。」於是對羅立如道：「羅大哥同去，我多一個幫手，那再好沒有。委屈你一下，請也換上僮僕打扮。」

羅立如大喜，入內更衣。吳平跟着進去，笑道：「羅師弟，你這次做了傻事啦！」羅立如愕然道：「甚麼？」吳平道：「袁相公對咱們金龍幫恩德如山，師妹對他顯然又傾心之至……」羅立如顫聲道：「你讓說師妹配……配給袁相公？」吳平道：「恩師在天有靈，定也必十分喜歡。你跟了去幹甚麼？」羅立如道：「大師哥說得對，那我不去啦！」吳平道：「現今不去，又太着痕迹。你相機行事，如能撮成這段姻緣，那是再好不過。」

羅立如點頭答應，心中卻是一股說不出的滋味。原來他對這小師妹暗寄相思已有數年，只是見她品貌既美，又不苟言笑，協助焦公禮處理幫中事務頗具威嚴，是以一番深情從不敢吐露半點，斷臂後更是自慚形穢，連話也不敢和她多說一句，這時聽吳平一說，不禁悵惘，但隨即轉念：「袁相公如此英雄，和師妹正是一對。她終身有託，我自當代她歡喜。」

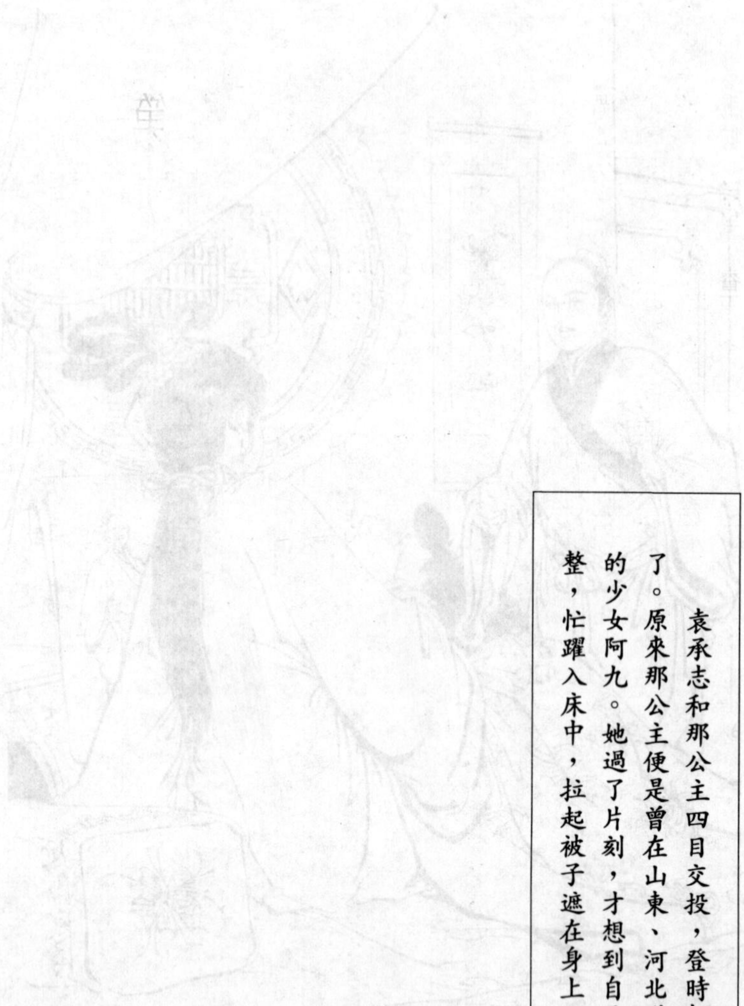

袁承志和那公主四目交投，登時都驚得呆了。原來那公主便是曾在山東、河北道上相遇的少女阿九。她過了片刻，才想到自己衣衫不整，忙躍入床中，拉起被子遮在身上。

第十七回　青衿心上意　彩筆畫中人

袁承志從鐵箱中取出許多珍寶，包了一大包，要羅立如捧在手裏。三人來到宮門。袁承志將暗語一說，守門的禁軍早得到曹太監囑咐，當卽分人引了進去。來到一座殿前，禁軍退出，另有小太監接引入內，一路連換了三名太監。袁承志默記道路，心想這曹太監也眞工於心計，生怕密謀敗露，連帶路人也不斷掉換。最後沿着御花園右側小路，彎彎曲曲走了一陣，來到一座小屋子前。小太監請三人入內，端上清茶點心。等了一個多時辰，曹太監始終不來，三人也不談話，坐着枯候。直到午間，才進來一名三十歲左右的太監，向袁承志問了幾句暗語。袁承志照着洪勝海所言答了，那太監點頭而出。

又過了好一會，那太監引了一名肥肥白白的中年太監入來。袁承志見他身穿錦繡，氣派極大，心想這多半是宮中除了皇帝之外、第一有權有勢的司禮太監曹化淳了，果然那先前進來的太監說道：「這位是曹公公。」袁承志和羅立如、焦宛兒三人跪下磕頭。曹化淳笑道：「別多禮啦，請坐，睿王爺安好？」袁承志道：「王爺福體安好。王爺命小人問公公好。」

曹化淳呵呵笑道：「我這幾根老骨頭，卻也多承王爺惦記。洪老哥遠道而來，不知王爺有甚麼囑咐。」袁承志道：「王爺要請問公公，大事籌劃得怎樣了？」

曹化淳嘆道：「我們皇上的性子，眞是固執得要命。我進言了好幾次，皇上總說借兵滅寇，後患太多，只求兩國罷兵，等大明滅了流寇，重重酬謝睿王爺。」

袁承志不知多爾袞與曹化淳有何密謀。洪勝海在多爾袞屬下地位甚低，不能預聞機密，只不過是傳遞消息的信使而已。洪勝海不知，袁承志自然也不知了。這時聽了曹化淳之言，不由得心裏怦怦亂跳，耳中只是響着「借兵滅寇」四字，心想：「皇帝不肯借兵，滿州人卻心急要借，顯是不懷好意了。」他雖鎮靜，但這個大消息突如其來，不免臉有異狀。

曹化淳會錯了意，還道他因此事不成，心下不滿，忙道：「兄弟，你別急，一計不成，另有一計呀！」袁承志道：「是，是。曹公公足智多謀，我們王爺讚不絕口，常說有曹公公在宮中主持，何愁大事不成。」曹化淳笑而不言。

袁承志道：「王爺有幾件薄禮，命小人帶來，請公公笑納。」說着向羅立如一指。焦宛兒接下他揹着的包裹，放在桌上，解了開來。

包裹一解開，登時珠光寶氣，滿室生輝。曹化淳久在大內，珍異寶物不知見過多少，尋常珠寶還眞不在他眼裏，但這陣寶氣迥然有異，走近一看，不覺驚得呆了。原來包袱中珍寶無數，單是一串一百顆大珠串成的朝珠，顆顆精圓，便已世所罕見。另有一對翡翠獅子，前脚盤弄着一個火紅的紅寶石圓球，這般晶瑩碧綠的成塊大的翡翠固然從未見過，而紅寶石之瑰麗燦爛，更是難得。曹化淳看一件，讚一件，轉身對袁承志道：「王爺怎麼賞了我這許多好東西？」

袁承志要探聽他的圖謀，接口道：「王爺也知皇上精明，借兵滅寇之事很不好辦，總是要仰仗公公的大力。」曹化淳給他這樣一捧，十分得意，笑吟吟的一揮手，對羅立如和焦宛兒道：「你們到外面去休息吧。」袁承志向二人點點頭，便有小太監來陪了出去。

曹化淳親自關上了門，握住袁承志的手，低聲道：「你可知王爺出兵，有甚麼條欵？」袁承志心想：「那晚李岩大哥說到處事應變之道，曾說要騙出旁人的機密，須得先說些機密給他聽。我信口胡謅些便了。」說道：「公公是自己人，跟你說當然不妨，不過這事可機密之至，除了王爺，連小人在內，也不過兩三個人知道。」

曹化淳眼睛一亮。袁承志挨近身去說道：「小人心想，王爺雖然瞧得起小人，但總是番邦外國，要是曹公公恩加栽培，使小人得以光祖耀宗……」曹化淳心中了然，知他要討官職，呵呵笑道：「洪老弟要功名富貴，那包在老夫身上。」袁承志心想：「要裝假就假到底。」忙跪下去磕頭道謝。曹化淳笑道：「事成之後，委你一個副將如何？包你派在油水豐足的地方。」袁承志滿臉喜色，忙又道謝，道：「公公大恩大德，小人甚麼事也不能再瞞公公。王爺的意思是……」左右一張，悄聲道：「公公可千萬不能洩露，否則小人性命難保。」曹化淳道：「你放心，我怎會說出去？」

袁承志低聲道：「滿州兵進關之後，闖賊是一定可以蕩平的。王爺的心意，是要朝廷割讓北直隸和山東一帶的地方相謝。兩國以黃河為界，永為兄弟之邦。」

袁承志信口胡謅。曹化淳卻毫不懷疑，一則有多爾袞親函及所約定的暗號，二則有如此重禮，三來滿洲人居心叵測，他又豈有不知？他微微沉吟，點頭說道：「眼前天下大亂，今早傳來軍訊，潼關已給闖賊攻破，兵部尚書孫傳庭殉難。大明還有甚麼將軍能用？大清再不出兵，眼見闖賊旦夕之間就兵臨城下。北京一破，甚麼都完蛋了。」

袁承志聽說闖王已破潼關，殺了眼下惟一手握重兵的督師孫傳庭，不禁大喜，他怕流露心中歡悅之情，忙低下了頭，眼望地下。曹化淳道：「我今晚再向皇上進言，如他仍是固執不化，咱們以國家社稷爲重，只好……」說到這裏，沉吟不語，皺起了眉頭，似乎心中有極大疑難。袁承志心中怦怦亂跳，反激一句：「今上英明剛毅，公公可得一切小心。」曹化淳道：「哼，剛是剛了，毅就不見得。英明兩字，可差得太遠。大明江山亡在他手裏不打緊，難道咱們也陪着他一起送死？」

這幾句話可說得上「大逆不道」，若是洩漏出去，已是滅族的罪名，他竟毫不顧忌的說了出來，可見對袁承志全無忌憚之意。袁承志道：「不知公公有何良策，好教小人放心。」

曹化淳道：「嗯，就算以黃河爲界，也勝過整座江山都斷送在流寇手裏。皇上不肯，難道……」說到這裏，突然住口，呵呵笑道：「洪老弟，三日之內，必有好音報給王爺。你在這裏等着吧。」雙掌一擊，進來幾名小太監，捧起袁承志所贈的珠寶，擁着曹化淳出去了。

過不多時，四名小太監領着袁承志、焦宛兒、羅立如三人到左近屋中宿歇。晚間開上膳食，甚是豐盛，用過飯後，天色已黑，小太監道了安，退出房去。

袁承志低聲道：「那曹太監正在籌劃一個大奸謀，事情非同小可，我要出去打探一下。」焦宛兒道：「我跟你同去。」袁承志道：「不，你跟羅大哥留在這裏，說不定那曹太監不放心，又會差人來瞧。」羅立如道：「我一個人留着好了，袁相公多一個幫手好些。」

袁承志見焦宛兒一副躍躍欲試的神情，不便阻她意興，點了點頭，走到鄰室，雙手一伸，已點了兩名小太監的啞穴。另外兩名太監從床上跳起，睜大了眼睛，不明所以。焦宛兒拔出蛾眉鋼刺，指在兩人胸前，低聲喝道：「出一句聲，教你們見魏忠賢去！」說着鋼刺微微前伸，刺破兩人衣服，刺尖抵入了胸前肉裏。袁承志暗笑，心想這當口她還說笑話。要知魏忠賢是熹宗時的奸惡太監，敗壞天下，這時早已伏誅。

他把兩名太監的衣服剝了下來，自己換上了。焦宛兒吹滅蠟燭，摸索着也換上了太監服色。袁承志把一名太監也點上了啞穴，左手揑住另一人的脈門，拉出門來，喝道：「領我們去曹公公那裏。」那太監半身酥痳，不敢多說，便卽領路，轉彎抹角的行了里許，來到一座大樓之前。那小太監道：「曹公公……住……住在這裏。」袁承志不等他說第二句話，手肘輕輕撞出，已閉住他胸口穴道，將他丟在花木深處。

兩人伏下身子，奔到樓邊。袁承志正要拉着焦宛兒躍上，忽聽身後脚步聲響，一人遠遠問道：「曹公公在樓上麼？」袁承志答道：「我也剛來，是在樓上吧。」回頭看時，見來者共有五人，前面一人提着一盞紅紗燈，燈光掩映下見都是太監。那提燈的太監笑駡：「小猴兒崽子，說話就是怕擔干係。」說着慢慢走近。袁承志和焦宛兒低下了頭，不讓他們看清楚面貌。

五名太監進門時，燈光射上門上明晃晃的朱漆，有如鏡子，照出了五人的相貌。袁承志吃了一驚，輕扯焦宛兒衣袖，等五人上了樓，低聲道：「是太白三英！」焦宛兒大驚，低聲道：「殺我爸爸的奸賊？他們做了太監？」

袁承志道：「跟咱們一樣，喬裝改扮的，上去！」兩人緊跟在太白三英之後，一路上樓，守衛的太監只道他們是一路，也不查問。到得樓上，前面兩名太監領着太白三英走進一間房裏去了。袁承志與焦宛兒不便再跟，候在門外，隱隱約約只聽得那提燈的太監說道：「請在這裏……曹公公馬上……」其餘的話聽不清楚。兩名太監隨即退了出來，下樓去了。

袁承志一拉焦宛兒的手，走進房去，只見四壁圖書，原來是間書房。太白三英坐在一旁椅子，見進來兩名太監，也不在意。袁承志和焦宛兒逕自向前。焦宛兒冷笑道：「史叔叔，黎叔叔，我爹爹請三位去吃飯。」太白三英斗然見到焦宛兒，這一驚非同小可。

黎剛立即跳了起來，叫道：「你……你爹爹不是死了麼？」焦宛兒道：「不錯，他請三位叔叔去吃飯！」史秉文眉頭一皺，擦的一聲，長刀出鞘。袁承志一躍而出，雙手疾伸，一手一個，抓住史氏兄弟的後領提了起來，同時左脚飛出。踢在黎剛後心胛骨下三寸「鳳尾穴」上。史秉光反手一拳，袁承志毫不理會，任他打在自己胸口，雙手輕輕一合，史氏兄弟兩頭相碰，都撞暈了過去。焦宛兒還沒看清楚怎的，太白三英都已人事不知。她拔出蛾眉鋼刺，猛向史秉光胸口戳去。袁承志伸手拿住她的手腕，低聲道：「有人。」

只聽樓梯上脚步聲響，袁承志提起史氏兄弟，放在書架之後，再轉身提了黎剛，和焦宛兒都躲在書架背後，剛剛藏好，幾個人走進室來。

一人說道：「請各位在這裏等一下，曹公公馬上就來。」一個嬌媚的女子聲音道：「辛苦你啦！」袁承志和焦宛兒聽出是五毒教主何鐵手的聲音，雙手互相一揑。過了片刻，又進來幾人，與何鐵手等互道寒暄。袁承志尋思：「衢州石樑派的溫氏四老也來了。原來宛兒昨晚瞧見的四個老頭子，竟便是他們，怪不得仙都派抵擋不住。他們來幹甚麼？」衆人客套未畢，曹化淳和幾名武林好手已走進室來。只聽曹化淳給各人引見，竟有方岩的呂七先生在內。袁承志心想：「溫方施害死青弟的母親，給我打中穴道，無人相救，多半已成廢人，溫氏的五行陣是施展不出了。但加上五毒教的高手和其他人衆，我一人萬萬抵敵不過。」

只聽曹化淳道：「太白三英呢？」一名太監答道：「史爺他們已來過啦，不知到那裏去了。」曹化淳派人出去找尋，幾批太監找了好久回來，都說不見三人影蹤。餘人悄悄議論，顯然都不耐煩了。曹化淳道：「咱們不等了，他們自己棄了立功良機，也怨不得旁人。」只聽衆人挪動椅子之聲，想是大家坐近了聽他說話。

只聽他道：「闖賊攻破潼關，兵部尚書孫傳庭殉難。」衆人噫哦連聲，甚是震動。曹化淳道：「咱們如不快想法子，賊兵指日迫近京師。要是皇上再不借兵滅寇，大明數百年的基業，都要斷送在他手裏。咱們以國家爲重，只得另立明君，獲持社稷。」

何鐵手道：「那就立誠王爺了。」曹化淳道：「不錯，今日要借重各位，爲新君效勞。一切大事，有兄弟承當。立了大功，卻是大家的。」見衆人並無異議，當下分派職司。只聽他說道：「再過一個時辰，溫家四位老先生帶領得力弟兄，在皇上寢宮外四周埋伏，阻攔旁人入內。何教主的手下伏在書房外面，由誠王爺入內進諫。」

呂七先生道：「周大將軍統率京營兵馬，他是忠於今上的吧？要不要先除了去，以免不測？」曹化淳笑道：「周大將軍跟傅尚書那兩個傢伙，早給我略施小計除去了。何教主，你說給他聽吧。」何鐵手笑道：「曹公公要擁誠王登基，早知周大將軍跟傅尙書是兩個大患，因此命小妹連日派人去戶部偷盜庫銀。皇帝愛斤斤計較，最受不了這些小事。今日下午已下旨把周傅二人革職拿問了。」衆人壓低了嗓子，一陣嘻笑，都稱讚曹化淳神機妙算。

袁承志這時方才明白，原來那些紅衣童子偷盜庫銀，不是爲了錢財，實是一個通敵禍國的大陰謀，可嘆崇禎自以爲精明，落入圈套之中尙自不覺。

曹化淳道：「各位且去休息一忽兒，待會兄弟再來奉請。」呂七先生與溫氏四老等告辭了出去。何鐵手留在最後，將到門口時，忽道：「太白三英爲甚麼不來？莫非是去向皇帝告密？」曹化淳道：「究竟何教主心思周密。這件事咱們索性瞞過了他們。不過太白三英是滿淸九王的心腹，最近還立了一件大功，要說背叛九王，那倒決不至於。」何鐵手道：「甚麼大功？」曹化淳道：「他們盜了仙都派一個姓閔的一柄匕首，去刺殺了金龍幫的幫主，這麼一來，武林人物勢必大相殘殺。咱們將來避去金陵，那就舒服得多啦。」

焦宛兒早有九成料定是太白三英害她父親，這時更無懷疑。袁承志怕她傷痛氣惱之際發出聲響，何鐵手耳目靈敏，一點兒細微動靜都瞞她不過，忙伸手輕輕按住焦宛兒的嘴。

只聽何鐵手笑道：「公公在宮廷之內，對江湖上的事情卻這般淸楚，眞是難得。」曹化淳乾笑了兩聲，道：「朝廷裏的事我見得多了，那一個不是貪圖功名利祿，反覆無常？那一個講甚麼仁義道德？還是江湖上的朋友說一是一，說二是二。兄弟這次圖謀大事，不敢跟朝廷大臣商議，卻來禮聘各位拔刀相助，便是這個道理……」兩人說着話走出了書房。

袁承志知道事在緊急，可是該當怎麼辦卻打不定主意，一時國難家仇，百感交集。

焦宛兒低聲問道：「這三個奸賊怎樣處置？小妹可要殺了。」袁承志道：「好，但不要見血，以免給人發覺。」捧起史秉光的腦袋，指着他兩邊「太陽穴」道：「你會使『鐘鼓齊鳴』這一招麼？」焦宛兒點點頭。袁承志道：「拇指節骨向外，這樣握拳，對啦，發招！」焦宛兒應聲出拳，噗的一聲，雙拳同時擊在史秉光兩邊「太陽穴」上。史秉光一聲沒哼，登時氣絕。她如法施為，又將史秉文和黎剛兩人打死，這時大仇得報，想起父親，不禁伏在袁承志肩頭吞聲哭泣。袁承志低聲道：「咱們快出去，瞧那何鐵手到那裏去。」焦宛兒拿得起放得下，立時收淚，隨着袁承志走出書房。

只見曹化淳和何鐵手在前面岔道上已經分路，兩名太監手提紗燈，引着何鐵手一行人向西走去。袁承志和焦宛兒身穿太監服色，就是遇到人也自無妨，於是遠遠跟着何鐵手，穿過幾處庭院，望着她走進一座屋子裏去了。

兩人跟着進去，一進門，便聽得東廂房中有人大叫：「何鐵手你這毒丫頭，你還不放我出去？」聲音清脆，卻不是青青是誰？

袁承志一聽之下，驚喜交集，再也顧不得別的，直闖進去，只見青青臥在床上，兩名小太監在旁煎藥添香。袁承志伸手點了兩名太監的穴道。青青方才認出，心中大喜，顫聲叫道：「大哥！」袁承志走到床邊，問道：「你的傷怎樣？」青青道：「還好！」見焦宛兒站在袁承志後面，問道：「你也來了？」焦宛兒道：「嗯，夏姑娘原來也在這裏，那眞好極了。袁相公急得甚麼似的。」

青青哼了一聲沒回答，忽道：「那何鐵手就會過來啦，大哥，你給我好好打她一頓。」

袁承志心想：「他們另有奸謀，我還是暫不露面爲妙。」急道：「青弟，眼下暫時不能跟她動手。你引她說話，問明白她刦你到宮裏來幹甚麼？」青青奇道：「甚麼宮裏？」

袁承志心想：「原來你還不知道這是皇宮。」只聽房外脚步聲近，不及細說，提起兩名太監塞入橱中，見四下再無藏身之所，門外的人便要進來，只得拉了焦宛兒鑽入了床底。

青青一怔之間，何鐵手與何紅藥已跨進門來。何鐵手笑道：「夏公子，你好些了嗎？咦，服侍你的人那裏去啦，這些傢伙就知道偷懶。」青青道：「是我叫他們滾出去的，誰要他們服侍？」何鐵手不以爲忤，笑道：「眞是孩子脾氣。」走近藥罐，說道：「啊，藥煎好啦！」拿起一塊絲棉蒙在一隻銀碗上，然後把藥倒在碗裏，藥渣都被絲棉濾去。何鐵手笑道：「這藥治傷，最是靈驗不過。你放心，藥裏要是有毒，銀碗就會變黑。」

青青起初見到袁承志，本是滿懷歡悅，但隨卽見到焦宛兒，已很有些不快，後來見兩人手拉手的躲入床底，神態似乎頗爲親密，一時滿心憤怒，罵道：「你們鬼鬼祟祟的，當我不知道麼？」何鐵手笑道：「鬼鬼祟祟甚麼啊？」

青青叫道：「你們欺侮我，欺侮我這沒爹沒娘的苦命人！沒良心的短命鬼！」

袁承志一怔：「她在罵誰呀？」焦宛兒女孩兒心思細密，早已瞧出青青有疑己之意，這時聽她指桑駡槐，不由得十分氣苦，不覺身子發顫。袁承志隨卽懂得了她的心意，苦於無從解釋，只得輕拍她肩膀，示意安慰。

何鐵手那知其中曲折，笑道：「別發脾氣啦，待會我就送你回家。」青青怒道：「誰要你送，難道我自己就認不得路？」何鐵手只是嬌笑。

老乞婆何紅藥忽然陰森森地道：「小子，你既落入我們手裏，那能再讓你好好回去？你爹爹在那裏，生你出來的那個賤貨在那裏？」

青青本就在大發脾氣，聽她侮辱自己的母親，那裏還忍耐得住，伸手拿起床頭小几上的那碗藥，劈臉向她擲去。何紅藥側身一躲，噹的一聲，藥碗撞在牆上，但臉上還是熱辣辣的濺上了許多藥汁。她怒聲喝道：「渾小子，你不要命了！」

袁承志在床底下凝神察看，見何紅藥雙足一登，作勢要躍起撲向青青，也在床底蓄勢待發，只待何紅藥躍近施展毒手，立郎先攻她下盤。忽地白影一幌，何鐵手的雙足已攔在何紅藥與臥床之間。

只聽何鐵手說道：「姑姑，我答應了那姓袁的，要送這小子回去，不能失信於人。」何紅藥冷笑道：「爲甚麼？」何鐵手道：「咱們這許多人給點了穴，非那姓袁的施救不可。」

何紅藥一沉吟，說道：「好，不弄死這小子便是，但總得讓他先吃點苦頭。喂，姓夏的小子，你瞧我美不美？」青青忽地「啊」的一聲，叫了出來，聲中滿含驚怖，想是何紅藥醜惡的臉上更做出可怕的神情，直伸到她面前。

何鐵手道：「姑姑，你又何必嚇他？」語音中頗有不悅之意。何紅藥哼了一聲道：「是了，這小子生得俊，你護着他了。」何鐵手怒道：「你說甚麼話？」何紅藥道：「年輕姑娘的心事，當我不知道麼？我自己也年輕過的。你瞧，你瞧，這是從前的我！」

只聽一陣悉率之聲，似是從衣袋裏取出了甚麼東西。何鐵手與青青都輕輕驚呼一聲：

「啊！」又是詫異，又是讚嘆。何紅藥苦笑道：「你們很奇怪，是不是？哈哈，哈哈，從前我也美過來的呀！」用力一擲，一件東西丟在地下，原來是一幅畫在粗蠶絲絹上的肖像。

袁承志從床底下望出來，見那肖像是個二十歲左右的少女，雙頰暈紅，穿着擺夷人花花綠綠的裝束，頭纏白布，相貌俊美，但說這便是何紅藥那醜老婆子當年的傳神寫照，可就難以令人相信了。

只聽何紅藥道：「我爲甚麼弄得這樣醜八怪似的？爲甚麼？爲甚麼？……都是爲了你那喪盡了良心的爹爹哪。」青青道：「咦，我爹爹跟你有甚麼干係？他是好人，決不會做對不起別人的事！」何紅藥怒道：「你這小子那時還沒出世，怎會知道？要是他有良心，沒對我不起，我怎會弄成這個樣子？怎會有你這小鬼生到世界上來？」

青青道：「你越說越希奇古怪啦！你們五毒教在雲南，我爹爹媽媽是在浙江結的親，道路相差了十萬八千里，跟你又怎麼拉扯得上了？」

何紅藥大怒，揮拳向她臉上打去。何鐵手伸手格開，勸道：「姑姑別發脾氣，有話慢慢說。」何紅藥喝道：「你爹爹就是給金蛇郎君活活氣死的，現在反而出力迴護這小子，羞也不羞？」何鐵手怒道：「誰迴護他了？你若傷了他，便是害了咱們教裏四十多人的性命。我見你是長輩，讓你三分。但如你犯了教規，我可也不能容情。」

何紅藥見她擺出教主的身分，氣燄頓煞，頹然坐在椅上，兩手捧頭，過了良久，低聲問青青道：「你媽媽呢？你媽媽定是個千嬌百媚的美人兒、狐狸精，這才將你爹迷住了，是不是？」她嘆了一口氣，說道：「我做過許多許多夢，夢到你的媽媽，可是她相貌總是模模糊糊的，瞧不清楚……我眞想見見她……」

青青嘆道：「我媽死了。」何紅藥一驚，道：「死了？」青青道：「死了！怎麼樣？你很開心，是不是？」何紅藥聲音淒厲，尖聲道：「我逼問他你媽媽住在甚麼地方，不管怎樣，他總是不肯說，原來已經死了。當眞是老天爺沒眼，我這仇是不能報的了。這次放你回去，你這小子總有再落到我手裏的時候……你媽媽是不是很像你呀？」青青惱她出言無禮，翻了個身，臉向裏床，不再理會。

何紅藥道：「教主，要讓那姓袁的先治好咱們的人，再放這小子。」何鐵手道：「那還用說？」何紅藥忽然俯下身來，袁承志和焦宛兒都吃了一驚，然見她並不往床底下瞧，只伸指在床前地板上畫了幾個字。袁承志一看，見是：「下一年毒蛛蠱」六字。何鐵手隨卽伸脚在地板上一拖，擦去了灰塵中的字迹，道：「好吧，就是這樣。」

袁承志尋思：「那是甚麼意思？……嗯，是了，她們在釋放青弟之前，先給她服下毒蛛蠱，毒性在一年之後方才發作，那時無藥可解，她們就算報了仇。哼，好狠毒的人，天幸教我暗中瞧見。要是我不在床底……」想到這裏，不禁冷汗直冒。

何紅藥站起身來向門外走去。袁承志見她雙足正要跨出門限，忽然遲疑了一下，回身說道：「你是不是眞的聽我話？」何鐵手道：「當然，不過……不過咱們不能失信於人啊。」何紅藥怒道：「我早知你看中了他，壓根兒就沒存心給你爹爹報仇。」氣沖沖的回轉，坐在椅上，室中登時寂靜無聲。袁承志和焦宛兒更是不敢喘一口大氣。

青青忽在床上猛搥一記，叫道：「你們還不出來麼，幹甚麼呀？」

焦宛兒大驚，便要竄出，袁承志忙拉住她手臂，只聽何鐵手柔聲安慰道：「你安心睡一忽兒，天亮了就送你回去。」青青哼了一聲，握拳在床板上蓬蓬亂敲，灰塵紛紛落下。袁承志險些打出噴嚏，努力調勻呼吸，這才忍住。

青青心想：「那何鐵手和老乞婆又打你不過，何必躲着？你二人在床底下到底在幹甚麼？」她那知袁承志得悉弒帝另立的奸謀，這事關係到國家的存亡，實是非同小可，因此堅忍不出。

何紅藥對何鐵手道：「你是教主，教裏大事自是由你執掌。教祖的金鈎既然傳了給你，你便有生殺大權。可是我遇到的慘事，還不能教你驚心麼？」何鐵手笑道：「姑姑遇到了一個負心漢子，就當天下男人個個是薄倖郎。」何紅藥道：「哼，男人之中，有甚麼好人了？何況這人是金蛇郎君的兒子啊！你瞧他這模樣兒，跟那個傢伙眞沒甚麼分別，誰說他的心又會跟老子不同。」何鐵手道：「他爹爹跟他一樣俊秀麼？怪不得姑姑這般傾心。」

袁承志聽何鐵手的語氣，顯然對青青頗爲鍾情，這人絕頂武功，又是一教之主，竟然不辨男女，倒也好笑。

何紅藥長嘆一聲，道：「你是執迷不悟的了。我把我的事源源本本說給你聽。是福是禍，由你自決吧！」何鐵手道：「好，我最愛聽姑姑說故事。給他聽去了不妨麼？」何紅藥道：「讓他知道了他老子的壞事，死了也好瞑目。」青青叫道：「你瞎造謠言！我爹爹是大英雄大豪傑，怎會做甚麼壞事？我不聽！我不聽！」何鐵手笑道：「姑姑，他不愛聽，怎麼辦？」何紅藥道：「我是說給你聽。他愛不愛聽，理他呢。」

青青用被蒙住了頭，可是終於禁不住好奇心起，拉開被子一角，聽何紅藥敍述金蛇郎君當年的故事。

只聽她說道：「那是二十多年前的事了，那時候我還沒你現今年紀大。你爹爹剛接任做教主，他派我做萬妙山莊的莊主，經管那邊的蛇窟。這天閒着無事，我一個人到後山去捉鳥兒玩。」何鐵手插口道：「姑姑，你做了莊主，還捉鳥兒玩嗎？」

何紅藥哼了一聲，道：「我說過了，那時候我還年輕得很，差不多是個小孩子。我捉到兩隻翠鳥，心裏很是高興。回來的時候，經過蛇窟旁邊，忽聽得樹叢裏颼颼聲響，知道有蛇逃走了，忙循聲追過去。果見一條五花在向外遊走。我很奇怪，咱們蛇窟裏的蛇養得很馴，從來不逃，這條五花到外面去幹甚麼？我也不去捉拿，一路跟着。只見那五花到了樹叢後面，逕向一個人遊過去，我抬頭一看，不覺吃了一驚。」

何鐵手道：「幹甚麼？」何紅藥咬牙切齒的道：「那便是前生的寃孽了。他是我命裏的魔頭。」何鐵手道：「是那金蛇郎君麼？」

何紅藥道：「那時我也不知他是誰，只見他眉清目秀，是個長得很俊的少年。手裏拿着一束點着火的引蛇香艾。原來五花是聞到香氣，給他引出來的。他見了我，向我笑了笑。」

何鐵手笑道：「姑姑那時候長得很美，他一定着了迷。」

何紅藥呸了一聲，道：「我和你說正經的，誰跟你鬧着玩？我當時見他是生人，怕他給蛇咬了，忙道：『喂，這蛇有毒。你別動，我來捉！』他又笑了笑，從背上拿下一隻木箱，放在地下，箱子角兒上有根細繩縛着一隻活蛤蟆，一跳一跳的。那五花當然想去吃蛤蟆啦，慢慢的遊上了木箱，正想伸頭去咬，那少年一拉繩子，箱子蓋翻了下去。五花一滑，想穩住身子，那少年左手一探，兩根手指已鉗住了五花的頭頸。我見他手法雖跟咱們不同，但手指所鉗的部位不差分毫，五花服服貼貼的動彈不得，這一來，知道他是行家，就放了心。」

何鐵手笑道：「嘖嘖嘖，姑姑剛見了人家的面，就這樣關心。」

青青插口道：「喂，你別打岔成不成？聽她說呀。」何鐵手笑道：「你說不愛聽呀！」青青道：「我忽然愛聽了，可不可以？」何鐵手笑道：「好吧，我不打岔啦！」

何紅藥橫了她一眼，說道：「那時我又起了疑心，這人是誰呢？怎敢這生大膽？到這裏來捉我們的蛇？難道不知五毒教的威名嗎？又見他右手拿出一根短短的鐵棒，伸到五花口邊。五花便一口咬住。我走近細看，原來鐵棒中間是空的，五花口裏的毒液不住流出來，都給鐵管子盛住了。我這才知道，哼，原來他是偷蛇毒來着。怪不得這幾天來，蛇窟裏許多蛇兒不吃東西，又瘦又懶。我叫了起來：『喂，快放下！』同時取出伏蛇管來，噓溜溜的一吹。他聽得聲音古怪，抬頭一看，那五花頭頸一扭，就在他手指上咬了一口。他忙把五花丟開，想打開木箱拿解藥。我說：『你好大膽子！』搶上前去。那知他武功好得出奇，只輕輕一帶，我就摔了一交……」青青插嘴道：「當然啦，你怎能是他對手？」

何紅藥白眼一翻，道：「可是我們的五花毒性何等厲害，他來不及取解藥，便已傷口毒發，昏了過去。我走近去看，忽然心裏不忍起來，心想這般年紀輕輕的便送了性命，太可惜了，而且又是這麼一身武功。」何鐵手道：「於是你就將他救了回去，把他偷偷的藏着，拿藥給他解了毒，等他傷好，你就愛上他了？」

何紅藥嘆道：「不等他傷好，我已經把心許給他了。那時教裏的師兄弟們個個對我好，但不知怎的，我都沒把他們瞧在眼裏，對這人卻是神魂顛倒，不由自主。過了三天，那人身上的毒退了，我問他到這裏來幹甚麼。他說我救了他性命，甚麼事也不能瞞我。他說他姓夏，身上負了血海深仇，對頭功夫既強，又是人多勢衆，報仇沒把握，聽說五毒教精研毒藥，天下首屈一指，因此趕到雲南來，想求教五毒教的功夫……」

她說到這裏，袁承志和青青方才明白，原來金蛇郎君和五毒教是如此這般才打起交道來的，而他所以要取毒藥，自然旨在對付石樑溫家。

只聽何紅藥又道：「他說，他暗裏窺探了許久，學到了些煉製毒藥的門道，便來偷我們蛇窟裏毒蛇的毒液，要煉在暗器上去對付仇人。又過了兩天，他傷勢慢慢好了，謝了我要走。我心裏很捨不得，拿了兩大瓶毒蛇的毒液給他。他就給我畫了這幅肖像。我問他報仇的事還有甚麼爲難，要不要我幫他。他笑笑，說我功夫還差得遠，幫不了忙。我叫他報了仇之後再來看我，他點頭答應了。我問他甚麼時候來。他說那就難說了，他要報大仇，還少了一件利刃，聽說峨嵋派有一柄鎭山之寶的寶劍，須得先到四川峨嵋山去盜劍。但不知是否眞有此劍，就算有，甚麼時候能盜到，也說不上來。」

袁承志聽到這裏，心想：「金蛇郎君做事當眞不顧一切，爲了報仇，甚麼事都幹。」

何紅藥嘆道：「那時候我迷迷糊糊的，只想要他多陪我些日子。我好似發了瘋，甚麼事都不怕，明知是最不該的事，卻忍不住要去做。我覺得爲了他而去冒險。越是危險，心裏越快活，就是為他死了，也是情願的。唉，那時候我眞像給鬼迷住了一樣。我對他說，我知道有一柄寶劍，鋒利無比，甚麼兵器碰到了立刻就斷。他歡喜得跳起來，忙問在甚麼地方。我說，那就是我們五毒教代代相傳的金蛇劍！」

袁承志聽到這裏，心頭一震，不由得伸手一摸貼身藏着的金蛇劍，心想：「難道這劍竟是五毒教的？」

何紅藥續道：「我對他說，這劍是我們教裏的三寶之一，藏在大理縣靈蛇山的毒龍洞裏，那是我教五大分舵之一的所在，洞外把守得甚是嚴密。他求我領他去偷出來。他說只借用一下，報了大仇之後一定歸還。他不斷的相求，我心腸軟了，於是去偷了哥哥的令牌，帶他到毒龍洞去。看守的人見到令牌，又見我帶着他，便放我們進去。」

何鐵手道：「姑姑，你難道敢穿了衣服進毒龍洞？」何紅藥道：「我自然不敢……」青青插口問道：「為甚麼不敢穿了衣服進那個……那個毒龍洞？」

何紅藥哼了一聲不答。何鐵手道：「夏公子，那毒龍洞裏養着成千成萬條鶴頂毒蛇，進洞之人只要身上有一處蛇藥不抹到，給鶴頂蛇咬上一口，如何得了？這些毒蛇異種異質，咬上了三步斃命，最是厲害不過。因此進洞之人必須脫去衣衫，全身抹上蛇藥。」青青道：「哦，你們五毒教的事當眞……當眞……」

何紅藥道：「當眞甚麼？若不是這樣，又怎進得毒龍洞？於是我脫去衣服，全身抹上蛇藥，叫他也搽蛇藥。他背上擦不到處，我幫他搽抹。唉，兩個少年男女，身上沒了衣服，在山洞中你幫我搽藥，我幫你搽藥，最後還有甚麼好事做出來？何況我早已對他傾心，就這麼胡裏胡塗的把身子交了給他。」

青青聽得雙頰如火，忽地想起床底下的二人，當卽手脚在床板上亂捶亂打。何鐵手笑道：「夏公子，你幹甚麼？」青青怒道：「我恨他們好不怕醜。」

何紅藥幽幽嘆道：「你說我不怕醜，那也不錯，我們夷家女子，本來沒你們漢人這許多臭規矩。唉，後來我就推開內洞石門，帶了他進去。這金蛇劍和其餘兩寶放在石龍的口裏，他飛身躍上石龍，就拿到了那把劍。那知他存心不良，把其餘兩寶都拿了下來。那便是二十四枚金蛇錐和那張藏寶地圖了。」她說到這裏，閉目沉思往事，停了片刻，輕輕嘆了口氣，說道：「我見他把三寶都拿了下來，就知事情不妙，定要他把金蛇錐和地圖放回龍口。」

青青早知那便是建文皇帝的藏寶之圖，故意問道：「甚麼地圖？我爹爹一心只想報仇，要你們五毒教的舊地圖來有甚麼用？」

何紅藥道：「我也不知是甚麼地圖。這是本教幾十年來傳下來的寶物。哼，這人就是不存好心。他也不答我的話，只是望着我笑，忽然過來抱住了我。後來，我也就不問他甚麼了。他說報仇之後，一定歸還三寶。他去了之後，我天天想念着他，兩年來竟沒半點訊息。後來忽然江湖上傳言，說江南出了一個怪俠，使一把怪劍，善用金錐傷人，得了個綽號叫作『金蛇郎君』。我知道定然是他，心裏掛着他不知報了大仇沒有。過不多久，教主起了疑心，終於查到三寶失落，要我自己了斷，終於落成了這個樣子。」

青青道：「爲甚麼是這個樣子？」何紅藥含怒不答。

何鐵手低聲道：「那時我爹爹當教主，雖是自己親妹子犯了這事，可也無法迴護。姑姑依着教裏的規矩，身入蛇窟，受萬蛇咬齧之災。她臉上變成這個樣子，那是給蛇咬的。」青青不禁打了個寒戰，心中對這個老乞婆頓感歉仄。說道：「這……這可眞對你不住了。我先前實在不知道……」何紅藥橫了她一眼，哼了一聲。

何鐵手又道：「她養好傷後，便出外求乞，依我們教規，犯了重罪之人，三十年之內必須乞討活命，不許偷盜一文一飯，也不許收受武林同道的周濟。」

青青低聲對何紅藥道：「要是我爹爹眞的這般害了你，那確是他不好。」

何紅藥鼻中一哼，說道：「我給成千成萬條蛇咬成這個樣子，被罰討飯三十年，那都是我自己心甘情願的。那日我帶他去毒龍洞，這結果早就想到了，也不能說是他害我的。他對我不起，卻是他對我負心薄倖。那時我還眞一往情深，一路乞討，到江南去找他，到了浙江境內，就聽到他在衢州殺人報仇的事。我想跟他會面，但他神出鬼沒，始終沒能會着。等到在金華見到他時，他已給人抓住了。你知道抓他的人是誰？」

何鐵手道：「是衢州的仇家麼？」何紅藥道：「正是。就是剛才你見到的溫家那幾個老頭子。」何鐵手和青青同時「啊」的一聲。何鐵手是想不到溫氏四老竟與此事會有牽連，青青是聽到外公們來到北京而感驚詫。

何紅藥道：「我幾次想下毒害死敵人。但這些人早就在防他下毒，茶水飲食，甚麼都要他先試過，這一來我就沒法下手。他們押着他一路往北，後來才知是要逼他交出那張地圖來。有一次，我終於找到機會，跟他說了幾句話。他說身上的筋脈都給敵人挑斷了，已成廢人，對頭武功高強，憑我一人決計抵敵不了，眼下只有一綫生機，他正騙他們上華山去。」

何鐵手道：「他到華山去幹甚麼？」何紅藥道：「他說天下只有一人能夠救他，那便是華山派掌門人神劍仙猿穆人清。」

袁承志在床底聽着這個驚心動魄的故事，心裏一股說不出的滋味，對金蛇郎君的所作所爲，不知是痛恨、是惋惜、還是憐憫？這時聽到師父的名字，更是凝神傾聽。

青青聽何紅藥提到了袁承志的師父，也更留上了神，只聽她接着道：「我問他穆人清是甚麼人，他說那是天下拳劍無雙的一位高人俠士。他雖從未見過，但素知這人正直仗義，若是見到他如此受人折磨，定會出手相救。他說溫氏五老的五行陣法厲害，又有崆峒派道人相助，除了這姓穆的，別人也打他們不退。他叫我快去華山，向穆大俠哭訴相求。我答允了，心中打定主意，要是穆大俠袖手不理，我就在他面前橫劍自刎，寧可自己死了，也總要救他出來。敵人轉眼便回，不能跟他多說話，我抱住了他，想親親他的臉便走了。那知一挨近身，忽然聞到他胸口微有女人香氣，伸手到他衣內一摸，掏出來一隻繡得很精緻的香荷包，裏面放着一束女人的頭髮，一枚小小的金釵，我氣得全身顫抖，問他是誰給的。他不肯說。我說要是不說，我就不去求穆大俠。他閉嘴不理，神氣很是高傲。你瞧，你瞧，這小子的神氣，就跟他老子當年一模一樣。」

她說到這裏，聲音忽轉慘厲，一手指着青青，停了一陣，又道：「我還想逼他，看守他的人卻回來了。我實在氣苦之極。我爲他受了這般苦楚，他卻撇下了我，另外有了情人。「等那一夥人上了華山，我也不去找甚麼穆大俠，暗中給看守他的人下毒，心想就算連那負心漢一起毒死，也不理會了，終於弄死了兩個道士。那幾個姓溫的全沒想到暗裏有人算計，一疏神，我就將他救了出來，連金蛇劍、金蛇錐都一起盜到了手。我將他藏在一個山洞裏。溫家幾兄弟徧找不見，互相疑心，自夥兒吵了一陣，再大舉搜山。這可就得罪了穆大俠。他暗中施展絕技，將他們都嚇下了華山，自己跟着也下山去了。

「這天晚上，我要那負心跟說出他情人的姓名來。他知道一經吐露，我定會去害死他的心上人。他武功已失，又不能趕去保護，因此始終閉口不答。我恨極了，一連三天，每天早晨、中午、晚上，都用刺荊狠狠鞭他一頓……」

青青叫了起來：「你這惡婆娘，這般折磨我爹爹！」

何紅藥冷笑道：「這是他自作自受。我越打得厲害，他笑得越響。他說倒也不因為我的臉給蛇咬壞了，這才不愛我。他從來就沒眞心喜歡我過，毒龍洞中的事，在他不過逢場作戲，他生平不知玩過多少女人，可是眞正放在心坎兒裏的，只是他未婚妻一個。他說他未婚妻又美貌又溫柔，又天眞，比我可好上一百倍了，他說一句，我抽他一鞭；我抽一鞭，他就誇那個賤女人一句。打到後來，他全身沒一塊完整皮肉了，還是笑着誇個不停。

「到第三天上，我們兩人都餓得沒力氣了。我出去採果子吃，回來時他卻守在洞口，說道只要我踏進洞門一步，就是一劍。他雖失了武功，但有金蛇寶劍在手，我也不敢進去。我對他說，只要他說出那女子的姓名住所，我就饒了他對我的負心薄倖，他雖是個廢人，我還是會好好的服侍他一生。他哈哈大笑，說他愛那女子勝過愛自己的性命。好吧，我們兩人就這麼耗着。我有東西吃，他卻挨餓硬挺。」

何鐵手黯然道：「姑姑，你就這樣弄死了他？」何紅藥道：「哼，才沒這麼容易讓他死呢。過了幾天，他餓得全身脫力，我走進洞去，將他雙足打折了。」

青青驚叫一聲，跳起來要打，卻被何鐵手伸手輕輕按住了肩頭，動彈不得。何鐵手勸道：「別生氣，聽姑姑說完吧。」

何紅藥道：「這華山絕頂險峻異常，他雙足壞了之後，必定不能下去，我就下山去打聽他情人的訊息。我要抓住這賤人，把她的臉弄得比我還要醜，然後帶去給他瞧瞧，看他還能不能再誇她讚她。

「我尋訪了半年多，沒得到一點訊息，擔心那姓穆的回山撞見了他，那可要糟。那天我見那姓穆的暗中顯功，驅逐石樑派的人，本領眞是深不可測，要是那負心賊求他相助，我再上華山，可就討不了便宜。待得我回到華山，那知他已不知去向。我在山頂到處找遍了，沒一點蹤迹，不知是那姓穆的救了他呢，還是去了別的地方。十多年來，江湖上不再聽到他的信息。我走遍天南地北，也不知這沒良心的壞蛋是死是活。」

袁承志聽她滿腔怨毒的說到這裏，方才恍然大悟：金蛇郎君所以自行封閉在這山洞之中，定是知道寃家魔頭必會重來，他武功全失，無法抵敵，想到負人不義，又恥於向人求救，於是入洞自殺。

忽聽得何紅藥厲聲對青青道：「哼，原來他還留下了你這孽種。你媽媽呢？她姓甚麼？叫甚麼？住在那裏？你不說出來，我先剜去你的眼睛。」

青青笑道：「哈哈，你兇，你兇！我爹爹說得不錯，我媽媽比你好一百倍也不止，好一千倍，一萬倍……」何紅藥怒不可遏，雙手一探，十爪向往青青臉上抓來。

青青急往被裏一縮，將被子蒙住了頭。何鐵手忙伸手擋住何紅藥。

何紅藥怒道：「你要他說出他父母的所在，我就饒了他。」何鐵手道：「姑姑，咱們有大事在身，你卻總是爲了私怨，到處招惹。仙都派的事，不也是你搞的麼？」

何紅藥道：「哼，那黃木賊道跟人瞎吹，說他認得金蛇郎君，偏巧讓我聽見了，當然要逼問他那負心賊的下落。」何鐵手道：「你關了黃木這些年，給他上了這許多毒刑，他始終不說，多半是眞的不知。多結仇家也是無用。」

袁承志和焦宛兒暗暗點頭，心想仙都派跟五毒教的樑子原來由此而結，那麼黃木道人並沒有死，只不過給他們扣住了。

何紅藥叫道：「那姓袁的小子拿着咱們的金蛇劍，又用金蛇錐打咱們的狗子，那地圖想必也落入了他手裏。你身爲教主，怎地不想法子？」何鐵手道：「好啦，我知道了。姑姑，你出去息一會兒吧。」何紅藥站起身來，厲聲說道：「我一切全跟你說了。用不用我的計策，給不給我出氣。全憑你吧！」何鐵手笑了笑，並不答話。何紅藥道：「你出來，我還有話跟你說。」何鐵手道：「在這裏說也一樣。」何紅藥道：「不，咱們出去。」

袁承志見兩人走出房去，步聲漸遠，忙鑽了出來，低聲道：「青弟，咱們走吧。」

青青怒目望着焦宛兒，見她頭髮蓬鬆，臉上又沾了不少灰塵，哼了一聲道：「你們兩人躲着幹甚麼？」焦宛兒一呆，雙頰飛紅，說不出話來。

袁承志道：「快起身。她們不安好心，要想法兒害你呀。」青青道：「害死了最好，我不走。」袁承志急道：「有甚麼事，回去慢慢兒再說不好麼？怎麼這個時候瞎搗亂。」青青怒道：「我偏偏要搗亂。」袁承志心想這人不可理喻，情勢已急，稍再躭擱，不是無法脫身，便是皇帝身邊發生大事，忙道：「青弟，你怎麼啦？」一面說，一面伸手去拉她。

青青一瞥眼間，見到焦宛兒忸怩靦覥的神色，想像適才她和袁承志在床底下躲了這麼久，不知是如何親熱，又想自己不在袁承志身邊之時，兩人又不知如何卿卿我我，越想越惱，左手握住他手，右手狠狠抓了一把。袁承志全沒提防，手背上登時給抓出四條血痕，忙掙脫了手，愕然道：「你胡鬧甚麼？」青青道：「我就是要胡鬧！」說着把棉被在頭上一兜。袁承志又氣又急，只是跺脚。

焦宛兒急道：「袁相公，你守着夏姑娘，我出去一下就回來。」袁承志奇道：「這時候你又去那裏？」焦宛兒不答，推開窗戶，躍了出去。

袁承志坐在床邊，隔被輕推青青的身子。青青翻了個身，臉孔朝裏。這一來，可眞把他鬧得無法可施，又不敢走開，只怕何鐵手她們回來下蠱放毒。正待好言相勸，突然門口脚步聲響，他縱身上樑，橫臥在屋頂樑上。只見何鐵手重又進來，關上門閂，慢慢走到床邊。

袁承志扣住兩枚金蛇錐。只要她有加害之意，立卽發錐救人。何鐵手凝望着青青的背影，低聲道：「夏相公，我有句話要跟你說。」青青回過頭來。

何鐵手道：「我姑姑對你爹爹如此一往情深，你說她是下賤之人麼？」青青萬萬想不到她問的是這一句話，呆了一呆，道：「一往情深，怎麼會是下賤？」提高了聲音道：「負心薄倖，那才下賤。」

何鐵手不知她這話是故意說給袁承志聽的，心中大喜，登時容光煥發，輕聲說道：「你爹爹跟我姑姑無緣，那也怪他不得。他寧死也不肯說出你媽媽的所在，拚着性命來保護她，實是情深義重。」青青道：「可惜世上像我爹爹那樣的人很少。」何鐵手道：「要是有這樣的人，寧可不要自己的性命，也要維護你，你又怎樣？」青青道：「我可沒這般福氣。」

何鐵手道：「我從前不懂，姑姑爲甚麼會如此情痴，見了一個男子就這般顚倒……我……我……好吧，我不要你甚麼，你記得我也好，忘了我也好。」掉頭便走出門去。

青青坐在床上怔怔發呆，不明白她是甚麼意思。

袁承志飄然下地，笑道：「傻姑娘，她愛上你啦。」青青道：「甚麼？」袁承志笑道：「她當你是男人呢。」

青青回想何鐵手這幾日對自己的神情說話，果然是含情脈脈的模樣。原來她一見傾心，神智胡塗了。那何紅藥則是滿腔怨毒，怒氣沖天。這兩個女子本來都見多識廣，但一個鍾情，一個懷恨，竟都似瞎了眼一般，再也沒留神自己是女扮男裝，不覺好笑，問道：「怎麼辦呢？」袁承志笑道：「你娶了這位五毒夫人算啦！」

青青正待回答，窗格一響，焦宛兒躍了進來，後面跟着羅立如，青青臉色一沉，笑容頓歛。焦宛兒向袁承志道：「袁相公，承蒙你鼎力相助，我大仇已報，明兒一早，我就回金陵去啦。我爹爹在日，對你十分欽佩。你又傳了羅師哥獨臂刀法，就如是他師父一般。我們倆有一件事求你。」袁承志道：「那不忙，咱們先出宮去再說。」

焦宛兒道：「不。我要請你作主，將我許配給羅師哥。」她此言一出，袁承志和青青固然吃了一驚，羅立如更是驚愕異常，結結巴巴的道：「師……師妹，你……你說甚麼？」焦宛兒道：「你不喜歡我麼？」羅立如滿臉脹得通紅，只是說：「我……我……」

青青心花怒放，疑忌盡消，笑道：「好呀，恭喜兩位啦。」袁承志知道焦宛兒是為了表明與自己清白無他，才不惜提出要下嫁這個獨臂師哥，那全是要去青青疑心、以報自己恩德之意，不禁好生感激。青青這時也已明白了她的用意，頗為內愧，拉着焦宛兒的手道：「妹子，我對你無禮，你別見怪。」焦宛兒道：「我那裏會怪姊姊？」想起剛才所受的委曲，不覺淒然下淚。青青也陪着她哭了起來。

忽然門外脚步聲又起，這次有七八個人。袁承志一打手勢，羅立如縱過去推開了窗格。只聽何鐵手在門外喝道：「到底誰是教主？」何紅藥道：「你不依教規行事，咱們拜過教祖，只有另立教主。」一個男人聲音說道：「那小子是本教大仇人，教主你何必儘護着他？讓那姓袁的先救治了咱們兄弟，咱們再還他一個姓夏的死小子。你只答應還人，可沒說死的活的。」何鐵手笑道：「我就是不許你們進去，誰敢過來？」另一個男子聲音說道：「咱們先料理了那小子，再來算自己的帳。」脚步聲響，奔向門邊。忽聽得慘叫一聲，一人倒在地下，想是被何鐵手傷了。

袁承志揮手要三人趕快出宮。羅立如當先躍出窗去。焦宛兒和青青也跟着躍出。

這時門外兵刃相交，五毒教的教衆竟自內叛，和教主鬥了起來。鬥不多時，蓬的一聲，有人踢開房門，搶了進來。袁承志身形一幌，已竄出窗外。那人只見到袁承志的背影，叫道：「快來，快來！那小子跑啦！」何鐵手也是一驚，當即罷手不鬥，奔進房來，只見窗戶大開，床上已空，當卽跟着出窗，只見一個人影竄入了前面樹叢，忙跟蹤過去。她想追上去護送青青出宮，以免遭到自己手下的毒手，又或是為宮中侍衞所傷。五毒敎衆跟着追來。衆人追得雖緊，但均默不作聲，生怕禁宮之內，驚動了旁人。

袁承志見何鐵手等緊追不捨，心想青青等這時尚未遠去，於是不卽不離的引着衆人追逐自己，在御花園中兜了幾個圈子，算來估計青青等三人已經出宮，眼見前面有座宮殿，當下直竄入內。一踏進門，便覺陣陣花香，順手推開了一扇門，躲在門後。

他定神瞧這屋子時，不由得耳根一熱。原來房裏錦幃綉被，珠簾軟帳，鵝黃色的地氈上織着大朶紅色玫瑰，窗邊桌上放着女子用的梳粧物品，到處是精巧的擺設，看來是皇帝一名嬪妃的寢宮，心想在這裏可不大妥當，正要退出，忽聽門外脚步細碎，傳來幾個少女的笑語之聲。尋思：如這時闖出，正好遇上，聲張起來，宮中大亂，曹化淳的奸謀勢必延擱，不免另有花樣，當下閃身隱在一座畫着美人牡丹圖的屏風之後。

房門開處，聽聲音是四名宮女引着一名女子進來。一名宮女道：「殿下是安息呢，還是再瞧一會書？」袁承志心道：「原來是公主的寢宮。這就快點兒睡吧，別瞧甚麼勞什子的書啦！」

那公主嗯了一聲，坐在榻上，聲音中透着十分嬌慵。一名宮女道：「燒上些兒香吧？」公主又嗯了一聲。過不多時，青烟細細，甜香幽幽，袁承志只覺眼餳骨倦，頗有困意。

那公主道：「把我的畫筆拿出來，你們都出去吧。」袁承志微覺訝異：「怎麼這聲音好熟？」暗暗着急，心想她畫起畫來，誰知要畫上多少時候。

衆宮女擺好丹青畫具，向公主道了晚安，行禮退出房去。

這時房中寂靜無聲，只是偶有香爐中檀香輕輕的拆裂之音，袁承志更加不敢動彈。只聽那公主長嘆一聲，低聲吟道：

「青青子衿，悠悠我心。縱我不往，子寧不嗣音？

「青青子佩，悠悠我思。縱我不往，子寧不來？

「挑兮達兮，在城闕兮。一日不見，如三月兮。」

袁承志聽她聲音嬌柔宛轉，自是一個年紀極輕的少女，他雖不懂這首古詩的原意，但聽到「一日不見，如三月兮」那一句，也知是相思之詞，同時越加覺得她語音熟悉，尋思半晌，不覺好笑：「我是江湖草莽，生平沒進過京師，又怎會見過金枝玉葉的公主？總是她口音跟我相識之人有些近似罷啦！」

這時那公主已走近案邊，只聽紙聲悉率，調朱研青，作起畫來。

袁承志老大納悶，細看房中，房門斜對公主，已經掩上，窗前珠簾低垂，除了硬闖，決計走不出去。過了良久，只聽公主伸了個懶腰，低聲自言自語：「再畫兩三天，這畫就可完工啦。我天天這般神魂顛倒的想着你，你也有一時片刻的掛念着我麼？」說着站了起來，把畫放在椅上，把椅子搬到床前，輕聲道：「你在這裏陪着我！」寬衣解帶，上床安睡。

袁承志好奇心起，想瞧瞧公主的意中人是怎生模樣，探頭一望，不由得大吃一驚。原來畫中肖像竟然似足了他自己，再定神細看，只見畫中人身穿沔陽青長衫，繫一條小釭青腰帶，凝目微笑，濃眉大眼，下巴尖削，可不是自己是誰？只不過畫中人卻比自己俊美了幾分，自己原來的江湖草莽之氣，竟給改成了玉面朱唇的俊朗風采，但容貌畢竟無異，腰間所懸的彎身蛇劍，金光燦然，更是天下只此一劍，更無第二口。他萬料不到公主所畫之像便是自己，不由得驚詫百端，不禁輕輕「咦」了一聲。

那公主聽得身後有人，伸手拔下頭上玉簪，也不回身，順手往聲音來處擲出。袁承志只聽一聲勁風，玉簪已到面門，當即伸手捏住。那公主轉過身來。兩人一朝相，都驚得呆了。

原來公主非別，竟然便是程青竹的小徒阿九。那日袁承志雖發覺她有皇宮侍衛隨從保護，料知必非常人，卻那想到竟是公主？

阿九乍見袁承志，霎時間臉上全無血色，身子顫動，伸手扶住椅背，似欲暈倒，隨即一陣紅雲，罩上雙頰，定了定神，道：「袁相公，你……你……你怎麼在這裏？」

袁承志行了一禮道：「小人罪該萬死，闖入公主殿下寢宮。」阿九臉上又是一紅，道：「請坐下說話。」忽地驚覺長衣已經脫下，忙拉過披上。

門外宮女輕輕彈門，說道：「殿下叫人嗎？」阿九忙道：「沒……沒有，我看書呢。你們都去睡吧，不用在這裏侍候！」宮女道：「是。公主請早安息吧。」

阿九向袁承志打個手勢，嫣然一笑，見他目不轉瞬的望着畫像，不禁大羞，忙搶過去把椅子推在一旁。一時之間，兩人誰也說不出甚麼話來，四目交投，阿九低下頭去。

過了一會，袁承志低聲道：「你識得五毒教的人麼？」阿九點頭道：「曹公公說，李闖派了許多刺客來京師擾亂，因此他請了一批武林好手，進宮護駕，五毒教也在其內。聽說他們的教主何鐵手武功甚是了得。」袁承志道：「您師父程老夫子給他們打傷了，殿下可知道麼？」阿九面色一變，道：「甚麼？他們爲甚麼傷我師父？他受的傷厲害麼？」袁承志道：「大致不得事了。」站起身來，道：「夜深不便多談，我們住在正條子胡同，明兒殿下能不能駕臨，來瞧瞧您師父？」

阿九道：「好的。」微一沉吟，臉上又是紅了，說道：「你冒險進宮來瞧我，我……我是很感激的……」神情靦覥，聲音越說越低：「你既然見到我畫你的肖像，我的……心事……你……你自然也明白了……」說到最後這句時，聲細如蚊，已幾不可聞。

袁承志心想：「糟糕，她畫我肖像，看來對我生了愛慕之意，這時更誤會我入宮來是瞧她，這可得分說明白。」只聽她又道：「自從那日在山東道上見面，你阻擋褚紅柳，令他不能傷我，我就常常念着你的恩德……你瞧這肖像畫得還像麼？」

袁承志點頭道：「殿下，我進宮來是……」阿九攔住他的話頭，柔聲道：「你別叫我殿下，我也不叫你袁相公。你初次識得我時，我是阿九，那麼我永遠就是阿九。我聽青姊姊叫你大哥，心裏常想，那一天我也能叫你大哥，那才好呢。我一生下來，欽天監正給我算命，說我要是在皇宮裏嬌生慣養，必定夭折，因此父皇才許我到外面亂闖。」

袁承志道：「怪不得你跟着程老夫子學功夫，又隨着他在江湖上行走。」阿九道：「我在外面見識多了，知道老百姓實在苦得很。我雖常把宮裏的金銀拿出去施捨，又那裏救得了這許多。」袁承志聽她體念民間疾苦，說道：「那你該勸勸皇上，請他多行仁政。老百姓衣暖食足，天下自然太平了。」阿九嘆道：「父皇肯聽人家話，早就好啦。他就是給奸臣蒙蔽，還自以爲是。他老是說文武百官不肯出力，流寇殺得太少。我跟他說：流寇就是百姓，只要有飯吃，日子過得下去，流寇就變成了好百姓，否則好百姓也給逼成了流寇。我說：『父皇，你總不能把天下百姓盡數殺了！』他聽我這麼說，登時大發脾氣，說：『人人都反我，連我的親生女兒也反我！』我便不敢再說了，唉！」袁承志道：「你見得事多，見識反比皇上明白……」尋思：「要不要把曹化淳的奸謀對她說？」

阿九忽問：「程老夫子說過我的事麼？」袁承志道：「沒有，他說曾立過重誓，不能洩漏你的身世。我當時只道牽連到江湖上的恩怨隱秘，說甚麼也想不到你竟是公主。」阿九道：「程師父本是父皇的侍衞。我小時候貪玩，曾跟他學武。他不知怎的犯了罪，父皇叫人綁了要殺，我半夜裏悄悄去放了他。後來我出宮打獵，又跟他相遇，那時他已做了青竹幫的幫主。」袁承志點點頭，心想：「那日程老夫子說他行刺皇帝被擒，得人相救。原來是她救的。」阿九問道：「不知他怎麼又跟五毒教的人結仇？」

袁承志正想說：「五毒教想害你爹爹，必是探知了程老夫子跟你的淵源，怕他壞了大事，因此要先除了他。」猛抬頭見紅燭短了一大截，心想時機急迫，怎地跟她說了這許多話，忙站起身來，說道：「別的話，明天再說吧。」

阿九臉一紅，低下頭來緩緩點了一點。

正在這時，忽然有人急速拍門，幾個人同聲叫道：「殿下請開門。」

崇禎慘然道：「你爲甚麼生在我家？」提起金蛇劍，驀地向阿九頭頂斫落。阿九出其不意，急忙閃避。袁承志大驚之下，搶過去相救，但相距遠了，崇禎已一劍將阿九左臂斬斷。

第十八回　朱顏羅寶劍　黑甲入名都

阿九吃了一驚，顫聲問道：「甚麼事？」一名宮女叫道：「殿下，你沒事麼？」阿九道：「我睡啦，有甚麼事？」那宮女道：「有人見到刺客混進了咱們寢宮來。」阿九道：「胡說八道，甚麼刺客？」另一個女子聲音說道：「殿下，讓奴婢們進來瞧瞧吧！」

袁承志在阿九耳邊低聲道：「何鐵手！」阿九高聲道：「若有刺客，我還能這麼安安穩穩的麼？快走，別在這裏胡鬧！」門外衆人聽公主發了脾氣，不敢再說。

袁承志輕輕走到窗邊，揭開窗帘一角，便想竄出房去，手一動，一陣火光耀眼，窗外竟守着十多名手執火把的太監。袁承志心想：「我要闖出，有誰能擋？但這一來可汚了公主的名聲，萬萬使不得。」當即退回來輕聲對阿九說了。

阿九秀眉一蹙，低聲道：「不怕，在這裏多待一會兒好啦。」袁承志只得又坐了下來。

過不多時，又有人拍門。阿九厲聲道：「幹甚麼？」這次回答的竟是曹化淳的聲音，說道：「皇上聽說有刺客進宮，很不放心，命奴婢來向殿下問安。」阿九道：「不敢勞動曹公公。你請回吧，我這裏沒事。」曹化淳道：「殿下是萬金之體，還是讓奴婢進來查察一下爲是。」阿九知道袁承志進來時定然給人瞧見了，是以他們堅要查看，恨極了曹化淳多管閒事，卻那想得到他今晚竟要舉事加害皇帝。曹化淳知道公主身有武功，又結識江湖人物，聽何鐵手報知有人逃入公主寢宮，生怕是公主約來的幫手，因此非查究個明白不可。

曹化淳在宮中極有權勢，公主也違抗他不得，當下微一沉吟，向袁承志打了個手勢，命他上床鑽入被中。袁承志無奈，只得除下鞋子，揣入懷中，上床臥倒，拉了繡被蓋在身上，只覺一陣甜香，直鑽入鼻端。

房外曹化淳又在不斷催促。阿九道：「好啦，你們來瞧吧！」除下外衣，走過去拔開門閂，隨即一個箭步跳上床去，搶起被子蓋在身上。

袁承志突覺阿九睡在身旁，衣服貼着衣服，脚下肌膚一碰，只覺一陣溫軟柔膩，心中一陣盪漾，但知曹化淳與何鐵手等已然進房，不敢動彈，只感到阿九的身子微微發顫。

阿九裝着睡眼惺忪，打個哈欠，說道：「曹公公，多謝你費心。」

曹化淳在房中四下打量，不見有何異狀。

何鐵手假作不小心，把手帕掉在地下，俯身去拾，往床底一張。阿九笑道：「床底下也查過了，我沒藏着刺客吧？」何鐵手笑道：「殿下明鑒，曹公公是怕殿下受了驚嚇。」她轉頭見到袁承志的肖像，心中一怔，忙轉過頭來，兩道眼光凝視着阿九一張明艷的臉蛋，目光中盡是不懷好意的嘲弄嬉笑。阿九本就滿臉紅暈，給她瞧得不敢抬起頭來。

曹化淳道：「殿下這裏平安無事，皇上就放心了。我們到別的地方查查去。」對四名宮女道：「在這裏陪伴殿下，不許片刻離開。就是殿下有命，也不可偷懶出去，知道麼？」四名宮女俯身道：「聽公公吩咐。」曹化淳與何鐵手及其餘宮女行禮請安，辭出寢宮。

阿九道：「放下帳子，我要睡啦！」兩名宮女過來輕輕放下紗帳，在爐中加了些檀香，剔亮紅燭，互相偎依着坐在房角。

阿九又是喜悅，又是害羞，不意之間，竟與日夕相思的意中人同床合衾，不由得如痴如迷，眼見幾縷檀香的青煙在紗帳外裊裊飄過，她一顆心便也如青煙一般在空中飄盪不定。她不敢轉動身軀，心中只是說：「這是眞的嗎？還是我又做夢了？」過了良久，只聽袁承志低聲道：「怎麼辦？我得想法出去！」

阿九嗯了一聲，聞到他身上男子的氣息，不覺一股喜意，直甜入心中，輕輕往他身邊靠去，驀地左臂與左腿上碰到一件冰涼之物，吃了一驚，伸手摸去，竟是一柄脫鞘的寶劍橫放在兩人之間，忙低聲問道：「這是甚麼？」

袁承志道：「我說了你別見怪。」阿九道：「誰來怪你？」袁承志道：「我無意中闖進你的寢宮，又被逼得同衾合枕，實是爲勢所迫，我可不是輕薄無禮之人。」阿九道：「誰怪你了呀！把劍拿開，別割着我。」袁承志道：「我雖以禮自持，可是跟你這樣的美貌姑娘同臥一床，只怕把持不住……」阿九低聲笑道：「因此你用劍隔在中間……傻……傻大哥！」

兩人生怕被帳外宮女聽見，都把頭鑽在被中悄聲說話。

袁承志只覺阿九吹氣如蘭，她幾絲柔髮掠在自己臉上，心中一蕩，暗暗自警：「青弟對你如此情意，怎可別有邪念？趕快得找些正經大事來說。」忙問：「誠王爺是甚麼人？」阿九道：「是我叔父。」袁承志道：「那就是了。他們要擁他登基，你知不知道？」

阿九驚道：「甚麼？誰？」袁承志道：「曹化淳跟滿洲的睿親王私通，想借清兵來打闖軍。」阿九怒道：「有這等事？滿清人有甚麼好？還不是想咱們大明江山。」袁承志道：「是啊，皇上不答允，曹化淳他們就想擁誠王登位……」阿九道：「不錯，誠王爺昏庸胡塗，定會答允借兵除賊。」袁承志道：「只怕他們今晚就要舉事。」阿九吃了一驚，說道：「今晚？那可危急得很了。咱們快去稟告父皇。」

袁承志閉目不語，心下躊躇。崇禎是他殺父仇人，十多年來，無一日不在想親手殺了，以報血海沉冤，這時皇宮忽起內變，自己不費舉手之勞，便可眼見仇人畢命，本是大快心懷之事；但如曹化淳等奸謀成功，借清兵入關，闖王義舉勢必大受挫折。要是清兵長驅直入，闖王抵擋不住，豈非神州沉淪，黃帝子孫都陷於胡虜之手？

阿九在他肩頭輕輕推了一把，說道：「你想甚麼呀？咱們可得搶在頭裏，撲滅奸人逆謀。」袁承志仍是沉吟未決。阿九悄聲道：「只要你不忘記我，我……我總是……你的……咱們將來……還有這樣的時候。」說着慢慢將頭靠過去，左頰碰到了他右頰。

袁承志凜然一震，心想：「原來她疑我貪戀溫柔，不肯起來。好吧，先去瞧瞧情勢再說。」悄聲道：「你把宮女點了穴道，用被子蒙住她們的眼，咱們好出去。」阿九道：「點在那裏呀？我不會。」

袁承志無奈，只得拉住她的右手，引着她摸到自己胸前第十一根肋骨之端，拿着她的手時，只覺滑膩溫軟，猶如無骨，說道：「這是章門穴，你用指節在這部位敲擊一下，她們就不能動了。可別太使勁，免得傷了性命。」

阿九掛念父皇身處危境，疾忙揭帳下床。四名宮女站了起來，說道：「殿下要甚麼？」阿九走到錦帷之後，把宮女一個個分別叫過去，依袁承志所授之法，打中了各人穴道。最後一個敲擊部位不準，竟呀的一聲叫了出來。阿九一手蒙住她口，摸準了穴道再打下去，這才將她點暈。她從錦帷後面出來，袁承志已穿上鞋子下床。兩人揭開窗簾，見窗外無人，一齊躍出。

阿九道：「你跟我來！」領着袁承志逕往乾清宮。將近宮門時，遙見前面影影綽綽，約有數百人聚集。阿九驚道：「逆賊已圍了父皇寢宮，快去！」兩人發足急奔。

跑出十餘丈，一名太監迎了上來，見是長平公主，吃了一驚，但見她只帶着一名隨從，也不在意，躬身道：「殿下還不安息麼？」

袁承志和阿九見乾清宮前後站滿了太監侍衛，個個手執兵刃，知道事已危急。阿九喝道：「讓開！」右手一振，推開那名太監，直闖過去。守在宮門外的幾名侍衛待要阻攔，都被袁承志推開。衆監衛不敢動武，急忙報知曹化淳。

曹化淳策劃擁立誠王，自己卻不敢出面，只偷偷在外指揮，聽說長平公主進了乾清宮，心想諒她一個少女也碍不了大事，傳令衆侍衛加緊防守。

阿九帶着袁承志，逕奔崇禎平時批閱奏章的書房。

來到房外，只見房門口圍着十多名太監侍衛，滿地鮮血，躺着七八具屍首，想是忠於皇帝的侍衛被格殺而死。衆人見到公主，一呆之下，阿九已拉着袁承志的手奔入書房。一名侍衞喝道：「停步！」舉刀向袁承志右臂砍去。袁承志側身畧避，揮掌拍在他胸口，那侍衞直跌出去，袁承志已帶上書房房門。

只見室中燭光明亮，十多人站着。阿九叫了一聲：「父皇！」向一個身穿黃袍、頭戴黑緞軟帽的人奔去。袁承志打量這人，見他約莫三十五六歲年紀，面目清秀，臉上神色驚怒交集，心想：「這便是我的殺父仇人崇禎皇帝了。」

阿九尚未奔近皇帝身邊，已有兩名錦衣衞衞士揮刀攔住。

崇禎忽見女兒到來，說道：「你來幹甚麼？快出去。」

一個三十來歲、滿臉濃鬚的胖子說道：「賊兵已破潼關，指日就到京師。你到這時候還是不肯借兵滅寇，是何居心？你定要將我大明天下雙手奉送給闖賊，是不是？」

阿九怒道：「叔叔，你膽敢對皇上無禮！」袁承志心知這就是圖謀篡位的誠王了。

只聽那胖子笑道：「無禮？他要斷送太祖皇帝傳下來的江山，咱們姓朱的個個容他不得。」

察的一聲，將佩劍抽出一半，怒目挺眉，厲聲喝道：「到底怎樣？一言而決！」

崇禎嘆了口氣道：「朕無德無能，致使天下大亂。賊兵來京固然社稷傾覆，借兵胡虜，也勢必危害國家。朕一死以謝國人，原不足惜，只是祖宗的江山基業，就此拱手讓人了……」

誠王拔劍出鞘，逼近一步，喝道：「那麼你立刻下詔，禪位讓賢罷！」崇禎身子發顫，喝道：「你要弑君篡位麼？」

誠王一使眼色，一名錦衣衞衞士拔出長刀，叫道：「昏君無道，人人得而誅之！」

袁承志聽了他口音，心中一凜，燭下看得明白，原來這人正是安大娘的丈夫安劍淸。

阿九怒叱一聲，搶起椅子，擋在父皇身前，接連架過安劍淸砍來的三刀。誠王帶來的衆侍衛紛紛擁上。袁承志見阿九支持不住，搶入人圈，左臂起處，將兩名侍衛震出丈餘，右手將金蛇劍遞給阿九，自己站在崇禎身旁保護。十多名錦衣衛搶上來要殺皇帝，都被他揮拳踢足，打得筋折骨斷。阿九寶劍在手，精神一振，數招間已削斷安劍淸的長刀。

誠王眼見大事已成，那知長平公主忽然到來，還帶來一個如此武藝高強之人護駕，大叫：「外面的人，快來！」

何鐵手、何紅藥、呂七先生及溫氏四老應聲而入，突然見到袁承志，無不大驚失色。溫方達眼中如要噴火，高聲叫道：「先料理這小子！」四兄弟圍了上去。

阿九退到父親身邊，仗着寶劍犀利，敵刃當者立斷，誠王手下人衆一時倒也不敢攻近。但她見敵人愈來愈多。袁承志被對方五六名好手絆住，緩不出手來相助，情勢十分危急，正心慌間，忽見一個面容醜惡、乞婆裝束的老婦目露兇光，舉起雙手，露出尖利的十爪，喝道：「把金蛇劍還來！」

袁承志這時已打定主意，事有輕重緩急，眼前無論如何要先救皇帝，使得勾引淸兵入關的陰謀不能得逞，待闖王進京之後，再來手刃崇禎以報父仇，這是先國後家、先公後私的大義。但溫氏四老武功本已十分高強，再加上呂七先生與何鐵手，登時自顧不暇，百忙中見阿九頭髮散亂，寶劍狂舞，漸漸抵擋不住何紅藥的狠攻，突然靈機一動，閃得幾閃，避開了呂七先生當頭砸下的烟袋和溫方山橫掃過來的鋼杖，竄到何鐵手跟前。

何鐵手笑道：「我們以多攻少，對不住啦！」說着順手一鈎。袁承志側頭避過，喝道：

「你幾十個教徒不要命了麼？」何鐵手一怔，躍出圈子，袁承志跟着上前。

溫方達雙戟疾刺他後心。袁承志對何鐵手道：「你給我擋住他們！」何鐵手道：「甚麼？」袁承志閃避溫氏四老與呂七先生的兵刃，叫道：「你想不想見我那姓夏的兄弟？」何鐵手自從見了青青那俊美的模樣，已然情痴顛倒，難以自已，忽然間聽到這句話，心中怦怦亂跳，緊急中不暇細想，迴身轉臂，左手鐵鉤猛向溫方悟劃去。

溫方悟怎料得到她會斗然倒戈，大驚之下，皮鞭倒捲，來擋她鐵鉤。但何鐵手出招何等狠辣，又是攻其無備，只一鉤，已在溫方悟左臂上劃了一道口子。鉤上餵有劇毒，片刻之間，溫方悟臉色慘白，左臂痲痺，身子搖搖欲墜，右手不住揉搓雙眼，大叫：「我瞧不見啦……我……我中了毒！」溫氏三老手足關心，不暇攻敵，疾忙搶上去扶持。

袁承志登時緩出手來，見何鐵手鉤上之毒如此厲害，也不覺心驚，一轉頭見阿九氣喘連連，拚命抵擋何紅藥和安劍清的夾攻，眼見難支，當下斜飛而前，捉住何紅藥的背心，將她直擲了出去。安劍清一呆，被阿九一劍刺中左腿，跌倒在地。

那邊何鐵手已和呂七先生交上了手，呂七先生見到溫方悟中毒的慘狀，越打越是氣餒，提起烟管猛揮三下，躍出圈子，叫道：「老夫失陪了！」何鐵手笑道：「呂七先生，再會，再會！」

這時溫方悟毒發，已昏了過去。溫氏三老不由得心驚肉跳，一聲唿號，溫方義抱起五弟，溫方達、溫方山一個開路，一個斷後，衝出書房。何鐵手追了出去，從懷裏取出一包東西，叫道：「這是解藥，接着。」溫方山轉身接住。何鐵手一笑回入。

這一來攻守登時異勢。袁承志和阿九把錦衣衛打得七零八落，四散奔逃。殿門開處，曹化淳突然領了一批京營親兵衝了進來。袁承志見敵人勢衆，叫道：「阿九、何教主，咱們保護皇帝衝出去。」阿九與何鐵手答應了。三人往崇禎身周一站，正待向前奪路，曹化淳忽然叫道：「大膽奸賊，竟敢驚動御駕，快給我殺！」衆親兵即與錦衣衛交起手來。誠王驚得呆了，叫道：「曹公……你……你不是和我……」一言未畢，曹化淳一劍已在他胸口對穿而過。這一來不但衆錦衣衛大驚失色，袁承志、何鐵手、阿九三人更是奇怪，只有崇禎在心中暗讚曹化淳忠義。

原來曹化淳在外探聽消息，知道大勢已去，弒君奸謀不成，情急智生，便去率領京營的守備親兵，進乾清宮來救駕。錦衣衛見曹化淳變計，都拋下了兵器。曹化淳連叫：「拿下去，拿下去！」衆親兵將錦衣衛拿下。一出殿門，曹化淳叫道：「砍了！」霎時之間，參與逆謀的人都被殺得乾乾淨淨，那正是他殺人滅口的毒計。

何鐵手見局勢已定，笑道：「袁相公，明日我在宣武門外大樹下等你！」說着携了何紅藥的手，轉身而出。

崇禎叫道：「你……你……」他想酬庸護駕之功，何鐵手那裏理會，逕自出宮去了。

崇禎回過頭來，見女兒身上濺滿了鮮血，卻笑吟吟的望着袁承志，這非驚魂畧定，坐回椅中，問阿九道：「他是誰？功勞不小，朕……朕必有重賞。」他料想袁承志必定會跪下磕頭，那知袁承志昂然不理。阿九扯扯他的衣裾，低聲道：「快謝恩！」

袁承志望着崇禎，想起父親捨命衛國，立下大功，卻被這皇帝凌遲而死，心中悲憤痛恨之極，細看這殺父仇人時，只見他兩邊臉頰都凹陷進去，鬢邊已有不少白髮，眼中滿是紅絲，神色甚是憔悴。此時奪位的奸謀已然平定，首惡已除，但崇禎臉上只是顯得煩躁不安，殊無歡愉之色。袁承志心想：「他做皇帝只是受罪，心裏一點也不快活！」

崇禎卻那裏知道袁承志心中這許多念頭，溫言道：「你叫甚麼名字？在那裏當差？」他見袁承志穿着太監服色，還道他是一名小監。

袁承志定了定神，凜然道：「我姓袁，是故兵部尚書、薊遼督師袁崇煥之子！」崇禎一呆，似乎沒聽清楚他的話，問道：「甚麼？」袁承志道：「先父有大功於國，寃被皇上處死。」崇禎默然半晌，嘆道：「現今我也頗爲後悔了。」隔了片刻道：「你要甚麼賞賜？」

阿九大喜，輕輕扯一扯袁承志的衣裾，示意要他乘機向皇上求爲駙馬。

袁承志憤然道：「我是爲了國家而救你，要甚麼賞賜？嗯，是了，皇上既已後悔，求皇上下詔，洗雪先父的大寃。」

崇禎性子剛愎，要他公然認錯，可比甚麼都難，聽了這話，沉吟不語。

這時曹化淳又進來恭問聖安，奏稱所有叛逆已全部處斬，已派人去捉拿逆首誠王的家屬。崇禎點點頭道：「好，究竟是你忠心。」

曹化淳見了袁承志，心中鶻突：「這人明明是滿淸九王的使者，怎地反來壞我大事？」

袁承志待要揭穿曹化淳的逆謀，轉念一想，闖王義軍日內就到京師，任由這奸惡小人在宮中當權，對義軍正是大吉大利，當下也不理會皇帝，向阿九道：「這劍還給我吧。我要去了！」

阿九大急，顧不得父皇與曹化淳都在身邊，衝口而出道：「你幾時再來瞧我？」袁承志道：「殿下保重。」伸出手要去拿劍。阿九手一縮，道：「這劍暫且放在我這裏，下次見面再還你。」說着凝視着袁承志的臉，眼光中的含意甚是明顯：「你要早些來，我日日夜夜在盼望着。」

袁承志見崇禎與曹化淳都臉露詫異之色，不便多說，點了點頭，轉身出去。

阿九追到殿門之外，低聲道：「你放心，我永不負你。」袁承志心想眼下不是解釋之時，也非細談之地，說道：「天下將有大變，身居深宮，不如遠涉江湖，你要記得我這句話。」他知闖王即將進京，兵荒馬亂之際，皇宮實是最危險的地方，是以要她出宮避禍。

那知阿九深情款款，會錯了他的意思，低下了頭，柔聲道：「不錯，我寧願隨你在江湖上四處爲家，遠勝在宮裏享福。你下次來時，咱們……咱們仔細商量吧！」

袁承志輕嘆一聲，不再多說，揮手道別，越牆出宮。只見到處火把照耀，號令傳呼，正在大捕逆黨從屬。

他掛念青青，急奔回到正條子胡同，見青青、焦宛兒、羅立如三人已安然回來，這才放心。他一晚勞頓，回房倒頭便睡。

醒來時已是巳牌時分，出得廳來，見水雲、閔子華率領着十六名仙都弟子在廳上相候。原來他們得悉袁承志府上遭五毒教偷襲，是以過來相助。袁承志道了勞，告知黃木道人多半尙在人間。仙都衆人大喜。

袁承志請他們在宅中守護着傷者，逕出宣武門來，行不多時，遠遠望見何鐵手站在樹下。她笑盈盈的迎上來，說道：「袁相公，我昨晚玉成你的美事，夠不夠朋友？」袁承志道：「昨晚形勢極是危急，幸得何教主仗義相助，這才沒鬧成大亂子。兄弟實是感激不盡。」

何鐵手笑道：「袁相公眞是艷福不淺，有這樣一位花容月貌的公主垂青相愛，將來封了駙馬爺，還認得我們這種江湖朋友麼？」袁承志正色道：「何教主別開玩笑。」何鐵手笑道：「啊喲，還賴哩！她這樣含情脈脈的望着你，誰瞧不出來呢？再說，你要是不愛她，怎會把金蛇劍給她？又這麼拚命的去救她父皇？」袁承志道：「那是爲了國家大義。」

何鐵手抿嘴笑道：「是啊，跟人家同床合被，你憐我愛，那也是爲了國家大義。嘻嘻！」袁承志登時滿臉通紅，手足失措，道：「甚……甚麼？你怎麼……」何鐵手笑道：「公主被子裏明明藏着一人，我們這些江湖上混的人，難道會瞎了眼麼？嘻嘻，我正想抖了出來，幸好眼睛一幌，見到袁相公的肖像。這個交情，豈可不放？」袁承志心想原來是那幅肖像沒收好，以致給她瞧了出來，轉念之間，又暗叫慚愧，若不是那幅肖像，何鐵手揭開被來，那是更加糟糕了。

何鐵手見他臉上一直紅到了耳根子裏，知他面嫩，換過話題，問道：「夏相公已平安回去了吧？」袁承志點了點頭，道：「這就去給貴教的朋友們解穴吧。」

何鐵手在前領路，繼續向西，一路上稱讚阿九美麗絕倫，生平從所未見，又說瞧不出一位金枝玉葉的妙齡公主，竟然是一身武功，那定然是袁承志親手教的了，明師手下出高徒，當然如此，何況這位明師對高徒又是加意的另眼相看。袁承志任她嘻嘻哈哈的囉唆不休，並不置答。行了五里多路，來到一座古刹華嚴寺前。

寺外有五毒教的教衆守衛，見到袁承志時都怒目而視。袁承志也不理會，進寺後見大雄寶殿上鋪了草席，被他打傷的教徒一排排的躺着。袁承志逐一給各人解開穴道，朗聲說道：「兄弟與各位本無寃仇，由於小小誤會，以致得罪。這裏向各位陪罪了。」說着團團作了一揖。衆人掉頭不理，既不還禮，亦不答話。

袁承志心想禮數已到，也不多說，轉身出來，一回頭，忽見一雙毒眼惡狠狠的凝視着何鐵手。這人隱身殿隅暗處，身形一時瞧不清楚，只見到雙眼碧油油的放光。袁承志一驚，心想這眼光中充滿了怨毒憤激，此人是誰？凝目再瞧，那人已閃身入內，身形一動，立即認出原來是老乞婆何紅藥。

何鐵手相送出寺。袁承志見她臉色有異，與適才言笑晏晏的神情大不相同，頗爲疑惑。兩人在寺門外行禮而別。

袁承志從來路回去，走出里許，越想疑心越甚，尋思莫非他們另有奸計？只怕各人穴道解開之後，死心不息，再來騷擾，不如先探到對方圖謀，以便先有防備。當下折向南行，遠遠走到華嚴寺之後，四望無人，從後牆躍了進去，忽聽得噓溜溜哨聲大作。

他知道這是五毒教聚衆集會的訊號，於是在一株大樹後隱匿片刻，估量教衆都已會集，然後悄悄掩到大雄寶殿之後，只聽得殿裏傳出一陣激烈的爭辯之聲。

他貼耳在門縫上傾聽，何紅藥聲音尖銳，齊雲璈嗓門粗大，兩人你唱我和，數說何鐵手的罪愆。一個說她貪戀情慾，忘了教中深仇，反與本教爲敵；另一個說她與敵聯手，壞了擁立新君，乘機光大本教的大事。

何鐵手微微冷笑，聽二人說了一會，說道：「你們要待怎樣？」衆人登時默不作聲。隔了好一會，何紅藥忽道：「另立教主！」

何鐵手凜然道：「咱們數百年來教規，只有老教主過世之後，才能另立新教主。那麼你是要我死了？」衆人沉默不語。何鐵手道：「誰想當新教主？」她連問三聲，教衆無人回答。何鐵手冷笑道：「那一個自量勝得了我的，出來搶教主罷！」

袁承志右目貼到門縫上往裏張望，見何鐵手一人坐在椅上，數十名教衆都站得遠遠地，顯是對她頗爲忌憚。袁承志心想：「五毒教這些人，我每個都交過手，沒一人及得上她一半本事。但單憑武力壓人，只怕這教主也做不長久。」眼見五毒教內鬨，並非圖謀向他與青青尋仇，也就不必理會，正待抽身出寺，忽見寒光一閃，何紅藥越衆而出，手中拿了一件奇怪兵刃。袁承志見這兵刃似是一柄極大的剪刀，非但前所未見，也從沒聽師父說過，不知如何用法，倒起了好奇之心，當下俯身又看。

只聽何紅藥冷然道：「我並不想做教主，也明知不是你的對手。可是咱們五毒教當年三祖七子，費了四十年之功，才創立教門，那是何等辛苦？本教百餘年來橫行天南，這基業得來不易，決不能毀在你這賤婢手裏！」

何鐵手道：「侮慢教主，該當何罪？」何紅藥道：「我早已不當你是教主啦，來吧！」雙手前伸，察的一聲，兵刃張了開來，果然猶如剪刀模樣，只是剪刃內彎，更像一把鉗子。

何鐵手微微冷笑，坐在椅中不動。何紅藥縱身上前，呑呑兩聲，剪子已連夾兩下。她忌憚何鐵手武功厲害，一擊不中，立即躍開。何鐵手端坐椅中，只在何紅藥攻上來時略加閃避，卻不還擊。袁承志正感奇怪，目光一斜，見數十名教衆各執兵刃，漸漸逼攏，才知何鐵手守緊門戶，防範衆人圍攻。他因門縫狹窄，只見得到殿中的一條地方，想來教衆已在四面八方圍住了她。

衆人僵持片刻，誰也不敢躁進。何紅藥叫道：「沒用的東西，怕甚麼？大夥兒上呀！」她巨剪一揮，衆人吶喊上前。何鐵手倏地躍起，只聽得乒乓聲響，坐椅已被數件兵刃擊得粉碎。兩名教衆接連慘叫，中鈎受傷。大殿上塵土飛揚，何鐵手一個白影在人羣中縱橫來去，登時鬥得猛惡已極。

袁承志察看殿中衆人相鬥情狀，諸教衆除何紅藥之外都曾被他點了穴道，委頓多時，這時穴道甫解，個個經脈未暢，行動窒滯。何鐵手若要脫身而出，該當並不爲難，然而她竟不衝出，似想以武力壓服教衆，懲治叛首。

再拆數十招，忽見人羣中一人行動詭異。這人雖也隨衆攻打，但脚步遲緩，手中捧着一件甚麼東西，慢慢向何鐵手逼近。袁承志看仔細時，原來此人正是錦衣毒丐齊雲璈。驀地裏只聽他大叫一聲，雙手一送，一縷黃光向何鐵手擲去。

何鐵手側身閃開，那知這件暗器古怪之極，竟能在空中轉彎追逐。其時數件兵刃又同時攻到，何鐵手尖叫一聲，已爲暗器所中。這時袁承志也已看得清楚，這件活暗器便是那條小金蛇。何鐵手身子一幌，疾忙伸手扯脫咬住肩頭的金蛇，摔在地下，狠狠兩鈎，殺了兩名教衆。何紅藥大叫：「這賤婢給金蛇咬中啦。大夥兒絆住她，毒性就要發作啦！」

何鐵手跌跌撞撞，衝向後殿。她雖中毒，威勢猶在，教眾一時都不敢冒險阻攔。何紅藥縱身上前，雙剪如風，逕往她腦後夾去。何鐵手一低頭，還了一鈎。潘秀達與岑其斯已攔住她去路。何鐵手右肘在腰旁輕按，「含沙射影」的毒針激射而出。潘秀達閃避不遑，未及叫喊，已然斃命。何鐵手肩上毒發，神智昏迷，鐵鈎亂舞，使出來已不成家數。

袁承志眼見她轉瞬之間，便要死於這批陰狠毒辣的教眾之手，心想昨晚在宮中問她要不要見青弟，實是有意相欺，雖說事急行權，畢竟不是光明磊落的大丈夫行逕，不免心有歉意，她眼下所以眾叛親離，實因我昨晚那句話而起，此時親眼見到，豈可袖手不理？忽地躍出，大叫：「大家住手！」

教眾見他突然出現，無不大驚，一齊退開。

何鐵手這時已更加胡塗，揮鈎向袁承志迎面劃來。袁承志一側身，左手伸出，反拿她手腕。那知她武功深湛，進退趨避之際已成自然，雖然眼前金星亂舞，但手腕一碰到袁承志的手指，左臂立沉，鐵鈎倒豎，一招「黃蜂刺」向上疾刺，仍是既狠且準。袁承志一拿不中，叫道：「我來救你！」何鐵手恍若不聞，雙鈎如狂風驟雨般攻來。袁承志解拆數招，右脚在她小腿一勾，何鐵手撲地倒下，突然睜眼，驚叫道：「袁相公，我死了麼？」袁承志道：「咱們出去！」拉住她手臂提了起來。

諸教眾本在旁觀兩人相鬥，見袁承志扶着她急奔而出，發一聲喊，紛紛擁上。

袁承志轉身叫道：「誰敢上來！」教眾個個是驚弓之鳥，不知誰先發喊，忽地一窩蜂的轉身逃入殿內，砰的一聲，關上了殿門。

袁承志見他們對自己怕成這個樣子，不覺好笑，俯身看何鐵手時，見她左肩高腫，雪白的面頰上已罩上了一層黑氣，知她中毒已深，但想她日夕與毒物爲伍，抗力甚強，總還能支持一會，於是抱起她奔回寓所。

衆人見他忽然擒了何鐵手而來，都感驚奇。青青嗔道：「你抱着她幹麼？還不放手。」袁承志道：「快拿冰蟾救她。」焦宛兒扶着何鐵手走進內室施救。水雲等卻甚是氣惱，亦覺不解。袁承志把前因後果說了，並道：「令師黃木道人的事，等她醒轉後，自當查問明白。」仙都弟子一齊拜謝。

過了一頓飯時分，焦宛兒出來說道：「她毒氣慢慢退了，但仍是昏迷不醒。」袁承志道：「你給她服些解毒藥，讓她睡一忽兒吧。」

焦宛兒應了，正要進去，羅立如從外面匆匆奔進，叫道：「袁相公，大喜大喜！」青青笑道：「你才大喜呀！」羅立如道：「闖王大軍打下了寧武關。」衆人一齊歡呼起來。

袁承志問道：「訊息是否確實？」羅立如道：「我們幫裏的張兄弟本來奉命去追尋……尋這位閔二爺的，恰好遇上闖軍攻關，攻守雙方打得甚是慘烈，走不過去。後來他眼見明軍大敗，守城的總兵周遇吉也給殺了。」袁承志道：「那好極啦，義軍不日就來京師，咱們給他來個裏應外合。」

此後數日之中，袁承志自朝至晚，十分忙碌，會見京中各路豪傑，分派部署，只待義軍兵臨城下，舉事響應。

這天出外議事回來，焦宛兒說道：「袁相公，那何教主仍是昏迷不醒。」袁承志吃了一驚，道：「已經有許多天啦，怎麼還不好？」忙隨着焦宛兒入內探望，只見何鐵手面色憔悴，臉無血色，已是奄奄一息。

袁承志沉思片刻，忽地叫道：「啊喲！」焦宛兒道：「怎麼？」袁承志道：「常人中毒之後，毒氣退盡，自然慢慢康復。但她從小玩弄毒物，平時多半又服用甚麼古怪藥料，尋常毒物傷她不得，然而一旦中毒，卻最是厲害不過。我連日忙碌，竟沒想到這層。」焦宛兒道：「那怎麼辦？」袁承志躊躇道：「除非把那冰蟾給她服了，或許還可有救……不過我們靠此至寶解毒，要是再受五毒教的傷害，只有束手待斃了。」焦宛兒也感好生爲難。

袁承志一拍大腿，說道：「此人雖然跟咱們無親無故，但如此眼睜睜的見她送命，終是不忍，給她服了再說。」焦宛兒覺得此事甚險，頗爲不安，但袁承志既如此吩咐，自當遵從，於是研碎冰蟾，用酒調了，給她服下去。過不到一頓飯時分，何鐵手臉色由青轉白，呼吸也已不再氣若遊絲，慢慢粗重起來。

袁承志知道她這條命是救回來了，退了出去。洪勝海正在找他，一見到，忙道：「袁相公，五毒教找上門來啦！」袁承志眉頭一皺，問道：「有多少人？」洪勝海道：「有一個人已到了門外，不知後面還有多少。」

袁承志尋思：「五毒教中除何教主一人之外，餘下的武功均不如何高強，只是陰狠毒辣，無所不用其極。他們本來見了我就望風而逃，現下居然找上門來，定是有恃無恐。那冰蟾至寶又給何鐵手服了，要是有誰再中了毒，那是無可救治的了。」對洪勝海道：「你去叫大夥兒都聚集大廳，不得我號令，誰也不許出戰。」洪勝海應聲去了。

袁承志快步出堂，搶出門去，只見一個人赤了上身，下身穿着一條破褲，雙手據地，頭下脚上的倒立在門口。袁承志見過五毒教教衆的許多怪模樣，這時也不以爲異，眼光往下望時，見是錦衣毒丐齊雲璈。只見他肩頭、背上、雙臂一共插了九柄明晃晃的尺來長尖刀，每把刀都深入肉裏，卻無鮮血流出。這時錦衣毒丐卻成了爛褲毒丐了。

袁承志嚴加防範，不知他使何妖法，喝問：「你來幹甚麼？」齊雲璈不答，大聲唸道：「九刀穿洞，爲奴盡忠！」袁承志道：「我跟貴教以後各走各路。你們別來糾纏，我也不與你們爲難。你快走吧！」齊雲璈猶如中邪着魔一般，不住的唸：「九刀穿洞，爲奴盡忠！」袁承志仔細再看，見每把刀的刀柄上都縛着一件毒物，有的是蝎子，有的是蜈蚣，都在蠕蠕而動。

這時洪勝海已邀集衆人，聚在廳中，他獨自出來察看。袁承志使了個眼色，洪勝海會意，聽清楚了齊雲璈的話，返奔入內，與焦宛兒一同來到何鐵手室中，問道：「何教主，『九刀穿洞，爲奴盡忠』，那是甚麼意思？」

何鐵手服了冰蟾之後，神智漸復，聽得洪勝海的話，忙即坐起，問道：「誰來了？」洪勝海道：「一個上身不穿衣服的叫化子。」何鐵手道：「好。你這位姑娘，請你扶我出去。」焦宛兒見她重病初有起色，不宜便即起床，正想勸阻，何鐵手擺擺手命洪勝海出房，坐起身來，慢慢穿上長衣。焦宛兒道：「你不能出去。」何鐵手道：「你扶我一把。」焦宛兒伸手相扶。何鐵手右手一翻，已拿住了她手腕。焦宛兒吃了一驚，手上登如套了一隻鋼箍，身不由主的隨她走到門口，不由得又是害怕，又是欽佩。

何鐵手跨出大門，喝道：「你瞧瞧，我不是好好活着麼？」齊雲璈臉現喜色，雙手一挺，在空中翻了個觔斗，仍然頭下脚上的倒立。

何鐵手道：「你又爲甚麼來了？你若不是走投無路，也決不會後悔。」齊雲璈道：「教主明鑑，小的罪該萬死，傷了教主尊體，多蒙三祖七子保佑，教主無恙。」

何鐵手喝道：「你只道用金蛇傷了我，我勢必喪命，按本教規矩，你便是教主了，是不是？」齊雲璈道：「小的該受萬蛇噬身大罪，只求教主開恩寬赦。」

何鐵手道：「好啦，你去吧！」齊雲璈雙臂一屈一伸，額角不住碰在地上行禮，砰砰有聲。何鐵手道：「你爲甚麼來謝罪？」齊雲璈道：「小的不敢相瞞教主。照教中規矩，原該由小的繼任教主，但那老乞婆與小的相爭，小的敵他不過……」何鐵手道：「我早知道你不安好心，現今既已對我歸服盡忠，便饒你一命。」說着俯身在他肩頭拔起一刀。齊雲璈大喜，行了一禮，翻身直立，大踏步去了。

何鐵手扶着焦宛兒回到廳中，衆人都對剛才的怪事不明所以。何鐵手笑道：「他給逼到了窮途末路，在教裏已容身不得，才來求我。」青青道：「這些刀子幹甚麼呀？」

何鐵手把刀上縛着的一隻蝎子取了下來，拿手帕包了幾重，放入懷中，笑道：「這是我們的邪法，各位不要見笑。九柄刀上都有蟲豸的劇毒，每一條蟲毒性不同，以毒攻毒，只有用原來蟲豸的毒汁，再和上別的藥材，方能治好。我每天給他拔一柄刀，刀上毒蟲就由我收了起來，以後每年端午，他體內毒發，我就給他服一劑解藥。」青青點頭道：「這樣他永遠做你的奴僕，不敢起反叛之心。」何鐵手笑道：「夏相公料得不錯。」

青青又問：「那麼他自己把刀拔下來不成麼？」何鐵手道：「那些刀是他自己插上去的。他來求我拔，就是向我歸順。他曾用金蛇傷我，如不用這九刀大法，知道我決不能饒赦。」青青道：「幹麼不一次給他拔下來？他身上還有八柄刀，豈不是還得痛上八天？」何鐵手笑道：「這人可惡，就是要他多吃點苦頭！」頓了一頓，微笑道：「要是夏相公饒了他，明兒我就一齊拔了。」青青道：「由得你吧。我也不可憐這種惡人！」

水雲待她們談得告了一個段落，站起身來，舉手爲禮，說道：「何教主，我們師父的事，請您瞧在袁相公份上，明白賜告。」此言一出，仙都衆弟子都站起身來。

何鐵手冷笑道：「袁相公於我有恩，跟你們仙都派可沒干係。我身子還沒復原，你們是不是要乘人之危？我何鐵手也不在乎。」她如此橫蠻無禮，可大出衆人意料之外。

袁承志向水雲等一使眼色，說道：「何教主身子不適，咱們慢慢再談。」何鐵手哼了一聲，扶着焦宛兒進房去了。仙都諸弟子聲勢洶洶，七張八嘴的議論。袁承志道：「這事交在兄弟身上。黃木道長的下落，我負責打探出來便是。」仙都諸人這才平息。

次日齊雲璈又來，何鐵手給他拔了一刀，接連數日都是如此。

這數日中，闖軍捷報猶如流水價報來：明軍總兵姜瓖投降，闖軍克大同；總兵王承胤、監軍太監杜勳投降，闖軍克宣府；總兵唐通、監軍太監杜之秩投降，闖軍克居庸。

那大同、宣府、居庸，都是京師外圍要塞，向來駐有重兵防守。每一名總兵均統帶精兵數萬。崇禎不信武將，每軍都派有親信太監監軍，權力在總兵之上。但闖軍一到，監軍太監和總兵官一齊投降。重鎮要地，闖軍都是不費一兵一卒而下。

數日之間，明軍土崩瓦解，北京城中，亂成一片。

這一日訊息傳來，闖軍已克昌平，北京城外京營三大營一齊潰散，眼見闖軍已可唾手而取北京。

又過數天，齊雲璈身上只餘下一柄毒刀未拔，中午時分，來到門外。洪勝海稟報進去。這時何鐵手已毒清痊愈，衆人想看齊雲璈身上毒刀拔除之後，何鐵手如何對他，都跟她走出大門。何鐵手轉頭對青青笑道：「夏相公，這人雖然本性惡劣，但武功卻強，我送給你做奴僕好不好？你有解藥在手，他終身不敢違背你半句話。」

青青惱道：「我一個女孩兒家，要這臭男人跟在身旁幹甚麼？」

何鐵手大吃一驚，自識青青以來，見她始終穿着男裝，越瞧越是心愛，竟沒瞧出她是女子所扮。旁人明知何鐵手誤會，但都怕她狠毒厲害，誰也不敢稍露口風。袁承志連日忙於迎接闖軍的大事，全沒想到此節。以致何鐵手一直蒙在鼓裏，這時聽青青一說，呆了半晌，問道：「甚……甚麼？」青青道：「我不要。」何鐵手顫聲道：「你說甚麼女孩兒家？」

焦宛兒退開兩步，低聲道：「何教主，這位是夏姑娘啊。她從小愛穿男裝，別說你認不出來，我們大家初次見到，也總當是一位相公。」

何鐵手眼前一花，頭腦中一陣暈眩，定神細看，見青青面色白膩，雙眉彎彎，確是一個美貌女子，不禁又氣又恨，心想：「我怎麼如此胡塗，竟爲一個女子而叛教？弄得身敗名裂，我……我也不要活了。」她性子剛硬，心中越氣，臉上越是露出笑容，小嘴一張，左頰露出一個酒窩，說道：「我眞是胡塗啦！」走下階石，俯身去拔齊雲璈背上最後一柄毒刀。但饒是她要強好勝，終究倏遭大變，心神不定，不由得雙足發軟，身子一下搖幌。

焦宛兒正要上前相扶，突然路旁一聲厲叫，一人驀地竄將出來，縱到齊雲璈身後，一彎腰，又縱了開去。只聽齊雲璈狂喊一聲，俯伏在地，背後那柄尺來長的毒刀已深入背心，直沒至刀柄。這一下猶如晴空霹靂，正所謂迅雷不及掩耳，雖有袁承志、程青竹、沙天廣、啞巴等許多高手在旁，但沒一個來得及施救。

衆人齊聲驚呼，看那突施毒手的人時，正是老乞婆何紅藥。卻見她啊啊怪叫，左手揮舞，雙足亂跳，卻總是摔不開咬在她手背上的一條小金蛇。齊雲璈抬頭叫道：「好，好！」身子一陣扭動，垂首而死。衆人瞧着何紅藥，只見她臉上盡是怖懼之色，一張本就滿是傷疤的臉，更加令人不忍多瞧一眼。她右手幾番伸出，想去拉扯金蛇，剛要碰到時又即縮回，似乎一碰金蛇的身子便有大禍臨頭一般。

何鐵手只是嘻嘻而笑，袖手不語。何紅藥白眼一翻，忽地從懷裏摸出一柄利刃，刀光一閃，擦的一聲，已把自己左手砍下，急速撕下衣襟包住傷口，狂奔而去。

衆人見到這驚心動魄的一幕，都呆住了說不出話來。

何鐵手彎下腰去，在齊雲璈身上摸出一個鐵筒，罩在金蛇身上，左手鐵鈎在何紅藥的斷手上一劃，切下金蛇咬住的手背肉，連肉和蛇倒在筒裏，蓋上塞子。

袁承志問道：「這金蛇是那裏來的？」何鐵手微微一笑，說道：「這姓齊的雖然求我收留，但總不放心，怕我見害，因此在第九柄刀旁暗藏金蛇。倘若我給他拔刀，那就罷了，如有加害之意，他便以金蛇反擊。哼哼，那知姑姑卻放他不過。總算她心狠得下，切下了自己的手，再遲片刻，就不可救了。」青青道：「你的左手，也是這樣割斷的麼？」何鐵手橫了她一眼，並不回答，忽地掩面奔入。青青碰了一個釘子，氣道：「這人也眞怪。」

焦宛兒臉現憂色，低聲道：「我去陪陪她，別出甚麼亂子。」入內片刻，隨即匆匆出來，說道：「袁相公，何教主關在房裏，我叫她總是不理。」袁承志道：「讓她休息一會吧。」焦宛兒道：「不，我瞧情形不對。」袁承志道：「好，瞧瞧她去。」

三人來到何鐵手房外，焦宛兒伸手拍門，裏面寂無回音。焦宛兒繞到窗口，往裏一張，突然大叫：「不好啦，袁相公，快來！」她語聲甫畢，雙掌已推開木窗，飛身入去。袁承志和青青跟着躍進。只見何鐵手解開衣襟，跪在一尊小小的木雕像面前，右手拿住金蛇，正要放到自己喉頭。袁承志右手疾揮，嗤的一聲，一枚銅錢破空而去，打入金蛇口中。何鐵手一驚，放下金蛇，伏在桌上大哭起來。

青青搶過鐵管，把金蛇收入，柔聲道：「幹麼要自尋短見？你教中那些傢伙不聽你話，你跟我們在一起不好麼？」何鐵手只是哭泣。袁承志勸道：「何教主，五毒教本是害人邪教。你棄邪歸正，跟五毒教一刀兩斷，那是何等美事，又何必傷心？」這時程青竹等聞聲，也都過來勸慰。

何鐵手愧恨難當，本想一死了之，但在生命關頭突然得人相救，這求死的念頭便即消了，雙眸仰視，精光四射，笑道：「袁相公，你如肯答應一件事，我就不死啦。」

青青心想：「這人片刻之前正要自殺，哭了一場，忽然又笑，她要大哥甚麼呢？啊喲不對，莫非是看中了他！」忙問：「你要他答應甚麼？」何鐵手道：「袁相公你先說肯不肯。」袁承志道：「不知何教主要兄弟辦甚麼事。」他也起了疑心，不即答應。

何鐵手向青青、焦宛兒一笑，忽地在袁承志面前跪下，連連磕頭。袁承志大驚，忙作揖還禮，說道：「快別這樣。」何鐵手道：「你不收我做徒弟，我就賴着不起來啦。」

青青心頭大寬，笑道：「何教主這麼厲害的功夫，誰能做你師父啊？」何鐵手道：「師父，你不收我這徒弟，我在這裏跪一輩子。」袁承志道：「我出師門不到一年，怎能授徒？何教主如不嫌我本領低微，咱們可以互相切磋，研討武藝。拜師之說，再也休提。」何鐵手直挺挺的跪着，只是不肯起身。袁承志伸手相扶。何鐵手手肘一縮，笑道：「我手上有毒！」烏光一閃，鐵鈎往他手掌上鈎去。

袁承志雙手並不退避，反而前伸，在間不容髮之際，已搶在頭裏，在她手肘上一托，何鐵手身不由自主的騰空而起。但她武功也眞了得，在空中含胸縮腰，斗然間身子向後退開兩尺，落下地來，仍是跪着。旁觀衆人見兩人各自露了一手上乘武功，不自禁的齊聲喝采。

袁承志道：「何教主休息一會兒吧，我要出去會客。」說着轉身出門。何鐵手大急，叫道：「你當眞不肯收我爲徒？」袁承志道：「兄弟不敢當。」何鐵手道：「好！夏姑娘，我講個故事給你聽，有人半夜裏把圖畫放在床邊。」她一知青青是女子，立時察覺她對袁承志鍾情甚深，而袁承志對青青的神態也是非同尋常，便想到床邊肖像之事大是奇貨可居。

青青愕然不解。袁承志卻已滿臉通紅，心想這何鐵手無法無天，甚麼事都做得出，自己與阿九的事本來問心無愧，但青年男女深夜同睡一床，這事給她傳揚開來，不但青青生氣，也敗壞了自己和阿九的名聲，不由得心中大急，連連搓手。

何鐵手笑道：「師父，還是答應了的好。」袁承志無奈，支吾道：「唔，唔。」何鐵手大喜，說道：「好呀，你答應了。」雙膝一挺，身子輕輕落在他面前，盈盈拜倒，行起大禮來。袁承志爲勢所迫，只得還了半禮。衆人紛紛過來道賀。

青青滿腹疑竇，問何鐵手道：「你講甚麼故事？」何鐵手笑道：「我們教裏有門邪法，只要畫了一個人的肖像放在床邊，向着肖像磕頭，行起法來，那人就會心痛頭痛，一連三個月不會好。先前師父不肯收我，我就嚇他要行此法。」青青覺此話難信，卻也無可相駁。

袁承志聽何鐵手撒謊，這才放心，心想：「天下拜師也沒這般要脅的。如她心術不改，決不傳她武藝。」當下正色道：「其實我並無本領收徒傳藝，既然你一番誠意，咱們暫且掛了這個名，等我稟明師父，他老人家答允之後，我才能傳你華山派本門武功。」何鐵手眉花眼笑，沒口子的答應。

青青道：「何教主……」何鐵手道：「你不能再叫我作教主啦。師父，請您給我改個名兒。」袁承志想了一下，說道：「我讀書不多，想不出甚麼好名字。就叫『惕守』如何？惕是警惕着別做壞事，守是嚴守規矩、正正派派的意思。」何鐵手喜道：「好好，夏師叔，你就叫我惕守吧。」青青道：「你年紀比我大，本領又比我高，怎麼叫我師叔？」何惕守在她耳邊悄聲道：「現下叫你師叔，過些日子叫你師母呢！」

青青雙頰暈紅，芳心竊喜，正要啐她，忽聽得水雲與閔子華兩人來到房外。衆人走了出去。袁承志道：「黃木道長的下落，你對兩位說了吧。」何惕守微微一笑，道：「他是在雲南大……」

一句話沒說完，猛聽得轟天價一聲巨響，只震得門窗齊動。衆人只覺脚下地面也都搖動，無不驚訝，但聽得響聲接連不斷，卻又不是焦雷霹靂。程青竹道：「那是炮聲。」

衆人湧到廳上。洪勝海從大門口直衝進來，叫道：「闖王大軍到啦！」只聽炮聲不絕，遙望城外火光燭天，殺聲大震，闖王義軍已攻到了北京城外。

袁承志對水雲道：「道長，她已拜我爲師。尊師的事，咱們慢一步再說……」何惕守道：「黃木道長被我姑姑關在雲南大理靈蛇山毒龍洞裏。你們拿這個去放他出來吧。」說着拿出一個烏黑的蛇形鐵哨來。水雲與閔子華聽說師父無恙，大喜過望，連忙謝過，接了哨子。何惕守道：「這是我的令符。你們馬上趕去，只要搶在頭裏，雲南教衆還不知我已叛教，見了這個令符，自會放尊師出來。」水雲與閔子華匆匆去了。

兩人走了不久，北京城裏各路豪傑齊來聽袁承志號令。袁承志事先早有佈置，誰放火，誰接應，已分派得井井有條。

闖軍如何攻城，明軍如何守禦，各處探子不住報來。過得一會，一名漢子送了一封信來，是李岩命人混進城來遞送的，原來他統軍已到城外。袁承志大喜，當即派人四出行事。

黃昏間，各人已將歌謠到處傳播，只聽西城衆閒人與小兒們唱了起來：「朝求升，暮求合，近來貧漢難存活，早早開門拜闖王，管教大小都歡悅！」又聽東城的閒漢們唱道：「吃他娘，着他娘，吃着不盡有闖王，不當差，不納糧！」城中官兵早已大亂，各自打算如何逃命，又有誰去理會？聽着這些歌謠，更是人心惶惶。

次日是三月十八，袁承志與青青、何惕守、程青竹、沙天廣等化裝明兵，齊到城頭眺望，只見義軍都穿黑衣黑甲，數十萬人猶如烏雲蔽野，不見盡處。炮火羽箭，不住往城上射來。守軍陣勢早亂，那裏抵敵得住？

忽然間大風陡起，黃沙蔽天，日色昏暗，雷聲震動，大雨夾着冰雹傾盆而下。城上城下，衆兵將衣履盡濕。

青青等見到這般天地大變的情狀，不禁心中均感慄慄。

袁承志等回下城來，指揮人衆，在城中四下裏放火，截殺官兵。各處街巷中的流氓棍徒便乘機刼掠，哭聲叫聲，此起彼落。

羣雄正自大呼酣鬥，忽見一隊官兵擁着一個錦衣太監，呼喝而來。袁承志於火光中遠遠望見正是曹化淳，心頭一喜，叫道：「跟我來，拿下這奸賊。」鐵羅漢與何惕守當先開路，直衝過去，官兵那裏阻攔得住？曹化淳見勢頭不對，撥轉馬頭想逃。袁承志一躍而前，扯住他的脚一拉，提下馬來，喝道：「到那裏去？」曹化淳道：「皇……皇上……命小人督……督戰彰義門。」袁承志道：「好，到彰義門去。」

羣雄擁着曹化淳直上城頭，遙遙望見城外一面大旗迎風飄揚，旗下一人頭戴氈笠，跨着烏駁馬往來馳騁指揮，威風凜凜，正是闖王李自成。

袁承志叫道：「快開城門，迎接闖王！」說着手上一用勁，曹化淳痛得險險暈了過去。

他命懸人手，那敢違抗？何況眼見大勢已去，反想迎接新主，重圖富貴，當即傳下令來，彰義門大開。城外闖軍歡聲雷動，直衝進來。成千成萬身披黑甲的兵將湧入城門。袁承志站在城頭向下望去，見闖軍便如一條大黑龍蜿蜒而進北京，威不可當。

袁承志率領衆人，隨着敗兵退進了內城。內城守兵尚衆，加上從外城潰退進來的敗兵，重重疊疊，擠滿了城頭。這時天色已晚，外城闖軍鳴金休息。袁承志等在亂軍中也退回居所。城邊鉦鼓聲、吶喊聲亂成一片。統兵的將官有的逃跑，有的在城頭督戰，誰也顧不到他們這一夥人。

羣雄退回正條子胡同，換下身上血衣，飽餐已畢，站在屋頂瞭望，只見城內處處火光。

袁承志喜道：「內城明日清晨必破。闖王治國，大公無私，從此天下百姓，可以過吃飽着暖的太平日子。今晚是我手刃仇人的時候了。」

衆人知他要去刺殺崇禎爲父報仇，都願隨同入宮。袁承志道：「各位辛苦了一日，今晚好好休息，明晨尙有許多大事要辦。兵荒馬亂之際，皇宮戒備必疏，刺殺昏君只是一舉手之勞，還是兄弟一個去辦罷。」各人心想他絕世武功，現下皇帝的侍衞只怕都已逃光，要去刺殺這個孤家寡人，實是不費吹灰之力，俱都遵從。

袁承志要靑靑點起香燭，寫了「先君故兵部尙書薊遼督師袁」的靈牌，安排了靈位，只待割了崇禎的頭來祭了父親，然後把首級拿到城頭，登高一呼，內城守軍自然潰敗。他帶了一個革囊，以備盛放崇禎的首級，腰間藏了一柄尺來長的尖刀，逕向皇宮奔去。

一路火光燭天，潰兵敗將，到處在乘亂搶掠。袁承志正行之間，只見七八名官兵拖了幾名大哭大叫的婦女走過，想起阿九孤身一個少女，不知如何自處，又想到她對自己的一番情意，誠摯深切，令人心感，但此生卻已無可報答，突然之間，內心湧起一陣惆悵，一陣酸楚。「崇他直入宮門，守門的衞兵宮監早已逃得不知去向。眼見皇宮中冷清清的一片，不覺一驚：「崇禎要是藏匿起來，不知去向，那可功虧一簣了。」當下直奔乾清宮。

來到門外，只聽得一個女人聲音哭泣甚哀。袁承志閃在門邊，往裏一張，心頭大喜，原來崇禎正坐在椅上。一個穿皇后裝束的女人站着，一面哭，一面說道：「十六年來，陛下不肯聽臣妾一句話。今日到此田地，得與陛下同死社稷，亦無所憾。」崇禎俯首垂淚。皇后哭了一陣，掩面奔出。

袁承志正要搶進去動手，忽然殿旁人影一閃，一個少女提劍躍到崇禎面前，叫道：「父皇，時勢緊迫，趕快出宮吧。」正是長平公主阿九。她轉頭對一名太監道：「王公公，你好好服侍陛下。」那太監名叫王承恩，垂淚道：「是，公主殿下一起走吧。」阿九道：「不，我還要在宮裏耽一忽兒。」王承恩道：「內城轉眼就破，殿下留在宮裏很是危險。」阿九道：「我要等一個人。」

崇禎變色道：「你要等袁崇煥的兒子？」阿九臉上一紅，低聲道：「是，兒臣今日和陛下告別了。」崇禎道：「你等他幹甚麼？」阿九道：「他答應過我，一定會來的。」崇禎道：「把劍給我。」接過阿九手中那柄金蛇寶劍，長嘆一聲，說道：「孩兒，你爲甚麼生在我家裏……」忽地手起劍落，烏光一閃，寶劍向她頭頂直劈下去。

阿九驚叫一聲，身子一幌。袁承志大吃一驚，萬想不到崇禎竟會對親生女兒忍下毒手。

他與兩人隔得尚遠，陡見形勢危急，忙飛身撲上相救，躍到半路，阿九已經跌倒。

崇禎提劍正待再砍，袁承志已然搶到，左手探出，在他右腕上力拍，崇禎那裏還握得住劍，金蛇劍直飛上去。袁承志左手翻轉，已抓住崇禎手腕，右手接住落下來的寶劍，回頭看阿九時，只見她昏倒在血泊之中，左臂已被砍斷。

袁承志大怒，喝道：「你這狠心毒辣的昏君，竟是甚麼人都殺，既害我父親，又殺你自己女兒。我今日取你性命！」

崇禎見到是他，嘆道：「你動手吧！」說罷閉目待死。兩名內監搶上來想救，被袁承志一脚一個，踢得直飛出去。袁承志舉起劍來，正要往崇禎頭上砍落。阿九恰好睜開眼睛，當即奮力躍起，擋到崇禎身前，叫道：「你別殺我父皇，求你……」臉上滿是哀懇的臉色，望着袁承志，一語未畢，又已暈了過去。

袁承志見她斷臂處血如泉湧，大爲不忍，左手一推，崇禎仰天一交直跌出去。他俯身扶起阿九，點了她左肩和背心各處通血脈的穴道，血流稍緩，從懷裏掏出金創藥敷在傷口，撕下衣裾紮住。阿九慢慢醒轉。

王承恩等數名太監扶起崇禎，下殿趨出。袁承志喝道：「那裏走！」放下阿九。要待追趕。阿九右手摟住他脖子，哭叫：「別傷我父皇！」

袁承志轉念一想，城破在即，料來崇禎也逃不了性命，雖非親自手刃，父仇總是報了，也免得傷阿九之心，當下點頭道：「好！」阿九心頭一寬，又暈了過去。

袁承志見各處大亂，心想她身受重傷，無人照料，勢必喪命，只有將她救回自己住處再說。當下抱起了她，出宮時已交三更，抬頭見火光照得半天通紅，到處是哭聲喊聲。到得正條子胡同，衆人正坐着等候。青青見他又抱了一個女子回來，先已不悅，走近一看，竟是阿九，板起臉問道：「皇帝的首級呢？」袁承志道：「我沒殺他。焦姑娘，請你費心照料她。」焦宛兒答應了，把阿九抱進內室。

青青又問：「幹麼不殺？」袁承志畧一遲疑，向內一指，道：「她求我不殺！」青青怒道：「她，她是誰？你幹麼這樣聽她話？」袁承志尙未回答，何惕守道：「唉，可惜，可惜！這位美公主怎會斷了一條手臂？師父，她畫的那幅肖像呢？有沒帶出來？」袁承志連使眼色，何惕守還想說下去，見袁承志與青青兩人臉色都很嚴重，便住口不說了。

青青問道：「甚麼公主？甚麼肖像？」何惕守笑道：「這位公主會畫畫，我見過她畫的自己一幅小照，畫得眞好。」青青横了她一眼道：「是麼？」轉身入內去了。何惕守對袁承志道：「師父，我幫你救公主去。」說着奔了進去。

註：曹化淳欲立誠王爲帝，並非史實，純係小說作者之杜撰穿挿，「明史」中亦無誠王其人。其他與崇禎有關之敍述，則大致根據史書所載。

李岩和袁承志並肩而行，只見小胡同中響起歌聲，一個盲了眼的賣唱人拉着胡琴，緩步而來，唱着：「今日的一縷英魂，昨日的萬里長城……」

第十九回　嗟乎興聖主　亦復苦生民

袁承志回房假寐片刻。天將明時，洪勝海匆匆走進房來，叫道：「相公，沙寨主拿住了太監王相堯，已率人打開了宣武門！」袁承志一躍而起，問道：「義軍進城了麼？」洪勝海道：「劉宗敏將軍已帶隊進來了。」袁承志道：「好極了，咱們快去迎接。」

兩人走到廳上。何惕守道：「師父，你放心，我會照顧她們。」袁承志點了點頭。這時程青竹、沙天廣與鐵羅漢出外未歸，袁承志帶領啞巴、胡桂南、洪勝海，四人往大明門來。

只見陰雲四合，白雪微飄，街道上潰兵敗卒，四散奔逃。有人大呼而過：「正陽門，齊化門，東直門都打開啦！」走了一陣，敗兵漸少。衆百姓在門上貼了「永昌元年大順王萬萬歲」的黃紙，門口擺了香案，有的還在門口放了酒漿勞軍。袁承志對胡桂南道：「人心如此，闖王那得不成大事？」

又走一陣，前面號角齊鳴，數百人快步過來，當先正是沙天廣與鐵羅漢。兩人率領北京城內的豪傑截殺明兵，見了袁承志都大聲歡呼起來。鐵羅漢叫道：「闖王就要來啦！」一言方畢，前面數騎急奔而至。一名大漢舉着一面大旗，上面寫着「大順制將軍李」六個大字。李岩身穿青衫，縱馬馳來。袁承志大喜，叫道：「大哥！」躍到馬前。

李岩一怔，當卽翻身下馬，喜道：「兄弟，你破城之功，甚是不小！」袁承志道：「闖王大軍到處，明兵望風而降，小弟有何功勞？」兩人執手說了幾句話，以前在聖峯嶂見過的劉芳亮、田見秀等人一時俱到。衆人執手言歡。

突然號角聲響，衆軍大呼：「大王到啦，大王到啦！」

袁承志等閃在一旁，只見精騎百餘前導，李自成氈笠縹衣，乘烏駁馬疾馳而來。

李岩過去低語幾句。李自成笑道：「好極了！袁兄弟過來。」李岩招招手，袁承志走到兩人馬前。李自成笑道：「袁兄弟，你立了大功！你沒馬麼？」說着一躍下地，把坐騎的馬韁交給了他。袁承志連忙拜謝。

李自成走上城頭，眼望城外，但見成千成萬部將士卒正從各處城門入城，當此之時，不由得志得意滿。闖軍見到大王，四下裏歡聲雷動。

李自成從箭袋裏取出三枝箭來，扳下了箭簇，彎弓搭箭，將三箭射下城去，大聲說道：「衆將官兵士聽着，入城之後，有人妄自殺傷百姓、姦淫擄掠的，一概斬首，決不寬容！」城下十餘萬兵將齊聲大呼：「遵奉大王號令！大王萬歲、萬歲、萬萬歲！」

袁承志仰望李自成神威凜凜的模樣，心下欽佩之極，忍不住也高聲大叫：「大王萬歲、萬歲、萬萬歲！」

李自成下得城頭，換了一匹馬，在衆人擁衞下走向承天門。他轉頭對袁承志笑道：「你是承父之志，我是承天！」彎弓搭箭，颼的一聲，羽箭飛出，正中「天」字之下。他膂力強勁，這一箭直揷入城牆，衆人又是一陣歡呼。

來到德勝門時，太監王德化率領了三百餘名內監伏地迎接。李自成投鞭大笑，對袁承志道：「你去年在陝西見到我時，可想到會有今日？」袁承志道：「大王克成大業，天下百姓早都知道了。只是萬想不到會如此之快。」李自成拊掌大笑。

忽有一人疾奔而來，向李自成報道：「大王，有一個太監說，見到崇禎逃到煤山那邊去了。」李自成轉頭對袁承志道：「你快帶人去拿來！」袁承志道：「是！」手一擺，率領了胡桂南等人馳向煤山。

那煤山只是個小丘，衆人上得山來，不禁一驚。只見大樹下吊着兩人，隨風搖幌。一人披髮遮面，身穿白袷短藍衣，玄色鑲邊，白綿綢背心，白紬褲，左脚赤裸，右脚着了綾襪與紅色方頭鞋。袁承志披開他頭髮一看，竟然便是崇禎皇帝。他衣前用血寫着幾行字道：「朕登極十七年，致敵入內地四次，逆賊直逼京師，雖朕薄德匪躬，上干天咎，然皆諸臣之誤朕也。朕死，無面目見祖宗於地下，去朕冠冕，以髮覆面，任賊分裂朕屍，勿傷百姓一人。」

袁承志拿了這張血詔，頗感悵惘，二十年來大仇今日得報，本是喜事，但見仇人如此悽慘下場，不禁惻然久之，心想：「你話倒說得漂亮，甚麼勿傷百姓一人。要是你早知愛惜百姓，不是逼得天下饑民無路可走，又怎會到今日這步田地。」

洪勝海道：「袁相公，那邊吊死的是個太監。」袁承志道：「這皇帝死時只有一個太監相陪，眞叫做衆叛親離了。把屍首抬了去，別讓人侵侮。」洪勝海應了。袁承志馳回稟報。這時李自成已進皇宮。守門的闖軍認得袁承志，引他進宮。只見李自成坐在龍椅之上，身旁站着十幾名部將從官，一個衣冠不整的少年站在殿下。

李自成見袁承志進來，叫道：「好！皇帝呢，帶他上來吧。」袁承志道：「崇禎自縊死了。」李自成一呆，接過崇禎的遺詔觀看。

旁立的少年忽然伏地大哭，幾乎昏厥了過去。李自成道：「那是太子！」袁承志扶了他起來。李自成問道：「你家爲甚麼會失天下，你知道麼？」太子哭道：「只因誤用奸臣溫體仁、周延儒等人。」李自成笑道：「原來小小孩童，倒也明白。」隨卽正色道：「我跟你說，你父皇又胡塗又忍心，害得天下百姓好苦。你父皇今日吊死，固然很慘，但他在位一十七年，天下百姓被逼得吊死的又不知有幾千幾萬，那可更慘得多了。」太子俯首不語，過了一會道：「那你快殺我吧。」袁承志見他倔強，不禁爲他擔心。

李自成道：「你還是孩子，並沒犯罪，我那會亂殺人。」太子道：「那麼我求你幾件事。」李自成道：「你說來聽聽。」太子道：「求你不要驚動我祖宗陵墓，好好葬我父皇母后。」李自成道：「當然，那何必要你求我？」太子道：「還求你別殺百姓。」李自成呵呵大笑，道：「孩子不懂事。我就是老百姓！是我們百姓攻破你的京城，你懂了麼？」

太子道：「那麼你是不殺百姓的了？」李自成倏地解開自己上身衣服，只見他胸前肩頭斑斑駁駁，都是鞭笞的傷痕，衆人不禁駭然。李自成道：「我本是好好的百姓，給貪官汚吏這一頓打，才忍無可忍，起來造反。哼，你父子倆假仁假義，說甚麼愛惜百姓。我軍中上上下下，那一個不吃過你們的苦頭？」太子默然低頭。李自成穿回衣服，道：「你下去吧。念你是先皇的太子，我封你一個王，讓你知道我們老百姓不念舊惡。封你甚麼王？嗯，你父親把江山送在我手裏，就封你爲宋王吧。」

太監曹化淳站在一旁，說道：「快向陛下磕頭謝恩。」太子怒目而視，忽地回手一掌，拍的一聲，曹化淳面頰上登時起了五個手指印。

李自成哈哈大笑，道：「好，這種不忠不義的奸賊，打得好。來呀，帶下去砍了！」曹化淳嚇得臉如土色，咕咚一聲，跪在地下連磕響頭，額角上血都碰了出來。李自成一脚把他踢了個觔斗，喝道：「滾出去，以後你再敢見我的面，把你剮了！」太子隨後昂首走出。

李自成對袁承志道：「這小子倒倔強。我喜歡有骨氣的孩子。」袁承志道：「是。」

丞相牛金星道：「主上大事已定。明朝人心盡失，但死灰復燃，卻也不可不防。這孩子十分倔強，決計不肯歸順聖朝，只怕有人會借用他的名頭作亂。不如除了，以免後患。」李自成躊躇道：「這也說得是。這件事你去辦了吧。」轉頭對身後的矮子軍師宋獻策道：「聽說皇帝還有個公主，卻不知在那裏。」

袁承志接口道：「皇帝把她砍去了一條臂膀，是我接了公主在家裏養傷。待她傷愈，再帶她來叩見大王。」李自成笑道：「好好！你功勞不小，我正想不出該賞你甚麼，這公主就賞了你吧。」袁承志窘道：「不，不，那……倒是那個太子，還求大王饒了他性命。」牛金星笑道：「袁兄弟，害甚麼臊？究竟是英雄出在少年。劉將軍他們功勞雖大，大王也祇賞他們幾名宮娥呢。你駙馬爺還沒做，倒愛惜起小舅子來啦。」

袁承志聽他話中有刺，頗爲不快，心想：「太子這小小孩童，何必殺他？」

李自成道：「袁兄弟，我部下武官，分爲九品。劉宗敏是一品權將軍，你義兄李岩是二品制將軍。我封你爲三品果毅將軍吧。」袁承志躬身道：「多謝大王。袁承志誓死爲大王効力，不願爲官。」

牛金星微笑道：「袁兄弟是七省武林盟主，是不是嫌這三品將軍職位太低了呢？大王一統天下，率土之民，莫非王臣。甚麼七省盟主、八省盟主這些私相授受的名號，自今而後，都是要嚴加禁止的了。」

李自成聽他言語太重，拍拍袁承志的肩頭，微笑道：「你還年輕得很，功勞雖是不小，終究隨我時日還短，以後升遷，還怕沒機會嗎？」袁承志道：「屬下決非爲了職位高低，實因草莽匹夫，做不來官。」李自成呵呵大笑，朗聲道：「我難道不是草莽匹夫了？連皇帝都要做呢。」袁承志不便再說，辭了出去。

當下回正條子胡同來，一進胡同，就聽得兵刃相交、呼喝斥罵之聲，隨見數十名闖軍手執兵刃，急奔出來。袁承志心想：「這許多闖軍在這裏幹甚麼？」加快脚步，走到門口，只見何惕守揮鈎亂殺，把十多名困在屋裏逃不出來的闖軍打得東奔西竄。袁承志叫道：「住手，住手！都是自己人！」何惕守叫了聲：「師父。」閃在一旁。

衆闖軍忽見有路可逃，蜂湧而出。一名軍官奔到袁承志跟前，一呆之下，說道：「你……你不也是我們大王手下的嗎？」袁承志道：「正是。大家誤會，老兄莫怪。」那軍官憤憤的道：「誤會！哼，你瞧，你徒兒殺了我們這許多弟兄。」說着一指地下的七八具屍首。

鐵羅漢奔了出來，罵道：「入你娘的！你們一進屋來，伸手就搶東西，又說不交金銀，就放火燒屋子。見到何姑娘美貌，登時動手動脚，說她是奸細，要帶了走。混帳王八蛋，你們跟明朝的官兵有甚麼分別了？」說着一拳揮出，砰的一聲，把那軍官打得直飛出去。

袁承志走進廳中。程青竹、胡桂南等人都氣憤憤的述說市上所見，說道闖軍入城之後，佔住民房，奸淫擄掠，無所不爲。袁承志心下吃驚，說道：「如此做法，民心大失。我親眼見到大王在城頭射了三箭，嚴禁殺人擄掠，定是大王尙不知情。我這就去稟報，請他下令禁止。」程青竹勸道：「盟主，闖王部下有許多本是盜賊出身，來到這帝王之都，花花世界，那有不放肆一番的？且過得幾天，再向大王進言吧。」袁承志道：「不成，過得幾天，北京城裏老百姓都給他們害苦了。救民如救火，怎能等得？」

正說話間，忽然外面喊聲大震。袁承志等吃了一驚，奔到門外，只見無數人馬擁在正條子胡同出口。先前給鐵羅漢打走的那軍官騎在馬上，手執大刀，叫道：「袁承志，權將軍叫你去說話。」袁承志道：「當眞是權將軍吩咐嗎？」另一名軍官取出一枝令箭，道：「有權將軍的令箭在此。」

袁承志心想：「我若不去，傷了兄弟間的和氣。見到權將軍，正可勸他約束部屬，不可胡作非爲。」便點頭道：「好！我同你去便是。」那軍官喝道：「綁了！」便有七八名士兵擁上前來，取出繩索要綁。袁承志微微一笑，也不抵拒，反手在背後，任由綁縛。鐵羅漢、沙天廣等齊聲呼喝：「誰敢動手？」衝上去便要打人。袁承志叫道：「大家不可動粗，我見了權將軍自有分辯。」

那軍官指着何惕守道：「這人是崇禎皇帝的公主，斷了一隻手的。權將軍指明要這人，把他帶了去。」衆軍士便向何惕守奔來。

何惕守金鈎一劃，阻住衆軍士近前，笑問：「權將軍要我去幹甚麼？」那軍官道：「打破北京，權將軍功勞第一。崇禎的公主，自然歸權將軍所有。快乖乖的來吧，以後一生富貴，包你享用不盡。」何惕守笑道：「那倒妙得很。要是我不肯跟你去呢？」那軍官喝道：「那有這麼多囉唆的？帶了去！」何惕守叫道：「師父，那個權將軍要搶我去做小老婆呢。你說我去是不去？」

袁承志倒是難以回答。但見幾名士卒擁上去向何惕守便拉。何惕守只是格格嬌笑，並不動手，突然之間，拉她的士卒仰天便倒，稍一扭動，便均斃命。原來何惕守衣衫之上，盡是劇毒。那軍官大驚之下，叫道：「反了，反了。前明餘孽，抗拒義軍，殺啊！」刀槍紛舉，向鐵羅漢等人頭上砍落。

羣雄到此地步，豈有束手待斃之理？搶過刀槍，反殺過去，一陣格鬥，闖軍官兵亂成一團，擁在胡同中進退不得。

袁承志叫道：「你們去回報權將軍，大家同到大王跟前，分辯是非曲直。」雙臂一振，綁在他手腕上的繩索登時斷了，縱身而起，雙手抓住兩名軍官，扯下馬來，叫道：「當官的留着，士兵都回營去。」衆兵見長官被擒，不敢再鬥，推推擁擁的走了。

袁承志長嘆一聲，搖了搖頭，命胡桂南和洪勝海押了兩名軍官，去見李自成。

進得宮來，只見殿上設了盛宴，李自成正在大宴諸將，絲竹盈耳，酒肉流水價送將上來。李自成已喝得微醺，見到袁承志，喜道：「好，袁承志，你也過來喝一杯！」袁承志躬身道：「是！」走近去接過李自成手中酒杯，一飲而盡。

坐在李自成左側的一名將軍霍地站起身來，喝道：「袁承志，你好大的膽子，仗了誰的勢力，敢殺我部屬？」袁承志見這人滿臉濃髯，神態粗豪，想來便是權將軍劉宗敏了，說道：「這位是權將軍麼？」那人道：「正是。大王不過封了你一個小小果毅將軍，你就不把我權將軍瞧在眼裏了，竟敢殺我部下！」說着伸手抓住刀柄，將刀拔出一半，拍的一聲，又送刀入鞘。霎時之間，殿上數百人寂靜無聲。

袁承志道：「大王入城之時曾有號令，有誰殺傷百姓，奸淫擄掠，一概斬首。在下見到本軍兄弟正在虐殺百姓，這才出手阻止，實非有意得罪，還請權將軍見諒。」

劉宗敏冷笑道：「這天下是大王的天下，是我們老兄弟出死入生、從刀山槍林裏打出來的天下。我們會打江山，難道不會坐江山麼？你來討好百姓，收羅人心，到底是甚麼居心？」袁承志道：「大王剛才說過，他自己也就是百姓。」劉宗敏哈哈大笑，說道：「大王打江山的時候是百姓。今日得了天下，坐了龍廷，便是眞命天子了，難道還是老百姓嗎？你這小子胡說八道。」袁承志默然不語。

李自成笑道：「好啦，好啦！大家自己兄弟，別爲這些小事傷了和氣。來來來，你們兩個乾一杯。宗敏，我知你只因袁承志得了公主，爲此喝醋。皇宮裏美女要多少有多少，待會你自己去揀便是。」劉宗敏道：「大王，崇禎的公主卻只有一個。」李自成向袁承志笑道：「他定要你的公主，你就瞧在我面上，讓了給他罷。你們一殿爲臣，和氣要緊。」

袁承志一聽，不由得愕然，心中茫然若失，手一鬆，酒杯掉在地下，登成碎片。李自成怒道：「你就算不肯，也不用向我發脾氣。」袁承志一驚，忙躬身道：「屬下不敢。」

忽聽得絲竹聲響，幾名軍官擁着一個女子走上殿來。那女子向李自成盈盈拜倒，拜畢站起，燭光映到她臉上，衆人都不約而同的「哦」了一聲。

袁承志自練了混元功後，精神極是把持得定，雖與阿九同衾共枕，亦無非禮之行，但此刻一見這女子，不由得心中一動：「天下竟有這等美貌的女子！」

那女子目光流轉，從衆人臉上掠過，每個人和她眼波一觸，都如全身浸在暖洋洋的溫水中一般，說不出的舒服受用。只聽她鶯鶯嚦嚦的說道：「賤妾陳圓圓拜見大王，願大王萬歲、萬歲、萬萬歲。」

李自成哈哈大笑，道：「好美貌的娘兒！」劉宗敏道：「大王，那崇禎的公主，小將也不要了。你把這娘兒賜了給我罷。」牛金星道：「劉將軍，這陳圓圓是鎭守山海關總兵官吳三桂的愛妾，號稱天下第一美人。大王特地召來的，怎能給你？」劉宗敏聽得是李自成自己要，不敢再說，目不轉瞬的瞪視着陳圓圓，骨都一聲，吞了一大口饞涎。

皇極殿上一時寂靜無聲，忽然間嗆啷一聲，有人手中酒杯落地，接着又是嗆啷、嗆啷兩響，又有人酒杯落地。適才袁承志的酒杯掉在地下，李自成甚是惱怒，此刻人人瞧着陳圓圓的麗容媚態，竟是誰也沒留神到別的。

忽然間坐在下首的一名小將口中發出嗬嗬低聲，爬在地下，便去抱陳圓圓的腿。陳圓圓一聲尖叫，避了開去。那邊一名將軍叫道：「好熱，好熱！」嗤的一聲，撕開了自己衣衫。又有一名將官叫道：「美人兒，你喝了我手裏這杯酒，我就死也甘心！」舉着酒杯，湊到陳圓圓唇邊。

一時人心浮動，滿殿身經百戰的悍將都爲陳圓圓的美色所迷。

袁承志只看得暗暗搖頭，便欲出殿，忽聽得李岩大聲喝道：「大王駕前，衆兄弟不得無禮。」一名將軍哈哈大笑，說道：「我伸一個小指頭兒，摸一摸美人兒的雪白臉蛋，那也不打緊吧！」說着伸出手指，一步一步的向陳圓圓走去。

李自成喝道：「把美人兒送到後宮去。宋獻策，你帶兵看守。」宋獻策答應了，領着陳圓圓入內。

數十名軍官一齊蜂湧過去，爭着要多看一眼，直到陳圓圓的後影也瞧不見了，才戀戀不捨的慢慢歸座。一人舉鼻狂嗅，說道：「美人兒的香氣，聞一聞也是前世修來的。」一人說道：「這不是人，是狐狸精變的，大王不可收用。」另一人道：「就算是吃人妖魔，我只要抱她一抱，立刻給她吃了，那也快活得很。」

李自成一口一口喝酒，臉上神色顯是樂不可支，對衆將官的醜態全沒放在心上。

李岩走上幾步，說道：「大王，吳三桂擁兵山海關，有精兵四萬，又有遼民八萬，都是精悍善戰。大王既已派人招降，他的小妾，還是放還他府中，以安其心爲是。」劉宗敏冷笑道：「吳三桂四萬兵馬，有個屁用？北京城裏崇禎十多萬官兵，遇上了咱們，還不是希哩花啦的一古腦兒都垮了。」李自成點頭道：「吳三桂小事一樁，不用放在心上。他若投降，那是識好歹的，否則的話，還不是手到擒來？吳三桂難道比孫傳庭、周遇吉還厲害麼？」

李岩道：「大王雖已得了北京，但江南未定……」李自成揮手道：「大家喝酒，大家喝酒！此刻不是說國家大事的時候。」李岩只得道：「是。」退了下去，坐在袁承志身邊，低聲道：「一切小心，須防權將軍對你不利。」袁承志點點頭。

只見李自成喝了幾杯酒，大聲道：「大夥兒散了罷，哈哈，哈哈！」飛起一脚，踢翻了桌子，轉身而入。衆將一鬨而散。

袁承志隨着李岩出殿，在宮門外遇到胡桂南和洪勝海，吩咐將兩名軍官放了。

四人剛轉過一條街，便見數十名闖軍正在一所大宅中擄掠，拖了兩名年輕婦女出來。兩名女子只是哭叫，掙扎着不肯走。李岩大怒，喝令部屬上前拿問。衆闖軍見是制將軍到來，發一聲喊，抛下婦女財物便逃走了。

一路行去，只聽得到處都是軍士呼喝嘻笑、百姓哭喊哀呼之聲。大街小巷，闖軍士卒奔馳來去，有的背負財物，有的抱了婦女公然而行。李岩見禁不勝禁，拿不勝拿，只有浩歎。

袁承志本來一心想望李自成得了天下之後，從此喜見昇平，百姓安居樂業，但眼見今日李自成和劉宗敏的言行，又見到滿城士卒大掠的慘況，比之崇禎在位，又好得了甚麼？滿腔熱望，登時化爲烏有。

再走得幾步，只見地下躺着幾具屍首，兩具女屍全身赤裸。衆屍身上傷口中兀自流血未止。袁承志這時再也忍耐不住，握住李岩的手，說道：「大哥，你說闖王爲民伸寃，爲……爲百姓出氣，就是這樣麼？」說着突然坐倒在地，放聲大哭。

李岩也是悲憤不已，說道：「我這就去求見大王，請他非立即下令禁止擄掠不可。」拉起袁承志，回到皇宮，向衞士說有急事求見闖王。

衞士稟報進去，過了一會，出來說道：「制將軍，大王已經睡了，誰也不敢驚動。請將軍明天來吧。」李岩道：「我跟隨大王多年，有事求見，大王深更半夜也必接見。你再去稟報罷。」那衞士又進去半晌，出來時滿臉驚惶之色，顫聲道：「大王大發脾氣，說小人若是再去囉唆，立刻砍了我的腦袋。」李岩道：「好，我便在這裏等着，等大王醒了之後再見。」對袁承志道：「兄弟，你先回去休息吧。」袁承志道：「我在這裏陪伴大哥。」要胡桂南、洪勝海二人先回，以免青青等掛念。

兩人等到天色大明，才見一名衞士從內宮出來，說道：「大王召見。」兩人跟着他來到一間房中，那衞士便出去了。直等了兩個多時辰，眼見午時已過，李自成始終不出來。兩人你瞧着我，我瞧着你，都是十分焦急。

眼見日頭偏西，已到未時，忽見宋獻策推門進來，說道：「李將軍，袁將軍，兩位怎麼在這裏？」李岩道：「我們求見大王，衞士說道大王召見。可是從淸早直等到這時候，大王始終沒出來。」宋獻策嘆了口氣，低聲道：「今日上午，大王召集諸將集議，卻讓兩位在這裏苦等。」李岩驚道：「卻是如何？」宋獻策道：「牛金星那廝不斷在大王跟前說你的壞話，也說我的壞話。」李岩怒道：「你我二人行得正，坐得正，有甚麼壞話好說？」

宋獻策道：「大王在河南之時，人心不附，那時我想了個計議出來，造了一句讖語，說是『十八孩兒主神器』，叫人到處傳播。十八孩兒，拚起來是個『李』字，便是說大王應有天下。愚夫愚婦聽到了，以爲大王天命攸歸，大家都來歸附，咱們的聲勢登時大了起來。李將軍可還記得麼？」李岩道：「怎不記得？我作兒歌，你作讖語，動搖明朝的人心，可也有些功勞啊。」宋獻策搖頭道：「牛金星對大王進讒，說那句『十八孩兒主神器』，不是指大王，而是指你李將軍！」

李岩心頭大震，當即站起。他知自來帝皇最忌之事，莫過於有人覬覦他的寶座。歷朝開國英主所以屠戮功臣，如漢高祖、明太祖等把手下大將殺得七零八落，便是怕他們謀朝篡位，李自成要是信了這句話，那可糟了，不由得顫聲道：「這……這……這……」

宋獻策道：「大王英明，未必就信了，制將軍也不用擔心。不過今日諸將大會，會中劉將軍、張將軍、谷將軍、羅將軍他們，衆口一辭的都說制將軍自鳴清高，瞧不起友軍，說他們部屬借住民房，跟老百姓借幾兩銀子，跟大娘閨女們說幾句話，制將軍的部下就去呼喝干涉。牛金星卻道，制將軍這不是自鳴清高，而是收羅人心，胸懷大志。」

李岩氣得說不出話來，臉色發白，騰的一聲，重重坐在椅中。

宋獻策道：「我爲制將軍分辯得幾句，衆將就大罵我宋矮子三分不像人，七分倒像鬼，最會胡說八道。我氣不過，就出來了，聽宮門口衞士說，兩位將軍在此，因此過來瞧瞧。大王此刻心中不快，兩位不必等候了。」

李岩拱手道：「多承宋軍師見愛，兄弟感激不盡。」宋獻策歎道：「咱們雖然打下了北京，可是江南未平，吳三桂未降，滿洲韃子虎視眈眈，更是一大隱憂。但今日諸將大會，除了編排制將軍的不是之外，就是商量如何拷掠明朝投降的大官富戶，要他們獻出金銀財寶。唉，成大事的人，眼界也未免太小了啊。」三人相對歎息，出宮而別。

袁承志聽了宋獻策一番話，見他雖然身高不滿三尺，形若獼猴，容貌醜陋，說話卻是極有見識，說道：「大哥，這位宋軍師實是個人才。」李岩道：「他足智多謀，很了不起。只是大王愛聽牛金星的話，不肯重用宋軍師。其實大王許多攻城掠地的方畧，都是出於宋軍師的主意。」

兩人默默無言的携手同行，走了數百步。

李岩道：「兄弟，大王雖已有疑我之意，但為臣盡忠，為友盡義。我終不能眼見大王大業敗壞，閉口不言。你卻不用在朝中受氣了。」

袁承志道：「正是。兄弟是做不來官的。大哥當日曾說，大功告成之後，你我隱居山林，飲酒長談為樂。何不就此辭官告退，也免得成了旁人眼中之釘？」李岩道：「大王眼前尚有許多大事要辦，總須平了江南，一統天下之後，我才能歸隱。大王昔年待我甚厚，眼見他前途危難重重，正是我盡心竭力、以死相報之時。小人流言，我也不放在心上。」

兩人又携手走了一陣，只見西北角上火光沖天而起，料是闖軍又在焚燒民居。李岩與袁承志這幾天來見得多了，相對搖頭歎息。暮靄蒼茫之中，忽聽得前面小巷中有人咿咿呀呀的拉着胡琴，一個蒼老嘶啞的聲音唱了起來，聽他唱道：

「無官方是一身輕，伴君伴虎自古云。歸家便是三生幸，鳥盡弓藏走狗烹……」

只見巷子中走出一個年老盲者，緩步而行，自拉自唱，接着唱道：

「子胥功高吳王忌，文種滅吳身首分。可惜了淮陰命，空留下武穆名。大功誰及徐將軍？神機妙算劉伯溫，算不到：大明天子坐龍廷，文武功臣命歸陰。因此上，急回頭死裏逃生；因此上，急回頭死裏逃生……」

李岩聽到這裏，大有感觸，尋思：「明朝開國功臣，徐達、劉基等人盡為太祖害死。這瞎子也知已經改朝換代，否則怎敢唱這曲子？」瞧這盲人衣衫襤褸，是個賣唱的，但當此人人難以自保之際，那一個有心緒來出錢聽曲？只聽他接着唱道：

「君王下旨拿功臣，劍擁兵圍，繩纏索綁，肉顫心驚。恨不能，得便處投河跳井；悔不及，起初時詐死埋名。今日的一縷英魂，昨日的萬里長城。……」

他一面唱，一面漫步走過李岩與袁承志身邊，轉入了另一條小巷之中，歌聲漸漸遠去，說不盡的悽惶蒼涼。

袁承志心情鬱鬱，回到住處，只見大廳中坐着一人。那人一見袁承志，便奔到廳口，叫道：「小師叔，你回來啦。」那人粗衣草履，背插長刀，正是崔秋山之姪崔希敏。袁承志喜道：「你也來了。有甚麼事？」崔希敏從身邊取出一封信來，雙手呈上。

袁承志見封皮上寫着「字諭諸弟子」字樣，認得是師父筆迹，先作了一揖，然後恭恭敬敬的接過來，抽出信紙，見信上寫道：

「吾華山派歷來門規，不得在朝居官任職。今闖王大業克就，吾派弟子功成身退，其於四月月圓之夕，齊集華山之巔。」下面簽着個「清」字。

袁承志道：「啊，距會期已不到一月，咱們就得動身。」崔希敏道：「正是，我叔叔、安大娘、小慧也都要去呢。」

袁承志入內對衆人說了，卻不見青青，問焦宛兒道：「夏姑娘呢？」焦宛兒道：「好一會沒見她啦，我去瞧瞧！」袁承志道：「我去叫她。」走到青青房外，在門上用手指彈了幾下，說道：「青弟，是我。」房內並無聲息，候了片刻，又輕輕拍門，仍無回音。

袁承志把門一推，房門並未上閂，往裏張望，只見房內空無所有，進得房去，不禁一呆，原來她衣囊、長劍等物都已不見，連她母親的骨灰罐也帶走了，看來似已遠行。袁承志大急，在各處翻尋，在她枕下找到一張字條，上面寫道：

「既有金枝玉葉，何必要我尋常百姓？」

袁承志望着字條呆呆的出了一會神，心中千頭萬緒，不知如何是好，自思：「我待她一片眞心誠意，她總是小心眼兒，處處疑我。男子漢大丈夫做事光明磊落，但求心之所安。我們每日在刀山槍林中出死入生，又怎能顧得到種種嫌疑？青弟，青弟，你實在太不知我的心了。」一想到這裏，不禁一陣心酸，又想：「她上次負氣出走，險些兒失閃在洋兵手裏，這時候兵荒馬亂，卻又不知到了那裏？」

他獃獃坐在床上，大爲沮喪。焦宛兒輕輕走進房來，見他猶如失魂落魄一般，不覺吃驚。衆人得知訊息後，都湧進房來，七張八嘴，有的勸慰，有的各出主意。

焦宛兒年紀雖小，對事情卻最把持得定，當下說道：「袁相公，你急也無用。夏姑娘一身武藝，有誰敢欺侮她？這樣罷，你會期已近，還是和啞巴叔叔、何姊姊等一起上華山去。程伯伯和我留在這裏看護阿九妹子。沙叔叔、鐵老師、胡叔叔和我們金龍幫的，大夥兒出去找夏姑娘，再傳出江湖令牌，命七省豪傑幫同尋訪。找到之後，立卽陪她上華山來相會。」

袁承志連連點頭，道：「焦姑娘的主意很高，就這麼辦。程老夫子和焦姑娘最好陪同公主出京遠避，留在京中可不大穩便。惕守還沒正式入我門中，待我稟明師父之後再說。這一次不必同上華山了。」何惕守眼睛一溜，正想求懇，忽想青青也曾有疑己之意，和袁承志同行只怕不甚妥當，當下微微一笑，也就不言語了，尋思：「你不讓我去華山，我偏偏自己來。」她做慣了邪教教主，近來雖已大爲收歛，畢竟野性未除，也不理袁承志的吩咐，只管籌劃自行上華山拜見祖師的事。

袁承志安排已畢，次日向闖王與義兄李岩辭別。李自成眼見留他不住，便賞賜了許多大內珍寶。袁承志要待推辭，李岩連使眼色，袁承志只得謝過受了。

李岩送出宮門，嘆道：「兄弟，你功成身退，那是最好不過……」說着神色黯然。

袁承志道：「大哥你多多保重。如有危難，小弟雖在萬里之外，一得訊息，也必星夜趕來。」兩人洒淚而別。

當日下午，袁承志與啞巴、崔秋山、崔希敏、安大娘、安小慧、洪勝海六人取道向西，往華山進發。各人乘坐的都是駿馬，脚程極快，不多時已到了宛平。

衆人進飯店打尖，用完飯正要上馬，洪勝海瞥眼間忽見牆角裏有一隻蝎子、一條蜈蚣，都用鐵釘釘在牆脚。他微覺奇怪，輕扯袁承志的衣服。袁承志凝眼一看，點了點頭，心想這必與五毒教有關，可惜何惕守沒同來，不知這兩個記號是甚麼意思。

洪勝海借故與店小二攀談了幾句，淡淡的道：「那牆脚下的兩件毒物，倒有些古怪。」店小二笑道：「要不是我收了銀子，眞要把這兩樣鬼東西丟了。煩死人！」他一面說一面扳手指，笑道：「兩天不到，問起這勞什子的，連你達官爺不知是第十幾位了。」洪勝海忙問：「是誰釘的？」店小二道：「便是那個老乞婆啊！」洪勝海向袁承志望了一眼，問道：「是那些人問過呢？」說着拿了塊碎銀子塞在店小二手裏。

店小二口中推辭，伸手接了銀子，笑道：「不是叫化丐頭，就是光棍混混兒，那知道你達官爺也問這個……嘿嘿，可叫你老人家破費啦。」

袁承志插口道：「那老乞婆釘毒物之時，還有誰在一旁嗎？」店小二道：「那天的事也眞透着希奇，先是一個青年標緻相公獨個兒來喝酒……」袁承志急問：「多大年紀？怎等打扮？」店小二道：「瞧模樣兒比你相公還小着幾歲，生得這麼俊，我還道是唱小旦的戲子兒呢，後來見他腰裏帶着把寶劍，那可就不知是甚麼路數了。他好似家裏死了人似的，愁眉苦臉，喝喝酒，眼圈兒就紅了，眞叫人瞧着心裏直疼……」衆人知道這必是青青無疑。崔希敏怒道：「你別口裏不乾不淨的。」店小二嚇了一跳，抹了抹桌子，道：「爺們要上道了麼？」袁承志道：「後來怎樣？」店小二望了崔希敏一眼，說道：「那青年相公喝了一會酒，忽然樓梯上脚步響，上來了一位老爺子，別瞧他頭髮鬍子白得銀子一般，可眞透着精神，手裏提着一根龍頭拐杖，騰的一聲，往地下一登，桌上的碗兒盞兒便都跳了起來。」

袁承志心中大急：「溫方山那老兒和她遇上了，青弟怎能逃出他的毒手？」

店小二又道：「那老爺子坐了下來，要了酒菜。他剛坐定，又上來一位老爺子。那眞叫古怪，前前後後一共來了四個，都是白頭髮、白鬍子、紅臉孔，倒像是一個模子裏澆出來的一般，要找這四個一模一樣的老爺子，那眞是不容易得緊了。這四人有的拿着一對短戟，有的拿着一根皮鞭。他們誰也不望誰，各自開了一張桌子，四個老兒把那位年輕相公圍在中間。我越瞧越透着邪門，再過一會兒，那老乞婆就來啦。掌櫃的要趕她出去，那知噹的一聲，嘿，你道甚麼？」崔希敏忙問：「甚麼？」店小二道：「這叫做財神爺爺着爛衫，人不可以貌相。噹的一聲，她拋了一大錠銀子在櫃上，向着那四個老頭和那相公一指，叫道：『這幾位吃的，都算在我帳上！』你老，你可見過這樣闊綽的叫化婆麼？」

袁承志越聽越急，心想：「溫氏四老已經難敵，再遇上何紅藥，可如何得了？」

店小二越說興致越好，口沫橫飛的道：「那知他們理也不理，自顧自的飲酒。那老乞婆惱了，叫了一聲，一張手，一道白光，直往那拿拐杖的老兒射去。」崔希敏道：「你別瞎扯啦，難道她還眞會放飛劍不成？」店小二急道：「我幹麼瞎扯？雖然不是飛劍，可也是幾成兒不離。只見那老兒伸出筷子，叮叮噹噹一陣響，筷子上套了明晃晃的一串。我偷偷瞥過去一張，嘿，你道是甚麼？」崔希敏道：「甚麼？」店小二道：「原來是一串指甲套子，都教那老兒用筷子套住啦。我剛喝得一聲采，只聽得波的一聲，你道是甚麼？」崔希敏道：「甚麼？」店小二拉着他走到一張桌子旁，道：「你瞧。」

只見那桌子有個小孔，店小二拿起一根筷子插入小孔，剛剛合式，說道：「那老兒提起筷子，就挿進了桌面。這手功夫可不含糊吧？我是不會，可不知你老人家會不會。」崔希敏道：「我不會。」店小二道：「原來你老人家也不會，那也不要緊。老乞婆知道敵他不過，一聲不吭，怪眼一翻，就奔了出去。後來那青年相公跟着四個老頭子一起走了。原來他們是一路，擺好了陣勢對付那叫化婆的。」

袁承志問道：「他們向那裏去的？」店小二道：「向西南，去良鄉。五個人走了不多會兒，叫化婆又回轉來，在牆邊釘了這兩件怪東西，給了我一塊銀子，叫我好好侍候這兩隻毒蟲，別讓人動了。這幾日四下大亂，我們掌櫃的說要收鋪幾日，別做生意。老闆娘一定不肯，這才開市，倒讓我賺了一筆外快……」他還在嘮嘮叨叨的說下去，袁承志已搶出門去，躍上馬背，叫道：「快追！」

青青自見袁承志把阿九抱回家裏，越想越是不對，阿九容貌美麗，已所不及，何況她是公主，自己卻是個來歷不明的私生女，跟她天差地遠，袁承志自是非移情別愛不可。若不是愛上了她，怎會緊緊的抱住了她，回到了家裏，在衆人之前兀自捨不得放手？後來又聽人說道，李自成將阿九賜了給袁承志，權將軍劉宗敏喝醋，兩個人險些兒便在金殿上爭風打架，說到動武打架，又有誰打得過他？自然是他爭贏了。崇禎是他的殺父大仇，他念念不忘的要報仇，可是阿九只說得一句要他別殺她爹爹，他立刻就乖乖的聽話。「我的言語，他幾時這麼聽從了？只有他來罵我，那才是常事。」思前想後，終於硬起心腸離京，心裏傷痛異常，決意把母親骨灰帶到華山之巓與父親骸骨合葬，然後在父母屍骨之旁圖個自盡，想到孑然一身，個郎薄倖，落得如此下場，不禁自傷自憐。

這日在宛平打尖，竟不意與溫氏四老及何紅藥相遇。溫方山露了一手內功，何紅藥自知不敵，逕自退開。青青已抱必死之心，倒也並不驚懼，怕的是四老當場把她處死，那麼母親的遺志就不能奉行了，當下念頭一轉，計謀已生，走到溫方達跟前，施了一禮，叫聲：「大爺爺！」然後逐一向其餘三老見禮。溫氏四老見她坦然不懼，倒也頗出意外。

青青笑問：「四位爺爺去那裏？」溫方達道：「你去那裏？」青青道：「我跟那姓袁的朋友約好了，在這裏會面，那知他到這時候還沒來。」

四老聽得袁承志要來，人人都是心頭大震，那敢再有片刻停留？溫方義喝道：「跟我們去。」青青假意道：「我要等人呢。」溫方義手一伸，已隔衣叩住她手腕，拉出店門，兩人共乘一騎。四老儘往荒僻無人之處馳去，眼見離城已遠，這才跳下馬來。

溫方義把青青一摔，推在地下，罵道：「無恥小賤人，今日教你撞在我們手裏。」

青青哭道：「四位爺爺，我做錯了甚麼？你們饒了我，我以後都聽你們話。」溫方義罵道：「你還想活命？」擦的一聲，拔出一柄匕首。青青哭道：「二爺爺，你要殺我麼？」溫方悟道：「你這叫是該死！」青青道：「三爺爺，我媽是你親生女兒，我求你一件事。」溫方山鐵青着臉，說道：「要活命那是休想！」青青哭道：「我死之後，求你送個信給我那姓袁的朋友，叫他獨個兒去找寶貝吧，別等我了。」

四老一聽到「找寶貝」三字，心中一震，齊聲問道：「甚麼？」青青哭道：「我反正是死，這秘密是不能說的。我只求你們送這封信去。」說着從衫上撕下一塊衣角，又從懷裏針綫包內取出一根針來，刺破手指，點了鮮血，在衣角上寫起來。四老不住問她找甚麼寶貝，她只是不理，寫好之後，交給溫方山道：「三爺爺，你也不用見他，託人捎去宛平城裏剛才咱們相會的那處酒樓，這就得啦！」她雖是做作，但想起袁承志無良，又不禁流下淚來。

四老見了她傷心欲絕的神情，確非作僞，一齊圍觀，只見衣角上寫道：「今生不能再見，我父重寶，均贈予你，請自往挖取，不必等我。青妹泣白。」

溫方義喝道：「甚麼寶貝？難道你眞知道藏寶的所在？」青青哭道：「我甚麼都不知道，反正我說也是死，不說也是死。」溫方悟道：「呸，壓根兒就沒甚麼寶貝。你那死鬼父親騙了我們一場，現在你又想來搗鬼。」

青青垂頭不語，暗暗伸手入懷，解開了一對玉蝶的絲絛。這本是鐵箱中之物，當售寶變錢之時，她見這對玉蝶精緻靈動，就取來繫在身上，那是紀念她與袁承志共同得寶之意，十箱珍寶不計其數，也不少了這對小小玉蝶。她突然站起身來，叫道：「這信送不送也由你們了，這就殺了我吧！」只聽叮叮兩聲清脆之音，一對玉蝶落在地下。青青俯身要拾，溫方悟已搶先撿了起來。四老數十年爲盜，豈有不識寶貨之理？見玉蝶如此珍貴，眼都紅了。四人心中突突亂跳，齊聲喝道：「這是那裏來的？」

青青只是不語。溫方山道：「你好好說出來，或者就饒了你一條小命。」

青青道：「就是那批珍寶裏的。我和袁大哥照着爹爹留下來的那張地圖，挖到了十隻鐵箱，裏面都是珍奇寶物。東西實在太多，帶不了，我只檢了這對玉蝶來玩。我們說好，這次要去全都挖了出來，那知你們……」說着又哭了起來。

四老走到一旁，低聲商議。溫方達道：「看來寶藏之事倒是不假。」溫方義道：「逼她領路去取。」三老都點了點頭。溫方山道：「先騙她說饒命不殺，等找到寶貝，再來好好整治這小賤人。」溫方悟道：「我有個主意：咱們掘出了珍寶，就把這小賤人埋在寶窟之中，等那姓袁的小畜生來掘寶，一掘掘到這個死寶貝，豈不是好？」三老同聲大笑，都說：「五弟這主意最高。」

四人商議已畢，興高采烈的回來威逼青青。青青起先假意不肯，後來裝作實在受逼不過，只得說出藏寶之地是在華山之巔。她是要四老帶她去華山，找到父親埋骨的所在，乘他們在荒山中亂挖亂掘之時，自己便可把母親骨灰和父親的骸骨合葬一起，然後橫劍自刎。那知她這句謊話一說，四老卻更深信不疑。當年溫氏五老擒住金蛇郎君，他也是將他們帶上華山。寶貝雖沒找到，金蛇郎君又突然失蹤，但他們腦海之中，卻已深印了寶物必在華山的念頭。當日張春九和那禿頭所以上華山來搜索，也是因此。

當下四老帶了青青，連日馬不停蹄的趕路，只怕袁承志追到，那時非但寶物得不到手，連四條老命也還難保。

這天來到山西界內，五人奔馳了一日，已是頗為疲累，在一家客店中歇了。溫方義人最粗壯，食量最大，一疊聲的急叫：「炒菜、篩酒，趕麵條兒！」等店伴端了飯菜上來，他就和往常一般，搶先稀裏呼嚕的吃了起來。三老和青青正要跟着動筷，溫方義忽從麵湯中挑起一物，驚叫一聲，登時直僵僵的不動了。四人大驚，看他所挑起的，赫然是一隻極大的黑色蜘蛛。溫方達一摸兄弟的手，已無脈搏，臉色發黑，鼻孔裏也沒氣了。

溫方悟驚怒交集，抓起店小二往地下猛力一摔，喀喇兩聲，店小二腿骨立斷，暈死了過去。溫方山搶出去，一把抓住掌櫃的胸口，用筷子挾起蜘蛛，喝道：「好大的膽子，竟敢謀財害命，這是甚麼？」那掌櫃嚇得魂飛天外，連聲道：「小店……小店是七十多年的老店，厨房又是乾淨不過，怎……怎麼有這……這東西……」溫方山左手在他面頰上一揑，那掌櫃下頦跌下，再也合不攏口。溫方山手一伸，把蜘蛛塞入了他的口裏，片刻之間，那掌櫃便卽斃命。這時店中已經大亂，溫方達右手拿住青青手腕，防她逃走，左手抱起兄弟屍身。方山、方悟兩人乒乒乓乓一陣亂打，不分青紅皀白，把住客和店伴打死了七八個，隨卽在客店中放起火來。旁人見他們逞兇，那敢過來？

三老將溫方義的屍身帶到野外葬了，又是悲痛，又是忿怒，猜不透一隻蜘蛛怎會如此劇毒。青青見過五毒教的伎倆，尋思：「原來那老乞婆暗中躡上我們啦。」

次日四人在客店吃飯，逼着店伴先嚐幾口，等他無事，這才放膽吃喝。

行了數日，一晚客店中忽然人聲嘈雜，有人大呼偷馬。溫方悟起身查看，將到馬廐時，黑暗中忽然嗤的一聲，一股水箭迎面射來。他急縮身閃避，已然不及，登時噴得滿臉都是，只覺奇腥刺鼻，知道不妙。他眼睛已經睁不開來，聽聲辨形，長鞭揮出，把偷施暗襲之人打得背脊折斷。另一人喝道：「老兒還要逞兇！」舉斧劈來。溫方悟長鞭倒轉，將那人連人帶斧捲起，用力一揮，那人一頭撞在牆上，腦漿迸裂。

溫方達、溫方山以爲區區幾個毛賊，兄弟必可料理得了，待得聽見溫方悟吼叫連連，忙搶出去看時，只見他雙手在自己臉上亂抓亂挖，才知不妙。溫方達一把將他抱住。溫方山縱身出外查看敵蹤，一無所見，回進店房時，見兄長抱住了五弟的身體大哭，原來溫方悟已然氣絕而亡，鬚眉臉頰，俱已中毒潰爛。

溫方達泣道：「三十年前，那金蛇惡賊從我們手裏逃了出去，那時他筋脈已斷，成為廢人，身邊毒藥也早給我們搜出，可是崆峒派的兩位道兄卻身中劇毒而亡，莫非當時就是五毒教救了他……」溫方山道：「不錯，原來五毒教暗中在跟咱們作對。這次大家同受曹化淳之聘，圖謀大事，眼見已然成功，那五毒教教主何鐵手突然反臉，以致功敗垂成。直到現在，我仍不知是甚麼緣故。」溫方達沉思片刻，忽地跳了起來，叫道：「金蛇惡賊所用毒藥如此厲害，看來他就是五毒教的？」溫方山恍然大悟，說道：「必是如此。」

兩人想到當年金蛇郎君來石樑報仇的狠毒，不覺慄慄危懼，當下把溫方悟的屍身埋葬了，商量了半天，決心先上華山，掘到寶藏之後，再找五毒教報仇，只是害怕他們暗中加害，不但飲食特別小心，晚上連客店也不敢住了。

這天兩兄弟帶了青青，宿在一座古廟的破殿之中。溫方達年紀雖老，仍具神力，搬了兩隻大石臼，一隻撐住前門，一隻撐住後門，方才安心睡覺。睡到中夜，佛像之後忽然悉悉數聲，兩人登時醒覺，只當是老鼠，也不以為意。

溫方山朦朧間正要再睡，忽然鼻管中鑽入一縷異香，頓覺身心舒泰，快美異常，全身飄飄蕩蕩的似乎神遊太虛，置身極樂。他心神一蕩，立即醒悟，大叫一聲，跳了起來。

溫方達雖然事起倉卒，但究是數十年的老江湖，見機極快，拉住青青的手，提着她躍上了供桌。星光熹微下，只見溫方山手舞鋼杖，使得呼呼風響，驀地裏震天價一聲巨響，佛像被鋼杖打去了一截。佛像後面躍出兩名黃衣童子，一人使刀向溫方山攻去，另一人手執噴筒，又要噴射毒霧。溫方達手一揚，波波兩聲，兩枝袖箭當場把兩名童子穿胸釘死。溫方山並不住手，仍在亂舞亂打。

溫方達叫道：「三弟，沒敵人啦！」溫方山竟是充耳不聞，他神智已爲毒霧所迷，鋼杖越使越急。溫方達瞧出不對，搶上去要奪他兵刃。溫方山把鋼杖舞成一團銀光，急切間那裏搶得入去？突然間溫方山大叫一聲，杖柄倒轉，杖頂龍頭撞在自己胸前，鮮血直噴，雙脚一挺，眼見不活了。

青青見三位爺爺數日之內都被五毒教害死，溫方山是她親外公，向來待她比別的四位爺爺都好些，這時不禁洒了幾點眼淚。溫方達一聲不響，把溫方山的屍身抱出去葬了，在墳前拜了幾拜，對青青道：「走吧！」青青不敢違拗，只得陪着他連夜趕路。

溫方達一路防備更加周密。入陝西境後，曾有一名紅衣童子挨近他身邊，被他手起一掌，登時震破了天靈蓋。青青見了他鐵青了臉，越來越是乖戾，連話也不敢多說一句。

這日快到華山脚下，兩人趕了半天路，很是口渴，在一座涼亭中歇足飲水，讓馬匹涼一涼汗。只見一名鄉農走進亭來，打着陝西土腔問道：「這位是溫老爺子吧？」溫方達喝道：「你要幹甚麼？」那鄉農道：「剛才有人給了我兩吊錢，叫我送信來給你。」溫方達道：「那人呢？」鄉農道：「他已騎馬走了。」

溫方達怕有詭計，命青青取信拆開，見無異狀，才接過信箋，只見共有三頁，第一頁上寫道：「溫老大：你三個兄弟因何而死，欲知詳情，可看下頁。」溫方達罵道：「他奶奶的！」

忙展第二頁觀看，幾頁信紙急切間卻揭不開來。他伸手入嘴，沾了些唾液，翻開第二頁來，見箋上寫道：「你死期也已到了，如果不信，再看第三頁。」溫方達愈怒，隨手又在嘴中一濕，揭開第三頁，只見箋上畫了一條大蜈蚣，一個骷髏頭，再無字迹。氣惱中把紙箋往地下一擲，忽覺右手食指與舌頭上似乎微微痳木，定神一想，不覺冷汗直冒。

原來三張紙箋上均浸了劇毒汁液，紙箋稍稍黏住，箋上寫了激人憤怒的言辭，使人狂怒之際不加提防，以手指沾濕唾液，就此把劇毒帶入口中。這是五毒教下毒的三十六大法之一。金蛇郎君當年從何紅藥處學得，用在假秘笈之上，張春九郎因此而中毒斃命。

溫方達驚惶中抬起頭來，見那鄉農已奔出數十步。他惱怒已極，趕出亭來，只覺頭腦一陣暈眩，情知不妙，待要鎮懾心神，更是頭痛欲裂，當下奮起神威，飛戟直往那鄉農後心擲去。那人正是五毒教徒，只道已然得手，那知短戟擲來，如風似電，狂叫一聲，鐵戟穿胸而過，身子竟被釘在地下。溫方達慘笑數聲，往後便倒。

青青叫道：「大爺爺，你怎麼啦！」俯身去看。溫方達左手一伸，忽地挺戟往她胸口刺到。青青萬想不到他臨死時還要下此毒手，只覺眼前銀光閃耀，戟尖已刺到胸口，這時退避已經不及，只有閉目待死。忽聽噹的一聲，脚背上一陣劇痛，睜眼看時，短戟已被人打落在地，戟柄撞中了自己脚背。

她轉身要看是誰出手相救，突覺背心已被人牢牢揪住，動彈不得。那人取出皮索，將她雙手反背縛住，這才轉到她的面前，正是五毒教的老乞婆何紅藥。

青青一股涼氣從丹田中直冒上來，心想落入這惡人手裏，死得不知將如何慘酷，倒是給大爺爺一戟刺死痛快得多了。

何紅藥陰惻惻的笑道：「你要我一刀殺了你呢，還是喜歡給一千條無毒小蛇來咬你七七四十九天才死？」青青閉目不答。何紅藥道：「你帶我去找你那負心的父親，就不讓你零碎受苦。」青青心想：「反正我是要去找爹爹的埋骨之地，就讓她帶我去好了。」說道：「我也正要去尋爹爹，你和我一同去吧。」

何紅藥見她答應得爽快，不禁起了疑心，但想金蛇郎君已成廢人，武功全失，也不怕他怎的，冷笑道：「好，你帶路。」青青道：「放開我，讓我先葬了大爺爺。」

何紅藥道：「放開你？哼！」拾起溫方達的短戟，在路旁掘了個大坑，把溫方達和那名五毒教徒兩人的屍身都投在坑裏，蓋上了泥土，一面掩埋，一面喃喃咒罵：「你父親雖是壞蛋，可是我不許別人折辱他。這四個老頭兒弄得他死不死、活不活的，我早就要找他們的晦氣了。直到今日，方洩了心頭之恨。怎麼你又叫他們做爺爺？」

青青不答，心想：「我一說，你又要罵我媽媽。」

這天兩人走了四五十里，在半山腰裏歇了。何紅藥晚上用皮索把青青雙足牢牢縛住，防她逃走。次日一早，天剛微明，何紅藥解開青青脚上皮索，兩人又再上山。山路愈來愈陡，到後來須得手足並用，攀藤附葛，方能上去。何紅藥左手已斷，無法拉扯青青，於是解去她手上皮索，要她走在前頭，自己在後監視。青青從未來過華山，反須何紅藥指點路徑。

當晚兩人在一棵大樹下歇宿。青青身處荒山，命懸敵手，眼見明月在天，耳聽猿啼於谷，思潮起伏，又悲又怕，那裏還睡得着？

次晨又行，直至第三天傍晚，才上華山絕頂。青青聽袁承志詳細說過父親埋骨之所四周的景物，這時抬頭望見峭壁，見石壁旁孤松怪石，流泉飛瀑，正和袁承志所說的一模一樣，不禁一陣心酸，流下淚來。

何紅藥厲聲道：「他躲在那裏？」青青向峭壁一指道：「那石壁上有一個洞，爹爹就住在這裏面。」何紅藥側頭想了一會，記得當年金蛇郎君藏身之處確是在此左近，咬牙切齒的說道：「好，咱們上去見他。」青青見她神色甚是可怖，雖然自己死志已決，卻也不禁打了個寒噤。

兩人繞道盤向峭壁頂上，走出數十步，忽聽得轉角處傳來笑語之聲。

何紅藥拉着青青往草叢裏一縮，右手五根帶着鋼套的指甲抵住她咽喉，低聲喝道：「不許作聲！」從草叢中望出去，只見一個老道和一個中年人談笑而來。

青青認得是木桑道人和袁承志的大師兄銅筆鐵算盤黃眞，這兩人武功都遠勝何紅藥，但自己只要一動，五枚毒指甲不免立時嵌入喉頭，只聽黃眞笑道：「師父他老人家這幾天就快上山啦。小師弟總也是日內便到。道長不愁沒下棋的對手。」木桑笑道：「要不是貪下棋，你們華山派聚會，我老道巴巴的趕來幹麼呀？湊熱鬧麼？」兩人一路說笑，逐漸遠去。

何紅藥深知華山派的厲害，聽說他們要在此聚會，心想險地不可多躭，當下伏低身子，慢慢爬到峭壁之側，從背囊裏取出繩索，一端縛住了一棵老樹，另一端縛着自己和青青，緩緩縋下。青青忽然見到峭壁上的洞穴，叫道：「是這裏了！」

何紅藥心中突突亂跳，數十年來，長日凝思，深宵夢回，無一刻不是想到與這負心人重行會面的情景，或許，要狠狠折磨他一番，再將他打死，又或許，竟會硬不起心腸而饒了他，內心深處，實盼他能回心轉意，又和自己重圓舊夢，卽使他要狠狠的鞭打自己一頓出氣，那也由得他，這時相見在卽，只覺身子發顫，手心裏都是冷汗。

她右手亂挖亂撬，把洞穴周圍的磚石青草撥開。何紅藥命青青先進洞去，掌心中扣了劇毒鋼套，謹防金蛇郎君突襲。

青青進洞之後，早已淚如雨下，越向內走，越是哭得抽抽噎噎。進不數步，洞內已是一團漆黑。何紅藥打亮火摺，點燃了繩索，命青青拿在手裏，照亮路徑。青青一呆，心想：「燒了繩索，怎生回上去？我反正是死在這裏陪爹爹媽媽的了，難道她也不回去？」

何紅藥愈向內走，愈覺山洞不是有人居住的模樣，疑心大盛，突然一把叉住青青的脖子，喝道：「你對老娘搗鬼，可教你不得好死！」

驀地裏寒風颯然襲體，火光顫動，來到了空廓之處，有如一間石室。何紅藥心中一震，舉起繩索四下照看，只見四壁刻着無數武功圖形，一行字寫道：「重寶秘術，付與有緣，入我門來，遇禍莫怨。」金蛇郎君和她雖然相處時日無多，但給她繪過肖像，題過字，他的筆迹早已深印心裏，這四行字果然是他手筆，只是文字在壁，人卻不見，不覺心痛如絞，高聲叫道：「雪宜，你出來！我決不傷你。」這一聲叫喊，只震得泥塵四下撲疏疏的亂落。

她回頭厲聲問青青道：「他那裏去了？」青青哭着往地下一指，道：「他在這裏！」何紅藥眼前一黑，伸手抓住青青手腕，險些兒暈倒，嘶啞了嗓子問道：「甚麼？」

青青道：「爹爹葬在這裏。」何紅藥道：「哦……原來……他……他已經死了。」這時再也支持不住，騰的一聲，跌坐在金蛇郎君平昔打坐的那塊岩石上，右手撫住了頭，心中悲苦之極，數十年蘊積的怨毒一時盡解，舊時的柔情蜜意斗然間又回到了心頭，低聲道：「你出去吧，我饒了你啦！」

青青見她如此悲苦，不覺憐惜之情油然而生，想起爹爹對她不起，袁承志也是這般負心，兩人實是同病相憐，忽然撲過去抱住了她，放聲痛哭起來。

何紅藥道：「快出去，繩子再燒一陣，你永遠回不上去了。」青青道：「你呢？」何紅藥道：「我在這裏陪你爹爹！」青青道：「我也不上去了。」何紅藥陷入沉思，對青青不再理會，忽然伸手在地下如痴如狂般挖了起來。

青青驚道：「你幹甚麼？」何紅藥淒然道：「我想了他二十年，人見不到，見見他的骨頭也是好的。」青青見她神色大變，心中又驚又怕。

何紅藥一隻右掌猶如一把鐵鍬，不住在泥土中掏挖，挖了好一陣，坑中已露出一堆骨殖，正是袁承志當年所葬的金蛇郎君骸骨。青青撲在父親的遺骨上，縱聲痛哭。

何紅藥再挖一陣，倏地在土坑中捧起一個骷髏頭來，抱在懷裏，又哭又親，叫道：「夏郎，夏郎，我來瞧你啦！」一會又低低的唱歌，唱的是擺夷小曲，青青一句不懂。

何紅藥鬧了一陣，把骷髏湊到嘴邊狂吻，突然驚呼，只覺面頰上被尖利之物刺了一下。她把骷髏往外一挪，在火光下細看時，只見骷髏的牙齒中牢牢咬着一根小小金釵。金釵極短，初時竟沒瞧見。何紅藥伸手去拔，竟拔不下來，想是金蛇郎君臨死時用刀咬住，直到肌肉爛完，金釵仍然咬在嘴裏。何紅藥伸指插到骷髏口中用力扳動，骷髏牙齒脫落，金釵跌在地下。

她撿了起來，拭去塵土，不由得臉色大變，厲聲問道：「你媽媽名叫『溫儀』？」青青點了點頭。

何紅藥悲怒交集，咬牙切齒的道：「好，好，你臨死還是記着那個賤婢，把她的釵子咬在口裏！」望着金釵上刻着的「溫儀」兩字，眼中如要噴出火來，突然把釵子放入口裏，亂咬亂嚼，只刺得滿口都是鮮血。

青青見她如瘋似狂，神智已亂，心如兩人畢命之期便在眼前，從背囊中取出母親的骨灰罈，解開罈上縛着的牛皮，倒轉罈子，把骨灰緩緩傾入坑中。何紅藥呆了一呆，喝道：「你幹甚麼？」青青不答，倒完骨灰後，把泥土扒着掩上，心中默默禱祝：「爹娘在天之靈有知，女兒已完成了你們合葬的心願。」

何紅藥奪過灰罈一瞧，恍然而悟，叫道：「這是你母親的骨灰？」青青緩緩點了點頭。何紅藥反手一掌，青青身子一縮，沒能避開，這一掌正打在她肩頭之上，一個踉蹌，險些兒跌倒。何紅藥狂叫：「不許你們合葬，不許你們合葬！」用手亂扒，但骨灰已與泥土混合在一起，再也分拆不開。她妒念如熾，把骸骨從坑中撿了出來，叫道：「我把你燒成灰，燒成灰，撒在華山脚下，教你四散飛揚，四散飛揚！永遠不能跟那賤婢相聚！」

青青大急，搶上爭奪，拆不數招，便給打倒在地。何紅藥脫下外衣鋪在地下，把骸骨堆在衣上，用火點燃衣服。她左肘抵住青青，不讓她動彈，右掌撥火使旺，片刻之間，骸骨已經燃着，石洞中濃烟瀰漫。

何紅藥哈哈大笑，忽然鼻孔中鑽進一股異味，驚愕之下，登時省悟，大叫：「夏郎，你好毒呀！」

青青也覺一股異香猛撲鼻端，正詫異間，突覺頭腦一陣暈眩，只見何紅藥撲在燃着的骸骨堆上，猛力吸氣，亂叫：「好，好，我本來要跟你死在一起。那最好，好極了！」斗然抬起頭來，凝望青青，臉色恐怖之極。

青青大叫一聲，往外逃出，奔出數丈，神智逐漸胡塗，腿脚酸軟，跌倒在地。

袁承志在飯店中見到何紅藥釘在牆角的記號，知她召集教衆，大舉追擊，同時青青又落在溫氏四老手裏，不論那一邊得勝，青青都是無倖，焦急萬分，立卽縱騎疾馳，沿路尋訪。不久查知溫氏四老中已有三人中毒而死，這一來更是掛慮，當眞是日裏食不甘味，晚間睡不安枕，幸喜這一批人的蹤迹是向華山而去，倒也不致因追蹤而誤了會期。

趕到華山脚下時，洪勝海在涼亭邊發現有一片泥土頗有異狀，用兵刃撬土，挖出來的赫然是溫方達和另一人的屍首。

袁承志道：「青弟必已落入五毒教手裏，咱們快上山。」安大娘安慰他道：「這時正是華山派的會期，穆老師父就算還沒到，只要黃師兄、歸師兄那一位到了，定會出手相救。」袁承志道：「五毒教膽敢闖上華山，必是有備而來，可別讓師姪們遭了毒手。」崔希敏道：「連祖師爺也到了，怕他們怎的？大家快上山啊！」

衆人把馬匹寄存在鄉人家裏，急趕上山。快到山頂時，忽聽得嗤嗤嗤一陣響，數粒暗器劃過天空。袁承志喜道：「木桑道長在上面，他在招呼咱們了。」當卽從衣囊裏摸出三枚銅錢，向天猛擲，只見三顆黃點消失在雲氣之中，悠然而逝，隔了好一陣方才落下。崔希敏讚道：「小師叔，這一下勁道好足！」

袁承志正要躍出去接還銅錢，突然山腰中擲出一個黑黝黝的算盤，飛將上去兜住了三枚銅錢，這才落下。一人從樹後竄出，接住算盤，乞擦乞擦的搖幌，大笑而來，正是銅筆鐵算盤黃眞，笑道：「師弟，你好闊氣，銅錢銀子也隨手亂擲，這可不是揮金如土嗎？我們生意人瞧着可着實肉痛。做生意的錢一入手，可不能還你了。」

崔希敏大叫：「師父，你老人家先到啦！」搶上去咚咚咚的磕了三個響頭。他也不理會是甚麼地方，心中高興，這幾個頭磕得加倍用力，站起來時，額角已給岩石撞腫了高高一塊。安小慧又是憐惜，又是氣惱，不住低聲埋怨。崔希敏只是傻笑。

袁承志等也都上去見了禮。各人互道別來情事。袁承志懸念靑靑，正想詢問大師哥有沒見到她蹤迹，忽然間樹叢裏撲出兩頭猩猩，一齊緊緊摟住了袁承志。崔希敏大吃一驚，叫道：「啊喲，不好！」伸拳便打。袁承志笑道：「大威，小乖，你們好！」伸手輕輕格開崔希敏打來的一拳。兩頭猩猩突然吱吱亂叫，放開了袁承志，猛往山壁上竄去。崔希敏道：「是小師叔養的嗎？糟糕，猩猩生氣了！」眼見兩頭猩猩越爬越高，身形漸小。

袁承志心道：「大威、小乖定是藏着甚麼好東西，見我回來，要取出來給我。」望了一陣，忽見峭壁上冒出陣陣烟來，那處所正是埋葬金蛇郎君的洞穴，不覺一驚，又見兩頭猩猩在高處指手劃脚，大打手勢，似在招呼自己過去。

安小慧也看了出來，說道：「承志大哥，兩頭猩猩在叫你呢！」袁承志道：「不錯！」

向啞巴打了幾下手勢，啞巴點頭會意，奔向石室取了火把長索，與衆人繞道上了峭壁之頂。

袁承志道：「洞裏的路徑只有我熟，我一個人進去吧。」在衣上撕下兩片小布，塞住鼻孔，點燃火把，縋繩下去。兩頭猩猩在峭壁上亂叫亂跳，搔頭挖耳，似乎十分焦急。

袁承志剛到洞口，便見一陣濃烟冒出，當下屏除呼吸，直衝進去，奔至狹道，只見一人橫臥在地，湊近一看，竟是青青。

這一下驚喜交集，忙摸她口鼻，呼吸已甚為微弱。眼見內洞微有火光，尙有一人躺在那裏，正是何紅藥，還想入去相救，突然間一個踉蹌，胸口作惡，頭腦暈眩，登時便要昏倒，知道烟霧中含有劇毒，忙彎身抱起青青，奔出洞來，抓住繩子。

啞巴和洪勝海一齊用力，把兩人吊將上來。袁承志見四周已無毒烟，才深深吸了兩口氣，忽覺肚裏難受之極，再也忍耐不住，在半空中大嘔起來。

衆人在峭壁上甚是擔憂，只怕他中了瘴氣毒霧，一個失手，兩人都跌入深谷之中。啞巴和洪勝海戰戰兢兢的向上提拉，崔秋山、崔希敏叔姪在旁護持。

眼見拉着兩人將到山頂，突然峭壁洞穴內震天價一陣巨響，烟霧瀰漫，山石橫飛。衆人都大吃一驚。洪勝海一嚇之下，雙手鬆了繩索。幸得啞巴耳聾，並未聽見，兼之神力驚人，雙手交互拉扯，將二人提了上來。

袁承志脚一着地，立足不穩，登時軟倒。木桑忙給兩人推宫過氣。這時峭壁中爆炸聲一陣接着一陣，不知山洞之中怎會藏着這許多火藥，又不知誰在內中搗鬼，各人面面相覷，茫然不解。過了一會，袁承志悠然醒來，調勻呼吸，只覺倦乏萬分，連說：「好險！」又過一陣，青青也醒來了，見了袁承志，哇的一聲，哭了出來。衆人見兩人醒轉，這才放心。

過了良久，爆炸聲全然停息，崔希敏自告奮勇，要下去查看。崔秋山把繩索牢牢繫在他腰上，緩緩縋了下去。崔希敏見洞口已被炸出來的碎石巨岩封住，再也無法入洞，只得回上。青青神智漸復，斷斷續續的把洞中情由說了。

木桑嘆道：「當年我見金蛇郎君在鐵匣中藏箭，已驚詫他心計之工，那知還遠不止此。這炸藥如此威猛，相較之下，鐵匣藏箭可說是微不足道了。」

黃眞道：「他竟會在自己骸骨之中種下毒藥，這又有誰能想得到？」崔希敏睜大了一雙圓圓的眼睛，問道：「師父，他在骸骨中種毒？他人已死了，變成了枯骨，怎麼還能在自己骨頭中下毒？」黃眞笑罵：「好，等你老人家升天歸位之後，你倒在自己的傻骨頭裏，放點兒毒藥瞧瞧！」衆人都鬨笑起來。崔希敏撅起了嘴唇，道：「人家不知道才問呢。」

袁承志道：「金蛇郎君夏老師是個極精於計算之人，他自知一生結仇太多，死後說不定會有人損毀他的遺體。他善於用毒，臨終之時，必定服了一種深入骨髓的劇毒藥劑。」

崔希敏一拍大腿，恍然大悟，叫道：「我知道啦，要是有人燒他遺骨，燒出來的毒烟就能害死人。」過了一會，又道：「那麼洞裏怎麼又會爆炸？難道他還吃了炸藥，讓炸藥鑽入骸骨？」安小慧怕人笑他，忙道：「炸藥必是預先埋在坑中的。」

袁承志黯然點頭，嘆道：「青弟的母親遺命要和丈夫合葬，現在兩人雖然屍骨化灰，但終於合葬在一起了。」崔希敏伸出了舌頭，不住驚嘆：「這人好厲害，死了幾十年之後，還能對付去害他的人。活着之時，那還了得？那五毒教的惡婆也是死有應得。」袁承志道：「她雖然怨毒太過，但一往情深，也是個苦命之人。」

安小慧撫摸着兩頭猩猩頭頂，說道：「要不是大威和小乖發現得早，再慢一步，不但青姊姊救不出來，只怕承志大哥也會給炸在山洞之中。」衆人都說的確好險，幸虧畜生的知覺靈敏，遠遠的就察覺有異。衆人一路談論適才的險事，一路上山。安大娘和安小慧扶青青走進石室，給她洗臉換衣，扶上床去休息。

青青中毒甚深，木桑道人雖給她服了解毒靈丹，但因金蛇郎君所用的毒藥得自五毒教秘方，尋常解藥見不了功。她睡了一晚之後，次日臉上佈滿黑氣，病勢更見沉重，有時神智胡塗起來，又哭又鬧，昏迷中只罵袁承志負心無義，喜新棄舊。

衆人見袁承志一副尷尬模樣，又是好笑，又是擔心，怕他爲難，都悄悄退了出去。袁承志柔聲安慰，堅稱矢志靡他，決不移愛旁人。青青臉上一陣紅一陣黑，不住嘔吐黑水。袁承志到了這個地步，也是束手無策，只有在臥榻旁垂淚的份兒。

衆人在外面紛紛議論，有的說金蛇郎君用心狠毒，自受其報，反而害了自己的女兒；有的說青青這樣一個好姑娘，雖然愛使小性子，心地卻好，若是就此不治，實在教人難過。衆人唉聲歎氣，愀然不樂。

將到黃昏，兩頭猩猩先叫了起來，外面一陣人聲喧擾，原來是歸辛樹夫婦領着梅劍和、劉培生、孫仲君等六名弟子到了。歸二娘抱着兒子歸鍾，小孩兒笑得傻裏傻氣的，身子可大好了。她聽說青青中毒，忙把兒子未服完的茯苓首烏丸拿出來給她服下。青青安靜了一陣，沉沉睡去。

天黑後，黃眞的大弟子領着八名師弟、兩個兒子到了山上。他先向木桑道人行禮，然後叩見師父、二師叔、二師娘。他見袁承志年紀甚輕，自己大兒子還大過他，要跪下向他磕頭，實在有點不願，叫了一聲「師叔！」不禁有點遲疑。

袁承志見這師姪四十多歲年紀，虎背熊腰，筋骨似鐵，站着幾乎高過自己一個頭，先暗暗喝了一聲采，心想大師哥如此英雄，確要這樣威風的人物才能做他掌門弟子，崔希敏人既莽撞，武功又差，和這位師姪可差得遠了，見他作勢要跪，忙伸手攔住，向黃眞其餘八名弟子擺了擺手，說道：「大家別多禮啦！」崔希敏在一旁介紹，說道：「我這位大師兄姓馮名難敵，江湖上人稱八面威風。」袁承志道：「馮兄定是得着大師哥眞傳了。」

黃眞眼見馮難敵不肯對小師叔下跪，心想他已是江湖上的成名人物，也就不加勉強。他向來滑稽玩世，於這些禮數也並不考究，當下笑道：「師父算盤精，教出來的徒兒也就愛佔便宜，向小師叔磕幾個頭，可就太吃虧了。」

馮難敵給師父說得不好意思，便要向袁承志跪倒。袁承志急忙攔住。馮難敵當下命大兒子馮不破、二兒子馮不摧向木桑道人與歸、袁兩位師叔祖，以及梅劍和等師叔依次拜見了。

馮不破今年二十三歲，馮不摧二十一歲，兩人在甘涼一帶仗着父親的名頭，武林中個個讓他哥兒三分。他二人手下也確有點眞功夫，這時候見袁承志不過二十歲左右，居然長着自己兩輩，心中好不服氣，又見他紅腫了雙眼，出來見客時淚痕未乾，心想此人不知甚麼事吃了虧，這般哭哭啼啼的，膿包之極，英雄好漢打落了牙齒和血呑，那有受了人欺侮便哭的？

對他更加瞧不在眼裏。他二人和歸辛樹門下的弟子個個交好，知道就中孫仲君最是心傲好勝，武功也強。當晚哥兒倆偷偷商議，要挑撥孫師姑去和這小師叔祖比試一場，叫他出一個醜，萬一給父親或師祖知道了，也怪不到兄弟倆頭上。

第二天兩兄弟一早起來，溜到外面去找孫仲君，迎面撞見八師叔石駿。他也是個年少好事之人，武功和馮氏兄弟在伯仲之間，喝道：「喂，你們哥兒倆探頭探腦的找甚麼？」馮不摧笑道：「我們在找孫師姑呢，聽說她在山東幹掉了不少渤海派的人，要請她說來聽聽。」石駿喜道：「好啊，剛才我見她在山那邊，正跟梅師哥練武呢。」

三人興沖沖的趕往山後。馮氏兄弟心中盤算，用甚麼話來挑動孫仲君去找那袁小師叔祖比武。馮不摧悄聲道：「要是孫師姑還在練劍，咱們就說是那姓袁的說的，這一路、那一路都使得不對。」馮不破笑着點頭。

剛轉到山後，忽聽得孫仲君正在厲聲叫罵，這一下大出三人意外，忙拔足趕去，只見孫仲君挺着單鈎，正在追逐一人。

註：李自成攻破北京事蹟，當時文士筆錄見聞而流傳後世者甚多。諸書作者對李自成無不極爲仇視，文中自多誇張及誣衊，未可盡信。但闖軍初時紀律嚴明，進北京後便即腐敗，當屬事實，否則不致成功後便即一敗塗地。以下所錄爲「明季北畧」一書中若干記載：（文中所謂「賊」指闖軍而言，可見作者極有偏見）。

◉昧爽，陰雲四合，城外煙焰障天，微雨不絕，霧迷，俄微雪，城陷。或謂先有人伏內，通太監曹化淳弟曹二公內應開門；一云：太監王相堯率內兵千人出迎賊。賊將劉宗敏整軍入，軍中甚肅。……太監曹化淳同兵部尚書張縉彥開彰義門迎賊。……大抵京城之陷，多由奸人內應耳。……已而賊大呼開門者不殺，於是士民各執香立門，賊過，伏迎，門上俱粘「順民」，大書「永昌元年順天王萬萬歲」。

◉賊盡放馬兵入城，亂入人家。諸將軍望高門大第，即入據之。劉宗敏據田宏第，李牟據周奎第。

◉掌書宮人杜氏、陳氏、竇氏爲自成所取，而竇氏尤寵，號竇妃。又有張氏，亦嬖之。自成集宮女分賜隨來諸賊，每賊各三十人。牛金星、宋獻策等亦各數人。

◉四月初一日，宋獻策云：「天象慘烈，日色無光，亟宜停刑。」初七日，自成過宗敏第，見庭院夾三百多人，哀號半絕。自成云：「天象示警，宋軍師言當省刑，宜酌放之。」此中縉紳十一，餘皆雜流武弁及効勞辦事人。釋千餘人，然死者過半矣。

◉賊初入城，不甚殺戮。數日後大肆殺戮……賊兵滿路，手攜麻索，見面稍魁肥，即疑有財，繫頸徵賄。有中途借貸而釋者，亦有押至其家，任其揀擇而後釋者。若縛至劉宗敏僞府便無生理。

◉賊初入城時，先假張殺戮之禁，如有淫掠民間者，立行淩遲。假將犯罪之寇殺死四人，分爲五段，據稱以淫殺之故也。民間誤信，遂安心開店市，嘻嘻自若……四五日後恣行殺掠。先令十家一保，如有一家逃亡，十家同斬。十家之內有富户者，闖賊自行點取籍沒，其中下之家，聽各賊分掠。又民間馬騾銅器，俱責令輸營，於是滿城百姓，家家傾竭。

◉賊兵初入人家，曰借鍋爨。少焉，曰借床眠。頃之，曰借汝妻女姊妹作伴。藏匿者，押男子，偏搜，不得不止。愛則置摟馬上。有一賊挾三四人者，又有身摟一人而餘馬挾帶二三人者。不從則死，從而不當意者亦死。一人而不堪衆嬲者亦死。安福胡同一夜婦女死者三百七十餘人。降官妻妾，俱不能免。……賊將各踞巨室。籍沒子女爲樂，而士兵充塞巷陌，以搜馬搜銅爲名，沿門淫掠。稍違者，兵加其頸。門衛甚嚴，即欲脫免，不可得也。不顧青天白日，恣行淫戲。

◉賊無他伎倆，到處先用賊黨扮作往來客商，四處傳布，說賊「不殺人，不愛財。不奸淫，不搶掠，平買平賣，蠲免錢糧，且將官家銀錢分賑窮民，頗愛斯文秀才，迎者先賞銀幣，嗣即考校，一等作府，二第作縣。」……於是不通秀才皆望做官；無知窮民皆望得錢；拖欠錢糧者皆望蠲免。眞保間民謠有「開了大門迎闖王，闖王來時不納糧」等語，因此賊計得售。

◉賊兵入城者四十餘萬，各肆擄掠。自成或禁止，輒譁曰：「皇帝讓汝做，金銀婦女不讓我輩耶？」

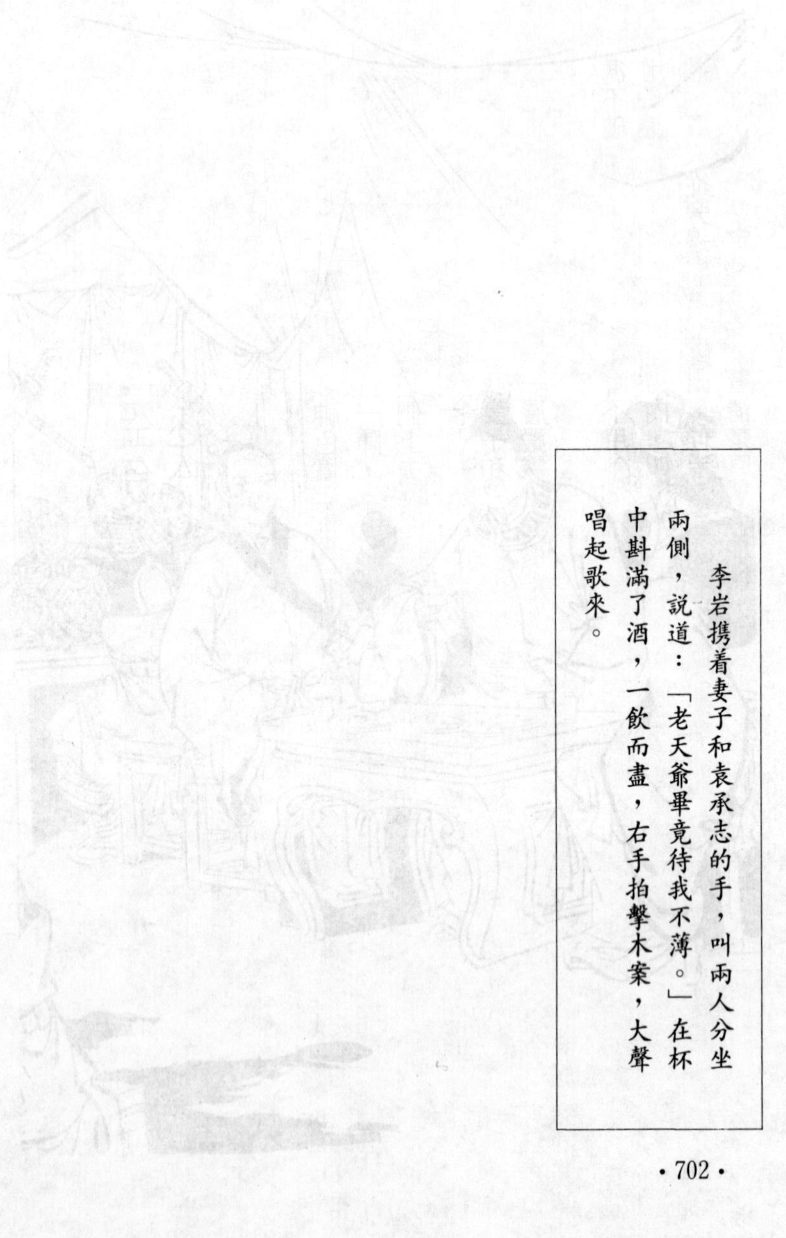

李岩携着妻子和袁承志的手，叫兩人分坐兩側，説道：「老天爺畢竟待我不薄。」在杯中斟滿了酒，一飲而盡，右手拍擊木案，大聲唱起歌來。

第二十回　空負安邦志　遂吟去國行

那人是個三十餘歲的男子，神色憤激，一面「賊婆娘，惡賤人」的破口亂罵，一面持刀狠鬥。這人武功不及孫仲君，打一陣，逃一陣，可是並不奔逃下山，只要稍見空隙，又回身拚命猛砍狠殺。馮不摧道：「咱們上去截住這小子，別讓他跑了！」石駿道：「孫師姊不愛別人幫手，這小子她對付得了。」

只聽那人狂叫：「你殺了我妻子和三個兒女，那也罷了，怎麼連我七十多歲的老娘也都害了？」孫仲君臉上猶如罩了一層嚴霜，喝道：「你這種無恥狂徒，家裏人再多些，也一起殺了！」兩人愈鬥愈烈。

馮不破忽道：「孫師姑怎麼不用劍？這單鈎使來好像很不順手。」石駿也見到她兵刃甚不合用，倒轉自己長劍，柄前刃內，叫道：「孫師姊，接劍！」長劍向孫仲君擲去。

忽地一人從旁邊樹叢中躍出，伸手在半路上將劍接了過去。三人吃了一驚，見那人輕身功夫迅速美妙，站定身子後，看清楚原來是歸氏門下的沒影子梅劍和。石駿叫了聲：「梅師哥！」梅劍和點了點頭，將劍擲還給他，說道：「孫師妹另練兵刃，她不用劍！」石駿「哦」了一聲，他不知孫仲君因濫傷無辜，已被穆老祖禁止用劍。

石駿再看相鬥的兩人時，那男子雖然情急拚命，畢竟武功遜了一籌，漸漸刀法散亂。鬥到酣處，孫仲君飛起左足，正中他右手手腕，他手中單刀直飛起來。孫仲君鈎尖已抵在他胸前，待要向前刺出，梅劍和急叫：「住手！」孫仲君一怔，那人急向旁閃，向山下逃去。梅劍和笑道：「饒了他吧，好讓師祖誇獎你一番。」孫仲君微微一笑。

不料那人逃出數十步，指着孫仲君又是「賊婆娘，臭賤人」的毒罵起來。這一來，連梅劍和、石駿等人都動了怒。馮不摧喝道：「甚麼東西，到華山來撒野！」提起鐵鞭追了下去。孫仲君更是怒火大熾，叫道：「不殺這畜生誓不爲人，寧可再給師祖削掉一根指頭！」挺鈎又追。梅劍和怕她再又殺人受責，心想先抓住那傢伙飽打一頓，讓師妹出了這口惡氣，也就是了，當下斜刺裏兜截出去。他輕身功夫遠勝諸人，片刻之間，已抄在那人頭裏。

那人見勢頭不對，忽地折向左邊岔路。石駿與馮氏兄弟暗器紛紛出手。馮不破一枚飛蝗石向他後心擲去。那人身手也甚矯健，聽風辨器，往右避讓，但嗤的一聲，後胯上終於中了石駿的袖箭，一個踉蹌，跌倒在地。

梅劍和搶上前去，伸手按下，突然間身旁風聲響處，那人忽地騰身飛出。梅劍和大吃一驚，急忙身子一縮，這才看明白，原來那人是被人用數十條繩索纏住，扯了過去。

這時孫仲君等人也已趕到，只見出手相救的竟是個美貌女子。但見她一身雪白衣衫，長髮垂肩，赤着雙足，手腕上足踝上都戴了黃金鐲子，打扮非漢非夷，笑吟吟的站着，右手皎白如雪，握着一束非絲非革的數十條繩索。身後站着一個妙齡少女，全身裹在一襲白狐裘之中，頭上也戴了白狐皮帽子。雖是眉目如畫，清麗絕倫，但容色甚是憔悴。

這兩人正是何惕守和阿九。

袁承志等離京次日，胡桂南便即查訪到宛平飯店中溫氏四老和何紅藥、青青等人之事，回來向大家說起。

何惕守知道在牆角釘以毒物，是五毒教召集人衆應援的訊號，只怕青青遭了毒手，須得立即趕去相救，何況袁承志曾囑咐要携同阿九離京避難，只是她不願和程青竹等人偕行，和阿九一商量，阿九願意隨她前去救人。當晚兩人留了封信，悄然出京。

何惕守想僱輛騾車給阿九乘坐，但兵荒馬亂之際，再也沒車夫做這生意。何惕守見到有人乘車出京，不管三七二十一，把乘客趕下車來，強迫車夫駕車西行。阿九雖然身受重傷，但何惕守是江湖大行家，出得門來處處都佔便宜，一路上卻也未受風霜之苦。何惕守頗識醫藥，更當她是小妹子般呵護服侍，阿九的臂傷在途中逐漸痊可。健騾輕車，到了華山脚下。何惕守將阿九負在背上，展開輕功，走得又快又穩。上得山來，正逢洪勝海被暗器打倒，何惕守便揮出軟紅蛛索相救。

梅劍和與孫仲君等不知洪勝海已跟隨袁承志，更不知何惕守是何等樣人，眼見她怪模怪樣，顯是妖邪一流，忽上華山來放肆搗亂，都是甚爲惱怒。孫仲君喝道：「你們是甚麼路道？都是渤海派的麼？」何惕守笑道：「姊姊高姓大名？不知這位朋友甚麼地方得罪了姊姊，小妹給兩位說和成麼？」孫仲君聽她說話嬌聲嗲氣，顯非端人，罵道：「你是甚麼邪教妖人？

可知道這是甚麼地方？」何惕守笑笑不答。

洪勝海道：「何姑娘，這賊婆最是狠毒，叫做飛天魔女。我老婆和三個兒女，還有七十多歲的老娘，都是給她下毒手殺死的！」說時咬牙切齒，眼中如要噴出火來。

梅劍和自從那次在袁承志手下受了一次重大教訓之後，傲慢之性已大爲收歛，且知師祖今日必到，不願多惹事端，朗聲說道：「你們快下山去吧，別在這裏囉唕。」馮不摧叫道：「我師叔的話你們聽見了麼？快走快走！」搶到阿九的身旁，作勢要趕。

阿九右手拄着一根青竹杖，向他森然一望。她出身帝皇之家，自幼兒頤指氣使慣了的，神色間自然而然有一股尊貴氣度。馮不摧不禁一凜，隨即大怒，喝道：「你們來作死！」伸手便向阿九推去。阿九受程青竹的點撥教導，武功已頗有根柢，當即青竹杖一劃一勾。馮不摧全沒防備，那想到這個弱不禁風的小姑娘出手如此之快，一個立足不穩，撲地倒了。他武功本也不弱於阿九，只是出其不意，才着了道兒，背脊剛一着地，立即挺身跳起，少年人最是要強好勝，這一下臉上如何掛得住？鐵鞭一舉，撲上去就要廝拚。

何惕守笑道：「各位是華山派的吧？咱們都是自己人呀！」馮不破喝道：「誰跟你這妖女是自己人了？」

梅劍和在江湖上閱歷久了，見多識廣，見何惕守剛才揮索相救洪勝海，手法不俗，決非沒來歷之人，當下向馮氏兄弟使個眼色，問何惕守道：「尊師是那一位？」

何惕守笑道：「我師父姓袁，名叫袁承志，好像是華山派門下。也不知是眞的，還是冒充的。」梅劍和與孫仲君對望了一眼，將信將疑。石駿笑道：「袁師叔自己還是個小孩子，本門功夫不知已學會了三套沒有，怎麼會收徒弟？」

何惕守道：「是麼？那可眞的有點兒希奇古怪了，也說不定我那小師父是個冒牌貨，嘻嘻！對啦！我瞧你這位小兄弟的武功，就比我那小師父高得多了。」

孫仲君在袁承志手裏吃過大虧，後來被師祖責罰，削去手指，推本溯源，可說都因他而起，一想到這個小師叔就恨得牙癢癢地，只是一來他本領高強，輩份又尊，二來他救過師父愛子的性命，師父師母提到他時總是感激萬分，自己只好心裏惱恨而已，這時聽何惕守自稱是袁承志的徒弟，不覺怒火直冒上來，叫道：「你如是華山派弟子，怎麼跟這種無恥狂徒在一起？」何惕守微笑道：「他是我師父的長隨，不見得有甚麼無恥啊。勝海，你怎麼對這位姑娘無恥了？當眞無恥得很麼？唉，我可不知道你這麼不怕難爲情。」說着抿嘴而笑。孫仲君更是大怒，一時氣得說不出話來。

他們幾人在山後爭鬥口角，聲音傳了出去，不久馮難敵、劉培生等諸弟子都陸續趕到。

馮不破道：「爹，這個女人說她是姓袁的小……小師叔祖的弟子。」馮難敵哼了一聲，問道：「他們在吵甚麼？」馮不摧搶着把剛才的事說了。華山派第三代弟子之中，馮難敵年紀最大，入門最早，江湖上威名又盛，隱然是諸弟子的領袖，聽了兒子的話後，轉頭問孫仲君道：「孫師妹，這人怎麼得罪你了？」

孫仲君臉上微微一紅。梅劍和道：「這狂徒有個把兄，也不自己照照鏡子，居然不識好歹，老了臉皮來向孫師妹求親，給孫師妹罵回去了……」洪勝海插口道：「答不答允在她，可是幹麼把我義兄兩隻耳朵都削了去……」馮難敵雙眼一瞪，喝道：「誰問你了？」

梅劍和指着洪勝海道：「那知這狂徒約了許多幫手，乘孫師妹落了單，竟把她綁架了去，幸好我師娘連夜趕到，才把她救出來。」馮難敵眸子一翻，精光四射，喝道：「好大的膽子，你還想糾纏不清？」

洪勝海凜然不懼，說道：「她殺了我義兄，還不夠麼？」

何惕守道：「擄人逼親，確是他們不好。不過這位孫姊姊既已將他義兄殺死，也已出了氣，何況又沒拜堂成親，沒短了甚麼啊。再說，人家瞧中你孫姊姊，是說你美得天仙一般，怎麼人家偏偏又瞧不中我呢？孫姊姊以怨報德，找上他家裏去，殺了他一家五口，這不是辣手了點兒嗎？殺人雖然好玩，總得揀有武功的人來殺。他的七十歲老母好像沒甚麼武功，也沒犯甚麼罪，最多不過是生了個兒子有點兒無恥。他的妻子和三個小兒女，更不知是犯了甚麼彌天大罪？殺這些人，不知是不是華山派的規矩？」

衆人一聽，覺得孫仲君濫傷無辜，已犯了本派大戒，都不禁皺起了眉頭。馮難敵對洪勝海道：「起因總是你自己不好！現今人已殺了，又待怎樣？」

何惕守道：「我本來也挺愛濫殺好人的，自從拜了袁承志這個小師父之後，他說了一大堆囉裏囉唆的華山派門規，說甚麼千萬不可濫殺無辜。可是我瞧孫姊姊胡亂殺人，不也半點沒事麼？我這可有點胡塗了。待我見過小孩子師父，請他示下吧。」

劉培生道：「袁師叔他們正忙着，怕沒空。」梅劍和道：「師父呢？」劉培生道：「師父、師娘、師伯、師叔四位，還有木桑老道長，正在商量救治那個姑娘。」馮難敵道：「既然這樣，先把這人綑起來，待會兒再向師父、師叔請示。」馮不破、馮不摧齊聲答應，上前就要拿人。

何惕守見這一干人毫不將自己放在眼裏，她是獨霸一方、做慣了教主的，這如何忍得？笑吟吟道：「要縛人嗎？我這裏有繩子！」提起一束軟紅蛛索，伸出手去。馮不摧橫她一眼道：「誰要你的！」逕自走向洪勝海身邊。

兩兄弟剛要動手，忽聽身旁噗哧一笑，脚上同時一緊，身子突然臨空而起，猶如騰雲駕霧般直飛出去。兩人嚇得魂飛天外，身在半空，恍惚聽得何惕守嬌媚的聲音笑道：「啊喲，對不住啦！快使『鯉魚翻身』！」馮不破依言一招「鯉魚翻身」，雙脚落地，怔怔的站着。馮不摧年幼倔強，偏不依言，想使一招「飛瀑流泉」，斜刺裏躍出去站住，露個姿勢美妙的身段，那知下墮之勢快捷異常，腰間剛使出力量，已然騰的一聲，坐在地下，不由得又羞又疼，一張臉直紅到了脖子裏去。

馮難敵見愛子受欺，心中大怒，喝道：「你這妖女，先前自稱是本門弟子，我們還信了你三分。可是你這手下賤功夫，怎會是本門中的？你過來！」他不暇解開衣扣，左手在衣襟上一拉，噗噗噗數聲，一排衣扣登時扯斷，一件長衣甩了下來，露出青布緊身衣褲，神態威壯，猶如一座鐵塔。

何惕守笑道：「您這位師兄要跟小妹過幾招，是不是？那好呀，同門師兄妹比劃比劃，倒也不錯，且看我那小孩子師父教的玩藝兒成不成。咱們打甚麼賭啊？」

馮難敵雖見她剛才出手迅捷，但自恃深得師門絕藝眞傳，威鎭西涼，那把這少女放在心上，但見她一副嬌怯怯的模樣，怒氣漸息，善念頓生，朗聲道：「我們這些人還好說話，待會歸二娘出來，她嫉惡如仇，見了你這種妖人一定放不過。還是快快走吧！」何惕守笑道：「你又不是我的小孩子師父，憑甚麼叫我走？」

馮不摧剛才胡裏胡塗連摔兩交，羞恨難當，和哥哥一使眼色，叫道：「咱們來眞的，別使詭計弄鬼！」兩兄弟各舉鐵鞭，又撲上來。何惕守笑道：「好，我就站着不動，也不還手，怎麼樣？」把軟紅蛛索往腰間一纏，雙手攏在袖裏。

馮氏兄弟雙鞭齊下，見她不閃不避，鐵鞭將及她頂門時，不約而同的倏地收回。兩人幼受庭訓，雖然年少鹵莽，卻從來不敢無故傷人。馮不摧道：「快取兵刃出來！」

何惕守道：「我是你哥兒倆的師姑，跟你們怎能動兵刃？你們要伸量於我，這就上罷！只要我有一隻脚挪動半步，或者我的手伸出了袖子，都算我輸了，好不好呢？」馮不破道：「我兄弟失手傷你，那可怨怪不得！」何惕守笑道：「進招吧，小夥子囉裏囉唆的不爽快。」馮不破臉上一紅，一鞭「敬德卸甲」，斜砸下來，何惕守身子微側，鐵鞭砸空。馮不摧恨她摔了自己一交，更是使足全力，鐵鞭向她肩頭掃去，那知鞭梢剛到，對手早已避過。何惕守雙足牢牢釘在地上，身子卻東側西避，在鐵鞭影裏猶如花枝亂顫。馮氏兄弟雙鞭越使越急，何惕守仍然嘻笑自若，雙鞭始終打不到她衣襟一角。

華山派衆人面面相覷，不知這個女子是何路道，她自稱是本門弟子，但身法武功，那有半點華山派的影子，武功卻又如此精強。

三人再拆數十招，馮氏兄弟一聲唿哨，雙鞭着地掃去，均想你脚步如眞不移，那又如何抵擋？何惕守笑道：「小心啦！」身子一彎，左肘在馮不破身上一推，右肘在馮不摧背上一撞。兩兄弟只感全身一陣酸麻，雙鞭落地，踉踉蹌蹌的跌了開去。

馮難敵低聲道：「梅師弟，這女人古怪，我先上去試試！」梅劍和點點頭。馮難敵縱身躍出，叫道：「我來領教。」

何惕守見他脚步凝重，知他武功造詣甚深，臉上仍然笑瞇瞇的露出一個酒渦，心中卻嚴加戒備，笑道：「我接不住時，你可別笑話。」馮難敵道：「好說，賜招吧！」身子微微一弓，右拳左掌，合着一揖，拳風凌厲，正是「破玉拳」的起手式。何惕守襝衽萬福，還了一禮，輕輕把這一招擋回去。

馮難敵心中暗叫：「好本事！」正要跟着進招，忽聽得山腰裏傳來一陣呼喝叫喊之聲，有人爭鬥追逐，便向何惕守望了一眼。何惕守笑道：「你疑心我帶了幫手麼？咱們先瞧個清楚再比劃，你說好麼？」

馮難敵聽呼喝聲越來越近，中間夾着一個女子的急怒叫罵，點點道：「也好。」

衆人奔到崖邊，向下看時，只見一個身穿紅衣的女子正在向山上急奔，四條大漢手執兵刃在後追趕。那女子見山頂有人，精神一振，急速奔上，遠遠望見馮難敵魁偉的身軀，叫道：「八面威風，快救我！」馮難敵吃了一驚，道：「啊，是紅娘子！」奔上相迎。

紅娘子臉上全是鮮血。這時再也支持不住，暈倒在地。跟着四人趕上山來，也不理會衆人，惡狠狠的就要搶上擒拿。馮難敵左臂一伸，伸掌往爲首一人推去，喝道：「朋友，放明白些！這是甚麼地方？」那人伸掌相抵，雙掌相交，拍的一聲，各自震開數步，那人的武功倒也頗爲了得。兩人互相打量一眼，均有驚疑之意。那人喝道：「奉大順皇帝座下權將軍號令，捉拿叛逆李岩之妻，你何敢阻攔？」

何惕守知道李岩是師父的義兄，心想這紅衣女子既是李岩之妻，我如何不救，挺身而出，笑道：「李岩將軍是大大的英雄豪傑，天下誰不知聞？各位別難爲這位娘子吧！」

那人神色倨傲，自恃武藝高強，在劉宗敏手下頗有權勢，那去理會何惕守一個小小女子，當下也不答話，左手一擺，命三名助手上來綑人。

何惕守笑道：「好，你們不要命啦！」右手在腰間機括上一按，「含沙射影」的毒針激射而出。那三人武功雖非尋常，卻怎能防這門神不知鬼不覺的暗器，當先一人登時臉上被七八枚毒針打了進去，叫也不叫一聲，立時斃命。其餘三人臉色慘變，齊聲喝問：「你是誰？」何惕守左手鐵鈎本來縮在長袖之內，與馮氏兄弟動手時一直隱藏不露，這時長袖輕揮，露出鐵鈎，爲首那人嚇得臉白如紙，顫聲道：「你……你……是五……五……何……何……」何惕守微微一笑，右手金鈎又是一幌。三人魂不附體，回頭就逃。一人過於害怕，在崖邊一個失足，骨碌碌的直滾下去。

馮難敵等都是十分驚奇，心想這三條大漢怎會對她怕得這樣厲害，她適才殺了那人，又不知使的是甚麼古怪法門。

馮難敵扶起了紅娘子，正要詢問，突見山崖邊轉出一個身材高瘦的道人，高聲喝道：「華山派的人，都在這裏麼？」這一喝聲如洪鐘，只震得山谷鳴響。

衆人見這道人身上道袍葛中夾絲，燦爛華貴，道冠上鑲着一塊晶瑩白玉，光華四射，背負長劍，飄飄然有出塵之概，約莫四五十歲年紀，一身清氣，顯是一位得道高人。

馮難敵上前抱拳行禮，說道：「請教道長法號，可是敝派祖師的朋友麼？」

那道人並不還禮，右手拂塵一揮，向衆人打量了幾眼，問道：「是華山派的？」馮難敵道：「正是。道長有何見教？」那道人道：「嗯，穆人清來了麼？」馮難敵聽他隨口呼叫祖師名諱，似是極熟的朋友，更加不敢怠慢，說道：「祖師還未駕臨。」

那道人微微一笑，拂塵向孫仲君、何惕守、阿九三人一指，說道：「穆老猴兒倒收了不少美貌女徒，艷福不淺。喂，你們三人過來給我瞧瞧！」衆人聽他出言不遜，都吃了一驚。

孫仲君怒道：「你是甚麼人？」那道人笑道：「好吧，你跟道爺回去，我慢慢說給你知道。」孫仲君見他神態輕薄，登時大怒，走上一步，喝道：「甚麼東西，敢在這裏撒野！」那道人笑嘻嘻的在她臉上摸了一把，拿回來在鼻端上嗅了一下，笑道：「好香！」他左手這麼一伸一縮，似乎並不如何迅速，孫仲君竟沒能避開。她心中怒極，順手挺鈎刺去。那道人右手輕擋，反過手來已抓住她手腕。

孫仲君脈門被他扣住，登覺全身酸軟，使不出半點力氣。那道人一把將她摟在懷裏，又在臉頰上親了一下，讚道：「這女娃子不壞！」

馮難敵、梅劍和、劉培生等個個驚怒失色，一齊衝上。

那道人拔起身子，斗然退開數步。衆人見他左手仍然摟住孫仲君不放，但一躍一落，比尋常單獨一人還要靈便瀟洒，不由得盡皆駭然，但見孫仲君被他抱住了動彈不得，明知不敵，也不能袖手不理，各人拔出兵刃，撲了上去。

那道人微微一笑，右手翻到肩頭，突然間青光耀眼，背上的長劍已拔在手裏。

梅劍和對孫仲君最爲關心，首先仗劍疾攻。他見了那道人長劍的模樣，知是一柄利器，不敢正面相碰，刷刷刷連刺三劍，都是尋瑕抵隙而入。去年他在南京和袁承志比劍，一連幾柄劍盡被震斷，才知本門武功精奧異常，自己只是得了一點皮毛而已，不由得狂傲之氣頓減，再向師父討教劍法，半年中足不出戶，苦心研習，果然劍法大進，適才這三劍是他生平絕學，迅捷悍狠，已得華山派劍法的精要。

那道人讚道：「不壞！」語聲未畢，噹的一聲，已將梅劍和的長劍削爲兩截。

梅劍和嚇了一跳，依照武學慣例，立即要將斷劍向敵人擲去，以防對方乘勢猛攻，然後避開，再籌禦敵之策，但他怕誤傷師妹，不敢擲劍，劍斷即退，饒是他輕身功夫異常了得，嗤的一聲，頭頂束髮的布帶已被割斷。這數招只是一刹那之間的事，梅劍和心驚膽戰之際，馮難敵、劉培生、石駿、馮不破、馮不摧，以及黃眞的四弟子、六弟子一齊攻上，刀槍劍戟，同時並舉，只劉培生是空手使拳。

那道人長劍使了開來，只聽得叮叮噹噹一陣亂響，有的兵刃被截，有的連人帶刀給他一腳踢飛，只賸下馮難敵與劉培生兩個武功最高的勉力支撐。梅劍和從地下撿起一柄劍搶上夾攻。那道人左手仍是摟着孫仲君，右手長劍敵住二人，笑嘻嘻地渾不在意，抽空還在孫仲君臉頰一吻，只把孫仲君氣得幾欲暈去。

拆了數招，那道人忽地將長劍拋向空中。劉培生一怔，不知他使甚麼奇特招數。梅劍和急叫：「小心！」只聽蓬的一聲，劉培生胸口已中了一拳，退出數步，坐倒在地。那道人笑道：「你自以爲拳法了得，我用兵器傷你，諒你不服！」順手接住空中落下來的寶劍，噹啷一響，又把梅劍和的劍削斷，彎過手臂右肘推出，正撞在馮難敵的左肋之上。馮難敵只覺奇痛入骨，眼前金星亂冒，騰騰騰連退數步。

那道人將華山衆弟子打得一敗塗地，無人敢再上來，昂然四顧，哈哈大笑，說道：「老穆自誇拳劍天下無雙，教出來的弟子卻這般不成器！你們師祖問起，就說玉眞子來拜訪過了，見他徒弟教得不好，帶了三個女徒兒去代他教導。三年之後，我教厭了，自會送還！」順手向後一揮，眼珠也沒轉上一轉，便已將長劍揷入了背上的劍鞘，單是這手功夫，便已說得上驚世駭俗。他仍是摟着孫仲君，走向何惕守，笑道：「你也跟我去！」

何惕守自知抵敵不過，對洪勝海道：「快去請師父。」等洪勝海轉身走開，那道人也已走到跟前。何惕守笑道：「道長，你功夫眞俊。您道號是甚麼呀？」

那道人見她笑吟吟的毫不畏懼，倒大出意料之外，見她容貌嬌媚，雙足如雪，言笑之間尤其動人心魄，不由得骨頭也酥了，又走上一步，笑道：「我叫玉眞子，你這孩子叫甚麼名字？你說我功夫好，那麼跟我回去，我慢慢教你好不好？」何惕守笑道：「你不騙人？咱們說過了的話，可不許不算。」玉眞子笑道：「誰來騙你，走吧！」伸手便來拉她的手。

何惕守退了一步，笑道：「慢着，等我師父來了，先問問他行不行。」玉眞子道：「哼，跟着你師父，就算學得本領跟他一樣，又有甚麼用？這樣的飯桶師父，還是別理會了吧，哈哈！」何惕守道：「我師父本領大得很呢，要是知道我跟你走了，他要不依的。」

馮難敵等見孫仲君給那道人摟在懷裏動彈不得，那妖女卻跟他眉花眼笑的打情罵俏，個個氣得怒火塡膺。梅劍和叫道：「好賊道，跟你拚了。」提劍又上。

玉眞子頭也不回，對何惕守道：「我再露一手功夫給你瞧瞧。看是你師父高明呢，還是我厲害。」一面說，一面閃避梅劍和的來劍，說道：「像他這般的劍法，在你們華山派裏總也算是少有的高手了，然而碰到了我，哼哼！你數着，從一數到十，我一隻空手就把他劍奪下來。」梅劍和見他如此輕視自己，更是氣惱，一柄劍越加使得凌厲迅捷。

何惕守笑道：「從一數到十麼？好，一，二，三，四，五……」突然一口氣不停，快速異常的數下去。玉眞子笑道：「小妮子眞壞，瞧眞了！」梅劍和挺劍刺出，突見敵人身子略側，長臂直伸，雙指已指及自己兩眼，相距不過數寸，不由得大驚，左手疾忙上格。玉眞子手臂早已縮回，手肘順勢在他腕上一撞。梅劍和手指一痲，長劍脫手，已被玉眞子快如閃電般奪了過去，那時何惕守還只數到「九」字。

玉眞子哈哈大笑，左手持劍，右手食中兩指挾住劍尖，向下一扳，喀的一聲，劍尖登時拗了下來。只聽得喀喀喀響聲不絕，一柄長劍已被拗成一寸寸的廢鐵。

玉眞子把賸下的數寸劍柄往地下一擲，一聲長嘯，伸手來又拉何惕守的手腕。何惕守一直以緩兵之計跟他拖延，但袁承志始終不到，這時無可再拖，左手輕抬，讓他握住。玉眞子滿擬抓到一隻溫香軟玉的纖纖柔荑，突覺握到一件堅硬冰冷之物，吃了一驚，疾忙放手，眼前金光閃動，金鈎的鈎尖已劃向眉心。

何惕守這一下發難又快又準，玉眞子縱然武功卓絕，也險些中鈎，危急中腦袋向後疾挺，風聲颯然，鈎尖從鼻端擦了過去，只覺一股腥氣直衝鼻孔，原來鈎上餵了劇毒。他做夢也想不到這個嬌滴滴的姑娘出手竟會如此毒辣，而華山派門人兵器上又竟會餵毒，不禁嚇得出了一身冷汗，微微一怔，對方鐵鈎又到，瞬息之間，鐵鈎連進四招。

玉眞子手中沒有兵器，左臂又抱着人，一時被她攻得手忙脚亂，發勁把孫仲君向前一推，縱開三步，拔出長劍，哈哈笑道：「瞧你不出，居然還有兩下子。好好好，咱們再來。」何惕守適才出敵不意，攻其無備，才佔了上風，要講眞打，原也不是他的對手，但實逼處此，不能不挺身相鬥，當下笑道：「你可不能跟我當眞的，咱們鬧着玩兒。」

玉眞子已知這女子外貌嬌媚，言語可喜，出手卻是毫不容情，但自恃武功天下無敵，也不在意，說道：「你輸了可得跟我回去。」何惕守笑道：「你輸了呢？我可不要你跟着。」雙鈎霍霍，疾攻而上。玉眞子不敢大意，見招拆招，當即鬥在一起。

梅劍和搶上去扶起孫仲君。衆人先前見何惕守打倒馮氏兄弟，還道兩個少年學藝未精，這時見她力敵惡道，身法輕靈，招法怪異，雙鈎化成了一道黃光，一條黑氣，奮力抵住玉眞子的長劍，都不禁暗暗咋舌。各人待要上前相助，但見二人鬥得如此激烈，進退趨避，兵刃劈風，迅捷無倫，自忖武藝遠遠不及，都不敢插手。

兩人鬥到酣處，招術越來越快，突然間叮的一聲，金鈎被玉眞子寶劍削去了一截。何惕守袖子一揮，袖口中飛出一枚暗器，波的一響，在玉眞子面前散開，化成一團粉紅色的烟霧。這時晨曦初上，照射之下，更是美艷無比。

玉眞子斜刺裏躍開，厲聲喝道：「你是五毒邪教的麼？怎地混在這裏？」一陣風來，石駿和馮不摧兩人站在下風，頓覺頭腦暈眩，昏倒在地。

何惕守笑道：「我現今改邪歸正啦，入了華山派的門牆。你也改邪歸正，拜我爲師，好不好呢？我說小道士啊，你還是快磕頭罷！」

玉眞子運掌成風，呼呼兩聲，掌風推開面前絳霧，跟着一掌，排山倒海般打了過來。何惕守見他劍法精妙，豈知掌力同樣厲害，腕底一翻，已將蝎尾鞭拿在手中，側身避開掌力，鞭梢往他手腕上捲去。

玉眞子心想，今日上得山來，原是要以孤身單劍挑了華山派，那知正主兒未見，便讓這女孩子接了這許多招去，這次再不容她拆上三招之外，看準鞭梢來勢，倏地伸出左手，食中兩指已將蝎尾鞭牢牢鉗住。他指上戴有鋼套，不怕鞭上毒刺。

何惕守一帶沒帶動，對方長劍已遞了過來，疾忙撤鞭，笑道：「我輸了，這就拜你爲師罷！」說着盈盈拜倒。玉眞子呵呵大笑，把蝎尾鞭往地下一擲，突然眼前青光閃耀，心知不妙，袍袖急拂，倏地躍起，一陣細微的鋼針，嗤嗤嗤的都打進了草裏。

何惕守在拜倒時潛發「含沙射影」的暗器，這一下變起俄頃，事先毫無半點朕兆，本來非中不可，那知玉眞子武技過人，在間不容髮之際竟爾避了開去，只是生死也只相差一綫。他驚怒交集，身在半空，便即前撲，如蒼鷹般向何惕守撲擊下來。

阿九在旁觀戰，時時刻刻提心吊膽，爲何惕守擔心，苦於自己臂傷未愈，武功又太差，不能出手相助，眼見玉眞子來勢猛惡，當即一揚手，兩枝青竹鏢向他激射過去，叫道：「接着！」一把金蛇劍向何惕守擲去。玉眞子長袖一拂，反帶竹鏢射向何惕守。

何惕守避掌、接劍、砸鏢、進招，四件事一氣呵成，轉瞬間又與敵人交上了手。這時她手中拿的是一把砍金斷玉的寶劍，右手劍，左手鈎，兵刃上大佔便宜。

玉真子久戰不下，心中焦躁，當即左手拔出拂塵助攻，這一來兵刃中有剛有柔，威勢大振。何惕守用劍本不擅長，左手鐵鈎尚可勉強支撐，右手的金蛇劍卻逐漸被他尅制住了。

衆人見形勢危急，不約而同的都擁上相助。只聽拂塵刷的一聲，劉培生肩頭劇痛入骨。原來他拂塵絲中夾有金綫，再加上渾厚內力，要是換了武功稍差之人，這一下當場就得給他掃倒。梅劍和向孫仲君道：「快去請師父、師娘、師伯、師叔來。」他見玉真子武功之高，生平罕見，只怕要數名高手合力，才制得他住。

孫仲君應聲轉身，忽然大喜叫道：「道長，快來，快來。」

衆人鬥得正緊，不暇回頭，只聽一個蒼老的聲音說道：「好呀，是你來啦！」

玉真子刷刷數劍，把衆人逼開，跳出圈子，冷然道：「師哥，您好呀。」

衆人這才回過身來，只見木桑道人握了一隻棋盤，兩囊棋子，站在後面。

衆弟子知道木桑道人是師祖的好友，武功與師祖在伯仲之間，有他出手，多厲害的對頭也討不了好去，但聽玉真子竟叫他做師哥，又都十分驚奇。

木桑鐵青了臉，森然問道：「你到這裏來幹甚麼？」玉真子笑道：「我來找人，要跟華山派一個姓袁的少年算一筆帳，乘便還要收三個女徒弟。」

木桑皺了眉頭道：「十多年來，脾氣竟是一點不改麼？快快下山去吧。」玉真子哼了一聲道：「當年師父也不管我，倒要師哥費起心來啦！」木桑道：「你自己想想，這些年來做了多少傷天害理之事。我早就想到西藏來找你……」玉真子笑道：「那好呀，咱哥兒倆很久沒見面了。」木桑道：「今日我最後勸你一次，你再怙惡不悛，可莫怪做師兄的無情。」

玉眞子冷笑道：「我一人一劍橫行天下，從來沒人對我有半句無禮之言。」木桑道：「華山派跟你河水不犯井水，你把他們門下弟子傷成這樣。穆師兄回來，教我如何交代？」

玉眞子嘿嘿一陣冷笑，說道：「這些年來，誰不知我跟你早已情斷義絕。穆人清浪得虛名，旁人怕他，我玉眞子既有膽子上得華山，就沒把這神劍鬼劍的老猴兒放在心上。誰說華山派跟我河水不犯井水了？我又沒得罪穆老猴兒，他幹麼派人到盛京去跟我搗蛋？」

木桑不知袁承志跟他在瀋陽曾交過一番手，當下也不多問，嘆了一口氣，提起棋盤，說道：「咱兩人終於又要動手，這一次你可別指望我再饒你了。上吧！」玉眞子微微一笑，道：「你要跟我動手，哼，這是甚麼？」伸手入懷，摸出一柄小小鐵劍，高舉過頭。

木桑向鐵劍凝視半晌，臉上登時變色，顫聲道：「好好，不枉你在西藏這些年，果然得到了。」玉眞子厲聲喝道：「木桑道人，見了師門鐵劍還不下跪？」

木桑放下棋盤棋子，恭恭敬敬的向玉眞子拜倒磕頭。

衆弟子本擬木桑到來之後收伏惡道，那知反而向他磕頭禮拜，個個驚訝失望。

玉眞子冷笑道：「你數次折辱於我。先前我還當你是師兄，每次讓你。如今卻又如何？」木桑俯首不答。玉眞子左掌一起，呼的一聲，帶着一股勁風直劈下來。木桑既不還手，亦不閃避，運氣於背，拚力抵拒，蓬的一聲，只打得衣衫破裂，片片飛舞。他身子一幌，仍然跪着。玉眞子鐵靑了臉，又是一掌，打在木桑肩頭，這一掌卻無半點聲息，衣衫也未破裂，豈知這一掌內勁奇大，更不好受。木桑身子向前一俯，一大口鮮血噴射在山石之上。玉眞子全然無動於中，提起手掌，逕向他頭頂拍下。

眾人暗叫不好，這一掌下去，木桑必然喪命，各人暗器紛紛出手，齊往玉眞子打去。玉眞子手掌猶如一把鐵扇，連連揮動，將暗器一一撥落，隨即又提起掌來。

阿九和木桑站得最近，見他鬚髮如銀，卻如此受欺，激動了俠義心腸，和身縱上，右臂抱住了木桑頭頸，以自己身子護住他頂門。

玉眞子一呆，凝掌不落，突然身後一聲咳嗽，轉出一個儒裝打扮的老人來。

何惕守見這人神不知鬼不覺的忽然在阿九身旁出現，身法之快，從所罕見，只道敵人又來了高手，生怕阿九受害，躍起身子，右掌往那老人打去，喝道：「滾開！」

那老人左臂一振，何惕守只覺一股巨大之極的力道湧到，再也立足不定，接連退出數步，這才凝力站定，驚懼交集之際，待要發射暗器，卻見華山派弟子個個拜倒行禮，齊叫：「師祖」。原來竟是神劍仙猿穆人清到了。何惕守又驚又羞，暗叫「糟糕」，這一下對師祖如此無禮，只怕再也入不了華山派之門，一時不知是否也該跪倒。

這時木桑已站起退開，左手扶在阿九肩頭，努力調勻呼吸，但仍是不住噴血。

穆人清向玉眞子道：「這位定是玉眞道長了，對自己師兄也能下如此毒手。好好好，我這幾根老骨頭陪道長過招吧！」玉眞子笑道：「這些年來，人家常問我：『玉眞道長，穆人清自稱天下拳劍無雙，跟你相比，到底誰高誰低？』我總是說：『不知道，幾時有空，得跟穆人清比劃比劃。』自今而後，到底當世誰是武功第一，那就分出來了。」

眾弟子見師祖親自要和惡道動手，個個又驚又喜，他們大都從未見過師祖的武功，心想這眞是生平難遇的良機。

劉培生卻想師祖年邁，武學修爲雖高，只怕精神氣力不如這正當盛年的惡道，忙奔回去請師父師娘。一進石屋，只見袁承志淚痕滿面，站在床前，師伯、師父、師娘，以及洪勝海、啞巴等都是臉色慘然，師娘更不斷的在流淚。劉培生吃了一驚，走近看時，見青青雙目深陷，臉色黝黑，出氣多進氣少，眼見是不成的了。外面鬧得天翻地覆，他們卻始終留在屋內，原來是青青病危，不能分出身來察看。劉培生低聲道：「師父，那惡道厲害得緊，師祖親自下場了。」

歸辛樹見劉培生神態嚴重，知道對手大是勁敵，心中懸念師父，當即奔出。黃眞對歸二娘和袁承志道：「咱們都去。」袁承志俯身抱起青青，和衆人一齊快步出來。

衆人來到後山，只見穆人淸手持長劍，玉眞子右手寶劍，左手拂塵，遠遠的相向而立，正要交手。袁承志一見此人，正是去年秋天在盛京兩度交手的玉眞子，第一次自己給他點中了三指，第二次自己打了他一拳一掌，踢了他一脚，但兩次較量均是情景特異，不能說分了勝敗，當即大叫：「師父，弟子來對付他！」

穆人淸和玉眞子都知對方是武林大高手，這一戰只要稍有疏虞，一世英名固然付於流水，連性命也難於保全，這時都是全神貫注，對袁承志的喊聲竟如未聞。

袁承志把靑靑往何惕守手裏一放，剛說得一聲：「你瞧着他。」只見玉眞子拂塵一擺，倏地往穆人淸左肩揮來。他知道這兩個高手一交上了手，就絕難拆解得開，自古道有事弟子服其勞，豈可讓師父親自對敵？雙足一登，如巨鷲般向玉眞子撲去。他是這副心思，黃眞和歸辛樹也是這麼想，三人不約而同，齊向玉眞子攻到。

玉眞子拂塵收轉，倒退兩步，只聽得風聲颯然，一人從頭頂躍過。他頭頸一縮，突感頂心生涼，頭頂道冠竟被人抓了去。他心中大怒，長劍一招「龍卷暴伸」，疾向敵人左臂削去。這一招毒極險極，袁承志在空中閃避不及，手臂急縮，嗤的一聲，一隻袖子已被劍割下，衣袖是柔軟之物，在空中毫不受力，但竟被寶劍割斷，可見他這柄劍不但利到極處，而且內勁功力也着實驚人。袁承志一落下地，師兄弟三人並列在師父身前。

衆人見兩人剛才交了這一招，當時迅速之極，兔起鶻落，一閃已過，待得回想適才情景，無不揑了一把冷汗。玉眞子只要避得慢了一瞬，頭蓋已被袁承志掌力震破，而袁承志的手臂如不是退縮如電，也已被利刃切斷。

玉眞子仗着師傳絕藝，在西藏又得異遇，近年來武功大進，自信天下無人能敵，縱然師兄木桑道人，也已不及自己，雖然素知穆人清威名，但想他年邁力衰，只要守緊門戶，與他久戰對耗，時候一長，必可佔他上風，那知突然間竟遇高手偷襲，定神一瞧，見對方正是去年在盛京將自己打得重傷的袁承志，那日害得自己一絲不掛、仰天翻倒在皇太極與數百名布庫武士之前，出醜之甚，無逾於此，當晚皇太極「無疾而終」，九王爺竟說是自己怪模怪樣，氣死了皇上，還要拿他治罪，當時重傷之下無力抵抗，只得設法逃走，這時仇人相見，不由得怒氣不可抑制，大叫：「袁承志，我今日正來找你，快過來納命。」袁承志笑道：「你此刻倒已穿上了衣衫，咱們好好的來打一架。」

何惕守把金蛇劍交給阿九，說道：「你去給他。」阿九提劍走到袁承志面前。袁承志斗然見到了她，不覺一怔。阿九低聲道：「你……你……」語音哽咽，說不下去了。袁承志接過寶劍，阿九倏地退開。

這時濃霧初散，紅日滿山。衆人團團圍了一個大圈子。穆人清在一旁給木桑推拿治傷。黃眞和歸辛樹一個拿着銅筆鐵算盤，一個提着點穴鋼抓，站在內圈掠陣。

玉眞子咬牙切齒的問道：「那個小偷兒呢？教他一塊出來領死。」袁承志笑道：「他偷人的衣衫去啦！」烏光閃處，金蛇劍已點向他面門。玉眞子拂塵一擋，左手劍將要遞出，驀見對方兵刃已如閃電般收回，劍尖已罩住了自己胸口五處大穴，只要自己長劍刺出，敵劍立即乘虛而入。他身子一幌，向左急閃。袁承志知道他這一下守中帶攻，只待金蛇劍刺出，他就會疾攻自己右側，當下橫過寶劍，先護自身。他知對方極強，務當遵照師訓，先立於不敗之地，以求敵之可勝。

高手比劍，情勢又自不同，兩人任何部位一動，對方便知用意所在。旁觀衆人中武功較淺的，見兩人雙目互視，身法呆滯，出招似乎十分鬆懈，豈知勝負決於瞬息，生命懸於一髮，比之狂呼酣戰，實又凶險得多。

孫仲君恨極玉眞子剛才侮辱自己，氣憤難當，見兩人凝神相鬥，挺起單鈎，想搶上去刺這惡道一鈎。梅劍和見她舉鈎上前，嚇了一跳，忙伸手拉住，低聲道：「你要命麼？幹甚麼？」孫仲君怒道：「別管我。我跟賊道拚了。」梅劍和道：「賊道已知小師叔的厲害，正用最上乘劍法護住了全身，你上去是白送性命。」孫仲君用力甩脫他手，叫道：「我不管，我去幫師叔。」她以前惱恨袁承志，從來不提「師叔」兩字，這時見他與惡道爲敵，竟然於頃刻間宿怨盡消。梅劍和道：「那你發一件暗器試試！」孫仲君取出金鏢，運勁往玉眞子背後擲去。玉眞子全神凝視袁承志的劍尖，金鏢飛來，猶如未覺。孫仲君正喜得手，突聽噹的一聲，梅劍和失聲大叫：「不好！」抱住她身子往下便倒。

孫仲君剛撲下地，只見剛才發出的金鏢鏢尖已射向自己胸前，全沒看清那惡道如何會把鏢激打回來，其時已不及閃避抵擋，只有睜目待死，便在這一刹那間，白影一幌，一隻纖纖素手忽地伸了過來，雙指挾住鏢後紅布，拉住了金鏢。梅劍和與孫仲君心中卜卜亂跳，跳起身來，才知救她性命的原來是何惕守，不禁又是感激，又是慚愧，同時點頭示謝。

這時袁承志和玉眞子劍法忽變，兩人都是以快打快，全力搶攻。但見袁承志將一柄金蛇劍使將開來，八成是華山正宗劍法，偶爾夾着一兩下詭異招式，於堂堂之陣中奇兵突出，連穆人清竟然也覺眼界大開，只看得不住點頭。木桑臉露微笑，喃喃道：「好棋，好棋，妙着橫生！」黃眞、歸辛樹、歸二娘心下欽佩。其餘華山派弟子自馮難敵以下無不眼花繚亂，撟舌不下。鬥到分際，兩人都使出「神行百變」功夫來。玉眞子在盛京見袁承志會這門輕功，自必是木桑的傳人，他雖是華山門下，但自也算是鐵劍門門人，此番來到華山，原是想恃鐵劍而取他性命，以雪去年的奇恥大辱。兩人環繞轉折，鬥了數十合，玉眞子忽地跳開，取出小鐵劍一揚，喝道：「你既是鐵劍門弟子，見了鐵劍還不跪下？」

袁承志道：「我是華山派門下。」玉眞子喝道：「你如不是木桑的弟子，怎會懂得神行百變功夫？你是他弟子，自然是鐵劍門中人了。鐵劍在我手中，快跪下聽由處份。」袁承志笑道：「你快跪下，聽我處份！」玉眞子轉頭問木桑道：「他的神行百變輕功，難道不是你傳授的麼？」木桑搖了搖頭，說道：「不是我親授的。」玉眞子知道師兄從來不打誑語，心中大奇，微一沉吟，進身出招，兩人又鬥在一起。

袁承志攻守進拒，心中琢磨他剛才的幾句話，忽然想起：「木桑道長從前傳我技藝，只當是在圍棋上輸了而給的采頭，決不許我叫他師父。後來這神行百變輕功又命青弟轉授。原來其中另有深意，倒並非全是滑稽古怪。」

他想到青青，情切關心，不由得轉頭向她一望，只見她倚在一塊大石之旁，口中含了一塊朱紅色的藥餅，何惕守正在割破她手腕放血解毒。這一下當眞是喜從天降，心想：「她中了五毒教的劇毒，惕守自然知道解法，這一來可有救了。」

但高手比武，那容得心有旁騖？他突然大喜，心神不專，左肩側動微慢，玉眞子好容易得到這個空隙，立即乘機直上，刷的一劍，正刺在他左脅。衆人齊聲驚呼，豈知玉眞子一驚更甚，原來這一劍竟然刺不進去，被他身子反彈了出來。

玉眞子當年跟木桑動手，也曾忽使怪招，一劍刺中了師兄，卻被刀劍不入的金絲背心反彈出來，以致反爲所制。木桑瞧在同門情誼，這才饒了他。此刻舊事重演，玉眞子急怒交迸，情知又是木桑搗鬼，暗想這少年武功奇高，不在我下，現下我刺他不傷，豈不成了有敗無勝的局面，想到此處，不覺出了一身冷汗。

青青神智初復，忽見袁承志中劍，怒道：「你刺我大哥！」從懷裏掏出鐵管，拔去塞子，奮力向玉眞子一抖。小金蛇激射而出，張嘴往玉眞子咬去。

玉眞子急忙低頭閃避，那知小金蛇具有靈性，在空中往下一衝，又往他頭上咬來。要是換了旁人，小金蛇這一衝一咬絕難避過，但玉眞子何等功夫，拂塵一抖，已捲住金蛇，心知如再運勁擲出金蛇，對手定會乘虛攻進，百忙中連拂塵帶蛇往地下一抛，縱出數步。

袁承志久戰不下，正想不出用何種劍法勝他，這時忽見金蛇，心念一動，想起當日蛇丐雪地相鬥，那小蛇靈動巧妙的身法，跟金蛇郎君所傳的一套劍法頗有暗合之處，當下不及細想，身隨劍走，綿綿而上。

玉眞子見他身法奇詭，已全非鐵劍門的「神行百變」功夫，大驚之下，拚力抵拒，但對方劍招身法，生平從所未見，怪招如剝繭抽絲，永無止歇，驚惶中只得連連倒退。

袁承志見他步法微亂，大喝一聲，猛攻數招，金蛇劍使出一招「金蛇萬道」，這招劍法雖是一招，其中便如有千百招同時發出一般。玉眞子瞧不清敵招來路，只得疾退閃避。袁承志乘勢而上，金蛇劍自左而右的掠去。玉眞子大駭，急忙低頭相避，嗤的一聲輕響，頭髮已被削去了一截。袁承志左掌隨出，結結實實的打在他胸前。

這一掌卻是華山派本門嫡傳的混元掌功夫。玉眞子口噴鮮血，向後便跌，突覺頸上一痛，卻是被他摔在地下的小金蛇牢牢咬住了。他內功深厚，受了袁承志這掌只是重傷，尚不致命，但金蛇奇毒，又咬住後頸的「天柱穴」要穴，片刻之間，全身發黑而死。

衆弟子見袁承志打敗勁敵，無不欽佩萬分。馮難敵上前拜倒，說道：「袁師叔，請恕弟子昨日無禮。」袁承志已累得全身大汗淋漓，急忙扶起，卻將汗水滴了馮難敵滿頭。孫仲君拾起幾塊大石，砸在玉眞子屍身之上，轉頭說道：「多謝袁師叔給我出氣。」

木桑連連嘆息，命啞巴將玉眞子收殮安葬，手撫鐵劍，說出一段往事。

原來玉眞子和他當年同門學藝，他們這一派稱爲鐵劍門，開山祖師所用的鐵劍代代相傳，稱爲「掌門之寶」。有一年他們師父在西藏逝世，鐵劍從此不知下落。

玉眞子初時勤於學武，爲人正派，不料師父一死，沒人管束，結交損友，竟如完全變了一個人。他自幼出家，不近女色，這時卻姦盜濫殺，無惡不作。他武藝又高，竟沒人奈何得了他。木桑和他鬧了一場，鬥了兩次，師兄師弟劃地絕交。

玉眞子鬥不過師兄，遠去西藏，一面勤練武功，一面尋訪鐵劍，後來終於被他找到。按照他們門中規矩，見鐵劍如見祖師，掌執鐵劍的就是本門掌門人，只要是本門中人，誰都得聽他號令處份。木桑在南京與袁承志相見之時，已聽得訊息，說玉眞子已在西藏找到了鐵劍，知道此事爲禍不少，決意趕去，設法暗中奪將過來。那知他西行不久，便在黃山遇上一個圍棋好手，一弈之下，木桑全軍盡墨。他越輸越是不服，纏上了連弈數月，那高棋之人無可奈何，只得假意輸了兩局，木桑纔放他脫身。這麼一來，便將這件大事給耽擱了。

穆人淸聽了這番話，不禁喟然而歎，轉頭問紅娘子道：「他們幹麼追你啊？」

紅娘子撲地跪倒，哭道：「請穆老爺子救我丈夫性命。」

袁承志聽了這話，大吃一驚，忙伸手扶起，說道：「嫂嫂請起。大哥怎麼了？」

紅娘子道：「吳三桂勾結滿淸韃子，攻進了山海關。闖王接戰不利，帶隊退出北京，現今是在西安。不料丞相牛金星和權將軍劉宗敏向闖王挑撥是非，誣陷李將軍圖謀自立，闖王便要逮拿李將軍治罪。我逃出來求救，那劉宗敏一路派人追我……」

衆人聽說淸兵進關，北京失陷，都如突然間晴天打了一個霹靂。

袁承志心中大急，叫道：「咱們快去救，遲一步只怕來不及了！」但轉念一想，這次師父召集門人聚會華山，必有要事相商，這如何是好？望着師父，不由得心亂如麻。他年紀輕，閱歷少，原無多大應變之能，乍逢難事，一時間徬徨失措。

穆人清道：「各人已經到齊，咱們便儘快把事情辦了罷！」說着請出風師祖遺容，擺了香案，點上香燭。衆弟子一一跪下。何惕守縮在一角，偷眼望着袁承志。

穆人清微微一笑，說道：「你堅要入我門中，其實以你武功，早已夠得縱橫江湖了。適才我在樹後瞧你跟玉眞子相鬥。若不是你，我這些徒孫個個非倒大霉不可。你叫我滾蛋，哈哈，我偏偏不滾，這一推手，你只跌出四步，便即站穩。我門中除了三個親傳弟子，還沒第四人有這功力呢。好好好，你也跪下吧！」何惕守大喜，跟在袁承志之後，向風師祖遺容磕頭，心想：「這位祖師爺說話有趣，倒很慈和。」

行禮已畢，穆人清站在正中，朗聲說道：「我年事已高，不能再理世事俗務。華山派門戶事宜，從今日起由大弟子黃眞執掌。」

黃眞悚然一驚，忙道：「弟子武功遠不及二師弟、三師弟……」穆人清道：「掌握門戶，但求督責諸弟子嚴守戒律，行俠仗義。你好好做吧！」黃眞不敢再辭，重行磕拜祖師和師父，受了掌門的符印。本門弟子參見掌門。

袁承志見大事已了，懸念義兄，便欲要下山，對青青道：「青弟，你在這裏休養，我救義兄後即來瞧你。」青青不答，只是瞧着阿九，心中氣憤，眼圈一紅，流下淚來。

阿九突然走到她跟前，黯然說道：「青姊姊，你不再恨我了吧？」伸手拉下皮帽，露出一個光頭。原來她父喪國亡，又從何惕守口中得知了袁承志對青青的一片情意，心灰意懶，在半路上悄悄自行削髮，出家爲尼。衆人見她如此，都大感意外。青青更是心中慚愧。袁承志心神大亂，不知如何是好，待要說幾句話相慰，卻又有甚麼話好說？

木桑忽道：「老道以師門多故，心有顧忌，因此一生未收門人。現下我門戶已清，這位姑娘適才救我性命，如不嫌棄，授你幾手功夫如何？」阿九臉露喜色，過去盈盈拜倒。後來她盡得木桑絕藝，成爲清初一代大俠，日後康熙初年的奇人韋小寶（見「**鹿鼎記**」）、雍正年間的著名英俠甘鳳池、白泰官、呂四娘等人都出自她的門下。

袁承志向師父和掌門大師兄稟告要去相救李岩。穆人清沉吟道：「李將軍爲奸人中傷，致闖王有相疑之意，這事若是處理不善，不但得罪了闖王，傷了咱們多年相交的義氣，而且引起闖軍內部不和，有誤大業。吳三桂兵引滿清兵入關，闖王正處逆境。你和李將軍雖然交情極好，諸事須當以大局爲重。」黃眞道：「師弟萬事保重。咱們做生意……」說到這裏，突然住口，想起已做了掌門人，不能隨口再說笑話，一時頗覺不慣。

袁承志躬身應命，於是陪同紅娘子，率領何惕守、啞巴、洪勝海三人告辭。青青堅欲同去，說道在道養傷，過得幾天，也就好了。何惕守知她兀自不放心，一力攛掇，說她餘毒未清，只有自己繼續治療，方能痊愈。袁承志也只得允了。崔秋山、崔希敏叔侄，安大娘、安小慧母女也求偕行。

袁承志走到阿九面前，說道：「阿九妹子，你……你一切保重。」阿九垂頭下了不語，過了良久，輕輕的道：「我是出家人了，法名叫作『九難』。」過了一會，又輕輕的道：「你也一切保重！」

袁承志一行十人離了華山，疾趨西安。各人爲救李岩，日夜不停，加急趕路。

這一日將到渭南，忽聽得吆喝喧嘩，千餘名闖軍趕了一大隊民伕，正向西行。民伕個個挑了重擔，走得氣喘吁吁。衆軍士手持皮鞭，不住喝罵催趕，便如趕牲口相似。一名年老民伕脚步蹣跚，撲地倒了，擔子散開，滾出許多金銀器皿、婦女飾物。一名小軍官大怒，狠狠一脚，踢得那民伕口噴鮮血。青青看得極是氣憤，說道：「這麼欺侮老百姓，還算是義軍？」何惕守道：「這些金銀財寶，還不是從百姓家裏搶來的。」她說得聲音較響，幾名闖軍聽見了，惡狠狠的回頭喝罵。一名軍士道：「這些人是奸細，都拿下了。」十餘名軍士大聲歡呼，便來拉扯青青、何惕守、安大娘、安小慧、紅娘子五個女子。

紅娘子正滿腔悲憤，拔刀便砍翻了兩名軍士。袁承志叫道：「大夥兒快走罷！」在馬上俯身提起衆軍士亂擲，帶領衆人走了。闖軍不肯捨了金銀來追，只是在後高聲叫罵。

紅娘子氣忿忿的道：「咱們的軍隊一進了北京，軍紀大壞，只顧得擄刦財物，強搶民女。比之明朝，又好得了甚麼？」崔秋山搖頭道：「闖王怎不管管，也眞奇怪。」紅娘子冷笑道：「他自己便搶了吳三桂的愛妾陳圓圓，上樑不正下樑歪，又怎管得了部下？吳三桂本來已經投降，大事已定，聽得愛妾給闖王搶了去，這才一怒而勾引韃子兵入關。韃子兵和吳三桂聯軍打進來。闖王帶兵出去交鋒，兩軍在一片石大戰。我軍比敵兵多了好幾倍，可是大家記掛着搶來的財寶婦女，不肯拚命，這一仗若是不輸，那眞是沒天理了。」

行不多時，只見路旁有個老婦人在放聲痛哭，身旁有四具屍首，一男一女，還有兩個小孩，身上傷口中兀自流血不止，顯是被殺不久。只聽那老婦哭叫：「李公子，你這大騙子，你說甚麼『早早開門拜闖王，管教大小都歡悅』，我們一家開門拜闖王，闖王手下的土匪賊強盜，卻來強姦我媳婦，殺了我兒子孫兒！我一家大小都在這裏，李公子，你來瞧瞧，是不是大小都歡悅啊！我拜了六十年菩薩。觀音菩薩，你保佑我老太婆好得很啊！觀音菩薩，你不肯保佑人，你跟闖王的土匪賊強盜是一夥！」袁承志等不忍多聽，料想前面大路上慘事尚多，當下繞小道而行。

趕了一會路，眼見離渭南已經不遠，忽聽得兵刃撞擊，有人交鋒。衆人拍馬上前，只見二十餘名闖軍圍住了三人砍殺。三人中只有一人會武，左支右絀，甚是狼狽。

衆闖軍大叫：「殺奸細啊，奸細身上金銀甚多，那一個先立功的，多分一份。」崔希敏怒道：「甚麼多分一份？這不是強盜惡賊麼？」疾衝而前，拔刀向闖軍砍去。啞巴、洪勝海、崔秋山三人跟着上前，將二十餘名闖軍都趕開了。

只見三人都已帶傷，那會武的投刀於地，躬身拜謝，突然向崔秋山凝視片刻，說道：「尊駕可是姓崔麼？」崔秋山道：「正是。尊兄高姓，不知如何識得在下？」那人道：「小人楊鵬舉，這位是張朝唐張公子。十多年前，我們三人曾在廣東聖峯嶂祭奠袁督師，曾見崔大俠大獻身手，擒獲奸細。雖然事隔多年，但崔大俠的拳法掌法，小人看了之後，牢牢不忘。」崔秋山喜道：「原來是『山宗』的朋友，你們快來見過袁公子吧。」

張朝唐和楊鵬舉上前拜見袁承志，說起自己並非袁督師的舊部，只是曾隨孫仲壽、應松等人上過聖峯嶂。袁承志道：「啊，是了。那日張公子爲先父寫過一篇祭文。『黃龍未搗，武穆蒙冤；漢祚待復，諸葛星殞』，這十六字讚語，先父九泉之下，也感光寵。」張朝唐想不到自己當日情急之下所寫的這十六個字，袁承志居然還記在心中，也自喜歡。

袁承志問起爲闖軍圍攻的情由。張朝唐道：「小人遠在海外浡泥國，一個多月前，聽得海客說起，闖王李自成義軍聲勢大振，所到之處，勢如破竹，指日攻克北京，中華從此太平。小人不勝雀躍，稟明家父，隨同這位楊兄，携了一名從僕，啓程重來故國，要見見太平盛世的風光。唉，那知來到北直隸境內，卻聽說闖王得了北京之後，登位稱帝，又給滿清兵打了出來，逃到了西安，滿清兵一路追來。我們三人也只得西上避難。那想到今日在這裏遇見闖軍，竟說我們是奸細，要搜查全身。我們也任由搜查，這些軍士見到我們携帶的路費，便即眼紅，不由分說，舉刀便砍。若不是衆位相救，我們三人早已成爲刀下之鬼了。唉，太平盛世，太平盛世！」說着苦笑搖頭。

袁承志心下不安，說道：「此去一路之上，只怕仍然不大太平。六位且隨我們同往西安，再定行止如何？」張朝唐和楊鵬舉齊聲稱謝。那僮兒張康此刻已然成人，負起了包裹，說道：「十多年前，我們第一次回到中國，官兵說我們是強盜，要謀財害命。這一次再來中國，義軍說我們是奸細，仍是要謀財害命。我說公子爺，下一次我們可別再來了罷。」張朝唐道：「中國還是好人多，咱們可又不是逢凶化吉了嗎？」

次日衆人縱馬疾馳，趕到西安城東的壩橋。只見一隊隊闖軍排好了陣勢，與對面大隊闖軍對峙，雙方彎弓搭箭，戰事一觸即發。袁承志大驚，心想：「怎麼自己人打了起來？」

只聽得一名軍官大聲叫道：「萬歲爺有旨，只拿叛逆李岩一人，餘人無干，快快散去，若是違抗旨意，一概格殺不論。」

袁承志心中一喜：「大哥未遭毒手。咱們可沒來遲了。」忙揮手命衆人轉身，繞過兩軍，從側翼遠遠兜了兩個圈子，走向李岩所屬的部隊。統帶前哨的軍官見到李夫人到來，忙引導衆人去中軍大帳。

來到帳外，只聽得一陣陣絲竹聲傳了出來，衆人都感奇怪。紅娘子與袁承志並肩進帳，卻見帳中大張筵席，數百名軍官席地而坐，李岩獨自坐在居中一席，正自舉杯飲酒。

他忽見妻子和袁承志到來，又驚又喜，搶步上前，左手拉住妻子，右手携了袁承志的手，笑道：「你們來得正好，老天畢竟待我不薄。」讓二人分坐左右，又命部屬另開一席，接待崔秋山、安大娘、青青、何惕守等人就坐。

袁承志見李岩好整以暇，不由得大為放心，數日來的擔憂，登時一掃而空，向紅娘子望了一眼，微微而笑，心道：「你可嚇得我好厲害！」

李岩站起身來，朗聲說道：「各位都是我的好兄弟，好朋友。這些年來咱們出死入生，甘苦與共，只盼從今而後，大業告成，天下太平。那知道萬歲爺聽信了奸人的讒言，說甚麼『十八孩兒主神器』那句話，是我李某人要做皇帝。剛才萬歲爺下了旨意，賜李某人的死，哈哈，這件事真不知從何說起？」

衆將站起身來，紛紛道：「這是奸人假傳聖旨，萬歲爺素來信任將軍，將軍不必理會。咱們齊去西安城裏，面見萬歲爺分辯是非便了。」各人神色憤慨，有的說李將軍立下大功，對皇上忠心耿耿，那有造反之理；有的說本軍紀律嚴明，愛民如子，引起了友軍的嫉忌；更有的說萬歲爺若是不聽分辯，大夥兒帶隊去自己幹自己的，反正現下闖軍胡作非爲，大失民心，跟着萬歲爺也沒甚麼好結果了。

李岩取出一張黃紙來，微笑道：「這是萬歲爺的親筆，寫着：『制將軍李岩造反，要自立爲帝，大逆不道。着即正法，速速不誤。』這不是旁人假傳聖旨，就算見了萬歲爺，也分辯不出的。」衆將奮臂大呼：「願隨將軍，決一死戰！」一名將官說道：「萬歲爺已派了左營、前營、後營，把咱們三面圍住了，那不是要殺李將軍一人，是要殺咱們全軍。」衆將叫道：「萬歲逼咱們造反，那就眞的反了罷！」

李岩叫道：「大家坐下，我自有主張，萬歲爺待我不薄，『造反』二字，萬萬不可提起。來，喝酒！」衆將素知他足智多謀，見他如此鎭定，料想必有奇策應變，於是逐一坐下，交頭接耳，低聲議論。

李岩斟了一杯酒，笑道：「人生數十年，宛如春夢一場。」將酒一乾而盡，左手拍桌，忽然大聲唱起歌來：「早早開門拜闖王，管教大小都歡悅，管教大小都……」那正是他當年所作的歌謠，流傳天下，大助李自成取得民心歸順。只聽他唱到那「都」字時，突然無聲，身子緩緩俯在桌上，再也不動了。

紅娘子和袁承志吃了一驚，忙去相扶，卻見李岩已然氣絕。原來他左手暗藏匕首，已一刀刺在自己心窩之中。

紅娘子笑道：「好，好！」拔出腰刀，自刎而死。

袁承志近在身旁，若要阻攔，原可救得，只是他悲痛交集，一時自己也想一死了之，竟無相救之意。霎時之間，耳邊似乎響起了當日在北京城中與李岩一同聽到的那老盲人的歌聲：「今日的一縷英魂，昨日的萬里長城……」衆將見主帥夫婦齊死，營中登時大亂，須臾之間，數萬官兵散得乾乾淨淨。

袁承志心中悲痛，意興蕭索。這日張朝唐和他談起浡泥國民風淳樸，安靜太平，說道：「中原大亂，公子心緒不佳，何不到浡泥國去散散心？」袁承志心想寄人籬下，也無意趣，忽然想起那西洋軍官所贈的一張海島圖，於是取了出來，詢問此是何地。張朝唐道：「那是在浡泥國左近的一座大島嶼，眼下爲紅毛國海盜盤踞，騷擾海客。」

袁承志一聽之下，神遊海外，壯志頓興，不禁拍案長嘯，說道：「咱們就去將紅毛海盜驅走，到這海島上去做化外之民罷。」當下率領青青、何惕守、啞巴、崔希敏等人，再召集孫仲壽等「山宗」舊人，孟伯飛父子、羅立如、焦宛兒、程青竹、沙天廣、胡桂南、鐵羅漢等豪傑，得了張朝唐、楊鵬舉等人之助，遠征異域，終於在海外開闢了一個新天地。正是：

萬里霜烟迴綠鬢

十年兵甲誤蒼生

（全書完）

袁崇煥評傳

每一節文末的注釋只是表示：文中的事實全部都有根據，並不是小說。對歷史研究沒有興趣的讀者們大可畧過注釋不讀。

在距離香港不到一百五十公里的地區之中，過去三百多年內出了兩位與中國歷史有重大關係的人物。最重要的當然是孫中山先生。另一位是出生在廣東東莞縣的袁崇煥。

我在閱讀袁崇煥所寫的奏章、所作的詩句、以及與他有關的史料之時，時時覺得似乎是在讀古希臘劇作家攸里比第斯、沙福克里斯等人的悲劇。袁崇煥眞像是一個古希臘的悲劇英雄，他有巨大的勇氣，和敵人作戰的勇氣，道德上的勇氣。他沖天的幹勁，執拗的蠻勁，剛烈的狠勁，在當時猥瑣萎靡的明末朝廷中，加倍的顯得突出。

袁崇煥，字元素，號自如。「煥」，是火光，是明亮顯赫、光采輝煌；「素」是直率的質樸，是自然的本性。他大火熊熊般的一生，我行我素的性格，揮洒自如的作風，的確是人如其名。這樣的性格，和他所生長的那不幸的時代構成了強烈的矛盾衝突。古希臘英雄拚命掙扎奮鬥，終於敵不過命運的力量而垮了下來。打擊袁崇煥的不是命運，而是時勢。雖然，在某種意義上說來，時勢也就是命運。像希臘史詩與悲劇中那些英雄們一樣，他轟轟烈烈的戰鬥了，但每一場戰鬥，都是在一步步走向不可避免的悲劇結局。

希臘史詩「伊里亞特」記述赫克托和亞契力斯繞城大戰這一段中，描寫衆天神拿了天平來秤這兩個英雄的命運，小時候我讀到赫克托這一端沉了下去，天神們決定他必須戰敗而死，感到非常難過，「那不公平！那不公平！」過了許多歲月，當我讀到滿清的皇太極怎樣設反間計，崇禎和他的大臣們怎樣商量要不要殺死袁崇煥，同樣有劇烈的悽愴之感。

歷史家評論袁崇煥，着眼點在於他的功業、他對當時及後世的影響、他在明清兩個朝代覆亡與興起之際所起的作用。近十多年來，我幾乎每天都寫一段小說，又寫一段報上的社評，因此對歷史、政治與小說是同樣的感到興趣，然而在研究袁崇煥的一生之時，他強烈的性格比之他的功業更加吸引我的注意。

整體說來，清朝比明朝好得多。從清太祖算起的清朝十二個君主，他們的總平均分數和明朝十六個皇帝相比，我以爲在數學上簡直不能比，因爲前者的是相當高的正數，後者是相當高的負數。對於滿洲人入主中國一事，近代的評價與前人也頗有改變。所以袁崇煥的功業，不免隨着時代的進展而漸漸失卻光采。但他英雄氣概的風華卻永遠不會泯滅。正如當年七國紛爭的是非成敗，在今天已沒有多大意義了，但荆軻、屈原、藺相如、廉頗、信陵君等等這些人物的生命，卻超越了歷史與政治。

「碧血劍」中的袁承志，在性格上只是一個平凡人物。他沒有抗拒艱難時世的勇氣，受了挫折後逃避海外，就像我們大多數在海外的人一樣。

袁崇煥卻是眞正的英雄，大才豪氣，籠蓋當世，卽使他的缺點，也是英雄式的驚世駭俗。他比小說中虛構的英雄人物，有更多的英雄氣概。

他的性格像是一柄鋒銳絕倫、精剛無儔的寶劍。當清和昇平的時日，懸在壁上，不免會中夜自嘯，躍出劍匣。在天昏地暗的亂世，則屠龍殺虎之後，終於寸寸斷折。

在明末那段不幸的日子中，任何人都是不幸的。每一個君主在臨死之時，都深深感到了失敗的屈辱：崇禎、清太祖努爾哈赤、清太宗皇太極（如果他不是被人謀殺的，那麼是惟一的例外）、蒙古人的首領林丹汗、朝鮮國王李佑；始終是死路一條的將軍和大臣（奮勇抗敵的將軍與降敵做漢奸的將軍，忠鯁正直的大臣與奸佞無恥的大臣，命運都沒甚麼分別，但在一個比較溫和的時代，奸臣卻常常能得善終，例如秦檜）；憤怒不平的知識份子，領不到糧餉的兵卒，生命朝不保夕的「流寇」，飢餓流離的百姓，以及有巨大才能與勇氣的英雄人物：楊漣、熊廷弼、孫承宗、李自成、袁崇煥。

在那個時代中，人人都遭到了在太平年月中所無法想像的苦難。在山東的大饑荒中，丈夫吃了妻子的屍體，母親吃了兒子的屍體。那是小人物的悲劇，他們心中的悲痛，一點也不會比英雄們輕。不過小人物只是默默的忍受，英雄們卻勇敢地奮戰了一場，在歷史上留下了痕迹。英雄的尊嚴與偉烈，經過了無數時日之後，仍在後人心中激起波瀾。

一

這個不幸的時代，是數十年腐敗達於極點的政治措施所累積而成的。

我書架上有一部英國歷史家吉朋的「羅馬帝國衰亡史」，是三卷注釋本❶。書脊上繪着羅馬式建築的兩根大理石柱子，第一卷的柱子，柱頭上有些殘缺破損，第二卷的柱子殘損更多，第三卷的柱子完全垮了。這象徵一個帝國的衰敗和滅亡，如何一步步的發展。

明朝的衰亡也是這樣。

明朝的覆滅，開始於神宗❷。

神宗年號萬曆，是明朝諸帝中在位最久的，一共做了四十八年皇帝。只因為他做皇帝的時候實在太久，所以對國家人民所造成的禍害也特別大。他死時五十八歲，本來並不算老，他的祖宗明太祖活到七十一歲，成祖六十五歲，世宗六十歲。可是神宗未老先衰，後來更抽上了鴉片。鴉片沒有縮短他的壽命，卻毒害了他的精神。他的貪婪大概是天生的本性，但匪夷所思的懶惰，一定是出於鴉片的影響。

然而萬曆初年，卻是中國歷史上最光彩輝煌的時期之一。近代中西學者研究瓷器及其他手工藝品，有這樣一個共通的意見：在中國國力最興盛的時期，所製作的瓷器最精采。萬曆年間的瓷器和琺瑯器燦爛華美，精巧雅致，洵為罕見的傑作。因為萬曆最初十年，張居正當國，他是中國歷史上難得一見的精明能幹的大政治家。

神宗接位時只有十歲，一切聽母親的話。兩宮太后很信任張居正，政治上權力極大的司禮太監馮保又給張居正籠絡得很好，這些有利的條件加在一起，張居正便能放手辦事。明朝自明太祖晚年起就不再有宰相，張居正是大學士，名義是首輔，等於是宰相。

從萬曆元年到十年，張居正的政績燦然可觀。他重用名將李成梁、戚繼光、王崇古，使得主要是蒙古人的北方異族每次入侵都大敗而歸，只得安份守己而和明朝進行和平貿易。南方少數民族的武裝暴動，也都一一給他派人平定。國家富強，儲備的糧食可用十年，庫存的盈餘超過了全國一年的歲出。交通郵傳辦得井井有條。清丈全國田畝面積，使得稅收公平，不致像以前那樣由窮人負擔過份的錢糧而官僚豪強卻不交稅。他全力支持工部尙書潘季馴將泛濫成災的黃河與淮河治好，將水退後的荒地分給災民開墾，免稅三年。官僚的升降制度執行得很嚴格，嚴厲懲辦貪汚。

在那時候，中國是全世界最先進、最富強的大國。歐洲的文人學士在提到中國的時候，無不欣慕嚮往。他們佩服中國的文治敎化、中國的考試與文官制度，佩服中國的道路四通八達❸，佩服中國的老百姓生活得比歐洲貧民好得多。萬曆十年是公元一五八二年。要在六年之後，英國才打敗西班牙的無敵艦隊；再過三十八年，英國的淸教徒才乘「五月花號」到達美洲；再過六十一年，五歲的路易十四才登上法國的王座。那時莎士比亞只有十六歲，還在英國的樹林裏偷人家的鹿。直到八十三年之後，倫敦還由於太汚穢、太不衞生，爆發了恐怖的大瘟疫。在萬曆初年，北京、南京、揚州、杭州這些就像萬曆彩瓷那樣華美的大城市，在外國人心目中眞像是天堂一樣。

中國的經濟也在迅速發展，手工業和技術非常先進。在十五世紀時，中國是世界上最重要的產棉區之一。由於在正德年間開始採用了越南的優良稻種，農田加闢，米產大增，尤其是廣東一帶。因爲推廣種植水稻，水田中大量養魚，瘧蚊大減❹，嶺南向來稱爲瘴癘的瘧疾已不像過去那樣可怕，所以兩廣的經濟文化也開始迅速發展。

可是君主集權的絕對專制制度，再加上連續四個昏庸腐敗的皇帝，將這富於文化教養而勤勞聰明的一億人民、這舉世無雙的富強大國推入了痛苦的深淵。

張居正於萬曆十年逝世，二十歲的青年皇帝自己來執政了。皇帝追奪張居正的官爵，將他家產充公，家屬充軍，將他長子逼得自殺。

神宗是相當聰明的。中國歷史上的昏君大都有些小聰明，隋煬帝、宋徽宗、李後主，都是文采斐然。明神宗的聰明之上，所附加的不是文采，而是不可思議的懶惰，不可思議的貪婪。皇帝懶惰本來並不是太嚴重的毛病，他只須任用一兩個能幹的大臣，甚麼事情都交給他們去辦就是了，多半政治只有更加上軌道些，中國歷史上不乏「主昏於上，政清於下」的先例。然而神宗懶惰之外還加上要抓權，幾十年中自己不辦事，也絕對不讓大臣辦事。這在世界歷史上固然空前，相信也必絕後。

做了皇帝，要甚麼有甚麼，但神宗所要的，偏偏只是對他最無用處的金錢。如果他不是皇帝，一定是個成功的商人，他血液中有一股不可抑制的貪性。他那些祖宗皇帝們有的陰狠毒辣，有的胡鬧荒唐，但沒有一個是這樣難以形容的貪婪。因此近代有一位歷史學者推想，他這性格是出於母系的遺傳。他母親是一個小農的女兒❺。

皇帝貪錢，最方便有效的法子當然是加稅。神宗所加的稅不收入國庫，而是收入自己的私人庫房，稱為「內庫」。他加緊徵收商稅，那是本來有的，除了書籍與農具免稅之外，一切商品交易都收稅百分之三。他另外又發明了一種「礦稅」。

大批沒有受過教育、因殘廢而心理上多多少少不正常的太監，作為皇帝的私人徵稅代表，四面八方的出去收礦稅。只要「礦稅使」認為甚麼地方可以開礦，就要地產的所有人交礦稅。這些太監無惡不作，隨帶大批流氓惡棍，到處敲詐勒索，亂指人家的祖宗墳墓、住宅、商店、作坊、田地，說地下有礦藏，要交礦稅❻。結果天下騷動，激起了數不盡的民變。這些御用徵稅的太監權力既大，自然就強橫不法，往往擅殺和拷打文武官吏。有一個太監高淮奉旨去遼東徵礦稅、商稅，搜括了士民的財物數十萬兩，逮捕了不肯繳稅的秀才數十人，打死指揮，誣陷總兵官犯法。神宗很懶，甚麼奏章都不理會，並只要是和礦稅有關的，御用稅監呈報上來，他立刻批准。

搜括的規模之大實是駭人聽聞。在萬曆初年張居正當國之時，全年歲入是四百萬兩左右❼，皇宮的費用每年有定額一百二十萬兩，稱為「金花銀」，已幾佔歲入的三分之一。可是單在萬曆二十七年的五天之內，就搜括了礦稅商稅二百萬兩。這還是繳入皇帝內庫的數目，太監和隨從吞沒的錢財，又比這數字大得多。據當時吏部尚書李戴的估計，繳入內庫的只十分之一、太監剋扣的是十分之二、隨從瓜分的是十分之三、流氓棍徒乘機向良民勒索的是十分之四。

可和神宗的貪婪並駕齊驅的是他的懶。

在他二十八歲那年，大學士王家屏就上奏章說：一年之間，臣只見到天顏兩次，偶然提出一些建議，也和別的官員的奏章一樣，皇上完全不理。

這種情形越來越惡化，到萬曆四十二年，首輔葉向高奏稱：六部尚書中，現在只賸下一部有尚書了，全國的巡撫、巡按御史、各府州縣的知事已缺了一半以上。他的奏章寫得十分激昂，說現在已經中外離心，京城裏怨聲載道，大禍已在眼前，皇上還自以爲不見臣子是神明妙用，恐怕自古以來的聖帝明王都沒有這樣妙法吧❽。神宗抽飽了鴉片，已經火氣全無。這樣的奏章，如果落在開國的太祖、成祖、末代的思宗手裏，葉向高非殺頭不可。但神宗只要有錢可括，給大臣譏諷幾句、甚至罵上一頓，都無所謂。

萬曆年間的衆大臣說得上是知無不言，言無不盡。有人上奏，說皇上這樣搞法，勢必民窮財盡，天下大亂❾；有人說陛下是放了籠中的虎豹豺狼去吞食百姓❿；有人說一旦百姓造反，陛下就算滿屋子都是金銀珠寶，又有誰來給你看守⓫？有的指責說，皇上欺騙百姓，不免類似桀紂昏君⓬；有的直指他任用肆無忌憚之人，去幹沒有天理王法之事⓭；有的責備他說話毫無信用⓮。臣子居然膽敢這樣公然上奏痛罵皇帝，不是一兩個不怕死的忠臣罵，而是大家都罵，那也是空前絕後、令人難以想像的事。然而言者諄諄，聽者藐藐，神宗對這些批評全不理睬。正史上的記載，往往說「疏入，上怒，留中不報」。留中，就是不批覆。或許他懶得連罰人也不想罰了，因爲罰人也總得下一道聖旨才行。但直到他死，拚命搜括的作風絲毫不改。同時爲了對滿淸用兵，又一再增加田賦。皇帝搜括所得都存於私人庫房（內庫），政府的公家庫房（外庫）卻總是不夠錢，結果是內庫太實，外庫太虛⓯。

在這樣窮兇極惡的壓榨下，百姓的生活當然是痛苦達於極點。

神宗除了專心搜括之外，對其他政務始終是絕對的置之度外。萬曆四十三年十一月，御史翟鳳翀的奏章中說：皇上不見廷臣，已有二十五年了。

①Edward Gibbon: *The Decline and Fall of the Roman Empire*, The Heritage Press, New York.

②這是後世論者的共同意見。「明史・神宗本紀」：「故論者謂：明之亡實亡於神宗。」趙翼「廿二史劄記・萬曆中礦稅之害」：「論者謂明之亡，不亡於崇禎而亡於萬曆云。」清高宗題明長陵神功聖德碑：「明之亡非亡於流寇，而亡於神宗之荒唐，及天啓時閹宦之專橫，大臣志在祿位金錢，百官專務鑽營阿諛。及思宗即位，逆閹雖誅，而天下之勢，已如河決不可復塞，魚爛不可復收矣。而又苛察太甚，人懷自免之心。小民疾苦而無告，故相聚爲盜，闖賊乘之，而明社遂屋。嗚呼！有天下者，可不知所戒懼哉？」

③十六世紀後期來到中國遊歷的歐洲人，如G. Pereira, G. da Gruz, M. de Rade等人著書盛讚中國。他們拿中國的道路、城市、土地、衛生、貧民生活等和歐洲比較，認爲中國好得多。見A. P. Newton, ed., *Travel and Travellers of the Middle Ages*; C. R. Boxer, *South China in the 16th Century* 等書。直到一七九八年，馬爾塞斯在「人口論第一篇」中還說中國是全世界最富庶的國家。萬曆年間來到中國的天主教教士利馬竇等人更盛讚中國的文治制度，認爲舉世出無其右。參閱L. J. Gallagher, S. J. tr., *China in the Sixteenth Century*.

④Wolfram Eberhard: *A History of China*, p.249.

⑤朱東潤・「張居正大傳」：「從明太祖到神宗這一個血脈裏，充滿偏執和高傲……到了神宗，

又在這高傲的血液裏，增加新的成分。他底母親是山西一個小農底女兒。小農有那一股貪利務得的氣息，在一升麥種下土以後，他長日巴巴地在那裏計算要長成一斛、一石、又硬、又好的小麥。成日的精神，集中在這一點上面。……明朝底皇帝，只有神宗嗜利，出於天性，也許只可這樣地解釋。」（三一七頁）但說小農嗜利，似乎不大妥當。小農種麥而盼望收成，既是自然而合理的期待，又是生活的唯一資料，不能說是嗜利。

⑥礦稅的稅率是胡亂指定的，在L. Carrington Goodrich, *A Short History of the Chinese People*中，說萬曆時的礦稅是礦產價值的百分之四十，即使礦場已經停閉，礦主每年仍須按舊稅率繳稅。p.199.

⑦據張居正奏疏「看詳户部進呈揭帖疏」：萬曆五年，歲入四百三十五萬九千四百餘兩，歲出三百四十九萬四千二百餘兩。

⑧葉向高奏：「中外離心，輦轂肘腋間怨聲憤盈，禍機不測，而陛下務與臣下隔絕。帷幄不得關其忠，六曹不得舉其職。舉天下無一可信之人，而自以爲神明之妙用。臣恐自古聖帝明王，無此法也。」

⑨二十七年，吏部侍郎馮琦奏：「自礦稅使出，民苦更甚。加以水旱蝗災，流離載道，畿輔近地，盜賊公行，此非細故也。中使銜命，所隨奸徒千百……遂令狡猾之徒，操生死之柄……五日之内，搜括公私銀已二百萬。奸内生奸，例外創例，不至民困財殫，激成大亂不止。伏望急圖修弭，無令赤子結怨，青史貽譏。」

⑩工科給事中王德完奏：「令出柙中之虎兕以吞饜羣黎，逸圈内之豺狼以搏噬百姓，怨憤無

處得伸，鬱結無時可解。」

⑪鳳陽巡撫李三才奏：「陛下愛珠玉，民亦慕溫飽，陛下愛子孫，民亦戀妻孥。奈何崇聚財賄，而使小民無朝夕之安？」又言：「近日奏章，凡及礦稅，悉置不省。此宗社存亡所關，一旦衆叛土崩，小民皆爲敵國，陛下即黃金盈箱，明珠塡屋，誰爲守之？」

⑫給事中田大益奏：「內臣務爲劫奪以應上求，礦不必穴而稅不必商，民間邱隴阡陌皆礦也，官吏農工皆入稅之人也，公私騷然，脂膏殫竭，向所謂軍國正用，反致缺損。……四海之人方反唇切齒，而冀以計智甘言掩天下耳目，其可得乎？陛下矜奮自賢，沉迷不返，以豪璫奸弁爲腹心，以金錢珠玉爲命脈……即令逢干剖心，臯夔進諫，亦安能解其惑哉？」又言：「陛下驅率狼虎，飛而食人……夫天下至貴而金玉珠寶至賤也。積金玉珠寶若泰山，不可市天下尺寸地，而失天下，又何用金玉珠寶哉？」

⑬吏部尚書李戴奏：「今三輔嗷嗷，民不聊生；草木既盡，剝及樹皮；夜竊成羣，兼以晝刦；道殣相望，村空無烟。……使百姓坐而待死，更何忍言？使百姓不肯坐而待死，又何忍言？……此時賦稅之役，比二十年前不啻倍矣。……指其屋而挾之曰『彼有礦』，則家立破矣；『彼漏稅』，則橐立傾矣。以無可查稽之數，用無所顧畏之人，行無天理王法之事。」

⑭戶部尚書趙世卿上疏言：「天子之令，信如四時。三載前嘗曰：『朕心仁愛，自有停止之時。』今年復一年，更待何日？天子有戲言，王命委草莽。」

⑮萬曆四十四年，給事中熊明遇疏：「內庫太實，外庫太虛。」（以上⑧至⑮各奏疏中的文字散見「明史」或「明通鑑」。）

二

就在這時候，滿清開始崛起。萬曆四十五年，努爾哈赤以七大恨告天，發兵攻明，次年攻佔遼東重鎭撫順。明兵大敗，總兵官張承蔭戰死，萬餘兵將全軍覆沒，舉朝震駭。

四十七年，遼東經略楊鎬率明軍十八萬，葉赫（滿清的世仇）兵二萬，朝鮮（中國的屬國）兵二萬，兵分四路，大舉攻清。清兵八旗兵約六萬人，集中兵力，專攻西路一路。西路軍的總兵官杜松是明軍的勇將，平時最喜歡做的事，就是脫去衣衫，將滿身的累累刀槍瘢痕向人誇示。出兵之時，他脫去上身衣衫，在城中遊街，百姓鼓掌喝采。

西路這一仗，稱爲「薩爾滸之役」，明軍有火器鋼炮，軍火銳利得多。但杜松有勇無謀，他是統兵六萬的兵團司令，卻打了赤膊，露出全身傷疤，一馬當先的衝鋒。大概他是「三國演義」的讀者，很羨慕「虎痴」許褚的勇猛。在「許褚裸衣鬥馬超」這回書中，描寫許褚「卸了盔甲，渾身筋突，赤體提刀，翻身上馬，來與馬超決戰。」果然威風得緊。但不知他記不記得許褚這場狠鬥，結果是「操兵大亂，許褚背中兩箭」？有趣的是，小說的評注者評道：「誰叫汝赤膊？」

明清兩軍列陣交鋒之時，突然天昏地暗，數尺之外就甚麼也瞧不見了。杜松又犯了一個大錯誤，下令衆軍點起火把。這一來，明軍在光而清軍在暗，明軍照亮了自身，成爲清兵的箭靶子。努爾哈赤統兵六旗作主力猛攻，他兒子代善和皇太極各統一旗在右翼側攻。結果杜松的遭遇比許褚慘得多，身中十八箭而死，當眞是「誰叫汝赤膊？」總兵官陣亡，明軍大亂，六萬兵全軍覆沒。

努爾哈赤採取了「集中主力，各個擊破」的正確戰略，一個戰役、一個戰役的分開來打。明軍北路總兵官馬林、東路總兵官劉綎都大敗陣亡，朝鮮都元帥率衆降清。

劉綎是當時明朝第一大驍將，打過緬甸、倭寇、曾率兵援助朝鮮對抗日本入侵，大小數百戰，威名震海內。他所用的鑌鐵刀重一百二十斤，馬上輪轉如飛，天下稱爲「劉大刀」。他的大刀比關羽的八十一斤青龍偃月刀還重了三十九斤。據說他能單手舉起一張擺滿了酒菜碗筷的柏木八仙桌，在大廳中繞行三圈。連杜松、劉綎這樣的驍將都被清兵打死，明軍將士心理上受到的打擊自然沉重之極，提到滿清「辮子兵」時不免談虎色變。

這場大戰是明清兩朝興亡的大關鍵，而勝敗的關鍵在於：第一、明方的主帥楊鎬是文官，完全不懂軍事。第二、明朝政事腐敗已達極點，連帶的軍政也廢弛不堪，軍隊久無訓練，完全沒有必要的軍事準備[1]。

楊鎬全軍覆沒，朝廷派熊廷弼去守遼東。

萬曆四十六年七月，熊廷弼剛出山海關，鐵嶺已經失陷，瀋陽及附近諸城堡的軍民紛紛逃竄。熊廷弼兼程進入遼陽。經過神宗數十年來的百事不理，軍隊紀律蕩然，士無鬥志，騎兵故意將馬匹弄死，以避免出戰，只要聽到敵軍來攻，滿營兵卒就一鬨而散。熊廷弼面臨的局面實在困難已極❷。軍餉本已十分微薄，但皇帝還是拚命拖欠，不肯發餉❸。

神宗見邊關上追餉越迫越急，知道挨不下去了，可是始終不肯掏自己腰包，結果想出了一個對策：再加田賦百分之三。連同以前兩次，已共加百分之九，然而向百姓多徵的田賦，未必就拿來發軍餉，皇帝的基本興趣是將銀子藏之於內庫。

邊界上的警報不斷傳來，羣臣日日請求皇帝臨朝，會商戰守方略。皇帝總是派太監出來傳諭：「皇上有病。」吏部尙書趙煥實在忍不住了，上奏章說：「將來敵人鐵騎來到北京城外，陛下也能在深宮中推說有病、就此令敵人退兵嗎？」❹神宗看了這道諷刺辛辣、實已近乎謾罵的奏章，只是心中懷恨，卻說甚麼也不肯召開一次國防會議。

神宗搜括的銀錠堆積在內庫，年深月久，大起氧化作用，有的黑得像漆，有的脆腐如泥土❺，就是不肯拿出來用。但他終於死了，千千萬萬的銀兩，一兩也帶不去❻。

神宗，神宗，眞是「神」得很，神經得很！

①崇禎時任大學士的徐光啓在「庖言」中說：滿洲人舊都北門，居住的大都是鐵匠，延袤數里。在當時那便是一個規模龐大的兵工廠組合了。因此滿洲兵的盔甲精良，頭盔、面具、護臂、護手，都是精鐵所製，馬匹的要害處也有精鐵護具。但明兵盔甲卻十分簡陋，除了胸背有甲之外，其餘部份全無保護。滿洲兵衝到近處，專射明兵的臉及脅，中箭必死。又據當時明人程令名說，努爾哈赤所居的都城「北門外則鐵匠居之，專治鎧甲；南門外則弓人、箭人居之，專造弧矢。」

②熊廷弼於八月廿九日上書朝廷，陳述遼東明軍情況：「殘兵……身無片甲，手無寸械，隨營糜餉，裝死扮活，不肯出戰…點册有名，及派工役而忽去其半；領餉有名，及聞警告而又去其半……將領皆屢次征戰存剩、及新敗久廢之人，一聞警報，無不心驚膽喪者……見在馬一萬餘匹，多半瘦損，率由軍士故意斷絕草料，設法致死，備充步兵，以免出戰，甚有無故用刀刺死者。……堅甲利刃，長槍火器，喪失俱盡。今軍士所持弓皆斷背斷絃，所持箭皆無羽無鏃，刀皆缺鈍，槍皆禿禿。甚有全無一物而借他人以應點者。又皆空頭赤體，無一盔甲遮蔽。……聞風而逃，望陣而逃，懼戰而逃。頃聞北關信息，各營逃者日以千百計。如逃止一二營或數十百人，臣猶可以重法繩之。今五六萬人，人人要逃。雖有孫吳軍令，亦難禁止。」

③萬曆四十八年三月，熊廷弼上奏：「四十七年十二（疑爲「一」字）月赴户部，領餉二十萬兩，十二月領餉十萬兩，四十八年正月領餉十五萬兩，俱無發給……豈軍到今日尚不餓、馬到今日尚不瘦不死、而邊事到今日尚不急耶？軍兵無糧，如何不賣襖褲雜物？如何不奪民間糧窖？如何不奪馬料養自己性命，馬匹如何不瘦不死？而户部猶漠然不一動念。」他説户部猶漠然不一動念，是客氣的説法，漠然不動一念的，當然是皇帝自己。

④「他日薊門蹂躪，鐵騎臨郊，陛下能高拱深宮，稱疾卻之乎？」

⑤户科給事中官應震言：「內庫十萬兩內五萬九千兩，或黑如漆，或脆如土，蓋爲不用朽蠹之象。」

⑥中共發掘帝皇墳墓，偏偏揀中了神宗的「定陵」，改建爲博物館，稱爲「地下宮殿」。

二

神宗死後，兒子光宗只做了一個月皇帝就因誤服藥物而死。光宗的兒子朱由校接位，歷史上稱爲熹宗，年號天啓。

光宗做皇帝的時間極短，留下的麻煩卻極大，明末三大案梃擊、紅丸、移宮，都和他的皇位及生死有關。衆大臣分成兩派，紛爭不已。紛爭牽涉到旁的一切事情上，只要是對方一派之人所做的事，不論是對是錯，總是拿來激烈攻擊一番。

熹宗接位時虛歲十六歲，其實不滿十五歲，還是個小孩子，他對乳母客氏很依戀。這個客氏很喜歡弄權，在宮裏和太監魏忠賢有點古怪的性關係。宮裏太監和宮女很多，爲了寂寞而互相安慰，大家私下戀愛，然而太監是閹割了性機能的陰陽人，所以這既不是異性戀愛，又不是同性戀，當時稱爲「對食」，意思說不能同床，只不過相對吃飯，互慰孤寂而已。魏忠賢做了客氏的對食，漸漸掌握了大權。

熹宗是個天生的木匠，最喜歡做的事，莫過於鋸木、鉋木、油漆而做木工，手藝高明得很。魏忠賢總是乘他做木工做得全神貫注之時，拿重要奏章去請他批閱。熹宗怎肯放下心愛的木工不理？把手一揮，說道：「別來打擾，你瞧着辦去吧。」於是魏忠賢就去瞧着辦了，越來越無法無天。

朝裏自有一批諂諛無恥之徒去奉承他，到後來，魏忠賢成了實際上的皇帝。熹宗是「萬歲」，有些官員見了魏忠賢叫「九千歲」，表示他只比皇帝差了一點兒。到後來，個人崇拜更是大張旗鼓，搞得如火如荼，全國各地爲魏忠賢建生祠。本來，人死了才入祠堂，可是他「九千歲」老人家活着的時候就起祠堂，祠中的神像用眞金裝身，派武官守祠，百官進祠要對他神像跪拜，那是貨眞價實的個人崇拜。

魏忠賢本來是個無賴流氓，年輕時和人賭錢，大輸特輸，欠了賭帳還不出，給人侮辱追討，實在吃不消了，憤而自己閹割，進宮做了太監。他不識字，但記心很好，是個完全沒有受過教育的賭棍。當世第一大國的軍政大權卻落在這樣的人手裏。

熊廷弼在遼東練兵守城，招撫難民，整肅軍紀，修治器械，把局面穩定下來。他所接手的那個爛攤子，給他整頓得有些像樣了。滿清見對方有了準備，就不敢貿然來攻。但朝裏敵對一派的大臣卻來跟他過不去，不斷上奏章攻擊，說他膽小，不敢出戰；說他無能，不能盡復失地。於是朝廷革了熊廷弼的職，聽候查辦，改用袁應泰做統帥。

袁應泰是第一流的水利工程人才，一生修堤治水，救濟災民，大有功勞。他性格寬仁，辦事勤勉，打仗卻完全不會。滿清努爾哈赤得知熊廷弼去職，大喜過望，便領兵來攻。袁應泰率軍應戰，七萬兵大潰。清兵佔領瀋陽，又擊破了明軍的兩路援軍，再攻遼陽。明兵又大敗，滿兵取得軍事要塞遼陽。

軍事局勢糟糕之極，朝廷束手無策，只好再去請熊廷弼出來，懲罰了一批上次攻擊他的官員，算是給他平氣。可是兵部尚書張鶴鳴和熊廷弼意見不合，只喜歡馬屁大王巡撫王化貞，囑咐王化貞不必服從熊廷弼指揮。

王化貞向朝廷吹牛，只須六萬兵就可將滿清一舉盪平。朝廷居然信了他的。熊廷弼極力認爲準備不足，不可進攻。兵部尚書卻一味袒護王化貞。於是王化貞領兵十四萬出戰，一交鋒全軍潰沒。清兵攻佔堅城廣寧。總算熊廷弼領了五千兵殿後，保護難民和敗兵數十萬退入山海關。朝廷不分青紅皂白，將王化貞和熊廷弼一起逮捕。張鶴鳴免職。

到這時爲止，明清交鋒，已打了三場大仗。每一仗明軍都是大敗。

明兵的戰鬥力固然不及清兵，但也不是不能打，不肯打。每一個大戰役，總兵官都陣亡，副將、參將也大都陣亡。明兵人數都超過清兵數倍，武器更先進得多，有火器。三個大戰役的失敗，主因都是在於軍隊沒有準備、缺乏訓練，以及主帥戰畧不當，指揮錯誤。軍務廢弛，士氣低落，當然也是由於統帥失責。

以中國之大，爲甚麼經常缺乏有才能的統帥？根本癥結是在明朝一個絕對荒謬的制度：由文官指揮戰役。

這個制度的根源，在於皇帝不信任武官。明朝皇帝不信任武將，怕他們手裏有了武力，就會搶奪皇帝的寶座，先是派文官去軍中監視，後來索性叫文官做總指揮，到後來連文官也不信任了，於是再加派太監作監軍。太監既是皇帝的心腹親信，另有一樣好處，太監沒有兒子，篡位的可能性就很小。做了皇帝而不能傳於子孫，做皇帝的興趣就大打折扣了。

明朝御史的權力很大，有權監察各行政部門。大學士代皇帝擬的聖旨、六部尚書所下的決定，御史都可放言批評，而且批評經常發生效力。皇帝派去監察武將的「總督」、「巡撫」、本來都是屬於「都察院」的監察官，並不是行政官。因爲監察官權大，後來就變成了總司令、總指揮。

但要做到御史，通常非中進士不可。要中進士，必須讀熟四書五經，書法漂亮，會做起承轉合的八股文。明朝讀書人如何廢寢忘食的學八股文、考進士，讀一下「儒林外史」就很清楚了。明朝派去帶兵、指揮大軍，和清軍猛將銳卒對抗的，卻都是這批熟讀詩云子曰、八股文做得很好的進士。

明末抗清有三個名將，功勛卓著：熊廷弼是萬曆二十五年的解元（唐伯虎一類身分），萬曆二十六年的進士。孫承宗是萬曆三十二年的進士第二名（榜眼）。袁崇煥是萬曆四十七年進士。他們三個是文官，幸虧碰巧有用兵的才能。本來明末皇帝的運氣不壞，做八股文考中進士的文人之中居然出現了三個軍事專家。然而文官會帶兵，那就是危險人物。明朝皇帝罷斥了其中一個，殺死了另外兩個。

別的奉命統兵抗清的八股文專家們可就沒有軍事才能了。楊鎬，萬曆八年進士，指揮大軍，全軍覆沒。袁應泰，萬曆二十三年進士，指揮大軍，全軍覆沒。王化貞，萬曆四十一年進士，指揮大軍，全軍覆沒。

袁崇煥是在這樣的政治、經濟，軍事背景之下，去應付遼東艱巨的局面。當然，更艱巨的，是應付北京朝廷中的局面。

背後是昏憒胡塗的皇帝，屈殺忠良的權奸、嫉功妒能的言官；手下是一批飢餓羸弱的兵卒和馬匹，將官不全，兵器殘缺，領不到糧，領不到餉，所面對的敵人，卻是自成吉思汗以來、四百多年中全世界從未出現過的軍事天才努爾哈赤。這個用兵如神的統帥，傳下了嚴密的軍事制度和紀律，使得他手下那批戰士，此後兩百年間在全世界所向無敵。鐵騎奔馳於北埵大漠、南疆高原，擴土萬里，的的確確是威行絕域，震懾四鄰。

努爾哈赤以祖宗遺下的十三副甲冑起家，帶領了數百名族人東征西討，建立了中國歷史上疆域最大的大帝國（元朝的蒙古帝國橫跨歐亞，不能說中華帝國的領土竟有這麼大。蒙古大帝國的中國部份，遠比清朝的疆域爲小）。清朝的疆域比漢朝、唐朝全盛時代都大得多，宋明兩朝更不能與之相比。今日中國領土中的西藏、新疆、黑龍江、台灣、青海、內蒙古等等大片土地，都是滿洲人得來的。當時外蒙古、朝鮮、越南、琉球、今日蘇聯東部的大片土地都是中國的領土或屬地。清朝全盛時期的領土，比現在的中國大得多了。

滿洲戰士後來打敗了俄羅斯帝國的騎兵，打敗了尼泊爾的啹喀兵，打敗了蒙古兵，打敗了朝鮮兵，打敗了越南兵，間接打敗荷蘭兵（鄭成功先打敗荷蘭兵，攻佔台灣，滿洲兵再打敗鄭成功的孫子），在十七世紀、十八世紀的兩百年中，無敵於天下。

至於當時和明帝國交戰，已接連三次殺得明軍全軍覆沒，每一個戰役都是以少勝多。努爾哈赤興兵以來，迄此時爲止，百戰百勝，從未吃過一個敗仗。

努爾哈赤幼時在明朝大將李成樑家中爲奴，識得漢語漢文，喜讀「三國演義」與「水滸傳」。他的智畧一部份是天生，一部份當是從這兩部小說中得來的。

努爾哈赤自己固然智勇雙全，他還有一大批精明驍勇的子侄❶，剽悍兇猛的將領，部勒嚴整的戰士。

當時有一句諺語說：「女眞不滿萬，滿萬不可敵。」因爲女眞人熟習弓馬，強悍善戰，漢人向來不是他們的敵手。這時女眞精兵八旗，每旗七千五百人，已有六萬之衆了。

袁崇煥所面對的是這樣了不起的大敵，而他卻是個書生。他會做詩，字寫得很好，文章有氣勢❷，既然中了進士，八股文當然也做得不錯，詩云子曰背得很熟。相信他不會射箭，寧遠第二次大戰時，他自稱只是在城頭大聲吶喊❸。

努爾哈赤與袁崇煥正面交鋒之時，滿淸的兵勢正處於巓峯狀態，而明朝的政治與軍事也正處於腐敗絕頂的狀態。

以這樣一個文弱書生，在這樣不利的局面之下，而去和一個縱橫無敵的大英雄對抗，居然把努爾哈赤打死了，打三場大戰，勝了三場，袁崇煥的英雄氣概，在整個人類歷史中都是十分罕有的。

①努爾哈赤有十六個兒子，個個是有名的勇將。兩個侄兒阿敏與濟爾哈朗也十分厲害。

②康有爲「袁督師遺集序」盛稱其文字雄奇：「夫袁督師之雄才大略，忠烈武棱，古今寡比。其遺文雖寥落，而奮揚蹈厲，鶴立虹布，猶想見魯陽揮戈、崆峒倚劍之神采焉。」

③「明史」說熊廷弼左右手都會射箭，但沒有提到袁崇煥會武。

四

袁崇煥，廣東東莞人，祖上原籍廣西梧州藤縣。生於那一年無法查考。

他爲人慷慨，富於膽畧，喜歡和人談論軍事，遇到年老退伍的軍官士卒，總是向他們請問邊疆上的軍事情況，在年輕時候就有志於去辦理邊疆事務❶。

他少年時便以「豪士」自許❷，喜歡旅行。他中了舉人後再考進士，多次落第，每次上北京應試，總是乘機遊歷，幾乎踏遍了半個中國❸。最喜歡和好朋友通宵不睡的談天說地，談話的內容往往涉及兵戈戰陣之事❹。

明朝制度，每三年考一次進士，會試在二月初九開始，十五結束。三月初一廷試。袁崇煥於萬曆四十七年在北京參加廷試而中進士。楊鎬於該年二月誓師遼陽，三月間四路喪師。新中進士和大戰潰敗這兩件事在同一個時候發生，袁崇煥這個向來關心邊防的新進士一喜一憂，心情一定很複雜。他那時在京城，當然聽到不少遼東戰事的消息。

他中進士後，被分派到福建邵武去做知縣。

天啓二年，他到北京來報告職務。他平日是很喜歡高談闊論的，大概在北京和友人談話時，發表了一些對遼東軍事的見解，很是中肯，引起了御史侯恂（才子侯方域的父親）的注意，便向朝廷保薦他有軍事才能，於是獲升爲兵部職方司主事（自正七品的知縣升爲正六品的主事）。不做地方官了，被派到中央政府的國防部去辦事。

明朝官制，兵部（國防部）尙書（部長）一人，左右侍郎（副部長）各一人，下面分設四個司：武選（武官人事）、職方（軍政、軍令）、車駕（警備、通訊、馬匹）、武庫（後勤、訓練）。職方司等於現代的總參謀部，職方司有郎中一人、員外郎一人、主事二人。主事大概相當於總參謀部中的文職中校副處長。

袁崇煥任兵部主事不久，王化貞大軍在廣寧覆沒，滿朝驚惶失措。

清兵勢如破竹，銳不可當，自萬曆四十六年到那時，四年多的時間內，覆沒了明軍數十萬大軍，攻佔撫順、開原、鐵嶺、瀋陽、遼陽，直逼山海關。明軍打一仗，敗一仗，山海關是不是守得住，誰都不敢說。山海關一失，清兵就長驅而到北京了。

於是北京宣布戒嚴，進入緊急狀態。

可是關外的局勢到底怎樣，傳到北京的說法多得很，局勢越是不利，謠言越多，這是人類社會的通例。謠言滿天飛，誰也無法辨別眞假。就在這京師中人心惶惶的時候，袁崇煥騎了一匹馬，孤身一人出關去考察。兵部中忽然不見了袁主事，大家十分驚訝，家人也不知他到了那裏。不久他回到北京，向上司詳細報告關上形勢，宣稱：「只要給我兵馬糧餉，我一人足可守得住山海關。」

這件事充份表現了他行事任性，很有膽識，敢作敢爲而脚踏實地，但狂氣也是十足。若在平時，他上司多半要斥責他擅離職守，罷他的官，但這時朝廷正在憂急彷徨之際，聽他說得頭頭是道，便升他爲兵備僉事，那是都察院的官，大概相當於現代文職的上校政治主任之類，派他去助守山海關。袁崇煥終於得到了他夢想已久的機會，雄心勃勃的到國防前綫去効力。

他的豪語一定使朝中大官們印象十分深刻，所以得到朝廷的支持，從他家鄉招募了一批兵員去❺。當時守山海關的主要是新到的浙江兵。另有三千名廣東水兵，在袁崇煥之後到達。袁崇煥認爲廣東步兵勇捷善戰，推薦他叔父袁玉佩負責招募三千名，其中包括袁崇煥平生所結納的死士謝尙政、洪安瀾等人。他又認爲廣西狼兵雄於天下，衝鋒陷陣，恬不畏死，申請於田州、泗城州、龍英州各調二千名，由他至戚慷慨知名、且善武藝的林翔鳳帶領。朝廷一一批准❻。

他到山海關後，作爲遼東經略（東北軍區總司令）王在晉的下屬，初時在關內辦事。王在晉見他任事幹練，很是倚重，派他出關到前屯衛去收撫流離失所的難民。袁崇煥奉命之後，當夜出發，在荆棘虎豹之中夜行，四更天時到達。前屯城中將士無不佩服。袁崇煥本是書生，這一來，兵將都服了他了。

王在晉奏請正式任他爲寧前兵備僉事。袁崇煥本來是沒有專責的散官，現在有了駐地，相當於寧遠、前屯衛二城的城防司令部政治委員，身當山海關外抗禦清兵的第一道防綫。寧遠在最前綫，前屯衛稍後。不過他雖負責防守寧遠、前屯衛，第一綫的寧遠卻沒有城牆，沒有防禦工事，根本無城可守。他只得駐守在前屯衛。

至於明軍一切守禦設施，都集中在山海關。山海關是「天下第一關」，防守京師的第一大要塞，然而它沒有外圍陣地。清兵若是來攻，立刻就衝到關門之前。稍有軍事常識的人都立刻會看出來，單是守禦山海關，未免太過危險，沒有絲毫退步的餘地。只要一仗打敗，這個大要塞就失守，敵軍便攻到北京。所以在戰略形勢上，必須將防綫向北移，越是推向北方，山海關越安全，北京也越安全。

袁崇煥一再向上司提出這個關鍵問題。王在晉是萬曆二十年進士，江蘇太倉人的文弱書生，根本不懂軍事，眼光短淺，膽子又小，聽袁崇煥說要在關外守關，想想道理倒也是對的，便主張在山海關外八里的八里鋪築城守禦。他一定想，離山海關太遠，逃不回來，那怎麼得了？袁崇煥認爲只守八里的土地沒有用，外圍陣地太窄，起不了屏障山海關的作用，和王在晉爭論，王不採納他的意見。於是袁崇煥去向首輔葉向高申請，葉也不理。

袁崇煥的主張雖然正確，然而和頂頭上司爭論了一場之後，意見不蒙採納，竟逕自去向最高行政首長投訴。越級呈報是官場大忌，他做官的方式卻大大不對了。這又是他蠻勁的表現之一。

這時寧遠之北的十三山有敗卒難民十餘萬人，給清兵困住了不能出來。朝廷叫大學士孫承宗設法解救。袁崇煥申請由自己帶兵五千進駐寧遠作聲援。另派驍將到十三山去救回潰散了的部隊和難民。王在晉覺得這個軍事行動太冒險，不加採納。結果十餘萬敗卒難民都被清兵俘虜，只有六千人逃回。

滿清這時在經濟上實行奴隸制度，女眞人當兵打仗，以搶刦財物爲主要工作，認爲男子漢耕田種地是恥辱，所以俘虜了漢人和朝鮮人來耕種。漢人、朝鮮人的奴隸是可以買賣的，當時價格是每個精壯漢人約爲十八兩銀子，或換耕牛一頭❼。十三山的十多萬漢人被俘虜了去，都成爲奴隸，固然受苦不堪，同時更大大增加了滿清的經濟力量。

那時袁崇煥仍是極力主張築城寧遠。朝廷中的大臣都反對，認爲寧遠太遠，守不住。大學士孫承宗是個有見識之人，親自出關巡視，了解具體情況，接受了袁崇煥的看法。

不久孫承宗代王在晉作遼東主帥。天啓二年九月，孫承宗派袁崇煥與副將滿桂帶兵駐守寧遠，這是袁崇煥領軍的開始。

滿桂是蒙古人，驍勇善戰。從那時起，他和袁崇煥的命運就永遠結合在一起，再也分不開了。一個蒙古武將，一個廣東統帥，都是十分剛硬、十分倔強的脾氣。兩人一起經歷了多次生死患難，也有過不知多少次激烈的爭吵。一直到死，兩人仍是在爭吵。但在兩人的內心，卻又一定是互相欽佩。那既是英雄重英雄的心情，又知道在抗拒清兵大敵之時，非仰仗對方的力量不可。高明的組織才能和正確的戰畧決策是必要的，親臨前敵、殊死決戰的剛勇也是必要的。

寧遠在山海關外二百餘里，只守八里和守到二百多里以外，戰畧形勢當然大有區別。寧遠現在叫作興城，有鐵路經過，是錦州與山海關之間的中間站。地濱連山灣，與菇蘆島相距甚近。我眞盼望將來總有一日能到興城去住幾天，好好的看看這個地方。

天啓三年九月，袁崇煥到達寧遠。

本來，孫承宗已派游擊祖大壽在寧遠築城，但祖大壽料想明軍一定守不住的，只築了十分之一，敷衍了事。

袁崇煥到後，當卽大張旗鼓、雷厲風行的進行築城，立了規格：城牆高三丈二尺，城雉再高六尺，城牆牆址廣三丈，派祖大壽等督工。袁崇煥與將士同甘共苦，善待百姓，當他們是家人父兄一般，所以築城時人人盡力。次年完工，城高牆厚，成爲關外的重鎭。這座城牆是袁崇煥一生功業的基礎。這座城牆把滿淸重兵擋在山海關外達二十一年之久，如果不是吳三桂把淸兵引進關來，不知道還要阻擋多少年。

關外終於有了一個安全的地方。這些年來，遼東遼西的漢人流離失所，若是給滿洲人擄去，便成了奴隸，於是關外的漢人紛紛湧到，遠近認爲樂土，人口大增。寧遠城一築成，明朝的國防前綫向北推移了二百餘里。

袁崇煥同時開始整飭軍紀，他發現一名校官虛報兵額，呑沒糧餉，蠻子脾氣發作，當卽將他殺了。但按照規定，他是無權擅自處斬軍官的。孫承宗大怒，罵他越權。袁崇煥叩頭謝罪。孫承宗也就算了。他後來擅殺毛文龍，在這時可說已伏下了因子。

孫承宗也是個積極進取型的人物，這時向朝廷請餉二十四萬兩，準備對淸軍發動進攻。孫承宗是敎天啓皇帝讀書的老師，天啓對老師很不錯，立刻就批准了。但兵部尙書與工部尙書互相商議說：「軍餉一足，此人就要妄動了。」所以決定不讓他「餉足」，採取公文旅行的拖延辦法，使孫承宗的戰畧無法進行。孫承宗於是進行屯田政策，由軍士自耕自食，卻也得到很大的成效。

天啓四年，袁崇煥與大將馬世龍、王世欽等率領一萬二千名騎兵步兵東巡廣寧。廣寧卽今北鎮縣，在錦州之北，離滿清重鎮瀋陽已不遠了。袁崇煥還沒有和清兵交過手，這次已含有主動挑戰的意味。但清兵沒有應戰。袁崇煥一軍經大凌河的出口十三山，從海道還寧遠。這時清兵已退出十三山。

袁崇煥這次陸海出巡，寫了一首詩，題目是「偕諸將遊海島」，不說「率諸將」而說「偕諸將」，不說「巡海島」而說「遊海島」，頗有儒將的雅量高致。詩中很清楚的抒寫了他的心情：是戰是守的方畧苦受朝廷牽制，不能自由，見到大好河山，更加深了憂愁。對榮華富貴我早已看得極淡，滿腔忠憤，卻只怕別人要說是杞人憂天。外敵的侵犯最後總是能平定的，但朝廷中爭權奪利的鬥爭卻實是大患，不知幾時方能停止？看到天上浮雲，冷清清的月亮，又想到我父親逝世，傷心得腸也要斷了❽。

短短三四年之間，從京師戒嚴到東巡廣寧，軍事從守勢轉爲攻勢，這主要是孫承宗主持之功，而袁崇煥也貢獻了很多方畧。

孫承宗很賞識他，盡力加以提拔。袁崇煥因功升爲兵備副使，再升右參政。孫承宗對他言聽計從，委任甚專。

天啓五年夏，一切準備就緒，孫承宗根據袁崇煥的策劃，派遣諸將分屯錦州、松山、杏山、右屯、大凌河、小凌河諸要塞，又向北推進了二百里，幾乎完全收復了遼河以西的舊地，這時寧遠又變成內地了。

清兵見敵人穩紮穩打，步步爲營的推進，四年之中也不敢來犯。然而進攻的準備工作卻做得十分積極，努爾哈赤將京城從太子河右岸的東京城移到了瀋陽，以便於南下攻明、西取蒙古，保持充份的出擊姿態。

孫承宗有才識，有擔當，有氣魄，袁崇煥對他既欽佩，又有知遇的感激，這樣的上司是極難遇到的。眼見他和孫承宗的共同計劃正在一步步的實現，按部就班的收復失地，這幾年袁崇煥一定過得十分快樂。他和手下將領滿桂、左輔、朱梅、祖大壽、何可綱、趙率教、孫祖壽等人的戰鬥友誼，也在這些日子中不斷加深。

可是好景不常，時局漸漸變壞。天啓皇帝熹宗越來越喜歡做木工。魏忠賢的權力越來越大，儘量發揮他地痞流氓性格中的無賴、無知、無恥、以及無法無天。

天啓五年，魏忠賢大舉屠戮朝廷裏的正人君子，將彈劾他二十四條大罪的楊漣下獄。同時下獄的有左光斗、魏大中、袁化中等大臣，所誣陷的罪名是貪汚。百姓大憤，數萬士民在北京街道上呼叫大哭。魏忠賢不敢正式審訊，命獄卒在監獄中打死了這些大臣。楊漣死得最慘，土囊壓身，鐵釘貫耳。

不久，魏忠賢又殺熊廷弼。

熊廷弼在遼東立有大功，蒙冤入獄，百姓都很同情他。民間流傳一部繡像演義小說「遼東傳」，描寫熊廷弼守遼東的英勇事蹟。魏忠賢的徒黨中有一個名叫馮銓的，他父親當年在遼東作布政的官，清兵未到，先就鼠竄南逃。「遼東傳」第四十八回有「馮布政父子奔逃」一節，描寫馮銓父子棄職而逃的狼狽醜態，可說是當時的「新聞體小說」。

馮銓對這事深爲懷恨，又要討好魏忠賢，於是買了一部「遼東傳」放在衣袖裏，見到熹宗後，把小說拿出來，誣告說：「這部演義小說是熊廷弼作的，他吹嘘自己的功勞，想要免罪。」熹宗信以爲眞，登時大怒。大概他看到小說中的繡像將熊廷弼畫得威風凜凜，而文字中或許對皇帝還頗有諷刺，於是即刻下旨將熊廷弼斬首，還將他的首級送到各處邊界上去給守軍觀看，那就叫做「傳首九邊」，說他犯了不戰的大罪。然而眞正應當負責的王化貞反而不殺。

文字獄也開始發展。江蘇太倉的兩個文人作詩哀悼熊廷弼，都被加以「誹謗」罪名而處斬。

魏忠賢喜歡文官武將送他賄賂，越多越好。孫承宗帶兵十多萬，糧餉很多，應當大量尅扣下來轉奉給他「九千歲」才是。孫承宗不肯這樣辦，魏忠賢自然不喜歡，於是派了個吹牛拍馬的小人高第去代孫承宗作遼東經略。高第一到任，立刻就說關外之地不可守，要撤去關外各城的守禦，將部隊全部撤入山海關。

這戰略之胡塗，眞是不可理喩。那時淸兵又沒有來攻，完全沒有撤兵逃命的必要。大概他是怕一旦來攻，非敗不可，還是先行撤兵比較安全。

袁崇煥當然極力反對，對高第說：「兵法有進無退。諸城既已收復，怎可隨便撤退？錦州、右屯衞一動搖，寧前就震驚，山海關也失了保障。這些外衞城池只要派良將守禦，一定不會有危險的。」高第不聽，下令寧遠、前屯衞也撤兵。

袁崇煥倔強得很，抗命不聽，說道：「我做的是寧前道的官，守土有責，與城共存亡，決計不撤。」

高第是膽小的書生，袁崇煥雖是他部屬，但見他蠻勁發作，聲色俱厲的不服從命令，也就不敢對他怎樣，只是下令將錦州、右屯、大小凌河、松山、杏山的守兵都撤去了，放棄了糧食十餘萬石。撤退毫無秩序，軍民死亡載道，哭聲震野，百姓和將士都是氣憤難當。

袁崇煥的父親早一年死了，按照規矩，兒子必須回家守喪。當時朝廷以軍事緊急，下旨不許他回家，命他在職守制，稱爲「奪情」。這時袁崇煥大怒，上奏章要回家守制。朝廷不准，爲了慰撫他，升他爲按察使。但這樣一來，數年辛辛苦苦的經營毀於一朝。雖然升官，也決不會開心。

可以想像得到，袁崇煥在這段時期中，「×他媽」的廣東三字經不知罵了幾千百句。他是進士，然而以他的性格而遇上這種事情，不罵三字經何以洩心中之憤？或許高第不敢見他的面，否則被他飽以老拳、毆打上司的事都可能發生。

高第，字登之，萬曆十七年進士。他考試果然「高第登之」，但做大軍統帥，卻是「要地棄之」。

軍事上這樣荒謬的決策，大概只有當代南越阮文紹主動放棄順化、峴港，棄軍四十萬，因而引致南越全面潰敗一事，可以與之「媲美」。

①關於袁崇煥的事蹟，如未注明出處，主要係依據「明史・袁崇煥傳」所載。

②袁崇煥考舉人時，有「秋闈賞月」詩，有句：「竹葉喜添豪士志，桂花香插少年頭。」

③袁崇煥「募修羅浮諸名勝疏」：「余生平有山水之癖，即一邱一壑，俱低徊不忍去。故十四公車，強半在外，足迹幾徧宇內。」「下第」詩有云：「遇主人寧易，逢時我獨難。八千憐客路，三十尚儒冠。」從東莞到北京，約八千里。

④他到浙江嵊縣遊覽時，與好友秦六郎中宵長談，有「話別秦六郎」詩：「海鰌波鯨夜不啾，故人談劍剡溪頭。言深夜半猶疑晝，酒冷涼生始覺秋。水國芙蓉低睡月，江湄楊柳軟維舟。自憐作賦非王粲，戛玉鳴金有少游。」

⑤袁崇煥在「天啓二年擢僉事監軍奏方略疏」中提出招募兵員的要求，宣稱：「他日戰之不力，即斬臣於行軍之前，以爲輕事者戒。」最後說：「如聽臣之言，行臣之忠，臣必効力以舒人神之憤。不但鞏固山海，即已失之封疆，行將復之。謀定而戰，臣有微長也。」他上任後的第一道奏章，便提出了「謀定而戰」的四字要訣，同時也自豪而自信的說：「臣有微長也。」

⑥招募和調集三千名廣東兵、六千名廣西兵，一共大約花了二十萬兩銀子。據袁崇煥所申請的預算，廣東兵要安家、行糧、衣甲、器械等費，每人二十餘兩。廣西狼兵本來就是兵，所以不發安家、兵甲費用，只需從廣西到關外的行糧每人六兩銀子。

⑦詳見王鍾翰「滿族在努爾哈齊時代的社會經濟形態」、「皇太極時代滿族向封建制的過渡」。

⑧原詩是：「戰守逶迤不自由，偏因勝地重深愁。榮華我已知莊夢，忠憤人將謂杞憂。邊釁久開終是定，室戈方操幾時休？片雲孤月應腸斷，椿樹凋零又一秋。」

五

滿清看出了明朝的虛實，知道高經畧無用，袁崇煥無人支持，於天啓六年正月大舉渡遼河攻寧遠，兵十三萬（在這幾年中，清軍的實力已擴充了一倍），號稱二十萬。二十三日攻抵寧遠。大敵終於攻來了。

朝廷荒唐，主帥荒謬，援軍是一定不會有的。那怎麼辦？棄城而退是服從主帥命令；守城罷，寧遠一城孤軍，怎能擋滿清的傾國之師？

在這緊急關頭，袁崇煥奮發了英雄之氣，決意抗敵。他和大將滿桂、副將左輔、朱梅，參將祖大壽、何可綱等，集將士誓死守城。袁崇煥刺出自己鮮血，寫成文告，讓將士傳閱，更向士卒下拜，激以忠義。全軍上下在他的激勵下人人熱血沸騰，決心死戰。

他又下令前屯守將趙率教、山海關守將楊麒，凡是寧遠有兵將逃回來，一概抓住斬首。山海關有他的上司遼東經畧高第鎮守，袁崇煥的職權本來只能管到寧遠和前屯，山海關總兵楊麒他是管不着的。但這時還管他甚麼上司不上司，職權不職權，「×他媽，頂硬上，幾大就幾大！」（淞滬之戰時，十九路軍廣東兵守上海，抗禦日軍侵畧，當時「×他媽，頂硬上」的廣東三字經，在江南一帶贏得了人民的熱烈崇敬。因爲大家都說：廣東兵一罵「×他媽！」就挺槍衝鋒，向日軍殺去了。）

他母親和妻子這時也在遼西，大概住在山海關或前屯衞後方。他將母親和妻子都搬到寧遠城中來住。全家和寧遠共存亡的決心，表現得再清楚也沒有了❶。

廿四日，清兵到達城下。袁崇煥初次見到「辮子兵」的威猛。

清兵都有辮子，在那時，漢人只要聽到「辮子兵」三字，不由自主的就膽戰心驚，直到十餘年後仍是如此。李自成部下都是身經百戰的悍將健卒，席捲而東，攻破北京，在山海關前的一片石和吳三桂部大戰時，絲毫不落下風。但清兵突然出現，李自成軍中響起「辮子兵來了！辮子兵來了！」的驚呼，二十萬大軍就此全軍大潰，一敗塗地。李自成逃出北京，向西急竄，「大順」朝終於覆滅。在那時候，「辮子兵」就是「無敵雄師」的代名詞。

袁崇煥並不是比李自成更會打仗，他部下的兵將也並不更爲勇猛。但他更加鎭定，更加堅決，他沒有個人的自私慾望，不像李自成那樣想做皇帝。眞所謂「無欲則剛」，所以他比李自成更剛強。

他是「×他媽，頂硬上」的英雄。

但他部下的兵將不是廣東人，主要是遼河兩岸的關外健兒，其他各省的都有。只因爲主帥有「頂硬上」的英銳之氣，部屬也都跟着他「頂硬上」了。

這時寧遠守兵約一萬，而清兵有十三萬。向來明清交戰，總是明兵多而清兵少，這次卻衆寡易勢，大軍都在經略高第手中。高第全軍據守山海關，果然並不派兵來救。

努爾哈赤先分遣部隊繞過寧遠，在城南五里處切斷了通向山海關的大路，然後放幾名俘虜來的漢人去寧遠向袁崇煥傳話：「我這次帶了二十萬大軍來攻，寧遠非破不可。守城官如投降，我一定大加優待。封爲大官。」袁崇煥回答說：「你突然領兵來攻，那是甚麼道理？錦州與寧遠兩城，你本來已經佔領，又再放棄。我修築好了來住，自然要死守，怎肯投降？你說有二十萬兵，未免誇大。你眞正的兵力大約是十三萬，我倒也不以爲來兵太少了。」❷

努爾哈赤於是大舉攻城。

當時朝鮮使者帶同翻譯官韓瑗去北京朝見皇帝，剛到達寧遠。袁崇煥很高興的招待使節及其隨從。朝鮮使節見守軍甚是鎭定，暗暗感到奇怪。袁崇煥和三數幕僚閒談，及報清兵攻到，袁崇煥乘轎至戰樓，又與韓瑗等談古論文，泰然自若，全無憂色。過了不久，忽聽得一聲大炮，聲動天地。韓瑗大驚，只嚇得低下了頭抬不起來。袁崇煥笑道：「賊兵來了！」打開城頭敵樓的窗子，向外望去，只見清兵蔽野而來。城中卻聲息全無。

成千成萬的辮子兵衝到了城邊，突然之間，城頭舉起千千萬萬火把，矢石如雨般投下城去。戰事越來越激烈，明軍忽然從城頭的每一個石堞間推出一個又長又大的木櫃，這些大木櫃一半在堞內，一半探出城外，大櫃中伏有甲士，俯身射箭投石，投完了便將大木櫃拉進來，再裝矢石出去投擲。跟着地雷爆發，土石飛揚，無數清兵和馬匹被震上半空❸。

攻城清兵的先鋒部隊是鐵甲軍，每人身上都披兩層鐵甲，稱爲「鐵頭子」。清兵以堅車攻城，車頂以生牛皮蒙住，矢石不能傷。城內架起西洋大炮十一門，在城頭輪流轟擊，每一炮打出去，破壞殺傷及於數里❹。

清兵奮勇迫近，推了鐵裹車猛撞城牆，聲音轟隆轟隆，勢道驚人，撞擊了很久，城牆撞破的地方很多。清兵再用像雲梯那樣的裏鐵高車來撞擊城牆高處。隨後又把裏鐵車推到城牆邊，上面用木板遮住，以擋城頭投下的矢石，車裏藏了兵士，用鐵鍬挖掘城牆牆脚。清兵攻進了城牆下的死角，大炮已打他們不到。在這危急之時，守軍想到了計策，抬了屋子前的長條大階沿石從城上投下去。階石十分沉重，鐵車上的木板擋不住，壓死了不少清兵。

攻城時候經歷很久，城基被清兵挖成了一個個凹龕，清兵躲在城牆洞內向裏挖掘，城上再投大石下去，就打不到了。這時寧遠四周十餘里的城牆牆脚已被挖得千孔百瘡，眼看城破在卽，滿城百姓驚惶得很，都抱怨說：「袁爺爲了他自己一人，害死了我們滿城百姓。」

大家正在徬徨無策之時，通判金啓倧（浙江人）臨時想出了幾件新式武器，將火藥撒在蘆花褥子和被單上，紛紛投到城下去。他將這件新式武器取名爲「萬人敵」。當時是正月，氣候酷寒，攻城清兵見到被褥，就都來搶奪，城上將火箭、硝磺等引火物投下去，「萬人敵」立卽燃燒，燒死了無數清兵。另有一種「萬人敵」是將火藥放在空心的大泥團中，外面圍以木框，點燃了藥引投下城去，泥團不斷旋轉噴火，燒死敵兵。那位通判在趕製「萬人敵」之時，火藥碰到火星，不幸被燒死了❺。

這時城牆被撞垮了一丈多，袁崇煥不能再泰然自若了，親自搬石來堵塞缺口，連受了兩次傷。部將勸他保重。他厲聲道：「寧遠雖只區區一城，但與中國的存亡有關。寧遠要是不守，數年之後，咱們的父母兄弟都成爲韃子的奴隸了。我若膽小怕死，就算僥倖保得一命，又有甚麼樂趣？」撕下戰袍來裹了左臂的傷口又戰。將士在他的榜樣之下，人人奮勇，終於堵上了缺口❻。

廿五日清兵又猛攻，袁崇煥督將士死戰。清太祖努爾哈赤也受了傷。血戰三日，清兵損失慘重，終於不得不下令退兵。

此役殺死了清軍中着錦衣的軍官十餘人，卽滿洲人稱爲「牛彔額眞」的，每一「牛彔額眞」統兵三百人。清兵退去後，守軍將五十名敢死隊用長繩縋到城下，拾到了十餘萬枝箭。城牆上給清兵挖出的洞穴有七十餘個。這時點查火藥庫，火藥也用盡了，局面眞是危險得很。敵軍解圍而去之後，百姓感到安全了，滿城大哭，紛紛去拜謝袁崇煥與滿桂的救命之恩。爲甚麼要「滿城大哭」？想來是既感激又慚愧，又是說不出的欣喜罷？

第二天早晨，清兵大隊人馬擁聚在城外大平原一邊。袁崇煥派遣一名使者，備了禮物去送給努爾哈赤，對他說：「老將橫行天下爲時已久，今日敗於小子之手，只怕是天意了。」努爾哈赤已受重傷，於是回送禮物及名馬，約期再戰。

所謂「約期再戰」，只是掩飾面子的話。努爾哈赤不敢再攻寧遠，轉而去攻覺華島洩憤。

袁崇煥招募來的兩廣子弟兵，在寧遠之戰中似乎並未發生如何重大的作用。據我猜想，極可能是袁崇煥派了廣東水師守覺華島。覺華島現在叫做菊花島，在寧遠海外，當時是關外屯聚糧草的重地，因爲關外軍糧靠海運接濟，在覺華島起卸最方便。寒冬之際，海面結了厚冰，變成了陸地，廣東兵所擅長的水戰完全用不上，只得把車輛排起來當防禦工事，在冰上和清兵打陸戰，結果全軍覆沒，島上十餘萬石糧食盡被焚毀。這幾千名廣東海軍，大概多數在這一役中犧牲了❼。

努爾哈赤對諸貝勒說：「我自二十五歲以來，戰無不勝，攻無不克。爲甚麼單是寧遠一城就打不下來?」心中十分惱怒。此後傷勢一直未愈,七月間到清河溫泉療養,派人去召大福晉(正妃)來,同回瀋陽,在離瀋陽四十里處的靉鷄堡逝世,年六十八歲。

努爾哈赤一生只打了這一個大敗仗。清人從此對袁崇煥十分敬畏❽。

袁崇煥指揮這個戰役很有儒將風度,坐轎子在城頭敵樓中督戰,打了勝仗之後,派使者送禮物給努爾哈赤,頗有「三國演義」中諸葛亮與周瑜羽扇綸巾、談笑用兵的氣派,也似南朝梁朝大將韋叡臨陣時輕袍緩帶,乘輿坐椅,手持竹如意指揮軍隊。韋叡身子瘦弱,但戰無不勝,敵軍畏之如虎,稱爲「韋虎」。不過到了當眞危急之時,袁崇煥也不能再扮儒將了,只得以「蠻子」姿態來死拚。

①見李光濤「清入關前之眞象」。但此節不見於其他記載,不知李先生有何根據。

②「清太祖實錄」卷十。

③據日人稻葉君山「清朝全史」中所引述朝鮮使者當時在寧遠城頭的目覩記。

④據「臚天頌筆」。

⑤據計六奇「明季北略」中引寧遠圍城時在鼓樓前開店的一名花椒商人所述。

⑥據梁啓超「袁崇煥傳」。該傳中敍述清兵敗退後,「崇煥復開壘襲擊,追北三十餘里,清軍大亂,死者逾萬人。」與其他資料不符,今不取。

⑦袁崇煥「祭覺華島陣亡兵將文」:「慨自戰守乖方,屢失疆土,天子赫然震怒,調南北水陸舟師,謂爾乘船如馬,遂調之來爲進取也。據爾等間關遠至,豈不欲滅此朝食,一航而金

復歸，再航而黃龍掃哉？奈未盡其用而敵即來。沍寒之月，冰結舟膠，窘爾之所長，烏得不及於難？說者謂謀之不臧。不臧固不臧矣，然排山倒海之勢，以十八萬而臨數千之水卒，即臧可奈何？而爾等計無復之，憤然以死，略無芥蒂，視當年之棄曳倒奔者，加一等也。人之罪至死而免，人之品至死而定。今將畧爾罪而嘉乃忠，請命於天子，諒爲之恤，所以不沒汝等者，良有在也。吁嗟，巨浪茫茫，空山寂寂，皆汝等忠靈之所棲蕩也，望故鄉以何日？即轉刦而無期，苒苒遊魂，何不相結爲厲，殲雠洩憤？在生之志，藉死以伸，則雖死之日，猶生之年也，爾其勉之。不腆之奠，涕與俱之。尚饗。」

「古今圖書集成．職方典，廣州府部．祠廟考」中，記載東莞縣有一座勅建忠愍祠，「天啓七年，奉勅建，爲遼將死事陳策，在教場尾。」陳策不知怎樣在遼西犧牲，相信他是袁崇煥從故鄉帶去的子弟兵之一。天啓七年的冬天，袁崇煥已回東莞，這座忠愍祠很可能是他向朝廷申請，由皇帝下勅建造，以紀念他在關外殉國的舊部。

⑧清人所修的「明史．袁崇煥傳」中說：「我大清舉兵所向，無不摧破。諸將罔敢議戰守。議戰守自崇煥始。」

六

當朝中得到清兵大舉來攻的訊息時，百官驚惶之極。兵部尙書王之光與廷臣商議，人人束手無策，以爲這一次寧遠一定要失了，不知山海關是否能保得住。後來得到捷報，朝野自然喜出望外，謝天謝地。

高第因不援寧遠而免職，以王之臣代。袁崇煥升爲右僉都御史。那是正四品的官。三月，復設遼東巡撫，由袁崇煥升任。但魏忠賢見他地位重要了起來，開始對他提防，派了兩名親信太監劉應坤與紀用去寧遠監軍。皇帝派特務監視部隊長官，是歷代政治腐敗時常常出現的情形。特務干預軍事，後果一定極差，所以袁崇煥上疏反對，但抗議無效，特務太監非來不可。朝廷爲了安撫他，加他一個兵部右侍郎（正三品，相當於國防部第二副部長）的頭銜，並賞銀幣，子孫世襲錦衣千戶。

在這時候，袁崇煥與大將滿桂之間，發生了激烈衝突，衝突的原因在於另一個大將趙率教。

滿桂和趙率教都是第一流的將領，但性格很不同❶。滿桂是蒙古人，非常的戇直，簡直有些傻裏傻氣。趙率教卻十分的機伶精乖，相信他一定很會討好上司，所以每一個遼東統帥自袁應泰、王在晉、孫承宗、高第、以至袁崇煥，個個都很喜歡他（在「碧血劍」小說裏，當袁承志周歲時送金項圈的就是他）。

滿桂和他本來是非常要好的朋友。當淸兵大舉來攻寧遠時，趙率教在前屯衞鎭守，派了一名都司、四名守備帶兵來援。當時大敵壓境，趙率教自己不來和上司及好朋友共赴患難，所派的援兵又到得很遲，滿桂大大不高興，不許援兵進城，後來因袁崇煥的命令才放他們進來。等到寧遠解圍，趙率教想分功。滿桂不許，又罵他爲甚麼自己不來救援，太沒有義氣。兩人爲此大吵。大概滿桂的態度十分粗魯，蒙古三字經罵之不已，說不定還想出拳打人，袁崇煥便袒護趙率教。

衝突轉移到了袁、滿二人之間，或許滿桂對上司不夠尊敬，於是袁崇煥要求將滿桂調走❷。

朝廷羣臣都知道滿桂打仗的本事，但將帥不和總是不對，便依從了。可是經畧王之臣極力認爲滿桂決不可去。朝廷召還滿桂的命令已頒下了，於是聽了王之臣的主張，再命滿桂鎭守山海關。袁崇煥堅決不接受。朝廷無法，只得將滿桂調回北京，保留左都督原官，派在國防機構辦事。

這件事情顯然是袁崇煥的蠻子脾氣發作，衝動起來，作出了違反理智的決定。由於王之臣袒護滿桂，袁崇煥又去和王之臣吵鬧。朝廷怕王之臣與袁崇煥不斷衝突，壞了大事，於是將指揮權劃分爲二：關內的部隊由遼東經畧王之臣指揮，關外部隊則由遼東巡撫袁崇煥指揮。經畧的官比巡撫大，但這時袁崇煥已不屬遼東經畧管了。

袁崇煥畢竟是個光明磊落的大丈夫，冷靜下來之後，知道是自己的不對，於是上奏請再用滿桂。朝廷當然批准，派滿桂兼統關內外兵馬，賜尙方劍。王之臣和袁崇煥是文官，等於現在的政委；滿桂是武將，是部隊司令。武將受文官指揮。

幸虧袁崇煥不堅持錯誤，否則二次寧遠大戰，就不能得到滿桂這樣的大將來主持城防。

在這時候，袁崇煥上了一道奏章，提出守遼的基本戰畧，這道奏章有很大的重要性。其中主張：一、用遼人守遼土；二、屯田，以遼土養軍隊；三、以守爲主，等待機會再出擊。他最擔心的事，是立了功勞之後，敵人必定要使反間計，散播謠言，而本國必定有人妒忌毀謗❸。

他深知明軍的戰鬥力不如清軍，野戰不利，只有用己之長，所以提出了戰術的基本原則：「兵不利野戰，只有憑堅城、用大炮一策。」

所統帶的部隊無力打野戰，作爲主帥，自然深感棘手。但訓練一支善打野戰的勁旅，非一朝一夕之功，那是無可奈何的；而對於勢所必至的朝臣忌功中傷，更是無可奈何，只有盼望皇帝和大臣們能加以照顧了。

袁崇煥也不是一味的蠻幹，有時也有他機伶的一面。他對魏忠賢派去監視他的兩名特務太監敷衍得很好。當年冬天，他帶同趙率教以及兩名特務太監劉應坤、紀用，興辦防禦工事及屯田，漸漸又再收復了高第所放棄的土地。

他在奏章中將這兩名太監的功勞吹噓了一番，所以魏忠賢和劉應坤、紀用三人都得到了封賞。劉、紀二人似乎也不是壞太監，並沒有對袁崇煥掣肘阻撓，後來寧錦大戰，劉應坤在寧遠上城督戰，紀用在錦州上城督戰，都勇敢得很。大概二人爲袁崇煥的忠勇所感召，也變得忠勇起來。可見也不是所有的太監都是壞人，主要還在領導者如何領導。

①「明史·滿桂傳」：「桂椎魯甚，然忠勇絕倫，不好聲色，與士卒同甘苦。」「明史·趙率教傳」：「率教爲將廉勇，待士有恩，勤身奉公，勞而不懈，與滿桂並稱良將。二人既歿，益無能辦東事者。」

②袁崇煥奏章中說滿桂「意氣驕矜，謾罵僚屬，恐壞封疆大計，乞移之別鎮，以關外事權歸率教。」

③「明史·袁崇煥傳」引述他的奏章：「陛下以關內外分責二臣。用遼人守遼土，且守且戰，且築且屯。屯種所入，可漸減海運。大要堅壁清野以爲體，乘間擊瑕以爲用。戰雖不足，守則有餘。守既有餘，戰無不足。顧勇猛圖敵，敵必讎，奮迅立功，衆必忌。任勞則必召怨，蒙罪始可有功。怨不深則勞不著，罪不大則功不成。謗書盈篋，毀言日至，自古已然，惟聖明與廷臣始終之。」

七

努爾哈赤死後，第八子皇太極接位。

皇太極的智謀武畧，實是中國歷代帝皇中不可多見的人物，本身的才幹見識，不在劉邦、劉秀、李世民、朱元璋之下。中國歷史家大概因他是滿清皇帝，由於種族偏見，向來沒有給他以應得的極高評價。其實以他的知人善任、豁達大度、高瞻遠矚、明斷果決，自唐太宗以後，中國歷朝帝皇沒有幾個能及得上❶。

努爾哈赤是罕有的軍事天才，這個老將終於死了，繼承人是一個同樣厲害的人物。皇太極的軍事天才雖不及父親，政治才能卻猶有過之。袁崇煥所受到的壓力一點也沒有減輕。

皇太極接位之時，滿洲正遭逢極大的困難。努爾哈赤新死，滿洲內部人心動盪。努爾哈赤遺命是四大貝勒同時執政，行的是集體領導制，皇太極的權位很不鞏固。在經濟上，因爲與明朝開戰，人參、貂皮等特產失去了傳統市場。滿洲當時在生產上是奴隸制，擄掠了大批漢人來農耕，生產力相當低。但軍隊大加擴充，這時已達十五萬人，軍需補給發生很大問題，偏偏又遇上嚴重的天災，遼東發生饑荒❷。如向中國侵畧，卻又打不破袁崇煥這一關。

在這時候，皇太極定下了正確的戰畧：侵畧朝鮮。

朝鮮物產豐富而兵力薄弱，正是理想的掠奪對象。在外交上，朝鮮採取的是「事大（對明）交鄰（對日本、滿清）」政策。明清交戰時，朝鮮出兵助明，又供給明軍皮島總兵官毛文龍的糧食，成爲滿清後方的一個牽制。皇太極進攻朝鮮，可以解決經濟上、戰畧上的雙重困難，同時在必定可以得到的軍事勝利之中樹立威望，鞏固權位。

中國方面的困難也相當不小。

訓練一支既能守、又能戰、再能進一步修復失地的精銳野戰軍，需要相當時間。

袁崇煥任寧前道僉事時，山海關外四城，縱深約二百里，廣約四十里，屯兵六萬餘人，糧餉全靠關內支給。後來在孫承宗、袁崇煥主持下，恢復錦州、中屯、大凌河諸城，國防前綫向北推展，屯田數千頃，兵士足食。高第代孫承宗爲經畧，盡棄錦州諸城，寧遠沒有了外衛，也沒有了糧源。靠朝廷接濟是很靠不住的，朝廷對於拖欠糧餉向來興趣濃厚。袁崇煥做遼東巡撫，首要目標是修復錦州、大凌河等城堡的守備，然後屯田耕種。但築城工程費時甚久，又不能受到敵人干擾，在和滿清處於戰爭狀態之時無法進行。

所以明清雙方，都期望有一段休戰的時期，以便進行自己的計劃。明方是練兵、築城、屯田，清方是進攻朝鮮，鞏固統治。在這樣的局勢下，具備了議和的條件。

明方的議和是攻勢的，最後目標是消滅滿清，收復全部遼東失地。清方的議和主要是守勢，目的在鞏固已得的土地，要明方承認雙方的現有疆界，雙方和平共處，進行貿易。

因爲明清雙方的國力實在太過懸殊。中國那時的人口，官方的紀錄是六千多萬，實際上遠不止此數，當時男丁要被政府徵去義務勞動，不參加的要繳錢代替，所以百姓儘可能的瞞報人口。外國學者們的估計相互差距很大，最高的估計認爲那時中國人口是一億五千萬人。我相信決不會少於一億人❸。女眞人大概不到五十萬人❹。人口的對比是二百比一甚至三百比一。滿清所佔的土地，只是今日吉林、遼寧、黑龍江的一部份，與中國相比也是相差極遠。中國火器犀利，葡萄牙大炮尤其非清兵所能抵擋。

清方的長處，主要只是「明朝本身的腐敗」，以及清軍戰鬥力強勁和統帥部高明的軍事才能。只要袁崇煥鎭守寧遠，清方的長處就發揮不出了。持久的纏鬥下去，滿清勢必難以支持。

袁崇煥寧遠大捷，在軍事上並無十分重要的意義，因爲並沒有摧毀清軍的主力，甚至沒有削弱清軍的戰鬥力。然而在政治上，對士氣與民心卻有非常巨大的振奮作用，這使中國軍民知道清軍也不是不會打敗仗的。經此一役之後，本來投降了滿清的許多漢人官吏和士卒又逃回來了。寧遠城頭的大炮，轟碎了「女眞滿萬不可敵」的神話❺。

清方從來沒有期望眞能征服中國。努爾哈赤和皇太極的祖宗，長期來做明朝所封的邊疆小官。努爾哈赤幼時住在明朝大將李成梁家裏，類似童僕奴隸。所以他們對於明朝有先天性的敬畏，自卑感很深。寧遠之戰，使他們下意識中隱伏着的自卑感又開始抬頭。

明朝是自己覆滅的，並非給滿清所打垮。

滿清與明軍交戰，始終強調「七大恨」，滿清認爲明朝有七件大事欺侮女眞人，逼得他們忍無可忍，才起兵反抗❻。滿清一直沒有自居能與明朝處於平等地位。「七大恨」的基本思想，是抱怨明朝作為最高統治者，卻在努爾哈赤與敵對部族發生爭執時袒護對方，沒有公平處理，那是下級對上級的申訴。例如第五大恨的「老女事件」，葉赫部的一個王公本來答應把他十四歲的妹妹送給努爾哈赤為妾，但廿二年後，這個三十六歲的「老女」改嫁給蒙古王子，努爾哈赤認定是出於明朝的授意，身為上級而不秉公斷事。

差不多在每個戰役之後，清方總是建議談和。因為他們對於目前的成就早就喜出望外，本來是做夢也想不到的，只求明方正式承認他們所佔的土地，讓他們能永久保有，就已心滿意足了。但明朝從來置之不理，認為對方根本沒有談和的資格。明朝的態度是這樣：「你們是朝廷的部屬，只能服從命令，怎麼能要求談判和平？」這種死要面子的心理，使得明朝始終沒有能爭取到一段喘息的時間來整頓軍備、鞏固防禦。

袁崇煥充份了解到爭取暫時和平的必要。努爾哈赤的逝世正是一個好機會。這時剛好有一個五台山的喇嘛李喇嘛來到寧遠。滿洲人信佛教，尊崇喇嘛，袁崇煥就請李喇嘛作居間的使者，派了兩名都司和隨從等三十三人，於天啓六年十月去瀋陽弔祭努爾哈赤之喪，作初步的和平試探。但他知道朝廷絕不喜歡提「議和」兩字，所以報告朝廷時，只說是派人去窺探虛實，以決定對之征討呢，還是招安❼。這種誇大的說法，目的自在滿足皇帝和大臣的虛榮心。

明清雙方統帥都熟知「三國演義」中的故事，袁崇煥這齣「柴桑口臥龍弔喪」，皇太極如何會不省得？他將計就計，於十一月派了兩名使者，與李喇嘛一起來到寧遠，致書袁崇煥，表示了和平的意向。其中說：「你停息干戈，派李喇嘛來弔喪，並賀新君登位。你既以禮來，我也當以禮往，所以派官來道謝。至於和議一事，我父親上次來寧遠時，曾有文書給明朝朝廷，請你轉呈，但迄今沒有答覆。你的君主如果答應前書，願意和平，應當以誠信爲先。」

書信中將金國（當時滿清的正式國號是「金」，後來才改爲「大清」。❽）與中國平頭並列。袁崇煥深刻了解朝廷自高自大，對於文書的體例十分看重，如將來信轉呈，必定要碰大釘子，同時見到信中語氣也不大客氣，便告知使者說，此信格式不合，碍難入奏，將原信交給使者退回。皇太極改寫了信封上的格式，袁崇煥認爲仍然不對，又再退回。皇太極第三次改寫，自處於較低地位，袁崇煥才收了信。但明朝仍是一貫的不答。

第二年正月（在金國是天聰元年），皇太極再遣前使，致書袁崇煥求和，信中說：「兩國所以構兵，在於以前明朝派到遼東的官員認爲中國皇帝是在天上，自高自大，欺壓弱小部族，我們忍無可忍，才起兵反抗。」下面照例列舉七大恨，然後提議講和。講和要送禮，要求最初締結和約時中國送給金國金十萬兩，銀百萬兩，緞百萬疋、布千萬疋。締約後兩國每年交換禮物，金國送禮：東珠十顆，貂皮千張、人參千斤。中國送禮：金一萬兩、銀十萬兩、緞十萬疋、布三十萬疋。兩國締結和約後，就對天發誓，永遠信守。

所提的要求是經濟性的，可見當時滿清深感財政困難，對布疋的需要尤其殷切。

大概袁崇煥要奏報朝廷，等候批覆，所以隔了兩個月金國使者才回去，隨同明方使者，帶去袁崇煥及李喇嘛的書信各一。猜想朝廷對金方的要求全部拒絕，所以袁崇煥無法作出任何讓步，他的回信內容雄辯，文采煥發，說道：過去的糾紛，都是因雙方邊境小民口舌爭競而起，這些人都已受到了應得的懲罰，再要追究是非，也已無法到陰世地府去細查，只盼雙方都忘記了吧。你十年苦戰，既然爲的只是這七件事，現在你的仇敵葉赫等等都早給你滅了。

爲了你們用兵，遼河兩岸死者豈止十人？仳離改嫁的那裏只有老女一人？遼瀋界內人民的性命都不能自保，還說甚麼財物？你的仇怨早都雪了，早已志得意滿。只不過這些極慘極痛之事，我們明朝難以忍受罷了。今後若要修好，那麼請問：你如何退出已佔去的城池地方？如何送還俘虜去的男女百姓？只有盼你仁明慈惠、敬天愛人而作出決定了。你所要求的財物，以中國物資的豐富，本來不會小氣，只是過去沒有成例，多取也不合天意，還是請你重行斟酌罷。和談正在進行，你爲甚麼又對朝鮮用兵？我們文武官屬不免懷疑你言不由衷了。希望你撤兵，以證明你的盛德。

李喇嘛的信中說：袁巡撫是活佛出世，對於是非道理，心下十分分明，這樣的好人是不容易遇到的，願汗與各王子一切都放開了吧，佛說：「苦海無邊，回頭是岸」。

皇太極回信給袁崇煥說：過去的怨仇，當然是算了，否則又何必議和修好？你們的土地人民歸我之後，都已安定，這是天意，如果重行歸還，那旣違反天意，又對不起人民。金國所以要出兵朝鮮，完全是由於朝鮮不對，現在已講和了。說到「言不由衷」，爲甚麼你一面說要修好，一面卻又派哨卒來我方偵察，收納我方逃亡，部隊逼近我邊界，修築城堡？其實是你才「言不由衷」，我國將帥對你也大有懷疑。至於所要求的「初和之禮」，金銀等可以減半，緞布只要原來要求的半成。我方也以東珠、人參、狐皮、貂皮等物還贈，表示雙方完全公平。旣和之後，雙方互贈仍如前議。如果同意，希望辦得越快越好。

關於來往書信的格式，皇太極提議：「天」字最高，明朝皇帝低「天」一字，金國汗低明朝皇帝一字，明朝諸臣低金國汗一字。

他答覆李喇嘛的信中，抱怨明朝皇帝對他的書信從來不加理睬；又說：你勸我「苦海無邊，回頭是岸」，這話很對，但為甚麼只勸我而不去勸明朝皇帝？如果雙方都回頭修好，豈不甚善？

後來皇太極又致書袁崇煥，抗議他修築塔山、大凌河、錦州等城的防禦工事，認為是缺乏和平誠意，並提議劃定疆界。

平心而論，明朝朝廷瞧不起金國，於對方來信一概不答，只由地方官和對方通信，金國也難免氣憤。金國的經濟要求，雖說是雙方互贈，實質上當然是金方大佔便宜。金方答應贈送的東珠、人參、貂皮等物，大概最多只能抵過綢緞布疋的價值，明方付出的每年一萬兩黃金、十萬兩銀子，等於是無償贈與。那時一兩黃金約等於十兩銀子（明初等於四兩，後來金貴銀賤），明朝每年以二十萬兩銀子買得一年和平，代價低廉之至。熊廷弼守遼之時，單是他一軍每個月的餉銀就需十多萬兩銀子。如果有了十年和平，大加整編軍隊，再出兵挑戰，主動與被動的形勢就轉過來了。

皇太極對於緞布的要求一下子就減少了百分之九十五，而且又建議以適當禮物還報，希望和議儘快辦理，可見對於締結和平的確具有極大誠意。他自知人口與兵力有限，經不起長期的消耗戰⑨。此後每發生一次戰爭，便提一次和平要求。

當時議和的障碍，主要是在明朝的文官。

明朝的大臣熟悉史事，一提到與金人議和，立刻想到的就是南宋和金國的和議，人人都怕做秦檜。大家抱着同樣的心理：贊成和金人議和，就是大漢奸秦檜。這是當時讀書人心中的「條件反射」。

袁崇煥從實際情況出發主張議和，朝臣都不附和。遼東經略王之臣更爲此一再彈劾袁崇煥，說這種主張就像宋人和金人議和那樣愚蠢自誤。

其實，明朝當時與宋朝的情況大不相同。

在南宋時，金兵已佔領了中國北方的全部，議和等於是放棄收復失地。但在明朝天啓年間，金人只佔領了遼東，遼西的南部在明人手中，暫時議和，影響甚小。

南宋之時，岳飛、韓世忠、劉錡、張俊、吳璘、吳玠等大將，都是兵精能戰，金人後方不穩，形勢上利於北伐，議和是失卻了恢復的良機。明末軍隊的戰鬥力遠不及金兵，惟一可以依賴的只有西洋大炮。但當時的大炮十分笨重，不易搬動，只能用於守城，不能用於運動戰。

對於明朝最重要的是，宋金議和，宋方絕對屈辱，每年片面進貢金帛，並非雙方互贈。宋朝皇帝對金稱臣❿。然而皇太極卻甘願低於明朝皇帝一級，只要求比明朝的諸臣高一級。皇太極一再表示，金國不敢與中國並列，只希望地位比察哈爾蒙古人高一等就滿足了⓫。他和袁崇煥書信來往，態度上是很明顯的謙恭⓬。

可見宋金議和與明金議和兩事，根本不能相提並論。皇太極明白明人的想法，所以後來索性改了國號，不稱金國，而稱「大淸」，以免引起漢人心理上敵對性的連鎖反應⓭。

袁崇煥和皇太極信使往來，但因朝中大臣視和議如洪水猛獸，談判全無結果。

當時主張和金人議和，非但冒舉國之大不韙，而且是冒歷史上之大不韙。中國過去受到外族的軍事壓力而議和，通常總是屈辱性的，漢人對這件事具有先天性的反感，非常方便的就將「議和」、「投降」、「漢奸」三件事聯繫在一起。

當軍事上準備沒有充份之時，暫時與外敵議和以爭取時間，中國歷史上兩個最出名的英主都曾做過。漢高祖劉邦曾與匈奴議和，爭取時間來培養國力，到漢武帝時才大舉反擊。唐太宗李世民曾與突厥議和（那時是他父親李淵做皇帝，但和議實際上是李世民所決定），等到整頓好軍隊後才派李靖北伐，大破突厥。不過這不是中國歷史上傳統觀念的主流。主流思想是：「與侵畧本國的外敵議和是投降，是漢奸。」

其實，同是議和，卻有性質上的不同，決不能一概而論。基本關鍵在於：議和是永久性的投降？還是暫時妥協、積極準備而終於大舉反攻、得到最後勝利？單是在現代史上，後者的例子就多得很。共產黨人尤其善於運用，如列寧在第一次大戰時與德國議和，抗戰勝利後中國共產黨和國民黨訂停戰協定，北越、南越越共與美國、西貢政府簽訂巴黎停戰協定等都是。議和停戰只是策畧，決不等於投降。然而明末當國的君臣都是庸才，對於敵我雙方力量的對比、大局發展的前途都是茫無所知，既無決戰的剛勇，也無等待的韌力。袁崇煥精明正確的戰畧見解，朝廷中下意識的認爲是「漢奸思想」。

袁崇煥當然知道如此力排衆議，對於自身非常不利，然而他已將自身安危全然置之度外，只是以大局爲重⑭。以他如此剛烈之人，對聲名自然非常愛惜，給人罵「漢奸」，那是最痛苦的事。比較起來，死守寧遠、抗拒大敵，在他並不算是難事，最多打不過，一死殉國便是，那是心安理得的。但要負擔成爲「歷史罪人、民族罪人、名教罪人」的責任，可艱巨得多了。越是不自私的人，越是剛強的人，越是不重視性命而不肯忍受恥辱。越是儒家的書讀得多，心中歷史感極其深厚的人，越是寶貴自己的名節。文天祥「正氣歌」中所舉那些慷慨激烈的事蹟，如張巡睢陽死守，顏杲卿常山罵賊，袁崇煥做起來並不困難。對於性格柔和的人，當然是委曲求全易而慷慨就義難，在袁崇煥這樣的偉烈之士，卻是守寧遠易而主和議難。主張議和，他必須違反歷史傳統、違反舉國輿論、違反朝廷決策、更違反自己的性格。上下古今，一切都反，連自己都反。

他是個衝動的熱情的豪傑，是「寧爲直折劍、猶勝曲全鈎」的剛士，是行事不顧一切、「幾大就幾大」的蠻子，可是他終於決定：「忍辱負重」。

在他那個時代，絕無現代西方民主社會中尊重少數人意見的習慣與風度。連袁崇煥自己在內，都相信「國人皆曰可殺」多半便是「可殺」。那是一個非此即彼、決不容忍異見的時代，是正人君子紛紛犧牲生命而提出正義見解的時代。卑鄙的奸黨越是在朝中作威作福，士林中對風骨和節操越是看重。東漢和明末，是中國歷史上讀書人道德價值最受重視的兩個時期。歲寒堅節，冰雪清操，在當時的道德觀念中，與「忠」、「孝」具有相同的第一等地位。他很愛交朋友，知交中有不少是清流派的人。如果他終於因主和而爲天下士論所不齒，對他將是多麼嚴重的事。

他對金人的和談並不是公開進行的，因此並沒有受到普遍的抨擊，但他當然預料到將來終於要公開，清議和知友的譴責不可避免的會落到頭上。

在袁崇煥死後十三年的崇禎十五年，明朝局勢已糜爛不可收拾。洪承疇於所統大軍全軍覆沒後投降滿清。松山、錦州失守。崇禎便想和滿清議和，以便專心對付李自成、張獻忠等民軍。兵部尚書陳新甲更明白無力兩綫作戰，暗中與皇帝籌劃對滿清講和。崇禎和陳新甲不斷商議，朝中其他大臣聽到了風聲，便紛紛上奏，反對和議。崇禎矢口不認，說根本沒有議和的事，你們反對甚麼？崇禎每次親筆寫手詔給陳新甲，總是鄭重警誡：這是天大機密，千萬不可洩漏而讓羣臣知道了。

該年八月，崇禎派親信又送一道親筆詔書去給陳新甲，催他儘快設法和滿清議和。陳新甲出外辦事去了，不在家，那人便將皇帝的密詔留在他書房中的几上而去。陳新甲的家僮誤以爲是普通的「塘報」（各省派員在京所抄錄的一般性上諭與奏章，稱爲「塘報」），拿出去交給各省駐京辦事處傳抄。這樣一來，皇帝暗中在主持和議的事就公開了出來，羣臣拿到了證據，登時譁然，立刻上奏章反對。

皇帝再也無法抵賴，惱怒之極，下詔要陳新甲解釋，責問他爲甚麼主張議和，罪大惡極之至。陳新甲的聲辯書中引述了不少皇帝手詔中的句子，證明這是出於皇上的聖意。崇禎更失面子，老羞成怒，下旨：陳新甲着即斬決。理由是流寇破城，害死皇帝的親藩，兵部尚書應負全責。

那時距明朝之亡已不過一年半，局面的惡劣可想而知，但羣臣還是堅決反對議和，連皇帝也不得不偷偷和國防部長暗中商量，表面上堅決不肯承認，最後消息洩漏，便殺了國防部長以卸自己責任。從這件事中，可以見到當時對「議和」是如何的忌諱，輿論壓力是如何沉重。連崇禎這樣狠辣的皇帝，也不敢對羣臣承認有議和之意。

袁崇煥卻膽敢進行議和。那正是出於曾子所說「只要深信自己的道理對，雖有千萬人反對，我還是幹了」那種浩然之氣⑮。

諸葛亮出師北伐，天下皆稱其忠。岳飛苦戰抗敵，天下皆知其勇。袁崇煥的功業或許比不上諸葛亮和岳飛，雖然，那也是很難眞正比較的，然而他身處嫌疑之地而行舉世嫌疑之事，這種精神上的痛苦負擔，諸葛亮和岳飛卻幸而不必經受。

袁崇煥有一句詩：「心苦後人知」。當眞是英雄寂寞，壯士悲歌。他明知不能得到當時的諒解，只盼望自己這番苦心孤詣能爲後人所知。當我寫到這一段文字時，想到他的耿耿之懷，悠悠之心，忍不住又感到了劇烈的心酸，感到了他英雄性格中巨大的悲壯美，深刻的悽愴意。

正確的戰畧決策無法執行，朝政越來越腐敗，在魏忠賢籠罩一切的邪惡勢力下做官，天天都可以送掉了性命。關外酷寒的天氣，生長於亞熱帶的廣東人實在感到很難抵受。在這期間，袁崇煥從廣東招募來的人員中有人要回故鄉去了，臨別時問他：你留在這裏繼續擔當艱危呢，還是回鄉以求平安？他寫了一首詩回答：我和你曾同生共死，我的內心你還不明白嗎？又何必問安危去留？我在這裏奮不顧身，本來不是爲了富貴。故鄉的親友們如果問起，請你轉告：邊界還沒有平靖，我只有感到慚愧，當然要繼續幹下去⑯。

袁崇煥是三兄弟中的老二。大哥崇燦當他在關外時在故鄉逝世。三弟崇煜隨着他在軍中辦事，後來也告辭回鄉。袁崇煥從寧遠送他到山海關而分手，寫了兩首詩給他，說：邊疆需要人守禦，昇平還沒有得到，我早已決心報國，安危去留的問題不必提了⑰。

①皇太極在西方人的書中寫作Abahai，法國學者格奧賽(René Grousset)在「中華帝國的興起與輝煌」一書中有「一六四四年的大變」一章，其中說：「皇太極是蠻人中的一個天才，他把本族人民的軍事才能，和對文明生活的天生理解相結合起來。」

②清「太宗實錄卷三」：天聰元年，「時國中大饑，斗米價銀八兩，人有相食者。國中銀兩雖多，無外貿易，是以銀賤而諸物騰貴。良馬，銀三百兩。牛一，銀百兩。蟒緞一，銀百五十兩。布疋一，銀九兩。盜賊繁興，偷竊牛馬，或行刦殺。於是諸臣入奏曰：盜賊若不按律嚴懲，恐不能止息。上惻然，諭曰：今歲國中因年饑乏食，致民不得已而爲盜耳。緝獲者，鞭而釋之可也。遂下令，是歲讞獄，姑從寬典。仍大發帑金，散賑饑民。」他寬待因饑餓而爲盜的百姓，與崇禎督促部將「限期破賊、殺賊立功」的政策恰正相反。

③何柄棣：*The Ladder of Success in Imperial China, Aspects of Social Mobility, 1368-1911*一書中，認爲明初人口六千五百萬，到明末時已漲了一倍以上。

④王鍾翰：「滿族在努爾哈齊時代的社會經濟形態」一文中，根據朝鮮「興京二道河子舊老城」的資料，認爲一六二一年時，努爾哈赤的兵數二十萬，再加上婦女老少，「全人數當在四、五十萬左右。」

⑤「天聰實錄稿」元年三月初二日，「秀才岳起鸞曰：我國宜與明朝講和。若不講和，則我國人民死散殆盡。」「明清史料」甲編，天聰二年八月「事局未定」奏疏：「南朝雖師老財匱，

然以天下之全力，畢注於一隅之間，蓋猶裕如也。」「東華錄」載天聰三年八月戊辰，「大臣同謀倡逃」。「明清史料」乙編載，崇禎二年二月廿一，袁崇煥塘報：「一日之內，降者竟前後接踵而至。」

⑥「七大恨」：一、明朝殺害金人的二祖；二、袒護金人的仇敵哈達；三、越界出兵，助金人的世仇葉赫抗金；四、明人越界，金人根據誓約殺了，明朝勒索金方交出十人來殺死，以資報復；五、明朝造成老女改嫁；六、移置界碑，搶奪金國的人參、貂皮；七、聽信葉赫，寫信來辱罵侮慢。

⑦「覩其向背離合之意，以定征討撫定之計。」見「兩朝從信錄」。

⑧當時滿清的正式國號是「金」，史書上稱爲「後金」，以與宋朝時的「金」有所分別。到天聰十年（明崇禎九年）才改爲「大清」。所以本文中的滿清，其實都應稱「金」。「滿洲」的名稱，也要到改了「大清」的國號之後才出現，以前稱「建州」或「女眞」。多數學者認爲，「滿洲」是文殊菩薩的「文殊、曼殊」的音轉。爲了便於讀者，本文中不將「金、清」「建洲、滿洲」等稱呼根據歷史年代而作分別。

⑨「太宗實錄稿」：天聰七年十月，皇太極責罵主張出兵南攻之人：「天予我有數之兵，若稍虧損，何以前圖？」

⑩宋高宗紹興十一年十二月殺岳飛。十二年正月，宋金和議達成，高宗趙構向金國上表稱臣，表中說：「臣構言：既蒙恩造，許備藩方，世世子孫，謹守臣節。每年皇帝生日並正旦，遣使稱賀不絕。歲貢銀二十五萬兩，絹二十五萬疋。」

⑪「太宗實錄」卷十二，天聰六年六月，皇太極致書大同守將求和，信中說：「和事既成，自當遜爾大國，爾等亦視我居察哈爾之上可也。」

⑫皇太極來信的開頭是(根據原信)：「汗致書袁老先生大人」。(後來乾隆時修訂「太宗實錄」覺得語氣太卑，才改爲「皇帝致書袁巡撫」，但當時皇太極未稱帝，決不可能有「皇帝」的稱呼。)袁崇煥書信的開頭是：「遼東提督部院，致書於汗帳下：再辱書敎，知汗漸欲恭順天朝，息兵戈以休養部落，即此一念好生，天自鑒之，將來所以佑汗而昌大之者，尚無量也。」

⑬後來皇太極在寫給祖大壽的信中(那時袁崇煥已死)，曾說：「爾國君臣，惟以宋朝故事爲鑒，亦無一言復我。然爾明主非宋之苗裔，朕亦非金之子孫。彼一時，此一時，天時人心，各有不同。爾大國豈無智慧之時流，何不能因時制宜乎？」其實努爾哈赤、皇太極等一直自認是金的子孫，他爲了求和，連祖宗也不認了。

⑭他後來在寫給崇禎的奏章中說：「諸有利於封疆者，皆不利於此身者也。」所以他的知己程本直說：「舉世皆巧人，而袁公一大痴漢也。唯其痴，故舉世最愛者錢，袁公不知愛也。唯其痴，故舉世最惜者死，袁公不知怕也。於是乎舉世所不敢任之勞怨，袁公直任之而弗辭也。於是乎舉世所不得不避之嫌疑，袁公直不避之而獨行也。」所謂「舉世所不得不避之嫌疑」，就是與金人議和。

⑮「孟子．公孫丑」：「昔者曾子謂子襄曰：『……自反而縮，雖千萬人，吾往矣。』」

⑯袁崇煥「邊中送別」：「五載離家別路悠，送君寒浸寶刀頭。欲知肺腑同生死，何用安危問

去留？策杖只因圖雪恥，橫戈原不爲封侯。故園親侶如相問，愧我邊塵尚未收。」

⑰袁崇煥「山海關送季弟南還」：「公車猶記昔年情，萬里從我塞上征。牧圉此時猶捍禦，馳驅何日慰昇平？由來友愛鍾吾輩，肯把鬚眉負此生？去住安危俱莫問，燕然曾勒古人名。」「弟兄於汝倍關情，此日臨歧感慨生。磊落丈夫誰好劍？牢騷男子爾能兵。才堪逐電三驅捷，身上飛鵬一羽輕。行矣鄉邦重努力，莫耽疏懶墮時名。」其中「磊落丈夫誰好劍？牢騷男子爾能兵」兩句，寫出了他兩兄弟豪邁的性格，就詩而論，也是豪邁的好詩。

八

在這段時期中，皇太極進攻朝鮮，打了幾個勝仗後，朝鮮投降，訂立了對滿清十分有利的和約，每年從朝鮮得到糧食、金錢和物品的供應。皇太極本來提出三個條件：割地、擒毛文龍、派兵一萬助攻中國。朝鮮對這三個條件無法接納，但在經濟上盡量滿足滿清的要求。同時在此後的明清戰爭中，朝鮮改守中立，使滿清去了後顧之憂。

在皇太極對朝鮮用兵之時，袁崇煥加緊修築錦州、中左、大凌河三城的防禦工事，派水師去支援皮島的毛文龍，另派趙率教、朱梅等九員將領率兵九千，進兵三岔河，牽制清軍，作朝鮮的聲援。但朝鮮不久就和滿清訂了城下之盟，趙率教等領兵而回，並未和清軍接觸。

皇太極無法和明朝達成和議，卻見袁崇煥修築城堡的工作進行得十分積極，時間越久，今後進攻會更加困難，於是決定「以戰求和」，對寧遠發動攻擊。

天啓七年五月，皇太極親率兩黃旗、兩白旗精兵，進攻遼西諸城堡，攻陷明方大凌河、小凌河兩個要塞，隨即進攻寧遠的外圍要塞錦州。

五月十一，皇太極所率大軍攻抵錦州，四面合圍。這時守錦州的是趙率教，他和監軍太監紀用守城，派人去與皇太極議和，那自是緩兵之計，以待救兵。皇太極不中計，攻城愈急。

袁崇煥派遣祖大壽和尤世祿帶了四千精兵，繞到清軍後路去包抄，又派水師去攻東路作爲牽制。這時天熱，海上不結冰，水師用得着了。

趙率教是陝西人，這人的人品本來是相當不高的。努爾哈赤攻遼陽時，趙率教是主師袁應泰的中軍(參謀長)。袁應泰是不懂軍事的文官，趙率教卻沒有盡他做參謀長的責任，這個戰役指揮得一塌胡塗。清軍攻破遼陽，袁應泰殉難，趙率教卻偷偷逃走了，論法當斬，不知如何得以倖免，想來是賄賂了上官。後來王化貞大敗，關外各城都成爲無人管的地方，趙率教申請戴罪立功，帶領了家丁前去接收前屯衞，但到達時發覺已被蒙古人佔住，他便不敢再進。努爾哈赤攻寧遠，趙率教在前屯衞，距離很近，自己不親去赴援，後來寧遠大捷，他卻想分功，以致給滿桂痛罵，釀成了很大風波。

和滿桂衝突時，袁崇煥相當支持他。趙率教感恩圖報，又得袁崇煥時時勉以忠義，到錦州大戰時，他突然之間似乎變了一個人。他和前鋒總兵左輔、副總兵朱梅等率兵奮勇死戰，和皇太極部下的精兵大戰三場，勝了三場，小戰二十五場，也是每戰都勝。從五月十一打到六月初四，二十四天之中，無日不戰，戰況的激烈，不下於當年寧遠大戰。六月初四那天，皇太極增兵猛攻。錦州城中放西洋大炮，又放火炮、火彈和矢石，清兵受創極重。攻到天明時，皇太極見支持不住了，只得退兵，退到小凌河紮營，等候各路兵馬集中整編。

趙率教轉怯爲勇，自見敵潛逃到拚死守城，自畏縮不前到激戰二十四日，到後來更在保衛北京之役中血戰陣亡，終於在歷史上與滿桂齊名，成爲當時的兩大良將。他這個重大轉變，非常突出的證明了袁崇煥的領導才能。

皇太極整理好了部隊，轉而去攻寧遠。

清軍上次在寧遠吃過敗仗，兵將心中對袁崇煥都是很忌憚的。大貝勒代善見城中有備，就勒兵不攻。皇太極對諸將說：「先汗攻寧遠不克，這次我攻錦州又不克，若再攻不下寧遠，我可要聲名掃地了。」於是下令總攻，擊破城下明軍騎兵，直薄城壁。

比之第一次寧遠之戰，袁崇煥部的戰鬥力已有增強，敢於到城外決戰了。上次要清軍退後，才派五十名敢死隊縋到城下拾箭枝，可見不敢開城門。

滿桂率領明軍在城南二里列陣，城牆下環列槍炮。皇太極佯敗，想引明軍來攻，然後伏兵齊起。但明軍沒有上當，守壘不追。皇太極於是回軍再戰。

袁崇煥親上城頭督戰，大聲呼叫。滿桂戰於城外。祖大壽、尤世祿回師攻擊清兵後路。雙方死傷均重，滿桂身中數箭。明軍野戰終於打不過清軍，於是退入城中據守。這場大戰打得十分慘烈，城壕中塡滿了兩軍軍士的死屍。

守軍又以葡萄牙大炮轟擊，擊碎清方大營帳一座及皇太極的白龍旗，殺傷清兵不少。明方的報告說，皇太極長子召力兎貝勒胸口中箭，另一子浪蕩寧古貝勒在陣上被明軍射殺，又殺固山（領七千五百人）四人、牛彔（領三百人）三十餘名。這報告失之誇大，事實上並無皇太極的兒子在此役中陣亡。但清方紀錄中也說：濟爾哈朗貝勒、薩哈廉貝勒、大將瓦克達、阿格等均受傷。

皇太極見部隊損失重大，只得退兵，再攻錦州南面，亦不能拔，將士又遭到不少傷亡，將領覺多拜山、巴希等陣亡。七月，清兵敗回瀋陽。

這一役明朝稱爲「寧錦大捷」，是明軍對清軍第二次血戰勝利。

袁崇煥在報功的奏章中，力稱功勞最大的是滿桂❶。他和滿桂向來頗有意見衝突，但在奏章中力稱寧遠大捷以滿桂之功居多，可見光明磊落，大公無私。

第一次寧遠大捷是天啓六年正月，第二次寧錦大捷是七年五月，相隔一年零四個月。在這短短的十六個月之間，袁崇煥加強了明軍的戰鬥力，搶築了錦州的防禦工事，固守在清軍的後路，使皇太極有後顧之憂，不敢久攻寧遠。同時清軍先攻錦州不克，再攻寧遠，氣勢已挫。可見袁崇煥這十六個月中的準備工作收到了很大成效。如果能多一些和平時期，局面當然更有改進。

這一仗大捷，軍事上的主要因素之一，還是靠了葡萄牙的紅衣大炮。明朝這時本來已驅逐了葡萄牙人的天主教傳教士。傳教士波爾、米克耳兩人見到明清交兵，有機可乘，便發動澳門的葡人，向明朝提供軍費和炮手。明朝於是召還已驅逐了的教士。本來秘密傳教變成了公開，大批葡萄牙教士和炮手進入中國❷。後來中國在外國教士和技師指導之下自行鑄炮。所鑄成的大炮也封了官，稱為「安國全軍平遼靖虜將軍」，還派官祭炮，請將軍發威破敵。金人要直到數年之後，才因投降的明人之助而開始鑄造大炮。

袁崇煥在政治上屬於魏忠賢的敵對派系。他中進士的主考官韓爌、保薦他的御史侯恂等都是東林黨的巨頭。袁崇煥當然不肯剋扣軍餉去孝敬魏忠賢。但為了大目標是守禦錦州、寧遠，他也相當的委曲求全。各省督撫都為魏忠賢建生祠，袁崇煥如果不附和，立刻就會罷官，守禦國土的大志無法得伸，因此當時也只得在薊遼為魏忠賢建生祠。

但魏忠賢仍是不滿意。所以雖有寧錦大捷，袁崇煥卻得不到甚麼重賞，只升官一級。奉承魏忠賢的官員卻有數百人因此大捷而升官，理由是在朝中策劃有功，連魏忠賢一個尚在襁褓中的嬰兒從孫，也因此而封了伯爵。魏忠賢是太監，沒有兒子，只好大封他侄兒，封他侄兒的兒子。

魏忠賢這時更叫一名言官彈劾袁崇煥，說他沒有去救錦州為「暮氣」。袁崇煥在這樣的壓力之下，只得自稱有病，請求辭職。魏忠賢立刻批准，派兵部尙書王之臣去接替。

皇太極聽到這個消息，當然是大喜若狂，而聽到加給袁崇煥的罪名與評語竟是「暮氣」兩字，恐怕大喜之餘，卻也不免愕然良久吧？袁崇煥這樣的人竟算「暮氣沉沉」，卻不知誰才是「朝氣蓬勃」？

袁崇煥離開寧遠時，心中感慨萬千，可想而知。那時他還只四十歲左右，方當壯盛的英年，正是要大展抱負的時候。立了大功反而被迫退休，他的部屬將士既感詫異，更是忿忿不平。他寫了一首詩給一個部將，詩中說：我們慷慨同仇，間關百戰，功勞不小，皇上的恩遇也重。但我的苦心，卻只有後人知道了。建功立業固然很好，回家休養也是不錯。對於我的去留，大家不必感到不平罷。這首詩顯得很有氣度❸。

不過他對於天啓皇帝，還是十分感激的。他本來是一個七品知縣，自天啓二年到七年夏天，短短的五年半之間，幾乎年年升官，中間還跳級，直升到「巡撫遼東、兵部右侍郎、兼都察院右僉都御史」，實在算是飛黃騰達。他自覺升官太快，曾上疏辭謝。他說在同中進士的諸同年中，官職最高之人和他也差着好幾級，爲了要做部屬武將的榜樣，請皇帝收回升賞的成命。皇帝批覆說：你接連三次謙辭，品德很好，但你功勞大，升官是應該的❹。

他在回廣東故鄉途中，經過大庾嶺時寫了一首詩，感念天啓對他的知遇之恩❺。他心中明白，天啓是個昏君，可是對待自己實在很好。

他到了廣州，去光孝寺遊覽，踏足佛地，不禁想到生平殺人甚多，和環境大不調和❻，然而那也只是感到不調和而已。英雄豪傑，一往無悔，卻也無須對菩薩低頭，不必對殺了該殺之人有甚麼遺憾。

①袁崇煥的奏章中說：「十年來，盡天下之兵，未嘗敢與奴合馬交鋒，即臣去年，亦自城上而下攻。自今始一刀一槍，下而拚命，不顧夷之兇狠剽悍。臣復憑堞大呼，分路進追。諸軍忿恨，誓一戰以挫此賊。此皆將軍滿桂之功居多。」

②馬耳丁的「韃靼戰記」中大吹葡萄牙傳教的功勞，又說：「上帝對於信仰基督教的皇帝必

予福佑，所以中國皇帝對韃靼人（指滿清）作戰大勝。」其實天啓皇帝信仰的是魯班先師，並沒有信仰基督教的上帝。

據馮承鈞譯、沙不列撰：「明末奉使羅馬教廷耶穌會士卜彌格傳」：崇禎三年，澳門葡人隊長率士卒四百、大炮十尊入境効力。廣州巨商恐失壟斷中西貿易之利，厚賂朝臣，加以阻撓。後葡軍隊長公沙的西勞陣亡於登萊。「碧血劍」小說畧取其意。

③袁崇煥「南還別陳翼所總戎」：「慷慨同仇日，間關百戰時，功高明主眷，心苦後人知。麋鹿還山便，麒麟繪閣宜。去留都莫訝，秋草正離離。」其中「功高明主眷」這一句，不免含有苦澀的意味。天啓決不是明主，天下皆知，自己功高如此，結果卻得了這樣的「眷」，這位「明主」，眞是「明」得很了。

④袁崇煥「天啓六年六月初十日謝陞廕疏」中說：「且武人奔競，少豎立便欲厚遷，稍不合輒思激去，要挾朝廷，開釁同類，令邊疆始終不得一人之用，臣最疾之。臣今日不自處於恬，何以消諸將之競？況臣原無富貴之心，又皇上所鑒也。」對這個辭賞的奏章，朝廷的批答是：「奉聖旨：袁崇煥存城功高，加恩示酬，原不爲過；乃三疏控辭，愈徵克讓。還着遵旨祇承。該部知道。」

⑤袁崇煥「歸庾嶺」：「功名勞十載，心迹漸依違。忍說還山是？難言出塞非。主恩天地重，臣遇古今稀。數卷封章外，渾然舊日歸。」

⑥袁崇煥「遇訶林寺口占」：「四十年來過半身，望中祇樹隔紅塵。如今着足空王地，多了從前學殺人。」

九

天啓皇帝熹宗捉了幾年迷藏（他初做皇帝時，愛和小太監捉迷藏），做了幾年木工（不是做皇帝），天啓七年八月，在二十三歲上死了。

天啓的兒子都已夭折，有些后妃懷了孕，也都被客氏和魏忠賢設法弄得流產，所以沒有兒子。由他親弟弟信王由檢接位，年號崇禎。

朱由檢當時虛歲是十八歲。他生於萬曆三十八年十二月，其實只十六歲另八個月。這個十七歲的少年皇帝不動聲色的對付魏忠賢，先將他的黨羽慢慢收拾，然後逼得他自殺。這場權力鬥爭處理得十分精采。

魏忠賢死後，附和他的無恥大臣被稱爲「逆黨」，或殺頭，或充軍，或免職，人心大快，在「寧錦大捷」中冒功的人也都被清除了。

被魏忠賢逆黨排擠罷官的大臣又再起用，他們都主張召回袁崇煥。天啓七年十一月，升袁崇煥爲右都御史、視兵部添注左侍郎事。崇禎元年四月，再升他爲兵部尙書、兼右副都御史、督師薊遼、兼督登萊天津軍務。兵部尙書是正二品的大官，所轄的軍區，名義上也擴大到北直隸（河北）北部和山東北部沿海，成爲抗淸總司令。不過薊州、天津、登萊各地另有巡撫專責，所以袁崇煥所管的實際還是山海關及關外錦寧的防務。

明末軍制，在外帶兵的文臣，頭銜最高的是督師，通常以大學士兼任，宰相出外帶兵，才稱督師；其次是總督或經略，由兵部尚書或侍郎兼任；更其次是巡撫；巡撫之下才是武將中最高的總兵官。袁崇煥不是大學士，卻有了大學士方能得到的軍事最高官銜。以前遼東歷任軍事長官都只是經略或巡撫。那時距他做知縣之時還只六年。

袁崇煥在廣東家居這幾個月中，與一般文人詩酒唱和，其中最著名的朋友是陳子壯。

陳子壯是廣東南海人，和袁同科中進士，陳是探花。他在作浙江主考官時出題目諷刺魏忠賢，因而被罷官。袁陳兩人同鄉同年，又志同道合，交情自然非同尋常。陳子壯在崇禎時起復，做到禮部侍郎，後來在廣東九江起兵抗清，戰敗被俘，不降而死，也是廣東著名的民族英雄。當時與袁時常在一起聚會的，還有幾個會做詩的和尚。

袁崇煥應崇禎的徵召上北京時，他在廣東的朋友們替他餞行。畫家趙惇夫畫了一幅畫，圖中一帆遠行，岸上有婦女三人、小孩一人相送。陳子壯在圖上題了四個大字：「膚公雅奏」，「膚公」即「膚功」，祝賀他「克奏膚功」的意思。圖後有許多人的題詩，第一個題的就是陳子壯。這幅畫本來有上欵，後來袁崇煥被處死，上欵給收藏者挖去了，多次易手流轉，到光緒年間才由王鵬運考明眞相。一羣廣東文人後來將圖與詩影印成一本册子，承一位朋友送了我一本。原圖目前是在香港。

「膚公雅奏圖」上的題詩，大都是稱譽袁崇煥的抗清功績，預料此去定可掃平胡塵、燕然勒石，麟閣題名等等。好幾人詩句中都提到袁崇煥的「談鋒」、「高談」、「笑談」❶。喜與朋友們高談闊論，一定是他個性中很顯著的特點。

在這幅畫上題詩的共有十九人，其中有和尚三人，有幾個是袁的幕僚。值得注意的是，有八個人在十處地方提到了黃石公、赤松子、圯上、素書的典故，這決不會是偶然現象。這典故是說張良立了大功之後，隨即退隱，才避免給猜忌殘忍的劉邦所殺。在這次餞別宴中，袁崇煥的朋友們一定強調必須「功成身退」，大家對於皇帝的狠毒手段都深具戒心，所以在詩中一再警戒❷。

七月，袁崇煥到達北京，崇禎❸召見於平台，那是在明宮左安門❹。

崇禎見到袁崇煥後，先大加慰勞，然後說道：「建部跳梁，已有十年了，國土淪陷，遼民塗炭。卿萬里赴召，忠勇可嘉，所有平遼方畧，可具實奏來！」

袁崇煥奏道：「所有方畧，都已寫在奏章裏。臣今受皇上特達之知，請給我放手去幹的權力，預計五年而建部可平，全遼可以恢復。」

崇禎道：「五年復遼，便是方畧，朕不吝封侯之賞。卿其努力以解天下倒懸之苦！卿子孫亦受其福。」袁崇煥謝恩歸班。崇禎暫退少憩。

給事許譽卿就去問袁崇煥，用甚麼方畧可以在五年之內平遼。袁崇煥道：「我這樣說，是想要寬慰皇上。」許譽卿已服侍崇禎將近一年，明白皇帝的個性，袁崇煥卻是第一次見到皇帝。許譽卿於是提醒他：「皇上是英明得很的，豈可隨便奏對？到五年期滿，那時你還沒有平遼，那怎麼得了？」袁崇煥一聽之下，爽然自失，知道剛才的話說得有些誇張了。

他答應崇禎五年之內可以平定滿清、恢復全遼，實在是一時衝動的口不擇言，事實上那是根本不可能的。袁崇煥和崇禎第一次見面，就犯了一個大錯誤。大概他見這位十七歲半的少年皇帝很着急，就隨口安慰。

過了一會，皇帝又出來。袁崇煥於是又奏道：「建州已處心積慮的準備了四十年，這局面原是很不易處理的。但皇上注意邊疆事務，日夜憂心，臣又怎敢說難？這五年之中，必須事事應手，首先是錢糧。」崇禎立即諭知代理戶部尚書的右侍郎王家楨，必須着力措辦，不可令得關遼軍中錢糧不足。

袁崇煥又請器械，說：「建州準備充份，器械犀利，馬匹壯健，久經訓練。今後解到邊疆去的弓甲等項，也須精利。」崇禎即諭代理工部尚書的左侍郎張維樞：「今後解去關遼的器械，必須鑄明監造司官和工匠的姓名，如有脆薄不堪使用的，就可追究查辦。」

袁崇煥又奏：「五年之中，變化很大。必須吏部與兵部與臣充份合作。應當選用的人員便即任命，不應當任用的，不可隨便派下來。」崇禎即召吏部尚書王永光、兵部尚書王在晉，將袁崇煥的要求諭知。

袁崇煥又奏：「以臣的力量，制全遼是有餘的，但要平息衆人的紛紛議論，那就不足了。臣一出京城，與皇上就隔得很遠，忌功妒能的人一定會有的。這些人即使敬懼皇上的法度，不敢亂用權力來搗亂臣的事務，但不免會大發議論，擾亂臣的方畧。」崇禎站起身來，傾聽他的說話，聽了很久，說道：「你提出的方畧井井有條，不必謙遜，朕自有主持。」

大學士劉鴻訓等都奏，請給袁崇煥大權，賜給他尙方寶劍，至於王之臣與滿桂的尙方劍則應撤回，以統一事權。崇禎認爲對極。應予照辦。談完大事後，賜袁崇煥酒饌。

袁崇煥辭出之後，上了一道奏章，提出了關遼軍務基本戰畧的三個原則❺：

「以遼人守遼土，以遼土養遼人」——明代兵制，一方有事，從各方調兵前往。因此守遼的部隊來自四面八方，四川、湖廣、浙江均有。這些士卒首先對守禦關遼不大關心，戰鬥力既不強，又怕冷，在關外駐守一段短時期，便遣回家鄉，另調新兵前來。袁崇煥認爲必須用遼兵，他們爲了保護家鄉，抗敵勇敢，又習於寒冷氣候。訓練一支精兵，必須兵將相習，非長期薰陶不爲功，不能今天調來，明天又另調一批新兵來替換。他主張在關外築城屯田，逐步擴大防守地域，既省糧餉，又可不斷的收復失地。

「守爲正着，戰爲奇着，和爲旁着」——明兵打野戰的戰鬥力不及習於騎射的清兵，這是先天的限制，不易短期內扭轉過來，但大炮的威力卻非清兵所及。所以要捨己之短，用己所長，守堅城而用大炮，立於不敗之地。只有在需要奇兵突出、攻敵不意之時，才和清兵打野戰。爲了爭取時間來訓練軍隊、加強城防，有時還須在適當時機中與敵方議和，這是輔助性的戰畧。

「法在漸不在驟，在實不在虛」——執行上述方策之時，不可求急功近利，必須穩紮穩打，脚踏實地，慢慢的推進。絕對不可冒險輕進，以致給敵人以可乘之機。

這三個基本戰畧，是他總結了明清之間數次大戰役而得出來的結論。明軍三次大敗，都敗於野戰，以致全軍覆沒；寧遠兩次大捷，都在於守堅城、用大炮。

這基本戰畧持久的推行下去，就可逐步扭轉形勢，轉守為攻。但他擔心兩件事。一是皇帝和朝中大臣對他不信任，二是敵人挑撥離間，散布謠言。因此在上任之初，對此特別強調。他聲明在先，軍隊中希奇古怪之事多得很，不可能事事都查究明白。他又自知有一股蠻勁，幹事不依常規，要他一切都做得四平八穩，面面俱圓，那可不行。總而言之：「我不顧自己性命，給皇上辦成大事就是了，小事情請皇上不必理會罷。」

崇禎接到這道奏章，再加獎勉，賜他蟒袍、玉帶與銀幣。袁崇煥領了銀幣，但以未立功勛，不敢受蟒袍玉帶之賜，上疏辭謝了。

崇禎這次召見袁崇煥，對他言聽計從，信任之專，恩遇之隆，實是罕見。但不幸得很，袁崇煥這奏章中所說的話，一句句無不料中，終於被處極刑。這使我想起文徵明的一首詞來。他見到宋高宗親筆寫給岳飛的敕書，書中言辭親切無比，有感而作了一首「滿江紅」，其中有一句：「慨當初倚飛何重？後來何酷？」崇禎對待袁崇煥，實也令人慨當初倚之何重，後來何酷。

其間的分別是，岳飛當時對自己後來的命運完全料想不到，袁崇煥卻是早已料到了的。明知將來難免要受到皇帝猜疑，要中敵人的離間之計，卻還是要去擔任艱危，這番捨身赴難的心情，更令後人深深歎息。

①陳子壯：「曾聞緩帶高談日，黃石兵籌在握奇。」梁國棟：「笑倚戎車克壯猷，關前氛祲仗誰收？忻看化日回春日，再上邢州護錦州。」傅于亮：「天山自昔憑三箭，遼左而今仗

一夫。秉鉞紛紛論制勝，笑談尊俎似君無？」鄧楨：「冠加薦角峨應甚，賜有龍文許自專（指尚方劍）。借箸獨當天下計，折衝隨運掌中權。」鄺瑞露：「行矣莫忘黃石語，麒麟回首即江湖。」「供帳夜懸南海月，談鋒春落大江潮。」「衣布尚憐天下士，高歌誰是眼中人？」鄺瑞露即鄺湛若，廣東名士，南海人，後助守廣州，清兵破城時不屈而死。

②近人葉恭綽題袁崇煥墓有句云：「游仙黃石空餘願」。自注：「袁再起督師，諸友餞別詩多以黃石、赤松爲言，疑有所諷，惜袁不悟。」其實不是袁崇煥不悟；張良是功成身退而從赤松子遊，袁崇煥根本沒有機會「功成」，自然談不上「身退」。不過以他的熱血熱腸，即使是功成了，多半還是不肯身退的，勢必是鞠躬盡瘁，死而後已。

③對崇禎本應稱朱由檢、思宗、莊烈帝、懷宗、毅宗，或崇禎皇帝。本文以他年號稱呼，是習慣上的通俗方式，有如稱清聖祖爲康熙、清高宗爲乾隆。

④崇禎召見袁崇煥的情形與對話，根據李遜之所著「三朝野記」與文秉所著「烈皇小識」兩書，其後周延儒對袁崇煥的中傷，也根據這兩書所載。李遜之的父親李應昇是反對魏忠賢而被害死的著名忠臣李忠毅公。文秉是文徵明的玄孫，他父親文震孟在崇禎時任大學士。文震孟最出名的事，是在天啓年間上奏，直指皇帝諸事不理，猶如「傀儡登場」，朝政全由魏忠賢擺布。魏忠賢於是叫了一班傀儡戲，到宮中演給熹宗看，熹宗看得大樂。魏忠賢便說：「文震孟說皇上是傀儡登場，那就是這樣子了。」熹宗當然大怒，將文震孟在朝廷上打了八十棍。李遜之和文秉二人是名父之子，他們記載朝中大事，應該相當可靠。

⑤「明史・袁崇煥傳」中引述他的奏章：「恢復之計，不外臣昔年『以遼人守遼土，以遼土

養遼人；守爲正着，戰爲奇着，和爲旁着』之說。法在漸不在驟，在實不在虛。此臣與諸邊臣所能爲。至用人之人，與爲人用之人，皆至尊司其鑰。何以任而勿貳，信而勿疑？蓋馭邊臣與廷臣異。軍中可驚可疑者殊多，但當論成敗之大局，不必摘一言一行之微瑕。事任既重，爲怨實多，諸有利於封疆者，皆不利於此身者也。況圖敵之急，敵亦從而間之，是以爲邊臣甚難。陛下愛臣知臣，臣何必過疑懼？但中有所危，不敢不告。」

十

袁崇煥還沒有到任，寧遠已發生了兵變。

兵變是因欠餉四個月而起，起事的是四川兵與湖南、湖北的湖廣兵。兵卒把巡撫畢自肅、總兵官朱梅等縛在譙樓上。兵備副使把官衙庫房中所有的二萬兩銀子都拿出來發餉，相差還是很多，又向寧遠商民借了五萬兩，兵士才不吵了。畢自肅自覺治軍不嚴有罪，上吊自殺。兵士的糧餉本就很少，拖欠四個月，叫他們如何過日子？這根本是中央政府財政部的事。連寧遠這樣的國防第一要地，欠餉都達四個月之久，可見當時政治的腐敗。畢自肅在二次寧遠大戰時是兵備副使，守城有功，因兵變而自殺，實在是死得很冤枉的。

袁崇煥於八月初到達，懲罰了幾名軍官，其中之一是後來大大有名的左良玉，當時是都司；又殺了知道兵變預謀而不報的中軍，將兵變平定了。

但京裏的餉銀仍是不發來，錦州與薊鎭的兵士又譁變。如果這時淸軍來攻，寧遠與錦州怎麼守得住？局勢實在危險之至。袁崇煥有甚麼法子？只有不斷的上奏章，向北京請餉。

崇禎的性格之中，也有他祖父神宗的遺傳。他一方面接受財政部長的提議，增加賦稅，另一方面對於伸手來要錢之人大大的不高興。

袁崇煥屢次上疏請餉。崇禎對諸臣說：「袁崇煥在朕前，以五年復遼、及淸愼爲已任，這缺餉事，須講求長策。」又說：「關兵動輒鼓譟，各邊效尤，如何得了？」

禮部右侍郎周延儒奏道：「軍士要挾，不單單是爲了少餉，一定另有隱情。古人雖羅雀掘鼠，而軍心不變。現在各處兵卒爲甚麼動輒鼓譟，其中必有原故。」崇禎道：「正如此說。古人尙有羅雀掘鼠的。今雖缺餉，那裏又會到這地步呢？」

「羅雀掘鼠」這四字崇禎聽得十分入耳。周延儒由於這四個字，向着首輔的位子邁進了一步。周延儒是江蘇宜興人，相貌十分漂亮，二十歲連中會元狀元，這個江南才子小白臉，眞是小說與戲劇中的標準小生，可惜人品太差，在「明史」中被列入「奸臣傳」。本來這人也不算眞的十分奸惡，他後來做首輔，也做了些好事的，只不過他事事迎合崇禎的心意。周延儒之奸，主要是崇禎性格的反映。但「逢主之惡」當然也就是奸。這個人和袁崇煥恰是兩個極端。袁崇煥考進士考了許多次才取，相貌相當不漂亮❶，性格則是十分的鯁直剛強。

「羅雀掘鼠」是唐張巡的典故。張巡在睢陽被安祿山圍困，苦守日久，軍中無食，只得張網捉雀、掘穴捕鼠來充飢，但仍是死守不屈。羅雀掘鼠是不得已時的苦法子，受到敵人包圍，只得苦挨，但怎能期望兵士在平時都有這種精神？

周延儒乘機中傷，崇禎在這時已開始對袁崇煥信心動搖。他提到袁崇煥以「清慎爲己任」，似乎對他的「清」也有了懷疑。崇禎心中似乎這樣想：「他自稱是清官，爲甚麼卻不斷的向我要錢？」

袁崇煥又到錦州去安撫兵變，連疏請餉。十月初二，崇禎在文華殿集羣臣商議，說道：「崇煥先前說道『安撫錦州，兵變可彌』，現在卻說『軍欲鼓譟，求發內帑』，爲甚麼與前疏這樣矛盾？卿等奏來。」

「內帑」是皇帝私家庫房的錢。因爲戶部答覆袁崇煥說，國庫裏實在沒有錢，所以袁崇煥請皇帝掏私人腰包來發欠餉。再加上說兵士鼓譟而提出要求，似乎隱含威脅，崇禎自然更加生氣。

那知百官衆口一辭，都請皇上發內帑。新任的戶部尚書極言戶部無錢，只有陸續籌措發給。崇禎說：「將兵者果能待部屬如家人父子，兵卒自不敢叛，不忍叛；不敢叛者畏其威，不忍叛者懷其德，如何有鼓譟之事？」

「羅雀掘鼠」和「家人父子」這兩句話，充份表現了崇禎完全不顧旁人死活的自私性格。兵士有四個月領不到糧餉，吵了起來。崇禎不怪自己不發餉，卻怪帶兵的將帥對待士兵的態度不如家人父子。他似乎認爲，主帥若能待士兵如家人父子，沒有糧餉，士兵餓死也是不會吵的。俗語都說：「皇帝不差餓兵。」崇禎卻認爲餓兵可以自己捉老鼠吃。

周延儒揣摩到了崇禎心意，又乘機中傷，說道：「臣不敢阻止皇上發內帑。現在安危在呼吸之間，急則治標，只好發給他。然而決非長策，還請皇上與廷臣定一經久的方策。」崇禎大爲贊成：「此說良是。若是動不動就來請發內帑，各處邊防軍都學樣，這內帑豈有不乾涸的？」崇禎越說越怒，又是憂形於色，所有大臣個個嚇得戰戰兢兢，誰也不敢說話❷。

袁崇煥請發內帑，其實正是他不愛惜自己、不怕開罪皇帝、而待士兵如家人父子。本來，他只須申請發餉，至於錢從何處來，根本不是他的責任。國庫無錢，自有別的大臣會提出請發內帑，崇禎憎恨的對象就會是那個請發內帑之人。以袁崇煥的才智，決不會不明白其中的關鍵，但他愛惜兵士，得罪皇帝也不管了。說不定朝中大臣人人不敢得罪皇帝，餉銀就始終發不下來，那麼就由我開口好了。

當袁崇煥罷官家居之時，皇太極見勁敵既去，立刻肆無忌憚，不再稱汗而改稱皇帝。

袁崇煥回任之後，寧遠、錦州、薊州都因欠餉而發生兵變，當時自然不能與清兵開仗，於是與皇太極又開始了和談，用以拖延時間。皇太極對和談向來極有興趣，立即作出有利的反應。袁崇煥提出的先決條件，是要他先除去帝號，恢復稱「汗」。皇太極居然答允，但要求明朝皇帝賜一顆印給他，表示正式承認他「汗」的地位。這是自居爲明朝藩邦，原是對明朝極有利的。但明朝朝廷不估計形勢，不研究雙方力量的對比，堅持非消滅滿清不可，當即拒絕了這個要求❸。

皇太極一直到死，始終千方百計的在求和，不但自己不停的寫信給明朝邊界上的官員，又託朝鮮居間斡旋，要蒙古王公上書明朝提出勸告。每一個戰役的基本目標，都是「以戰求和」❹。他清楚的認識到，滿清決計不是中國的敵手，中國的政治只要稍上軌道，滿清就非亡國滅種不可。滿族的經濟力量很是薄弱，不會紡織，主要的收入是靠搶刦❺。皇太極寫給崇禎的信，可說謙卑到了極點❻。

然而崇禎的狂妄自大比他哥哥天啓更厲害得多，對滿清始終堅持「不承認政策」，不承認它有獨立自主的資格，決不與它打任何交道❼。

爲了與滿清作戰，萬曆末年已加重了對民間的搜括，天啓時再加，到崇禎手裏更大加而特加，到末年時加派遼餉九百萬兩，練餉七百三十餘萬兩，一年之中單是軍費就達到二千萬兩（萬曆初年全國歲出不過四百萬兩左右），國家財政和全國經濟在這壓力下都已瀕於崩潰。明末民變四起，主要原因便在百姓負擔不起這沉重的軍費開支❽。

敵人提出和平建議，是不是可以接受，不能一概而論。我以爲應當根據這樣的原則來加以考慮：

敵人的和議不過是一種陰謀手段，目的在整個滅亡我們？還是敵人因經濟、政治、軍事、或社會的原因而確有和平誠意？

必須假定締結和約只是暫時休戰，雙方隨時可以破壞和平而重啓戰端。目前一直打下去對我方比較有利？還是休戰一段時期再打比較有利？

締結和約或進行和平談判，會削弱本國的士氣民心、造成社會混亂、損害作戰努力、破壞聯盟關係、影響政府聲譽？還是並無重大不良後果？

和約條款是片面對敵人有利？還是雙方平等，或利害參半，甚至對我方有利？

如果是前者，當然應當斷然拒絕；若是後者，就可考慮接受，必要時甚至還須努力爭取。在當時的局勢下，成立和議顯然於明朝有重大利益。不論從政畧、戰畧、經濟、人民生活那一方面來考慮，都應與滿清議和。

拒絕和滿清締和，是崇禎一生最大的愚蠢。他初即位時清除魏忠賢逆黨，處理得十分精明，於是臣下大捧他爲「英主」。他從此就飄飄然了，眞的以「英主」自居，認爲「英主」決不能和叛逆的「建州衞」妥協。在明朝君臣的觀念中，「建州衞」始終是中國皇帝屬下一個小官的領地，皇帝決不能跟小官談和。至於使得全國億萬人民活不下去，那是另一回事，皇帝的尊嚴不能有絲毫損害。

他可以和察哈爾蒙古人談和，付給金銀以換取和平。因爲明朝的江山是從蒙古人手裏奪來的，明朝承認蒙古是敵國。

堅持政治原則，本來不錯。然而政治原則是要以正確的策畧來貫徹的。完全忽視實際情形，把國家與人民的生死存亡置之不顧，和「英主」兩字可相差十萬八千里了。

袁崇煥和皇太極一番交涉，使得皇太極自動除去了帝號，本來是外交上的重大勝利。但崇禎卻認爲是和「叛徒」私自議和，有辱國體，心中極不滿意，當時對袁崇煥倚賴很重，隱忍不發，後來卻終於成爲殺他的主要罪狀。

①「明史‧錢龍錫傳」：「龍錫奏辯，言：『崇煥陛見時，臣見其貌寢，退謂同官：此人恐不勝任。』」錢龍錫這話也是胡說八道，怎能見人家相貌難看，便說他不能擔當大事？

②「烈皇小識」：「時天威震迅，憂形於色。大小臣工皆戰懼不能仰對，而延儒由此荷聖眷矣。」

③關於這場交涉，因皇太極稱帝之後再自動除去，又向明朝要求發印而不得，在滿清方面是受到重大屈辱，所以清方官文書中都無記載，或有記載而後來都刪去了。但清內閣檔案中還留存皇太極天聰四年向中國人民頒示的一道木刊諭文，其中公開承認這件事：「逮至朕躬，實欲罷兵戈，享太平，故屢屢差人講說。無奈天啓、崇禎二帝渺我益甚，逼令退地，且教削去帝（號），及禁用國寶。朕以爲天與土地，何敢輕與？其帝號國寶，一一遵依，易汗請印，委曲至此，仍復不允。」

④「明清史料」丙篇，皇太極諭諸將士：「爾諸將士臨陣，各自奮勇前往，何必爭取衣物？縱得些破壞衣物，尚不能資一年之用。爾將士如果奮勇直前，敵人力不能支，非與我國講和，必是敗於我們。那時穿吃自然長遠，早早解盔卸甲，共享太平，豈不美哉？」

⑤「天聰實錄稿」，七年九月十四日，清太宗致朝鮮國王信：「貴國斷市，不過以我國無衣，因欲困我。我與貴國未市之前，豈曾赤身裸體耶？即飛禽走獸，亦自各有羽毛……滿洲、蒙古固以搶掠爲生，貴國固以自守爲素。」

⑥「天聰實錄稿」六年六月，清太宗致崇禎皇帝信：「滿洲國汗謹奏大明國皇帝：小國起兵，原非自不知足，希圖大位，而起此念也。只因邊官作踐太甚，小國惱恨，又不得上達……今欲將惱恨備悉上聞，又恐以爲小國不解舊怨，因而生疑，所以不敢詳陳也。小國下情，皇上若欲垂聽，差一好人來，俾小國盡爲申奏。若謂業已講和，何必又提惱恨，惟任皇帝之命而已。夫小國之人，和好告成時，得些財物，打獵放鷹，便是快樂處。謹奏。」最後

這句話甚是質樸動人。

⑦崇禎五年，宣府巡撫沈棨和清軍立約互不侵犯，崇禎便把兵部尚書熊明遇革職查辦，沈棨下獄。此後他更下旨給守邊的官員，任何人不得與滿清有片紙隻字的交通。

⑧「明史·食貨志」：「自古有一年而括二千萬以輸京師，又括京師二千萬以輸邊乎？」

十一

崇禎對袁崇煥的猜忌，從「請發內帑事件」開始。帶兵的統帥追討欠餉，本是理所當然的事情，但債戶對於債主追討欠款，不論債主的理由如何充足，債戶自然而然的會對他十分憎恨，如果債主威名震於天下而又握有武力，十幾歲的少年債戶除了憎恨之外還會恐懼。崇禎又不敢懲罰袁崇煥和皇太極談和。這「不敢」兩字之中，自然隱伏了「將來和你算帳」的心理因素。

該年閏四月，加袁崇煥太子太保的頭銜，那是從一品，比兵部尚書又高了一級。到了下個月，便發生了殺毛文龍事件，這又增加了崇禎內心對他的不滿和恐懼。

毛文龍是浙江杭州人。袁崇煥殺毛文龍在崇禎二年（公元一六二九），那是己巳年。早了一百八十年（一四四九），同樣是己巳年，我另一位同鄉杭州人于謙爲明朝立了安邦定國的大功。那一年發生土木堡之變，皇帝被蒙古人擄去，于謙擊退外敵，安定了國家。于謙和袁崇煥都是兵部尚書，于做總督，袁做督師，地位相等❶。兩人後來都被皇帝處死，都是明朝出名的大忠臣。

杭州人在江南雖然有「杭鐵頭」之稱，然而那是與性格柔和的蘇州人「蘇空頭」相對而言，很少去當兵打仗的。戚繼光率領來平定倭寇、守禦北邊，後來在戚死後又去抗日援朝的浙江兵，都是浙東義烏一帶的人。

毛文龍所以投軍，主要由於他有個舅舅在兵部做官。毛文龍喜歡下圍棋，常通宵下棋，愛說：「殺得北斗歸南。」捧他場的人，說他的棋友中有一個道人，從圍棋中傳授了他兵法。如果眞有這樣的事，毛文龍的棋力一定相當低，因爲他的兵法實在並不高明。又有一個傳說：他上京去投靠舅舅的前夕，睡在于廟（于謙的廟，在杭州與岳廟並稱）裏祈夢，夢到于謙寫了十六個字給他：「欲效淮陰，老了一半。好個田橫，無人作伴。」這十六個字後來果然「應驗」了：韓信二十七歲爲大將，毛文龍爲大將時五十二歲；田橫在島上自殺時，有五百士自刎而殉，毛文龍在島上被殺，死的只他一人。這當然是好事之徒事後揑造出來的。于謙見識何等超卓，又怎會將他這個無聊同鄉去和韓信、田橫相比？

毛文龍到北京後，得他舅舅推薦，到遼東去投効總兵李成梁，後來在袁應泰、王化貞兩人手下，升到了大約相當於團長的職位。他的功績主要是造火藥超額完成任務和練兵，可見此人是一個能幹的後勤人員。遼東失陷後，他帶了一批部隊，在沿海各島和遼東、朝鮮邊區混來混去，打打游擊。他的根據地是在朝鮮，招納遼東潰散下來的中國敗兵和難民，勢力漸漸擴充，終於找到了一個機會，帶領了九十八人，渡鴨綠江襲擊鎮江城❷，俘虜了清軍守將。這是明軍打敗清兵的罕有事件，王化貞大爲高興，極力推薦，升他的官，駐在鎮江城。但不久清兵大軍反攻，鎮江城就失去了。毛文龍將根據地遷到朝鮮的皮島，自己仍在遼東朝鮮邊區打游擊。

皮島在鴨綠江口，與朝鮮本土只一水之隔，水面距離只不過相當於過一條長江而已，北岸便是朝鮮的宣川、鐵山❸。當時朝鮮的義州、安州、鐵山一帶，因爲鄰近中國，從遼東逃出來的漢人難民和敗兵紛紛湧到，喧賓奪主，漢人佔了居民十分之七，朝鮮人只十分之三。皮島橫約八十里，逃到島上的漢人爲數不少。毛文龍作爲根據地後，再招納漢人，聲勢漸盛。明朝特別爲他設立一個軍區，叫作東江鎮，升毛文龍爲總兵。

那時袁崇煥剛出山海關，還未建功。明朝唯一能與清兵打一下的，只有毛文龍一軍，所以他名氣相當大。當時董其昌曾上奏說：國家只要有兩個毛文龍，努爾哈赤可擒，遼地可復。他這道奏章，當然只有書法上的價值，但由此也可見到一般朝臣對毛文龍的觀感。毛文龍不斷升官，升到左都督，掛將軍印，賜尚方劍。天啓皇帝提到他時稱爲「毛帥」，不叫名字。

天啓四年五月，毛文龍遣將沿鴨綠江、越長白山，攻入滿清東部，被守將擊敗，全軍覆沒；五年六月及六年五月，曾兩次派兵襲擊滿清城寨，兩次都喪師敗歸。毛文龍打仗是不行的，可是連年襲擊滿清腹地，不失爲有牽制作用。那時候明軍一見清兵就望風而遁，毛文龍膽敢主動出擊，應當說勇氣可嘉。

天啓七年正月，清兵征朝鮮，因爲毛文龍不斷在後方騷擾，於是分兵去攻他所駐守的鐵山。毛文龍大敗，逃上了皮島。

他在中朝邊區打游擊時，雖然屢戰屢敗，卻也能屢敗屢戰。上了皮島之後，有了大海的阻隔，清軍沒有水師，安全感大增，加之又上了年紀，很快就腐化起來❹。

他開始發揮後勤才能，在皮島大做生意，徵收商船通行稅，那便是海上賣路錢，派人去遼東和朝鮮挖人參。一方面向朝廷要糧要餉，又向朝鮮要糧食，理由是幫朝鮮抵抗清兵，要收保護費。朝鮮也只得時時運糧給他。他升官發財之後，對打仗更加沒有興趣了。當時皮島駐軍有二萬八千，戰馬三千餘匹，皮島之東的身彌島駐兵千餘，作爲皮島的外圍，寧錦大戰之時，毛文龍手擁重兵在旁，竟不發一兵一卒去支援，也不攻擊清兵後方作牽制。袁崇煥當然極不滿意，但因管他不着，無可奈何。

天啓年間，毛文龍不斷以大量賄賂送給魏忠賢和其他太監、大臣。對朝中當權派的公共關係做得極好。天啓五年，御史麥之令彈劾毛文龍，認爲他無用，遼東軍務不能依靠他。魏忠賢極力袒毛，說麥之令是熊廷弼的同黨，將他殺了。這樣一來，所有反對魏忠賢的東林黨清流派都恨上了毛文龍。

崇禎接位後，毛文龍作風不改。朝廷覺得皮島耗費糧餉太多，要派人去核數查帳。毛文龍多方推托，總之是不歡迎御用會計師駕臨。

袁崇煥的新任命，理論上是有權管到皮島東江鎮的。朝中於是有人建議皮島的糧餉經由寧遠轉運，意思是交由袁崇煥控制。甚至有人主張撤退皮島守軍，全部調去寧遠。這些主張，都遭到毛文龍的抗拒，而兵部又對毛相當支持。

袁崇煥寫信給首輔錢龍錫商量，要殺毛文龍。錢回信勸他一切愼重。袁在北京時，也曾和錢龍錫商議過殺毛的事，當時袁對錢龍錫說，要恢復遼東，必須從整肅東江鎭的軍紀開始。

袁崇煥決心要解決這件事。崇禎二年五月廿二日，袁崇煥離寧遠，去和毛文龍會談，約定了在旅順附近的一個小島上相會，這小島叫做島山❺。從寧遠經渤海到旅順，和從皮島經黃海到旅順，海程大致相等，所以旅順是一個中間地點，也可說是中立地帶。那時毛文龍對袁崇煥已心存疑忌，如邀他到寧遠相會，他是不肯來的。袁崇煥如去皮島，卻又是身入險地。

袁崇煥除座船外，帶船三十八艘，出發前先試放西洋大炮，射程遠的五六里，近的三四里。廿六日到雙島，登州的軍官帶了兵船四十八艘來會。廿七日到島山停泊，旅順的軍官前來參見。袁崇煥帶衆將上山，到龍王廟去拜龍王，對衆將訓話：「本朝開國，中山王徐達、開平王常遇春諸君起初在鄱陽湖、采石磯大戰，後來一直打到漠北，水戰固然勝，馬步戰也勝，纔能驅逐胡元，統一中國。現在你們的水師只能以紅船在水上自守，滿清韃子不下海，難道能趕他們入海打水戰麼？所以水師必須也能陸戰。」他的抱負是要將水師訓練成爲海軍陸戰隊。

六月初一，毛文龍率領將士到達島山，與袁互相交拜。毛文龍呈上禮帖三封和三桌筵席。在船中吃過，袁崇煥和他談話，說道：「遼東海外，只有我和貴鎭二人，務必同心共濟，方能成功。我歷險來此，旨在商議進取。軍國大事，在此一舉。我有一個良方，只不知生病的人肯不肯服這一帖藥。」當晚兩人直談到二更。初二袁崇煥上島，犒賞毛的部屬，和毛又密談到三更。初三日又再談，袁崇煥要求皮島設文官監軍，糧餉由寧遠轉發，改編部隊，連談三日三夜，毛文龍始終不同意，到這時談判終於破裂。袁崇煥給他最後一個機會，勸他辭職回鄉。毛文龍說：「辭職回鄉這件事，我一直是在盼望的。只不過我對遼東事務很熟悉，解決了滿洲之後，可順勢襲取朝鮮了。」袁崇煥聽他大言不慚，更是不滿❻。酒散後，袁傳副將汪翥上船密議，五更方畢。通宵部署，要殺毛文龍了。

初四日，袁崇煥犒賞毛部兵將共三千五百七十五名，軍官每名三五兩不等，兵每名數錢，又將帶來的餉銀十萬兩交卸。同時和毛劃分職權，此後旅順以東由毛指揮，旅順以西由袁指揮。毛文龍收到大筆銀子，對指揮權的區劃又十分滿意，減少了提防警惕。

初五日，袁崇煥邀毛文龍一起檢閱將士比賽射箭。相見後，袁崇煥說：「我明天要回寧遠了。貴鎮身當國家海外重寄，請受我一拜。」說着下拜，毛文龍跪下還禮。大家上山後，袁的親信參將謝尚政指揮各營士兵布成一個大圍。毛文龍和隨從官員百餘名在圍內，將毛部兵丁都隔在圍外。

袁崇煥問起毛文龍手下將官的姓名，居然大多數姓毛。袁崇煥覺得奇怪。毛文龍說：「他們都是我的義孫。」❼

袁崇煥笑了起來，跟着對毛部衆將說道：「你們在海外辛苦，兵士每個月只有五斗米的糧，甚至家中幾口人都分食此糧，想起來令人痛心。請大家受我一拜，感謝你們爲國家盡力，以後大家不必擔心沒有糧餉。」當即下拜。衆將磕頭答禮，甚是感動。

袁崇煥隨即提出幾件事來責問毛文龍，毛文龍抗辯。袁崇煥不客氣了，斥責道：「本部院披肝瀝膽，與你說了三日，只道你回頭是岸，也還不遲。那曉得你狼子野心，總是一片欺誑到底。你目中沒有本部院，那也罷了。方今聖天子英武天縱，國法豈容得你？」命人除下他衣冠，綁了起來。毛文龍的態度仍是十分倔強，自稱無罪有功。

袁崇煥厲聲道：「你道本部院是個書生，瞧我不起。本部院卻是能管將官之人。你說沒有罪麼？你犯了十二大罪，我數給你聽：

「一、明朝的制度，大將在外，必由文臣監督，你專制一方，軍馬錢糧不肯受核。二、殺戮降人難民，謊報冒功，說殺的是淸兵。三、宣稱如果南下，取登州和南京猶如反掌。四、每歲餉銀數十萬，但發給兵士的糧餉每月只有三斗半，侵盜軍糧。五、在皮島開馬市，擅自與外國貿易。六、部將數千名都冒稱姓毛，擅自封官。七、敗退時剽掠商船。八、你自己強搶良家婦女，部下效尤。九、驅策難民到遼東去偷挖人參，不肯去的就不發糧食，讓他們大批在島上餓死。十、將大量金銀送去京師賄賂，拜魏忠賢爲義父，在島上替魏忠賢塑像。十一、鐵山一仗，大敗喪師，卻報稱有功。十二、設立軍區已達八年，不能恢復寸土，觀望養敵。」

這十二條罪狀數了出來，毛文龍魂不附體，只有叩頭求饒。

袁崇煥問毛的部將：「毛文龍該斬麼？」諸將都嚇得不敢作聲。有人說毛文龍這些年來雖無功勞，但也辛苦出力。袁崇煥叱道：「毛文龍本來只不過是個尋常百姓，現今官居極品，滿門封蔭，已足夠酬答他的辛勞了，爲甚麼他還這樣悖逆？」

於是向着北京叩頭，宣稱：「臣今天誅毛文龍以整肅軍紀，諸將中若有行爲如毛文龍的，也一概處決。臣如不能成功，請皇上也像誅毛文龍一樣的處決臣！」請出尚方劍來，命旗牌官將毛文龍在帳前斬決，向毛文龍部屬諭示：「只誅毛文龍一人，其餘各人一概無罪。」毛文龍麾下將士無一敢動。袁崇煥命人收殮毛文龍，次日開弔拜奠，說：「昨日斬你，是爲了朝廷大法。今日祭你，是爲了僚友私情。」

隨即將毛部分爲四隊，派毛文龍的兒子毛承祿、副將陳繼盛等四人分領，犒賞軍士，盡除皮島毛文龍的虐政。回寧遠後上奏稟報，最後說：毛文龍是大將，不是臣有權可以擅自誅殺的。臣犯了死罪，謹候皇上懲處。

崇禎得訊，大吃一驚，非常不以爲然。但想毛文龍已經死了，目前又正倚賴袁崇煥盡力，只得下旨嘉獎他一番，又下旨公布毛文龍的罪狀，逮捕毛文龍的駐京辦事處主任，以安袁崇煥之心。

袁崇煥擔心毛文龍的部下生變，奏請增加餉銀。但查核部隊實數，兵員比毛文龍虛報時少得多了。崇禎見兵員少了，餉銀反增，頗爲懷疑，但都一一批准。以崇禎這樣剛強的性格，這時迫於形勢而不敢得罪袁崇煥，實已深深伏下了殺機。

毛文龍在皮島，儼然是獨立爲王的模樣，不接受朝廷派文官監察核數、濫殺難民冒功、侵呑軍糧、軍紀不肅，的確有罪。但袁崇煥以尚方劍斬他的方式，卻也未免太戲劇化了些。明朝賜尚方劍給主帥，用意是給主帥以絕對權威，部將如不聽指揮，立即可以誅殺。然而毛文龍的罪行都非緊急，也不是反叛作亂。何況毛文龍也是受賜尚方劍的。

毛文龍在皮島，畢竟曾屢次出兵，騷擾滿清後方，是當時海上惟一的一支機動游擊隊，滿清對他也一直頗為重視忌憚。

這十二條罪狀中，有幾條平心而論並不能成立。毛文龍說取登州、南京如反掌，只不過一時誇口，並非真的要造反；向外國買馬，當是軍中需要；擅自封官是得到朝廷授權的，部將喜歡姓毛，旨在拍主帥的馬屁，也沒有甚麼大不了；不能恢復寸土，只能說他無能，卻非有罪，要打敗清兵，恢復失地，談何容易？在島上為魏忠賢塑像，更難以加他罪名。天啓年間，魏忠賢權勢熏天，各省督撫都為魏忠賢建生祠、塑像而向他跪拜。當時袁崇煥在寧遠也建了魏忠賢的生祠。時勢所然，人人難免。

毛文龍死後，部將心中不服，頗有逐漸叛去的，其中重要的叛將有孔有德、耿仲明、尚可喜。這三人投降滿清，為清朝出了很大力氣，後來都封王。清初四大降王，除吳三桂外，其餘孔、耿、尚三人都是毛文龍的舊部。不過這也不能說是袁崇煥的過失❽。

對於「殺毛事件」，當時輿論大都同情毛。一般朝臣認為，毛文龍即使有罪，他是一個大軍區司令，也只能由皇帝下旨誅殺。皇帝的統治手段，主要只是賞與罰。袁崇煥擅殺大將，是嚴重的侵犯了君權。

我也覺得袁崇煥這件事做得不對，過份的橫蠻。將毛文龍逮捕，押解北京，交由皇帝去處置，才是合理的方式。

當時小說盛行，有人做了小說來稱譽毛文龍。一部是四十回的「遼海丹忠錄」，是杭州人陸雲龍所作，大捧同鄉毛帥。另一部是作者不署名的「鐵冠圖」（不是講李自成事蹟的那一部），以毛文龍爲主角。

當時大名士陳眉公對「殺毛事件」抨擊甚烈。另一個大名士錢謙益是毛文龍的朋友，對朝野輿論當然也有影響。「明季北畧」甚至說：袁崇煥揑造十二條罪名來害死了毛文龍，與秦檜以十二道金牌來害死了岳飛完全一樣。卻又是過份的批評了。

推測袁崇煥所以用這樣的斷然手段殺毛，首先是出於他剛強果決的性格。其次，文人帶兵，一定熟讀孫子兵法，對於孫子殺吳王愛姬二人、因而使得宮中美女盡皆凜遵軍法的故事，對於「將在軍，君命有所不受」的軍法觀念，一定印象十分深刻。那時候寧遠、錦州、薊州各處軍事要地都曾發生兵變，如不整飭軍紀，根本不能打仗。袁崇煥明知這樣做不對，還是忍不住要殺毛，推想起來，也有自恃崇禎奈何他不得的成份。最後，毛文龍接近魏忠賢，袁崇煥接近東林清流，其中也難免有些黨派成見。

①督師本來比總督畧高，但在于謙的時候還沒有設督師，當時總督是地位最高的帶兵文官。見吳晗：「明代的軍兵」。

②即今遼寧省安東之北的九連城，與朝鮮的義州隔鴨綠江相對。

③皮島在朝鮮寫作椵島。這個「椵」字，漢文音「駕」，但朝鮮人讀作 pi 音，所以中國人就簡稱爲皮島。有一本相當流行的講清史的通俗著作說皮島即海洋島，地理弄錯了。海洋島在皮島和大連之間，離皮島約一百海里。皮島是朝鮮地方，海洋島是中國地方。

④據朝鮮派去皮島的使者記載：毛文龍每天吃五餐，其中三餐有菜肴五六十品，寵妾八九人，

珠翠滿身，侍女甚多。

⑤一般書籍（包括「明史」）上記載，都說袁毛的會晤地是在雙島。「荊駝逸史」中輯有「袁督師計斬毛文龍始末記」一文，採用的是日記體，從五月廿二日袁崇煥出發到六月十一日回寧遠，逐日記錄海程、所經島嶼、風勢、船隻、兵員、官員姓名等等，十分詳盡，作者顯然是袁崇煥隨行的幕僚或部屬。他寫作態度異常忠實，對於袁毛密談三日三夜，只記兩人「二更後方散」、「密語三更方散」，記錄兩人密談後的神色，卻不記密語內容，全無憑空推測的言辭，合於現代要求最嚴格的報導體。該書記載袁毛相會的地點是在島山，離旅順陸路十八里，水路四十里，距雙島有半日水程，中間隔了松木島、豬島、蛇島、蝦蟆島等許多島嶼。我比較各種資料，覺得島山的說法更爲可信。

⑥「始末記」記載當時情形說：「酒敍至終，（袁）方有傲狀，毛帥有不悅意態。」

⑦後來大大有名的孔有德、耿精忠、尚可喜都是毛文龍的義孫，那時叫做毛有德、毛精忠、毛可喜。

⑧梁啓超在「袁崇煥傳」中說：「吾以爲此亦存乎其人耳。毛文龍不死，安知其不執梱爲諸降王長？」意思說，毛文龍如果不死，說不定他反而是第一大降王呢。然而這也是揣測之辭了。

十二

這時候朝廷又欠餉不發了。袁崇煥再上奏章，深深憂慮又會發生兵變，更憂慮兵卒譁變後不再接受安撫，從此變爲「大盜」。他說一定要發生一次兵變，才發一次欠餉，而發了欠餉之後，又一定將負責官員捉去殺了一批，這樣下去，永遠是「欠餉——兵變——發餉——殺官——欠餉」的循環❶。這道奏章，當然只有再度加深崇禎對他的憎恨。

崇禎二年春，袁崇煥上奏，說山海關一帶防務鞏固，已不足慮，但薊門單弱，須防敵人從西路進攻。這時薊遼總督是劉策，懦弱而不懂軍事。袁崇煥看到了防務弱點的所在，第一道奏章上去，朝廷沒有多加理會，他再上第二道、第三道。崇禎下旨交由部科商議辦理，但始終遷延不行。拖到十月，淸兵果然大舉從西路入犯，正在袁崇煥料中。首當其衝的，正是剛剛發生過索餉兵變的遵化。

明朝初年爲了防備蒙古人，對北方邊防是全力注意的，好好修築了長城，設立遼東、薊州、宣府、大同、太原（統偏頭、寧武、雁門三關）、陝西、延綏、寧夏、甘肅九大邊防軍區，那便是所謂「九邊」。東起鴨綠江，西至酒泉，綿延數千里中，一堡一寨都分兵駐守。但後來注意力集中於遼東，其他八鎮的防務就廢弛了。

明太祖本來建都南京，成祖因爲在北京起家，將都城遷了過去。在中國整個地形上，北京偏於東北，和財賦來源的東南相距甚遠。最不利的是，北京離開國防第一綫的長城只有一百多里，敵軍一攻破長城，快馬奔馳半天，就兵臨北京城下。金元兩朝以北京爲首都，因爲它們是來自北方的遊牧民族，不敢深入中原，一旦有變，可以立刻轉身逃回本土。明朝的情況卻根本不同。成祖對蒙古採取攻勢，建都北京便於進攻，後來兵力衰弱，北京地勢上的弱點立刻暴露無遺❷。本來，兩個互相敵對的社會是不可能長期對峙的，僵持一段時期之後，終究是非進則退❸。明朝既堅決不肯和滿淸議和，形勢上又無力進攻，再將京城暴露在敵人大兵團朝發夕至的極近距離之內，根本戰略完全錯誤。以漢人爲主的中華民族所以偉大，主要是在文治教化，征戰本非所長❹，如果基本戰略一錯，局勢就難以收拾了。

這次進軍皇太極親自帶兵，集兵十餘萬，知道袁崇煥守在東路，攻打不進，於是由蒙古兵作先導，繞道西路進攻。出發前對王公大臣說：「明朝若是肯和，我們採參開礦，與他們交易，換來布疋，大家共享太平，豈不極好？但我幾次三番的求和，明朝總是不允，這次非狠狠打一仗不可。」十月初五，抵達喀喇沁的青城。這條路很遠，行軍不便，諸將見到了前途的艱難，不少人便主張退兵，其中以代善及莽古爾泰兩大貝勒主張最力，認爲：深入敵境，勞師襲遠，如果糧匱馬疲，又怎麼回得去？縱使攻進了長城，明人勢必聚集各路兵馬圍攻，我們便衆寡不敵，要是後路遭到堵截，恐無歸路。金人的根本是在遼寧、吉林一帶。從山海關進攻北京，那是安全的進軍路綫，如果打不勝，退回去就是了。現在遠遠的繞道蒙古，當時運輸工具簡陋，糧草很容易接濟不上。那時代善四十九歲，是皇太極的二哥，莽古爾泰四十三歲，是皇太極的五哥，兩人比較老成持重。

少壯派大將岳託與濟爾哈朗等人則支持皇太極（當時三十八歲，排行第八）的進軍主張。岳託是代善的兒子，當時年齡不詳，相信最多三十歲，濟爾哈朗是皇太極的堂弟，三十四歲，都是勇氣十足。那日開軍事會議密商，直開到深夜，在皇太極的堅持下決定繼續進攻。但皇太極也知道此行極險，第二日早晨重申軍令，不准吃明人的熟食，以防下毒，不准酗酒，採取柴草時必須衆人同行，不可落單，充份顯露了戰戰兢兢的心情。皇太極愛讀「三國演義」，這次出師，很有鄧艾伐蜀、深入險地的意味❺。

自青城行了四天，到老河，兵分三路，皇太極命岳託、濟爾哈朗率右翼四旗和右翼諸部蒙古兵攻大安口；七哥阿巴泰、十二弟阿濟格率左翼四旗及右翼諸部蒙古兵攻龍井關；他自己親率中軍攻洪山口。三路先後攻克，進入長城，進迫遵化。

袁崇煥於十月廿八日得訊，立即兵分兩路，北路派鎭守山海關的趙率教帶騎兵四千西上堵截。他自己率同祖大壽、何可綱等大將從南路西去保衞北京。沿途所經撫寧、永平、遷安、豐潤、玉田諸地，都留兵佈防，準備截斷清兵的歸路。

崇禎正在惶急萬狀之際，聽得袁崇煥來援，自然是喜從天降，大大嘉獎，發內帑勞軍（這次是心甘情願了），發表袁崇煥作各路援軍總司令❻。

袁崇煥部十一月初趕到薊州，十一、十二、十三，三天中與清兵在馬昇橋等要隘接仗，每一仗都勝。清軍半夜裏退兵。

但北路援軍卻遭到了重大挫敗。趙率教急馳西援，到達三屯營時，總兵朱國彥竟緊閉城門，不讓他部隊進城。趙率教無奈，只得領兵向西迎敵，在遵化城外大戰，被清軍阿濟格所部的左路軍包圍殲滅，趙率教中箭陣亡。遵化陷落，巡撫王元雅自殺。

清軍越三河，略順義，至通州，渡河，進軍牧馬廠，兵勢如風，攻向北京。大同總兵滿桂、宣府總兵侯世祿中途堵截，都被擊潰。滿、侯兩部兵馬退保北京。

袁崇煥得到趙率教陣亡、遵化陷落的消息，既傷心愛將之死，又知局面嚴重，於是兩日兩夜急行軍三百餘里，比清軍早到了三天，駐軍於北京廣渠門外。

袁崇煥一到，崇禎立即召見，大加慰勞，要他奏明對付清兵的方畧，賜御饌和貂裘。同時召見的還有滿桂。他解去衣服，將全身累累傷疤給皇帝看，崇禎大爲讚嘆。袁崇煥以士馬疲勞，要求入城休息。但崇禎心中頗有疑忌，不許他部隊入城。袁崇煥要求屯兵外城，崇禎也不准，一定要他們在城外野戰。

清兵東攻，一路上勢如破竹，在高密店偵知袁軍已到，都是大驚失色，萬萬想不到袁崇煥會來得這樣快。

二十日，兩軍在廣渠門外大戰。袁崇煥這時候不能再輕袍緩帶、談笑用兵了，他穿了甲胄，親自上陣督戰。從上午八時打到下午四時，惡鬥八小時，勝負不決。

滿桂率兵五千守德勝門。當時北京軍民在城頭觀戰，但見清兵衝突而西，從城上望下來，如黑雲萬朵，挾迅風而馳，須臾已過。一場激戰，滿桂受傷，血染征袍，五千兵只賸下了三千人。清兵威猛如此，北京人自然看得心驚膽裂。北京城頭守軍放大炮支援滿桂，但炮術奇差，炮彈打入滿桂軍中，殺傷了不少士卒。

主戰場是在廣渠門。袁崇煥和清兵打到傍晚（幸好城頭守軍沒有放炮支援袁軍），清兵終於不支敗退，退了十餘里。袁軍直追殺到運河邊上。這場血戰，清軍勁旅阿巴泰、阿濟格、思格爾三部都被擊潰。袁崇煥也中箭受傷❼。

這一役之後，清兵衆貝勒開會檢討。皇太極的七哥阿巴泰按軍律要削爵。皇太極說：「阿巴泰在戰陣和他兩個兒子相失，爲了救兒子，才沒有按照預定的計劃作戰，然而並不是膽怯。我怎麼可以定我親哥哥的罪？」便寬宥了他❽。可見這一仗清軍敗得很狼狽。

皇太極與諸貝勒都說：「十五年來，從未遇到過袁崇煥這樣的勁敵。」於是不敢再逼近北京，駐兵在海子、采囿之間。

袁崇煥來援北京時，因十萬火急，只帶了馬軍五千作先頭部隊，其後又到了騎兵四千，廣渠門這場大戰，是以九千兵當十餘萬大軍，其實是勝得十分僥倖的。當時一來袁軍一鼓作氣，奮勇抗敵，二來清軍突然遇到袁軍，心中先已怯了，鬥志不堅。

袁崇煥知道這一仗僥倖獲勝，在軍事上並不可取，尤其在京城外打仗，更不能貪圖僥倖。他對部屬說：「按照兵法，僥倖得勝，比打敗仗還要不好。」因爲碰運氣而打勝，也可因運氣不好而敗，一敗就不可收拾。但如謀定而後戰，事先籌劃好第二個步驟，即使敗了一仗，也無大患。可是崇禎見清兵沒有遠退，不斷的催促袁崇煥出戰。袁崇煥說，估計關寧步兵全軍於十二月初三、初四可到。一等大軍到達，就可和清兵決戰。

這時清軍中的大將見到袁崇煥兵少，主張立刻攻城。皇太極終是忌憚袁崇煥，不肯攻城，推託說是怕損失良將。

其實即使在袁崇煥步軍大隊開到之後，還是不應和清兵決戰。明軍的戰鬥力遠不如清兵，雙方人數如約畧相等，明軍勝少敗多。在京城外決戰，在明方是太過冒險，萬一（其實不是萬一，而是極有可能）袁軍潰敗，甚至全軍覆沒，北京立刻失陷，崇禎就得提前十五年上吊了。決不能拿京師和皇帝來孤注一擲，作爲賭注。但多過得一天，明軍從四面八方趕來的勤王之師便多到一批。任何平庸的將才也看得到：應當大軍在城外堅守不戰，派遊軍去截斷清兵的糧道，焚燒清兵糧草，再派兵去佔領長城各處要隘，使清兵完全沒有退路，然後與清兵持久對抗。簡單說來，就是「堅壁清野」。

在任何地方打仗，都須設法立於不敗之地。在京城抗敵，更是絕對要立於不敗之地。除非先將皇帝與統帥部先行撤出京城。

時間一久，清軍身在險地，軍心必然動搖，困在北京郊外，進是進不得，退又退不了，變成了甕中之鼈。這時袁崇煥兵權統一，只待援軍雲集，就可對清軍四面重重圍困。兩軍交戰，勝敗之分全在乎一股氣勢。明軍戰鬥力雖然不行，但眼見必勝，兵將都想立功，自然不會一觸即潰。三個月、四個月的打下來，清兵非覆沒不可。

在這其間，明軍應當再派兵進攻遼陽、瀋陽。清兵傾巢而出，本部全然空虛。明軍要攻佔遼瀋決非難事。取得遼瀋後，將一些清軍的家屬送去清軍營中，清兵那裏還有鬥志？

事實上當然不能這樣順利。皇太極和衆貝勒善於用兵，立刻就會全軍急退，衝出長城，如果退得早，退得快，明軍尚未合圍，相信袁崇煥攔他們不住。但西路沿途追擊，東路另出大軍去攻遼瀋而作牽制，清兵大軍雖能退回本部，卻非輸得一敗塗地不可。

皇太極這次偷襲實在十分冒險。孫子兵法的重要原則是：設法引敵人進入於我有利的陣地；讓敵人辛辛苦苦的遠道來攻，我以逸待勞；敵人初來時兵勢鋒銳，應當持重不戰，待得敵人困頓怠懈而想退兵之時，便乘機進擊❾。這些求之不得的良機，突然之間都出現了。袁崇煥熟讀孫子兵法，以他的大才，當然能善於利用，就算不能一舉而滅了滿清，至少也可以令清兵十餘年不敢再來進犯。

二次世界大戰時德軍猛攻斯大林格勒。蘇軍一面扼守堅城，一面另遣大軍抄德軍後路，終於聚殲德軍三十三萬人。經此役後，德軍就此一蹶不振。蘇軍元帥朱可夫的戰略，基本原則也不過是「守堅城，抄後路，聚殲之」九字而已。

然而崇禎是個十分急躁、毫無韌力的青年，那時還沒滿十九歲，一見袁崇煥按兵不動，登時便不耐煩起來，不住的催他出戰。袁崇煥一再說，要等步兵全軍到達才可進攻，現在只有九千騎兵，和敵兵十餘萬決戰，難求必勝。料想崇禎就懷疑起來了：「你不肯出戰，到底是甚麼居心？想篡位麼？想脅迫我答應議和麼？你從前不斷和皇太極書信往來，到底有甚麼密謀？你為甚麼一早就料到金兵要從西路來攻北京？」他的性格本來就十分多疑，敵軍兵臨城下，又驚又怕之際，想像力定然十分豐富。

這時又有尤世威一路援兵到達，另有侯世祿部一軍，兩路部隊人數不多，戰鬥力也不強，如派去和清兵交鋒，一戰即潰，反而沮亂全軍軍心，影響京師城防。袁崇煥派尤世威部去守昌平，那是明成祖以來歷代皇帝的陵寢所在，如果給清兵攻佔，掘了皇帝祖宗的墳墓，此事非同小可。他派侯世祿部去守三河，以作薊州的後應，目的是牽制清軍，乘機可截斷清兵歸路。北京的衛戍部隊本來有所謂「京營」，在明太祖時是全國諸軍之冠，精銳之極，可是這時久未訓練，早已無用⑩，所以袁崇煥派滿桂和自己所帶的九千騎兵守北京。

崇禎見他並不將所有援兵都調來守北京，更加憂慮重重。總之，他見清兵來攻，已嚇得魂飛魄散，只盼望所有援兵的一兵一卒，都在北京城外保衛他皇上萬歲一個人。他完全不明白打仗的道理。一支部隊如果派出去攻擊敵軍後路，所發生的作用，往往比守在北京城外要大得多。

清兵於十一月廿七日退到南海子，潰敗之後，心中不忿，便在北京郊外大舉燒殺出氣。北京城裏居民的心理和是皇帝一樣的，顧到的只是自己身家性命，大家聽信了謠言，說袁崇煥不肯出戰，別有用心。許多人說清兵是他引來的，目的在「脅和」，使皇帝不得不接受他一向所主張的和議。於是有人在城頭向城下的袁部騎兵拋擲石頭，罵他們是「漢奸兵」。石頭砸死了幾名兵士。

這種盲目的羣衆心理，實在是很可怕的，近代的羣衆心理學書籍中常有提到。第一次寧遠大戰，清兵猛攻，眼見城破在即，百姓就大罵袁崇煥害人，清兵退後，便即大哭拜謝。據動物學家的調查報告，合羣的動物（如老鼠）在遇到危難時，往往會撕殺同類，或許是出於同一心理。

就在這時候，清兵捉到了兩名明宮派在城外負責養馬的太監，一個叫楊春，一個叫王成德。皇太極心生一計，派了副將高鴻中、參將鮑承先、寧完我、巴克什、達海等人監守。俘虜了兩名小小太監，何必要派五名將領來監守？其中當然有計。高、鮑、寧三人是投降滿清的漢人。到得晚上，鮑承先與寧完我二人依照皇太極所授的密計，大聲「耳語」，互相說道：「這次撤兵，並不是我們打了敗仗，那是皇上的妙計。你不見到麼？皇上單獨騎了馬逼近敵人，敵人軍中有兩名軍官過來，參見皇上，商量了好久，那兩名軍官就回去了。皇上和袁督師已有密約，大事不久就可成功。」

這兩名太監睡在旁邊，將兩人的話都聽得清清楚楚。十一月三十日，皇太極命守者假意疏忽，讓楊春逃回北京。楊春將聽到的話一五一十的稟報了崇禎⓫。

第二天，十二月初一，崇禎召袁崇煥和祖大壽進宮，問不了幾句，就喝令將袁崇煥逮捕，囚入御牢。

祖大壽眼見之下，嚇得手足無措，出北京城後等了三天，見袁崇煥始終沒有獲釋。崇禎派太監向城外袁部宣讀聖旨，說袁崇煥謀叛，只罪一人，與眾將士無涉。眾兵將在城下大哭。祖大壽與何可綱驚怒交集，立即帶了部隊回錦州去了⓬。正在兼程南下赴援的袁部主力部隊，在途中得悉主帥無罪被捕，北京城中皇帝和百姓都說他們是「漢奸兵」，當然也就掉頭而回。

中國歷史上甚麼千奇百怪的事都有，但敵軍兵臨城下而將城防總司令下獄，卻是第一次發生。

崇禎見祖大壽帶領精兵走了，不理北京的防務，這一下可急起來了，忙派了內閣全體大學士與九卿到獄中，要袁崇煥寫信招祖大壽回來。袁崇煥心中不服，不肯寫，說道：「皇上如有詔書，要我寫信，我當然奉旨。再說，我本來是督師，祖大壽聽我命令。現今我是監獄裏的犯人，就算寫了信，祖大壽也不會重視。」但崇禎不肯低頭，不肯正式下旨命他寫信，只是不斷派太監出來催促。後來兵部職方司郎中余大成勸袁崇煥說：「你的忠心和大功，天下皆知。君要臣死，不得不死，終須以國家爲重。」袁崇煥想到了「以國家爲重」五字，於是克制了自己的倔強脾氣，寫了一封極誠懇的信，要祖大壽回兵防守北京。

這時候祖大壽已衝出山海關北去，崇禎派人飛騎追去送信。追到軍前，祖大壽軍中喝令放箭，這時袁部將士怒不可遏，已把崇禎當敵人了。送信的人大叫：「我奉袁督師之命，送信來給祖總兵，不是朝廷的追兵。」祖大壽騎在馬上，等他過來。使者遞過信去。祖大壽讀了信後，下馬捧信大哭，一軍都大哭。祖大壽對母親很孝順，他母親又很勇敢，兒子行軍打仗，八十多歲的老太太常常跟着部隊。這時她勸兒子說：「本來以爲督師已經死了，咱們才反出關來，謝天謝地，原來督師並沒有死。你打幾個勝仗，再去求皇上赦免督軍，皇上就會答允。現今這樣反了出去，只有加重督師的罪名。」

祖大壽覺得母親的話很對，當即回師入關，和清兵接戰，收復了永平、遵化一帶。也即是切斷了清兵的兩條重要退路⑬。

如果這時崇禎立刻悔悟，放袁崇煥出來重行帶兵，仍然大有擊破清兵的機會。但崇禎只是一味急躁求戰，下旨分設文武兩經略。這又是事權不統一的大錯誤，大概他以爲文武分權，總不能兩個經略一起造反。文經略是兵部尚書梁廷棟，武經略是滿桂。

清兵於十二月初一攻克良鄉，得到袁崇煥下獄的消息，皇太極大喜，立即自良鄉回軍，至蘆溝橋，擊破明副總兵申甫的車營，迫近北京永定門。

申甫的所謂「車營」，是崇禎在惶急中所做的許多可笑事情之一。申甫本來是個和尚，異想天開的「發明」了許多新式武器，包括獨輪火車、獸車、木製西式槍炮等等，自吹效力宏大。崇禎信以爲眞，立即升他爲副總兵，發錢給他在北京城裏招募了數千名市井流氓，成立新式武器的戰車部隊。大學士成基命去檢閱新軍，認爲決不可用，崇禎不聽。皇太極回師攻來時，這個戰車部隊出城交鋒，一觸即潰，木製大炮自行爆炸，和尚發明家陣亡。

滿桂身經百戰，深知應當持重，不可冒險求戰，但皇帝催得急迫之至，若不出戰，勢必與袁崇煥一樣，無可奈何之下，只得與總兵孫祖壽、麻登雲、黑雲龍等集騎兵、步兵四萬列陣。皇太極令部屬冒穿明兵服裝，拿了明軍旗幟，黎明時分突然攻近。明軍不分友敵，登時大亂，滿桂、孫祖壽都戰死，黑雲龍、麻登雲被擒。京師大震。

這時祖大壽、何可綱等得到袁崇煥獄中手書，又還兵來救。皇太極對袁部終是忌憚，感到後路所受到的威脅嚴重，於是並不進攻北京，寫了兩封議和的信，放在安定門和德勝門城門口，取道冷口而還遼東。

當清兵圍城時，崇禎的張皇失措，不單表現在將袁崇煥下獄一事上，此外倒霉的大臣還有不少。他認爲兵部尙書王洽處置不善，下獄。王洽相貌堂堂，魁梧威猛，當時是很出名的。崇禎用他做兵部尙書，就是看中了他的相貌，說他像個「門神」。當時北京人私下說，門神一年一換，這個王門神的兵部尙書一定做不長久。果然不到過年，門神就除下來了。圍城時一切混亂，監獄中的囚犯乘機大舉越獄，於是刑部尙書和侍郎下獄。崇禎又「發覺」北京的城牆不大堅固，似乎擋不住淸兵猛攻，其實，那時城牆就算堅固之極，他也會覺得還不夠堅固，於是將工部尙書和工部幾名郎中一起在朝廷上各打八十棍再下獄。三個郎中兩個年老、一個體弱，都在殿上當場活活打死了。至於那個薊遼總督劉策，他負責的長城防綫被淸兵攻破，崇禎將他處死，更是不在話下。

當時各地來北京勤王的部隊着實不少，本來由袁崇煥統一指揮，大可發揮威力。袁崇煥一下獄，各路兵馬軍心大亂，再加上欠餉和指揮混亂，山西和陝西的兩路援軍都潰散回鄉，成爲「流寇」的骨幹。「流寇」本來都是饑民，只會搶糧，不會打仗，這些潰兵一加入，有了軍事上的領導，情形完全不同了。「流寇」眞正成爲明朝的威脅，就從那時開始。

①「明淸史料」甲編，崇禎二年五月，袁崇煥奏：「今各邊兵餉，歷過未給二百餘萬。凡請餉之疏，俱未蒙溫諭，而索餉兵譁，則重處任事之臣。一番兵譁，一番發給，一番逮治。譁則餉，不譁則不得餉。去年之寧遠，今年之遵化，謂譁不由餉乎？近各鎭多以譁矣。譁不勝譁，誅不勝誅，外防虜訌，內防兵潰。如秦之大盜，譁兵爲倡，可鑒也。」

②黃宗羲「明夷待訪錄．建都」：「北都之亡忽焉，其故何也？曰：亡之道不一，而建都失算，所以不可救也……有明都燕不過二百年，而英宗狩於土木，武宗困於陽和，景泰初京城受圍，嘉靖二十八年受圍，四十三年邊人闌入。崇禎間京城歲歲戒嚴，上下精神斃於寇至，日以失天下爲事，而禮樂政教猶足觀乎？」

C. P. Fitzgerald: *China, A Short Cultural History*（中國文化簡史）：「首都的地位，是明朝主要的弱點之一，是它覆亡的主要原因。」該書對明朝建都北京的不利有詳細分析，見pp. 463-464。

③Arnold Toynbee: *A Study of History*（歷史研究）的引論中說：「一個比較文明的社會與一個比較落後的社會之間的疆界，如果不再推移，疆界不會就此平衡穩定，時間過去，發展會傾向於對比較落後的社會有利。」

④Bertrand Russell: *The Problem of China*（中國問題）：「中華帝國所以能夠一直持續到今日，並非由於任何軍事技術；相反的，以它的疆域和資源來說，在大多數時間中，它在戰爭中的表現都是衰弱無能的。」

⑤皇太極在回軍的諭示中說，此行是「渡陳倉、陰平之道，（定）破釜沉舟之計。」

⑥「崇禎長編」，十一月十五日兵部有疏云：「畿東州縣，風鶴相驚，人無固志。自督師提兵入援，分派駐防，遂屹然無恙。」得旨：「諭兵部：袁崇煥入關赴援，駐師豊潤，與薊軍東西犄角，朕甚嘉慰。即傳諭崇煥，多方籌劃，計出萬全，速建奇功，以膺懋賞。」又諭：「各路援兵，全聽督師袁崇煥調度。」崇禎這道上諭中，「計出萬全」與「速建奇功」兩件事根本是大大矛盾的。

⑦朝鮮對明清戰事密切注意，所以朝鮮方面的記載也很有參考價值。據朝鮮「仁祖實錄」卷廿二：「（袁）軍門領諸將及一萬四千兵……由間路馳進北京，與賊對陣於皇城齊化門。賊直到沙窩門。袁軍門、祖總兵等，自午至酉，鏖戰十數合，至於中箭，幸而得捷，賊退兵三十里。賊之得不攻陷京城者，蓋因兩將力戰之功也。」

⑧「清史稿·阿巴泰傳」。

⑨「孫子」：「故善戰者，致人而不致於人。」「以近待遠，以佚待勞。」「故善用兵者，避其銳氣，擊其惰歸。」

⑩「崇禎長編」二年十一月十七日，兵科給事中陶崇道疏言：「昨工部尚書張鳳翔親至城頭，與臣同閱火器，見城樓所積者，有其具而不知其名，有其名而不知其用，詢之將領，皆各茫然，問之士卒，百無一識。有其器而不能用，與無器同；無其器以乘城，與無城同。臣等能不爲之心寒乎？」明軍守城，主要是靠火器，守城將士連火器都不會使用，由放大炮反而殺傷滿桂部隊可知。如果沒有袁崇煥來援，北京非給清兵攻陷不可。

⑪據王氏「東華錄」天聰三年所載。又據「崇禎長編」二年十二月甲子：「大清兵駐南海子，提督大壩馬房太監楊春、王成德爲大清兵所獲，口稱：『我是萬歲爺養馬的官兒。』大清兵將春等帶至德勝門鮑姓等人看守。」

⑫崇禎二年十二月甲戌，祖大壽疏言：「比因袁崇煥被拿，宣讀聖諭，三軍放聲大哭，臣用好言慰止，且令奮勇圖功以贖督師之罪，此捧旨內臣及城上人所共聞共見者，奈訛言日熾，兵心已傷。初三日，夜哨見海子外營火，發兵夜擊，本欲拚命一戰，期建奇功，以釋內外之疑，不料兵忽東奔……」祖大壽此疏當然有卸免自己責任的用意，但當時士卒憤慨萬分，自動東奔的情形也必存在。

⑬袁崇煥獄中寫信、祖大壽接信後回師等情狀見余大成「剖肝錄」。永平即今盧龍縣，當時爲府治。

十三

袁崇煥蒙冤下獄，朝中羣臣大都知他寃枉。內閣大學士周延儒和成基命、吏部尙書王來光都上疏解救。總兵祖大壽上書，願削職爲民，爲皇帝死戰盡力，以官階贈蔭請贖袁崇煥之「罪」。袁崇煥的部屬何之壁率同全家四十餘口，到宮外申請，願意全家入獄，代替袁崇煥出來。崇禎一概不准。

崇禎一定很清楚的知道，單憑楊太監從清軍那裏聽來的幾句話，就此判定袁崇煥有罪，那是不能令人信服的，何況這「羣英會蔣幹中計」的故事，人人皆知。皇帝而成了大白臉曹操，太也可羞。這時發生了一件奇怪的事：

御史曹永祚忽然捉到了奸細劉文瑞等七人，自稱奉袁崇煥之命通敵，送信去給清軍。這七名奸細交給錦衣衞押管。崇禎命諸大臣會審，不料到第二天辰刻，諸大臣會齊審訊，錦衣衞報稱：七名奸細都逃走了。衆大臣相顧愕然，心中自然雪亮，皇上決心要殺袁崇煥。錦衣衞是皇帝的御用警察，放走這七名「奸細」，自然是出於皇帝的密旨。猜想起來，那御史曹永祚本來想附和皇帝，安排了七名假奸細來誣陷袁崇煥，但不知如何，部署無法周密，預料衆大臣會審一定會露出馬脚。崇禎就吩咐錦衣衞將七名奸細放了，更可能是悄悄殺了滅口。

對於這件事，負責監察查核軍務的兵科給事中錢家修向皇帝指出了嚴重責問。崇禎難以辯駁，只得敷衍他說，待將袁崇煥審問明白後，便即派去邊疆辦事立功，還準備升他的官。崇禎這個答覆，其實已等於承認袁崇煥無罪❶。

兵部職方司主管軍令、軍政，對軍務內情知道得最清楚。職方司郎中（司長）余大成極力為袁崇煥辯白，與兵部尚書梁廷棟幾乎日日為此事爭執。當時朝廷加在袁崇煥頭上的罪名有兩條，一是「叛逆」，二是「擅主和議」。所謂叛逆，惟一的證據是擅殺毛文龍，去敵所忌。袁崇煥擅殺毛文龍，手續上固有錯誤，可是毛死之後，崇禎明令公布毛文龍的罪狀，又公開嘉獎袁崇煥殺得對，就算當眞殺錯，責任也是在皇帝了，已不能作為袁崇煥的罪名❷。

嘉靖年間，曾有過一個類似的有名例子：在徐階的主持下，終於扳倒了大奸臣嚴嵩、嚴世蕃父子。嚴世蕃十分工於心計，在獄中設法放出空氣，說別的事情我都不怕，但如說我害死沈煉、楊繼盛，我父子就難逃一死。三法司聽到了，果然中計，便以此定為他的主要罪名。徐階看了審案的定稿之後，說道：「這道奏章一上去，嚴公子就無罪釋放了。」三法司忙問原因。徐階解釋理由：殺沈楊二人，是嘉靖皇帝下的特旨，你們說沈楊二人殺錯了，那就是指責皇上的不是。皇上怎肯認錯？結果當然釋放嚴世蕃，以證明皇帝永遠正確。三法司這才恍然大悟，於是胡亂加了一個「私通倭寇」的罪名，就此殺了嚴世蕃。

但崇禎對於這樣性質相同的簡單推論，竟是完全不顧。

至於「擅主和議」，也不過是進行和平試探而已，並非「擅締和約」。袁崇煥提出締和建議而給朝廷否決，崇禎如果認為他「擅主和議」是過失，當時就應加以懲處，但反而加他太子太保的官銜，自二品官升爲從一品，又賜給他蟒袍、玉帶和銀幣。又升又賞，「擅主和議」這件事當然就不算罪行了。

這時關外的將吏士民不斷到總督孫承宗的衙門去號哭，爲袁崇煥呼寃，願以身代。孫承宗深信袁崇煥是無罪的，極力安撫祖大壽，勸他立功，同時上書崇禎，盼望以祖大壽之功來贖袁崇煥之「過」。崇禎不予理睬。

有一個沒有任何功名職位的布衣程本直，在這時候顯示了罕有的俠義精神。這樣的事，縱然在輕生重義的戰國時代，也足以轟傳天下。

程本直與袁崇煥素無淵源，曾三次求見都見不着，到後來終於見到了，他對袁欽佩已極，便投在袁部下辦事，拜袁爲老師。袁被捕後，程本直上書皇帝，列舉種種事實，爲袁崇煥辯白，請求釋放，讓他帶兵衞國。這道白寃疏寫得怨氣沖天，最後申請爲袁崇煥而死❸。崇禎大怒，將他下獄，後來終於將他殺了，完成他的志願。

大學士韓爌是袁崇煥考中進士的主考官，是袁名義上的老師，因此而被迫辭職。御史羅萬爵申辯袁崇煥並非叛逆，因而削職下獄。御史毛羽健曾和袁崇煥詳細討論過五年平遼的可能性，因此而罷官充軍。

當時朝臣之中，大約七成同情袁崇煥，其餘三成則附和皇帝的意思，其中主張殺袁崇煥最力的是首輔溫體仁和兵部尚書梁廷棟。

溫體仁是浙江烏程（吳興）人，在「明史」中列於「奸臣傳」。他和毛文龍是大同鄉，一心要爲毛報仇。梁廷棟和袁崇煥是同年，同是萬曆四十七年的進士，又曾在遼東共事。當時袁崇煥是他上司，得罪過他。他心中記恨，既想報仇，又要討好皇帝。

崇禎身邊掌權的太監，大都在北京城郊有莊園店鋪私產，淸兵攻到，焚燒刦掠，衆太監損失很大，大家都說袁崇煥引敵兵進來。毛文龍在皮島當東江鎭總兵之時，每年餉金數十萬，其中一大部份根本不運出北京，便在京城中分給了皇帝身邊的用事太監。毛文龍一死，衆太監這些大收入都斷絕了。

此外還有幾名御史高捷、袁弘勳、史𡎺等人，也主張殺袁崇煥，他們卻另有私心。當袁崇煥下獄之時，首輔是錢龍錫，他雖曾批評袁崇煥相貌不佳，但一向對袁很支持。高捷等人在天啓朝附和魏忠賢。懲辦魏忠賢一夥奸黨的案子叫做「逆案」，高捷、史𡎺等案中有名，只不過罪名不重，還是有官做。錢龍錫是辦理「逆案」的主要人物之一。高捷一夥想把袁崇煥這案子搞成一個「新逆案」，把錢龍錫攀進在內。因爲袁崇煥曾與錢龍錫商量過殺毛文龍的事，錢並不反對，只勸他愼重處理。「新逆案」一成，把許多大官誣攀在內，老逆案的臭氣就可沖淡了。結果新逆案沒有搞成，但錢龍錫也丟官下獄，定了死罪，後來減爲充軍。

滿桂部隊最初敗退到北京時，軍紀不佳，在城外擾民，北京百姓不分靑紅皀白，把罪名都加在袁崇煥頭上。

個人的私怨、妒忌、黨派衝突、謠言，交織成了一張誣陷的羅網，而最令人感到痛心的，是袁崇煥親信謝尙政的叛賣。謝尙政是東莞人，武舉，袁崇煥第一次到山海關、第一次上奏章就保薦他，說是自己平生所結的「死士」，可見是袁崇煥年輕時就結交的好朋友。他在袁的提拔下升到參將。袁殺毛文龍，就是這個謝參將帶兵把毛部士卒隔在圍外。兵部尙書梁廷棟總覺要殺袁沒有甚麼充份理由，便授意謝尚政誣告，答允他構成袁的罪名之後可以升他為福建總兵。謝尚政利慾熏心，居然就出頭誣告這個平生待他恩義最深的主帥。

以袁崇煥知人之明，畢竟還是看錯了謝尚政。要了解一個人，那是多麼的困難！袁崇煥對崇禎的胡塗與奸臣的誣陷，或許並不痛恨，因為崇禎與衆奸臣本來就是那樣的人，但對於謝尚政的忘恩負義，一定是耿耿於懷吧？或許，他也曾想到了，就算是岳飛，也被部下大將王貴所誣告，因而構成了風波亭之獄。只是王貴誣告，是由於秦檜、張俊的威迫，謝尚政卻是受了利誘，比較起來，謝尚政又卑鄙些。可是謝尚政枉作小人，他的總兵夢並沒有做成，不久梁廷棟以貪污罪垮台，查到謝尚政是賄賂者之一，謝也因此革職。

袁崇煥的罪名終於確定了，是胡裏胡塗的所謂「謀叛」。崇禎始終沒有叫楊太監出來作證。擅殺毛文龍和擅主和議兩件事理由太不充份，崇禎無論如何難以自圓其說，終於也不提了。本來定的處刑是「夷三族」，要將袁崇煥全家、母親的全家、妻子的全家都滿門抄斬。余大成去威嚇主理這個案子的兵部尚書梁廷棟：「袁崇煥並非眞的有罪，只不過清兵圍城，皇上震怒。我在兵部做郎中，已換了六位尚書，親眼見到沒一個尚書有好下場。你做兵部尚書，怎能保得定今後清兵不再來犯？今日誅滅袁崇煥三族，造成了先例，清兵若是再來，梁尚書，你顧一下自己的三族罷。」

梁廷棟給這番話嚇怕了，於是和溫體仁商議設法減輕處刑，改為袁崇煥凌遲，七十幾歲的母親、弟弟、妻子，幾歲的小女兒充軍三千里。母家、妻家的人就不牽累了❹。

「凌遲」規定要割一千刀，要到第一千刀上纔能將人殺死，否則劊子手有罪，那就是所謂「千刀萬剮」。所以罵人「殺千刀」是最惡毒的咒罵。

袁崇煥被綁上刑場，劊子手還沒有動手，北京的衆百姓就撲上去搶着咬他的肉，直咬到了內臟。劊子手依照規定，一刀刀的將他身上肌肉割下來。衆百姓圍在旁邊，紛紛叫罵，出錢買他的肉，一錢銀子只能買到一片，買到後咬一口，罵一聲：「漢奸！」❺

因爲北京城的百姓認定，去年清兵圍城是他故意引來的。很難說這樣的謠言從何而來，是痛恨袁崇煥的大臣與太監們散播出去的？還是一般羣衆天生的喜歡聽信謠言？又或許，受到了重大驚恐和損失的北京百姓需要一個發洩的對象？

從長遠來說，人民的眼睛確是雪亮的，然而當他們受到欺蒙之時，盲目而衝動的羣衆，可以和暴君一樣的胡塗，一樣的殘酷。但隔得遠了一些，自己的生命財產並不受到直接的影響時，人們就可以冷靜地思考了，所以除了北京城裏一批受了欺騙的百姓，天下都知道袁崇煥是冤枉的，連朝鮮的君臣百姓也知道他的冤枉，爲他的被害感到不平❻。

袁崇煥死後，骸骨棄在地下，無人敢去收葬。他有一個姓佘的僕人，順德馬江人，半夜裏去偷了骸骨，收葬在廣渠門內的廣東義園。隔一道城牆，廣渠門外的一片廣場之上、城壕之中，便是八個半月之前袁崇煥率領將士大呼酣戰的地方。他拚了性命擊退來犯的十倍敵軍，保衞了皇帝和北京城中百姓的性命。皇帝和北京城的百姓則將他割成了碎塊。

那姓佘的義僕終身守墓不去，死後就葬在袁墓之旁。非常奇怪的是，佘君的子孫世世代代都在袁崇煥墓旁看守。直到民國五年，看守袁墓的仍是佘君的子孫，他們說是爲了遵守祖宗的遺訓❼。

程本直、佘僕的行爲表現了人性中高貴的一面。謝尙政的行爲表現了人性中卑劣的一面。袁崇煥的死法，卻又顯示了羣衆在受到宣傳的愚弄、失卻了理性之後，會變得如何狂暴可怖。袁崇煥是一團火一樣的人，在他周圍，燃燒的是高貴的火燄、邪惡的火燄、狂暴的火燄。這些火燄就像他本人靈魂中的火燄那樣，都是猛烈地閃亮的。

袁崇煥死後，舊部祖大壽、何可綱率軍駐守錦州、寧遠、大凌河要塞，淸軍始終不能越雷池一步。崇禎四年八月，皇太極以傾國之師，在大凌河將祖大壽緊緊包圍，十月間祖大壽不支投降。副將何可綱不降，被殺。祖大壽騙皇太極說可爲滿淸去取錦州，但一到錦州，立即就守城，此後皇太極派大將幾次進攻都打不下來。皇太極兩次御駕親征，攻錦州、攻寧遠，都無功而退。直到崇禎十四年三月，淸兵大軍再圍錦州，整整圍攻一年，到第二年三月，先擊潰了洪承疇十四萬大軍，祖大壽糧盡援絕，又再投降。祖大壽到順治十三年才死，始終不曾爲滿淸打過一仗，大概是學了「三國演義」中「身在曹營心在漢」的宗旨，滿淸也沒有封他甚麼官。比之滿桂、趙率教、何可綱、孫祖壽等人，祖大壽有所不如，但比之其餘的降淸大將卻又遠勝了。

吳三桂是祖大壽的外甥。吳的父親吳襄曾做寧遠總兵，和祖大壽是關遼軍中同袍，都是袁崇煥的部屬。當明淸之際，漢人的統兵大將十之七八是關遼一系的部隊。吳三桂、孔有德、耿仲明、尙可喜、左良玉、曹文詔、曹變蛟、黃得功、劉澤淸等都是。這些人有的投降滿淸，有的爲明朝戰死，都是極有將才之人，麾下都是悍卒健士。袁崇煥若是不死而統率這一批精兵猛將，軍事局面當然完全不同了。吳三桂如是袁崇煥的部將，最多不過是「抱頭痛哭爲紅顏」而已，根本沒有機會讓他「衝冠一怒」、爲了陳圓圓而引清兵入關。

袁崇煥無罪被殺，對於明朝整個軍隊士氣打擊非常沉重。從那時開始，明朝才有整個部隊向滿清投降的事。更有人帶了西洋大炮過去，滿清開始自行鑄炮。遼東將士都說：「袁督師這樣忠勇，還不能免，我們在這裏又幹甚麼？」[8]降清的將士寫信給明將，總是指責明朝昏君奸臣陷害忠良[9]。

袁崇煥不是高瞻百世的哲人，不是精明能幹的政治家，甚至以嚴格的軍事觀點來看，他也不是韓信、岳飛、徐達那樣善於用兵的大軍事家。他行事操切，性格中有重大缺點，然而他憑着永不衰竭的熱誠，一往無前的豪情，激勵了所有的將士，將他的英雄氣概帶到了每一個部屬身上。他是一團熊熊烈火，把部屬身上的血都燒熱了，將一羣萎靡不振的殘兵敗將，燒煉成了一支死戰不屈的精銳之師。他的知己程本直稱他是「痴心人」，是「潑膽漢」，全國惟一肯擔當責任的好漢[10]。袁崇煥卻自稱是大明國裏的一個亡命徒[11]。亡命徒是沒有家庭幸福的，日日夜夜不得平安。官居一品，過是卻是亡命徒生涯，只因這十年之中，他生命之火在不斷的猛烈燃燒。

司馬遷在「留侯世家」中說，本來以爲張良的相貌一定魁梧奇偉，但見到他的圖形，容貌卻如美女一般。我們看到袁崇煥的遺像時，恐怕也會有這樣的感覺。圖像中的袁崇煥雖不怎樣俊美，但洵洵儒雅，很難想像這樣的一個人竟會如此剛強俠烈。

①錢家修白寃疏：「嗟嗟！錦衣何地？奸細何人？竟袖手而七人竟走耶？抑七人俱有翼而能上飛耶？總欲殺一崇煥，故不惜互為陷阱。」其中又說：「方天啓年間，諸陽失衞，山海孤寒。當此時誰能生死忘心，身家不顧？獨崇煥以八閩小吏，報効而東，履歷風霜，備嘗險阻，上無父母，下乏妻孥，夜靜胡笳，征人淚落。煥獨何心，亦堪此哉？毋亦君父之難，有不得不然者耳。」崇禎批答：「批覽卿奏，具見忠愛。袁崇煥鞫問明白，即着前去邊塞立功，另議擢用。」

②袁崇煥下獄後，毛文龍的朋友乘機要求為毛翻案，請求賜謚撫卹。崇禎不准，說毛之死是「罪有應得」，不准以袁崇煥為藉口而翻案。見程本直：「漩聲」。

③程本直「白寃疏」中說：「總之，崇煥恃恩太過，任事太煩，而抱心太熱，平日任勞任怨，既所不辭，今日來謗來疑，宜其自取。獨念崇煥就執，將士驚惶，徹夜號啼，莫知所處，而城頭炮石，亂打多兵，罵詈之言，駭人聽聞，遂以萬餘精鋭，一潰而散。」最後說：「臣於崇煥，門生也。生平意氣豪傑相許。崇煥寃死，義不獨生。伏乞皇上駢收臣於獄，俾與崇煥駢斬於市。崇煥為封疆社稷臣，不失忠。臣為義氣綱常士，不失義。臣與崇煥雖蒙寃地下，含笑有餘榮矣。」

④朝廷抄袁崇煥的家，家裏窮得很，沒有絲毫多餘的財產。他在遼西的家屬充軍到浙江，後來改充軍到貴州，在廣東東莞的充軍到福建。「明史」說袁崇煥沒有子孫。近人葉恭綽則說：「袁後裔不知以何緣入黑龍江漢軍旗籍。」當時滿清擄掠大量漢人至遼東為奴，我猜想袁

崇煥的子孫多半是給滿清擄掠了去，到黑龍江苦寒之地作農奴，因而編入漢軍旗籍。袁崇煥的寃獄，到清朝乾隆年間方才得以眞相大白。「明史」完成於乾隆四年七月，其中「袁崇煥傳」中，根據清方的檔案紀錄，直言皇太極如何用反間計的經過。乾隆皇帝隔了幾十年，才讀到「明史」中關於袁崇煥的記載，對袁的遭遇很是同情，下旨查察袁崇煥有無子孫，結果查到只有旁系的遠房子孫，乾隆便封了他們一些小官，那已是乾隆四十八年的事了。

⑤見「明季北略」。

⑥清人所修的「明史．袁崇煥傳」說：「遂磔崇煥於市……天下寃之。」朝鮮「仁祖實錄」八年二月丁丑載：朝鮮的使者朴蘭英到瀋陽，滿清的王公當着他面互相「耳語」，說袁經畧果然和我們同心，只可惜事情敗露而被逮捕。這樣的國家機密，怎會當着外國使臣的面而互相耳語，故意讓他聽到？朴蘭英明白他們的用意，只不過想藉他而傳言到明朝去，以便儘快殺了袁崇煥，所以他在給朝鮮國王的奏章中說：「此必行間之言也。」直到一百年之後，朝鮮的君臣們在討論明朝覆亡的原因時，還說主要原因是殺袁崇煥（見朝鮮「英宗實錄」六年十一月辛未，即雍正八年，公元一七三〇年。）

⑦民國五年，東莞人張伯楨的兒子死了，他佩服袁崇煥，將兒子葬在袁墓的旁邊。當時看守袁墓的仍是佘氏子孫，叫做佘淇。張伯楨爲袁崇煥的義僕也立了碑。

⑧楊士聰「五堂荟記」卷二：「袁既被執，遼東兵潰數多，皆言：『以督師之忠，尚不能自免，我輩在此何爲？』……封疆之事，自此不可問矣。」「明史．袁崇煥傳」：「自崇煥死，邊事益無人，明亡徵決矣。」

⑨「明清史料」丙編，遼將自稱「在此立功何用」，故「北去胡」而投降滿清，其中有人致書旅順明將：「南朝主昏臣奸，陷害忠良。」

⑩程本直「漩聲」：「掀翻兩直隸，踏徧一十三省，求其渾身擔荷、徹裏承當如袁公者，正恐不可再得也。此所以袁公值得程本直一死也。」

⑪程本直「漩聲」中引袁崇煥的話說：「予何人哉？十年以來，父母不得以爲子，妻孥不得以爲夫，手足不得以爲兄弟，交遊不得以爲朋友，予何人哉？直謂之曰：『大明國裏一亡命之徒也』可也。」

十四

崇禎所以殺袁崇煥，並不只是中了皇太極的反間計那麼簡單。如果是出於一時誤信，可說他只是愚蠢。「三國演義」寫曹操誤中周瑜反間計，聽信蔣幹的密報，立刻就殺了水軍都督蔡瑁、張允，等到兩人的首級獻到帳下，曹操登時就省悟了，自言自語：「我中計了！」那只是片刻之間的事。然而崇禎於十二月初一將袁崇煥下獄，到明年八月十六才處死，中間有八個半月時間深思熟慮。他曾幾次想放了袁崇煥，要他再去守遼，因此有「守遼非蠻子不可」的話，從宮中傳到外朝來❶。既然有這樣的話，當然已充份明白皇太極的反間計。他稱袁崇煥爲「蠻子」，那是既討厭他的倔強，卻又不禁佩服他的幹勁和才能。

然而爲甚麼終於殺了他？顯然，崇禎不肯認錯，不肯承認當時誤中反間計的愚蠢。殺袁崇煥，並不是心中眞的懷疑他叛逆，只不過要隱瞞自己的愚蠢。以永遠的卑鄙來掩飾一時的愚蠢！

爲甚麼隔了這麼久才殺他？因爲淸兵一直佔領着冀東永平等要地，威脅北京，直到六月間才全部退出長城，在此以前，崇禎不敢得罪關遼部隊。要等到京師的安全絕對沒有了問題才動手。在此以前，他不是不忍殺，而是不敢殺。

崇禎在位十七年，換了五十個大學士（相當於宰相或副宰相），十四個兵部尙書（那是指正式的兵部尚書，像袁崇煥這樣加兵部尚書銜的不算）。他殺死或逼得自殺的督師或總督，除袁崇煥外還有十人，殺死巡撫十一人、逼死一人。十四個兵部尙書中，王洽下獄死，張鳳翼、梁廷棟服毒死，楊嗣昌自縊死，陳新甲斬首，傅宗龍、張國維革職下獄，王在晉、熊明遇革職查辦。可見處死大臣，在他原不當是一件大事。這些兵部尙書中，有些昏憒胡塗，有些卻也忠耿幹練，例如傅宗龍，只因爲向崇禎奏稟天下民窮財盡的慘狀，崇禎就大爲生氣，責備他道：「你是兵部尙書，只須管軍事好了，這些陳腔濫調，說它幹甚麼？」後來便將他關入獄中，關了兩年。

崇禎傳下來的筆迹，我只見到一個用在敕書上的花押，以及「九思」兩個大字。「九思」出於「論語」。孔子說：君子有九種考慮：看的時候，考慮看明白了沒有；聽的時候，考慮看清楚了沒有；考慮自己的表情溫和麼？態度莊重麼？說話誠懇老實麼？工作嚴肅認眞麼？遇到疑難，考慮怎樣去向人家請教；要發怒了，考慮有沒有後患；在可以得到利益的時候，考慮是不是該得。這就是所謂「九思」❷。此人大書「九思」，但自己顯然一思也不思。倒是在死後，得了個「思宗」的謚法，總算有了一思。

我九歲那一年的舊曆五月二十，在放鄉海寧看龍王戲。看到一個戲子悲愴淒涼的演出，他披頭散髮的上吊而死，臨死時把靴子甩脫了，直甩到了戲台竹棚的頂上。我從木牌子上寫的戲名中，知道這齣戲叫作「明末遺恨」。哥哥對我說，他是明朝的末代皇帝崇禎。當時我只覺得這皇帝有些可憐。

一九五〇年秋天，我在北京住了一段時候，曾去了崇禎吊死的煤山，望到皇宮金黃色的琉璃瓦，在北京秋日的艷陽下映出璀璨光彩，想到崇禎在吊死之前的一剎那曾站在這個地方，一定也向皇宮的屋頂凝視過了，儘管這人卑鄙狠毒，卻也不免對他有一些悲憫之情。

他孤獨得很，身邊沒有一個人可以商量，因爲他任何人都不相信。崇禎十七年三月十七日，北京在李自成猛攻下眼見守不住了，他召集文武百官商議，君臣相對而泣，束手無策。他用手指在案上寫了「文臣個個可殺」六個字，給身邊的近侍太監看了，當即抹去。他在自殺之前，用血寫了一道詔書，留在宮中，對李自成說，這一切都是羣臣誤我的，你可以碎裂我的屍體，可以將我的文武百官盡數殺死❸。可見他始終以爲一切過失都是在文武百官，痛恨所有爲他辦事的人。

他哥哥天啓從做木工中得到極大樂趣，依戀乳娘，相信魏忠賢一切都是對的，精神上倒很平安。崇禎卻只是煩躁、憂慮、疑惑、徬徨，做十七年皇帝，過了十七年痛苦的日子。拚命想辦好國家大事，卻完全不知道怎麼辦才是。

皇帝是不能辭職的！

他沒有一個眞正親信的人，他連魏忠賢都沒有。他沒有精神上的信仰，一度聽了徐光啓的勸告而信奉天主教，但他的愛子悼靈王生病，天主沒有救活孩子的性命，他便對天主失卻了信心。他沒有眞正的愛好。他不好色，連陳圓圓這樣的美女送進宮去，他都不感興趣而遣出宮來。

在中國幾千年歷史中，君主被敵人俘虜或殺死的很多，在政變中被殺的更多，但臨危自殺的卻只有崇禎一人。由於他的自殺，後人對他的評價便比他實際應得的好得多。只因他不好酒色，勤於政事，後人就以爲他本身是個好皇帝。甚至李自成的檄文中也說他並不眞的十分胡塗，只不過受到欺蒙，一切壞事都是羣臣幹的❹。只因他遺詔中要求李自成不要殺死一個百姓，後人便以爲他眞的愛百姓（難道他十七年中所殺的百姓還少了？）只因他說過「朕非亡國之君，諸臣皆亡國之臣」，後人便以爲明朝所以亡，責任是在羣臣身上。其實他說這樣的話，就表明他是合理的亡國之君。他擁有絕對的權力，卻將中興之臣、治國平天下之臣殺的殺、罷的罷，將一批亡國之臣走馬燈般換來換去，那便構成了亡國之君的條件。

明朝是中國歷史上最專制、最腐敗、統治者最殘暴的朝代，到明末更成爲中國數千年中最黑暗的時期之一。明朝當然應該亡，對於中國人民，清朝比明朝好得多。

然而袁崇煥抗拒滿清入侵，卻不能說是錯了。當時滿清對中國而言是異族，是外國，清兵將漢人數十萬、數十萬的俘虜去，都是作爲奴隸或農奴。清兵佔領了中國的土地城市，總是燒殺刦掠、極殘酷的虐待漢人。不能由於後代滿清統治勝過了明朝，現在滿族又成爲中華民族中一個不可分離的部份，就抹煞了袁崇煥當時抗禦外族入侵的重大意義。正如將來世界大同之後，也不能否定目前各國保持獨立和領土主權完整的主張。清朝比明朝好，只不過中國人運氣好，碰到了幾個中國歷史上最好的皇帝。然而袁崇煥當時是不會知道的。

只要專制獨裁的制度存在一天，大家就只好碰運氣。袁崇煥和億萬中國人民運氣不好，遇上了崇禎。崇禎運氣不好，做上了皇帝。他倉皇出宮那一晚，提起劍來向女兒長平公主斬落時，淒然說道：「你爲甚麼生在我家？」正是說出了自己的心意。他的性格、才能、年齡，都不配做掌握全國軍政大權的皇帝。歸根結底，是專制制度害了他，也害了千千萬萬中國人民。

在合理的政治制度與社會制度下，萬曆可以成爲一個精明的商人，最後被送入戒毒所。天啓是一個精巧的木匠。崇禎做甚麼好呢？他殘忍嗜殺，暴躁多疑，性格中有強烈的犯罪傾向，在現代社會中極可能成爲一個犯罪的不良青年，但如加以適當的教育與訓練，可以在屠宰場中做屠夫（我當然並不是說屠夫有犯罪傾向），那也是對社會有貢獻的，他不能做獵人，因爲完全缺乏耐心。

後世的評論者大都認爲，袁崇煥如果不死，滿清不能征服中國[5]。我以爲這種說法是不對的。只要崇禎是皇帝，袁崇煥便有天大的本事也改變不了基本局面，除非他殺了崇禎而自己來做皇帝，這當然不符合他的性格。在君主專制獨裁的制度之下，權力在皇帝手裏。

袁崇煥死後二百三十六年，那時清朝也已腐爛得不可收拾了，在離開袁崇煥家鄉不遠的地方，誕生了孫中山先生。他向中國人指明：必須由見識高明、和才能卓越、品格高尚的人來管理國家大事。一旦有才幹的人因身居高位而受了權力的腐化，變成專橫獨斷、欺壓人民時，人民立刻就須撤換他。

袁崇煥和崇禎的悲劇，明末中國億萬人民的悲劇，不會發生於一個具有眞正民主制度的國家中。把決定千千萬萬人民生死禍福的大權交在一個人手裏，是中國數千年歷史中一切災難的基本根源。過去我們不知道如何避免這種災難，只盼望上天生下一位聖主賢君，這願望經常落空。那是歷史條件的限制，是中國人的不幸。孫中山先生不但說明了這個道理，更畢生爲了剷除這個災禍根源而努力。

在袁崇煥的時代，高貴勇敢的人去抗敵入侵，保衞人民；在孫中山先生的時代，高貴勇敢的人去反抗專制，爲人民爭取民主自由。在每一個時代中，我們總見到一些高貴的勇敢的人，爲了人羣而獻出自己的一生，他們的功業有大有小，孫中山先生的功業極大，袁崇煥當然小得多，然而他們都是奮不顧身，盡力而爲。時代不斷在變遷，道德觀念、歷史觀點、功過的評價也不斷改變，然而從高貴的人性中閃耀出來的瑰麗光采，那些大大小小的火花，即使在最黑暗的時期之中，也照亮了人類歷史的道路。

歷史上有許多人爲人羣立了大功業，令我們感謝；有許多人建立了大帝國和長久的皇朝，令我們驚嘆。然而袁崇煥「亡命徒」式的努力和苦心，他極度悲慘的遭遇，這個生死以之的「痴心人」，這個無法無天的「潑膽漢」，卻更加強烈的激盪了我們的心。

崇禎和袁崇煥兩人的性格，使得這悲劇不可能有別的結局。兩人第一次平台相見，袁崇煥提出「五年平遼」的諾言，殺機就已經伏下了。以後他請內帑、主和議、殺毛文龍，悲劇一步步的展開，殺機一層層的加深，到清軍兵臨北京城下而到達高潮。在這悲劇的高潮中，崇禎不許袁部入城是第一個波浪；袁部苦戰得勝，崇禎催逼他去追擊十倍兵力的清軍，是第二個波浪；北京城裏毀謗袁崇煥的謠諑紛傳是第三個波浪；終於，皇太極使反間計而崇禎中計。至於後來的凌遲，已是戲劇結構上的盪漾餘波❻了。即使沒有皇太極的反間計，崇禎終於還是會因別的事件、用別的藉口來殺了他的。

我們想像崇禎二年臘月中國北方的情形：

在永平、灤州、遷安、遵化一帶的城內和郊外，清兵的長刀正在砍向每一個漢人身上，滿城都是鮮血，滿地都是屍首❼……在通向長城關口的大道上，數十萬漢人男女哭哭啼啼的行走，騎在馬上的清兵揮舞鞭子在驅趕。清兵不斷的歡呼大叫，這些漢人是他們俘虜來的奴隸，男的押去遼東為他們做苦工，女的分給兵將淫樂❽……

在陝西，災荒正在大流行。樹皮草根都吃完了，饑餓的父母養不活兒女，只好將他們拋在城角的空場上，這些孩子有的在哭號，呼叫：「爸爸，媽媽！」有的拾起了糞便在吃。到第二天，這些孩子都死了。但又有父母抱了孩子來拋棄。做母親的看着滿地死兒，捨得把手裏的孩子拋下來嗎？但如帶回家去，難道眼看他活活的餓死❾……

流離在道路上的饑民不知道怪誰才好，只有怪天。他們向來對老天爺又敬又怕，這時反正要死了，就算在地獄中上刀山、下油鍋也不管了，他們破口大罵老天爺，有氣無力的咒罵，終於倒在地下，再也不起來了⑩……

在北京城的深宮裏，十八歲的少年皇帝在拍着桌子發脾氣。他又是焦急，又是害怕，不斷的問太監：「袁蠻子寫了信沒有？怎麼還不寫好？這傢伙跟我過不去，非將他千刀萬剮不可。你們再去催，叫他快寫信給祖大壽！」他憔悴蒼白的臉上泛起了潮紅，眼中佈滿了紅絲，不斷的說：「殺了他！殺了他！」……

在陰森寒冷的御牢裏，袁崇煥提筆在寫信給祖大壽，硯台裏會結冰吧？他的手會凍得僵硬嗎？會因憤怒而顫抖嗎？他的信裏寫的是些甚麼句子？淚水一定滴上了信箋罷？

皇帝的信使快馬馳出山海關外，將這封信交在祖大壽的手裏。祖大壽讀信之後，伏地大哭。訊息傳了開去：「督師有信來！」

遼河大平原上白茫茫的一片冰雪。數萬名間關百戰、滿身累累槍傷箭疤的關東大漢，伏在地下向着北京號啕痛哭，因爲他們的督師快要被皇帝殺死了。戰馬悲嘶，朔風呼嘯，綿延數里的雪地裏盡是伏着憤怒傷心的豪士，白雪不斷的落在他們的鐵盔上、鐵甲上……

①見余大成「剖肝錄」。

②「論語．季氏」：「孔子曰：『君子有九思：視思明，聽思聰，色思溫，貌思恭，言思忠，事思敬，疑思問，忿思難，見得思義。』」

崇禎死後，因爲沒有確定的接班人，也就沒有確定的謚法，有毅宗、莊烈帝、懷帝、愍帝、思宗等謚。思宗的「思」字，不是美謚，「逸周書」的謚法解中說：「道德純一曰思，大省（即「眚」，災害的意思）兆民曰思，追悔前過曰思，外內思索曰思。」漢朝的王逸作過一篇楚辭，叫作「九思」，是哀悼屈原的，共有九章：逢尤、怨上、疾世、憫上、遭厄、悼亂、傷時、哀歲、守志。所說的悼亂傷時，疾世哀歲，逢尤遭厄，和袁崇煥的心境和遭遇倒也差不多。但崇禎寫這「九思」二字時，所想到的當然不會是王逸的「九思」。

③崇禎遺詔：「朕自登極十七年，上邀天罪，致虜陷地三次，逆賊直逼京師，皆諸臣誤朕也。任爾分裂朕屍，可將文武盡皆殺死，勿壞陵寢，勿傷我百姓一人。」這道遺詔，和相傳留在他身上的遺書文字稍有不同。

④「君非甚闇，孤立而煬蔽恆多；臣盡行私，比黨而公忠絕少。」

⑤梁啓超在「袁崇煥傳」的題目上，加了「明季第一重要人物」的形容詞，傳中說：廣東崎嶇嶺表，數千年來與中原的關係很淺薄，歷史上影響到全中國的人物極少，只有唐朝六祖慧能光大了禪宗，明朝陳白沙在哲學上昌明唯心論，成爲王陽明的先驅，而「以一身之言動、進退、生死，關係國家之安危、民族之隆替者」，只有袁崇煥一人。（其實，他即使不提到孫中山先生，也應當提洪秀全。）又說：「故袁督師一日不去，則滿洲萬不能得志於中國。」康有爲在「袁督師遺集序」中說：「若吾粵袁督師之喪于讒間也，天下震動，鬼神號泣，明社遂屋，餘禍烈烈，波蕩至今。嗚呼，天下才臣名將多矣，讒死亦至夥，而惻惻於人心，震惕於敵國，非止以一身之生死繫一姓之存亡，實以一身之生命關中國之全局，則豈惟杜郵、鐘室、涼風、金牌之悽感也。……假若間不行而能盡其才，明或不亡。」他

認爲白起、韓信、斛律光、岳飛四人被讒而死，雖令人感嘆，但於國家存亡無關，不及袁崇煥事件影響深遠。

李濟深「重修明督師袁崇煥祠墓碑」：「論明清間事者，僉以爲督師不死，滿清不能入主中原。」葉恭綽謁袁崇煥墓詩：「史筆祇今重論定，好申正氣息羣紛。」注云：「近日史學家鈎稽事實，證明袁如不死，滿洲不能坐大，即未必克入主中原，故袁死所關之重，有同岳飛於宋。文天祥輩尚非其比也。」

⑥戲劇結構上高潮過後的餘波(anti-climax)，通常譯作「反高潮」，似不甚貼切。

⑦「清史列傳」卷三：「岳託（滿清大將，代善之子，皇太極的侄兒）曰：遼東以久不降，故誅之。殺永平人，乃貝勒阿敏所爲……六年正月，（岳託）奏言：前克遼東、廣寧，漢人拒命者誅之，復屠永平、灤州漢人。」

⑧滿清每次出兵，都俘虜大量漢人去做生產工具。這次進攻北京之役俘虜的實數無記錄，但知阿巴泰攻掠山東之役（「碧血劍」中提到的那一次）「俘獲人民三十六萬九千名口。」相信崇禎二年一役中俘虜漢人也必達數十萬，「太宗實錄」卷六：「上因問達海（奉命監守明宮太監而使反間計的五將之一）等：『是役俘獲視前二次如何？』對曰：『此行俘獲人口，較前甚多！』上曰：『金銀幣帛，雖多得不足喜，惟多得人口爲可喜耳！』」

⑨「陝西通志」，崇禎二年馬懋才「備陳災變疏」：「殆年終而樹皮盡矣，則又掘山中石塊而食……安塞城西，有糞場一處，每晨必棄二三嬰兒於其中，有涕泣者，有叫號者，有呼其父母者，有食其糞者。」

⑩蕭一山「清代通史」卷上：「崇禎間有民謠曰：『老天爺，你年紀大，耳又聾來眼又花。你看不見人，聽不見話。殺人放火的享盡榮華，持齋行善的活活餓煞。老天爺，你年紀大。你不會作天，你塌了罷！』此種時日曷喪之心理，非人民痛若至極者，寧忍出此？」

後記

「碧血劍」是我的第二部小說，作於一九五六年。

「碧血劍」的眞正主角其實是袁崇煥，其次是金蛇郎君，兩個在書中沒有正式出場的人物。袁承志的性格並不鮮明。不過袁崇煥也沒有寫好，所以在一九七五年五六月間又寫了一篇「袁崇煥評傳」作爲補充。

「碧血劍」曾作了兩次頗大修改，增加了五分之一左右的篇幅。修訂的心力，在這部書上付出最多。

「袁崇煥評傳」是我一個新的嘗試，目標是在正文中不直接引述別人的話而寫歷史文字，同時自己並不完全站在冷眼旁觀的地位。這篇「評傳」的主要創見，是認爲崇禎所以殺袁崇煥，根本原因並不是由於中了反間計，而是在於這兩個人性格的衝突。這一點，前人從未指出過。

這篇文字並無多大學術上的價值，所參考的書籍都是我手頭所有的，數量十分有限。出自「太宗實錄」、「崇禎長編」等書的若干資料都是間接引述，未能核對原來的出處，或許會有謬誤。這篇文字如果有甚麼意義，恐怕是在於它的「可讀性」。我以相當重大的努力，避免了一般歷史文字中的艱深晦澀。現在的面目，比之在「明報」上所發表的初稿「廣東英雄袁蠻子」，文字上要順暢了些。

一九七五·六

碧血劍=The sword stained with royal blood
／金庸著. -- 三版. -- 台北市：遠流，
1996 [民 85]
冊； 公分.--(金庸作品集；3-4)
ISBN 957-32-2909-9(一套：平裝)

857.9 85008889